DAS TAGEBUCH DES MAGIERS

GLASS AND STEELE 4

C.J. ARCHER

Übersetzt von
SIMONE HELLER

WWW.CJARCHER.COM

KAPITEL 1

LONDON, FRÜHJAHR 1890

Ungeduld war eine Krankheit, mit der wir uns alle angesteckt hatten. Die Luft in der Eingangshalle der Park Street Nummer 16 in Mayfair verdichtete sich, während Matt, Cyclops, Willie und ich Chronos anstarrten, der einfach nur gleich hinter der Türschwelle stehenblieb.

Meinen Großvater.

Ich fühlte mich, als würde ich Fieber bekommen, meine bebenden Hände und meine Haut wurden abwechselnd heiß und kalt. Mein Kopf hätte auch genauso gut von Fieber vernebelt sein können, solch ein Mangel an Klarheit herrschte darin. Einen Augenblick zuvor hatte ich noch Fragen gehabt. So viele Fragen. Aber sie waren mir entfleucht, und nur zwei klare Gedanken waren geblieben.

Chronos war mein Großvater.

Und wir hatten den Mann gefunden, der Matts magische Taschenuhr reparieren konnte.

Willie erholte sich als erste von dem Schock. Sie tätschelte Matts Brusttasche und murmelte: „Wo ist sie? Zeig sie ihm."

Matt legte eine Hand über die seiner Cousine. „Wir haben einen Gast, Willie. Dafür ist später noch Zeit."

„Wir haben keine Zeit, um Teegesellschaft zu spielen, Matt!"

Er pflückte ihre Hand ab und hielt sie fest in seiner. Sie zuckte zusammen. „Mr. Steele?", fragte Matt mit einem Unterton, der knapp an „umgänglich" vorbeischrammte, weil seine Stimme so belegt war. „Wir speisen in einer guten Stunde. Möchten Sie sich uns anschließen?"

Chronos blickte über die Schulter auf die beeindruckende Figur, die Cyclops abgab, während er dastand, die Arme vor seiner gewaltigen Brust verschränkt. Sein heiles Auge bohrte sich in Chronos' Blick, und die Narbe, die unter der Klappe über dem anderen Auge hervorlugte, war dazu angetan, die meisten Leute noch einmal genau abwägen zu lassen, ob sie einen Fluchtversuch wagen wollten.

Chronos räusperte sich. „Es wäre mir ein Vergnügen."

„Ihr Engländer und eure gottverdammten Manieren", spottete Willie.

„Matt ist kein Engländer", erwiderte ich mechanisch.

„Er hat zu viel Zeit in deiner Gegenwart verbracht, India. Das hat seine englische Hälfte ans Licht geholt. Dann komm schon, Matt. Gehen wir in den Salon, damit Chronos sich deine Uhr vor dem Abendessen ansehen kann."

Ich wechselte rasch ein paar Worte mit Bristow, damit er zum Abendessen ein Gedeck mehr auflegte und Miss Glass davon in Kenntnis setzte. Ganz der durch nichts aus der Fassung zu bringende Butler, begab er sich leise zur Personaltreppe hinten im Haus.

Matt wartete an der Tür zum Salon auf mich, die anderen waren ihm vorausgegangen. Seine Augen leuchteten, und er atmete etwas schneller, während er mir eine Hand hinhielt.

„Alles in Ordnung bei dir, India?", fragte er, als ich seine Hand nahm.

„Ein wenig überwältigt, aber ich werde mich erholen. Und bei dir?"

Er legte meine Hand in seine Armbeuge, und darüber seine. „Ich hatte bis jetzt keine Ahnung, dass man sich zugleich betäubt und aufgekratzt fühlen kann."

Wir gingen gemeinsam zum Salon, um dem Mann gegenüberzutreten, der die Macht hatte, Matts volle Gesundheit wiederherzustellen. Ich hatte keine Ahnung, wo oder wie ich anfangen sollte, aber es war Chronos selbst, der die Stille durchbrach.

„Ich konnte mein Bier im *Cross Keys* nicht austrinken, ehe Ihr Gehilfe mich behelligt hat."

Matt zog an der Glockenschnur, und einen Augenblick später erschien Peter. „Einen Kognak für Mr. Steele", sagte Matt, und der Diener machte sich wieder auf den Weg.

Willie schlüpfte zwischen einem Beistelltisch und einem Ohrensessel durch und brachte die Vase mit Blumen, die auf der Tischfläche stand, zu einem anderen Tisch. Sie klopfte auf die Rückenlehne des Sessels. „Setzen Sie sich, Mr. Steele. Sie haben Arbeit."

Chronos spannte sich an. Sein Blick huschte zu Matt.

„Setzen Sie sich!" Willie packte Chronos am Arm und zwang ihn, sich auf dem Sessel niederzulassen. „Haben Sie Ihre Werkzeuge? Wenn nicht, kann India Ihnen ihre borgen."

„Willie", tadelte Matt. „Gib ihm ein paar Minuten, um anzukommen. Mr. Steele, diese Unannehmlichkeit tut mir leid. Ich hoffe, Cyclops war nicht zu forsch."

Chronos rieb sich die Schulter. „Er war beharrlich."

Cyclops entschuldigte sich. „Ich habe freundlich gefragt", fügte er an. „Die ersten beiden Male."

„Weshalb wollten Sie nicht mitkommen?", fragte Willie.

Chronos sank tiefer in den Sessel. In dem massiven Möbelstück wirkte er klein, aber nicht zerbrechlich. Ich rechnete es schnell im Kopf durch – er war einundsiebzig Jahre alt, und er sah mit seiner Vielzahl an Falten und der Wolke aus dünnem weißen Haar auch genauso aus. Wenn man sein Alter bedachte, war es sicher ein Schreck gewesen, von Cyclops den Befehl erhalten zu haben, in die Kutsche zu steigen. Warum sich also widersetzen?

„Ihr Diener ist Ihnen gewiss treu ergeben, Mr. Glass", sagte Chronos.

„Cyclops ist ein Freund, kein Diener. Genauso Duke", fügte Matt an, als Duke hinter Peter eintrat. „Willie ist meine Cousine."

Der Diener stellte ein Tablett auf den Tisch und verabschiedete sich mit einer Verbeugung, ehe er ging und hinter sich die Tür schloss.

„Weshalb schaut er sich deine Uhr nicht an?", fragte Duke

Matt. Er roch nach Pferd und Leder, nachdem er die Kutsche ins Kutschhaus gefahren hatte. Bis Matt einen neuen Kutscher anheuerte, würde sich Duke diese Rolle mit Cyclops teilen.

Matt schenkte aus dem Dekanter ein und reichte das Glas Chronos. Chronos nippte, nickte anerkennend und trank es in einem Zug aus. Willie verschränkte die Arme in einer Haltung, die der von Cyclops ähnelte, und sagte tonlos: „Suffkopf."

Chronos hielt das leere Glas für einen Nachschlag hin. Duke schnappte es sich, ehe Matt es nehmen konnte. „Nachdem Sie sich Matts Uhr angesehen haben", grollte Duke.

Ich zwang mich zum Sprechen. „Wir entschuldigen uns für all das." Ich hätte mich lieber still hingesetzt und alles beobachtet, anstatt etwas zu sagen, doch das würde zu nichts führen. Ich stimmte Willie und Duke zu – je eher er sich Matts Uhr ansah, umso besser. Antworten auf meine anderen Fragen konnten warten. „Cyclops hat Ihnen vermutlich erzählt, dass Matts magische Uhr nachgeht. Man muss sie reparieren, und Dr. Parsons legte nahe, dass nur Sie den Zauber kennen. Wäre es Ihnen recht, Mr. ..." Ich brach ab. „Wie soll ich Sie denn nennen? Mr. Steele klingt nicht richtig, wenn man bedenkt ..."

„Ich bin dein Großvater." Er musterte mich, der Blick aus seinen hellgrauen Augen streifte zweimal mein Gesicht, ehe er an mir hinabwanderte und dann wieder nach oben kam. „Du siehst aus wie deine Mutter." Er ließ nicht durchblicken, ob das etwas Gutes oder etwas Schlechtes war.

„Es fühlt sich auch nicht richtig an, dich Opa zu nennen."

Er brummte. Zustimmend? Erheitert? Ich konnte es nicht erkennen. „Chronos wird reichen."

Willie tippte mit dem Finger auf die Tischfläche. „Matt. Deine Uhr."

Matt zog seine magische Taschenuhr aus der Innentasche seiner Weste, wo er sie vor diebischen Fingern geschützt hielt. Es hatte bereits einen Versuch gegeben, sie ihm abzunehmen, sehr wahrscheinlich von Sheriff Payne in die Wege geleitet, dem Mann, der Matt auf jede nur erdenkliche Weise vernichten wollte.

„Die Magie wirkt nicht mehr so gut", sagte Matt, während er Chronos die Uhr reichte. „Ich muss sie alle paar Stunden gebrauchen, anstatt nur alle paar Wochen. Und sie bringt mir auch nicht mehr meine volle Kraft zurück, wenn ich sie dann einsetze."

„Das ist kaum eine Überraschung." Chronos drehte die Taschenuhr um und öffnete die Rückseite, um das gewöhnliche Innenleben des Gerätes offenzulegen. „Magie hält niemals an. Wie lange ist es her? Fünf Jahre? Das ist länger, als ich erwartet hätte." Er klang sehr zufrieden mit sich.

Meine Brust zog sich zusammen. Ich wagte es nicht, Matt anzusehen, konnte aber spüren, wie Chronos' Worte auf alle wirkten. Es war, als hätte man die Luft aus dem Raum gesogen, und niemand könne mehr atmen.

„Aber Sie *können* sie reparieren?", drängte Willie mit dünner Stimme.

Chronos zog eine kleine Stoffrolle aus seiner inneren Jackentasche und legte sie neben der Uhr auf den Tisch. Er öffnete den Knopf, schlug sie auf und enthüllte dabei ein Okular, eine Pinzette, einen Schraubendreher und Phiolen mit Ersatzrädchen in verschiedenen Größen. Er nahm das Okular, hielt aber inne, als ich mich vorbeugte, um besser zu sehen.

„Ich habe Eingriffzirkel und Biegemaschine oben, falls du sie brauchst", sagte ich und zog mich wieder zurück.

„Ich brauche keine Werkzeuge. Das Problem ist die Magie, nicht die Uhr. Ich brauche nur einen Zauber."

Er inspizierte die Mechanismen durch das Okular, dann hielt er sich die Uhr ans Ohr. Er sagte etwas in einer fremden Sprache. Die Uhr glühte violett, das sanfte Licht hatte dieselbe Farbe, die in Matts Adern eindrang, wenn er die Uhr nutzte, um sich zu heilen. Chronos sprach noch ein paar Worte des Zaubers, dann schloss er die Rückseite der Uhr. Das Licht erlosch. Er gab sie Matt zurück.

„Versuchen Sie es jetzt", sagte er.

„Versuchen?", wiederholte Duke, den Kopf zur Seite gelegt. „Sie wissen nicht, ob sie repariert ist?"

Chronos konzentrierte sich darauf, das Okular einzupacken und die Stoffrolle zu falten. „Das ist derselbe Zauber, den ich benutzt habe, um die Uhr mit Magie anzureichern, an jenem Tag, an dem ich Ihr Leben gerettet habe, Mr. Glass."

Es war keine direkte Antwort auf die Frage, aber das schien

sonst niemandem aufzufallen. Duke nickte zufrieden, und Willie und Cyclops hatten nur Augen für Matt. Er öffnete das Gehäuse, schloss die Faust um die Uhr und atmete tief ein, während die Magie durch seine Haut in sein Blut eindrang. Das Netz aus Licht verschwand unter seinen Ärmelaufschlägen und trat an seinem Kragen wieder hervor. Es breitete sich rasch über sein Gesicht aus, bis zu den Ohrenspitzen.

Mit einem tiefen Atemzug ließ er das Gehäuse zuklappen, und das Licht erlosch. Seine Haut war wieder normal.

„Wie fühlst du dich?", hauchte Willie.

„Gut", sagte er, ohne den Blick von Chronos zu nehmen.

Chronos ließ die Hände auf die Armlehnen klatschen. „Dann gehe ich mal. Danke für die Einladung zum Abendessen ..."

„Warten Sie", sagte Matt. „India wird ein paar Fragen an Sie haben."

Ich blinzelte fest, denn der Schmerz von Chronos' Abweisung brannte. Hatte er keine Fragen an *mich*? Er hatte mich nicht gesehen, seit ich ein Baby gewesen war. Wollte er nicht zumindest wissen, wie mein Vater – sein Sohn – gestorben war?

Chronos kehrte mir den Rücken zu.

„Mrs. Potter kocht eine Lammkeule", tat Cyclops hoffnungsvoll kund.

Chronos marschierte hinüber zum Fenster und spähte nach draußen. Er schaute zweimal in jede Richtung die Straße entlang. „Ich kann mir eine weitere Stunde oder so genehmigen, schätze ich."

„Suchen Sie nach jemandem?", fragte Duke.

Chronos kehrte zum Sessel zurück. Er warf einen Blick zu dem Sofa hinüber, auf dem ich saß. „Du wirst wissen wollen, weshalb ich all die Jahre keinen Kontakt zu dir gesucht habe."

Ich nickte. „Ehe du auf meine Fragen antwortest, glaube ich, jemand sollte dir sagen, dass du nirgendwo hingehst, bis wir wissen, ob Matts Uhr wirklich repariert ist. Es wird ein paar Stunden dauern, bis wir sicher sein können."

Die Falten um Chronos' Mund glätteten sich. „Bin ich ein Gefangener?"

„Nein", sagte Matt zur selben Zeit, in der Duke, Cyclops und Willie „Ja" sagten.

„Wir bitten in dieser Sache um Ihre Hilfe", erklärte Matt, sein harter Unterton richtete sich an seine Freunde.

„Der Sache, ihm das Leben zu retten", fügte Willie an.

„Ein Leben, das vor fünf Jahren hätte enden sollen", schoss Chronos zurück.

Das brachte sie zum Schweigen wie nichts je zuvor.

Ich beobachtete Chronos, aber er schaute nicht in meine Richtung. Ich wollte ihn einschätzen können, doch er machte es mir nicht leicht. Ich wusste nur, dass seine Augen klar waren und sich seine Hände rasch und bestimmt bewegt hatten, als er sich um Matts Uhr gekümmert hatte. Trotz seines Alters war er ein fähiger Mann und hatte seinen Verstand beisammen.

„Wie viele Leute hast du gerettet, indem du deine Magie mit der eines Arztes kombiniert hast?", fragte ich.

Matts Kinn zuckte nach vorne, und er legte die Stirn in Falten. Er hatte vermutlich eine persönlichere Frage erwartet. Der Art nach zu urteilen, in der Chronos die Augenbrauen hochzog, ging es ihm ebenso.

„Nur das eine", sagte Chronos und musterte seine Hand, die die Sessellehne umfasste. „Magische Ärzte wachsen nicht auf Bäumen. Sie kommen nicht alljährlich zur Welt, und Dr. Parsons hat sich geweigert, es nach dem einen Mal in Broken Creek noch einmal zu versuchen." Er schnalzte mit der Zunge und schüttelte den Kopf.

„Er ist tot", erzählte ihm Matt.

„Ich weiß."

„Haben Sie je einen weiteren magischen Arzt getroffen?"

„Nein."

„Suchen Sie nach einem?", fragte Cyclops.

Chronos lächelte ihn ausdruckslos an. „Ja."

Ich räusperte mich, um seine Aufmerksamkeit für mich zu gewinnen. „Wenn du deine Magie nicht mehr mit der eines anderen Arztes vereint hast, seit du Matt das Leben gerettet hast, weißt du nicht, ob der Zauber, den du gerade gesprochen hast, die Uhr repariert hat."

„Du hast recht, India."

„Aber Dr. Parsons sagte, Sie könnten sie reparieren!", rief Willie.

„Woher sollte er das wissen?", fragte Chronos. „Er hat geraten. Ich rate. Alle raten, Miss Glass."

„Ich bin Miss Johnson, aber alle nennen mich Willie", murmelte sie, nachdem er ihr abermals den Wind aus den Segeln genommen hatte. „Die Glasses sind Matts englische Verwandtschaft, und die Johnsons sind Amerikaner, mütterlicherseits. Sie erinnern sich doch bestimmt aus Broken Creek an mich."

„Weshalb? Hatten Sie eine magische Uhr? Sind Sie ein magischer Arzt oder eine andere Art Magier?"

„Äh … nein."

Sein Tonfall empörte mich. Es war so gut wie unmöglich, Willie zu beleidigen, und doch hatte er es geschafft, ohne mit der Wimper zu zucken. War er wirklich so selbstsüchtig, dass er nur Leute zur Kenntnis nahm, die ihn interessierten? War er so besessen von Magie, dass jene, die sie nicht besaßen, für ihn bedeutungslos waren?

„Hast du versucht, sie zu reparieren?" Ich brauchte einen Augenblick, um zu bemerken, dass er mit mir sprach, denn er schaute mich nicht direkt an. „Die Uhr? Hast du versucht, sie zu reparieren, India?"

„Ich habe sie zerlegt", sagte ich. „Als einfache Taschenuhr funktioniert sie perfekt. Als ich herausfand, was sie so wichtig für Matt macht, erkannte ich, dass sie Magie erfordert, und dass das meine Kräfte übersteigt."

„Bist du eine Magierin?"

„Ja."

Er knurrte. „Er hat dir nichts über deine Magie beigebracht, oder?"

„Meinst du meinen Vater?", fragte ich. „Nein. Er war kein Magier."

„Der war er durchaus."

„Nein, er …"

„*War* er. Aber er hat diesen Teil seiner selbst geleugnet, und er hat geleugnet, dass er auch zu dir gehört, wie es scheint. Wie hast du deine Magie entdeckt?"

„Langsam, durch eine Reihe von Ereignissen, vor knapp zwei Monaten."

„Zwei Monate!" Das führte schließlich dazu, dass er mich

direkt anschaute. „Du hast gerade erst von deinem Talent erfahren?"

„Ich habe gerade erst überhaupt von der Existenz von Magie erfahren. Ich war genauso wenig im Bilde wie die Talentfreien", sagte ich und nutzte das Wort, mit dem die Magier jemanden bezeichneten, der keine Magie besaß. „Ich kenne keine Zauber."

Das Faltenmuster auf Chronos' Stirn zog sich zusammen.

„Elliot hat dir einen Bärendienst erwiesen. Er hätte dir das Wissen nicht vorenthalten sollen. Erwachsen zu sein und nichts von deiner Macht zu wissen! Wie alt bist du?"

„Siebenundzwanzig."

„Eine alte Jungfer."

Mein Rücken versteifte sich. „Ich hatte einen Verlobten." Ich wusste nicht, warum ich mein Jungferntum vor ihm verteidigen wollte. Vielleicht, weil ich mich unvollkommen fühlte, als würde es mir an einer gewissen Eigenschaft mangeln, die andere Frauen – verheiratete Frauen – besaßen.

„Er hat sich als niederträchtiger Hund herausgestellt", sagte Willie. „Als ihr Verwandter sollten Sie ihn anprangern. Ich kann Ihnen verraten, wo er wohnt, wenn Sie mögen, und Ihnen meinen Colt leihen."

„Indias Ehestatus geht Sie nichts an", sagte Matt zu Chronos. „Falls Sie sich Sorgen um sie machen, kann ich Ihnen versichern, dass sie hier so lange eine Heimat hat, wie sie wünscht." Seine Stimme wurde weicher. „Ihre Gesellschaft ist höchst willkommen."

Die Papiere für das Häuschen in Willesden, das ich von dem Belohnungsgeld gekauft hatte, nachdem ich der Polizei geholfen hatte, den Dark Rider zu fassen, lagen in der Schublade meines Ankleidetisches, zusammen mit den Papieren von Matts Anwalt, um es zu verpachten. Ich hatte sie noch nicht unterzeichnet, da ich vorhatte, in das Häuschen zu ziehen und nach Mayfair zu pendeln, wenn es nötig war. Matt gefiel der Gedanke nicht, und er wollte mich überreden, dass ich blieb. Er hatte nur wenige Stunden zuvor eingelenkt, als ich darauf beharrt hatte.

Nur dass es nicht das war, was ich *wollte*, sondern das, was ich *brauchte*.

„Du wohnst hier?" Chronos' Miene verdüsterte sich. „Bei Mr. Glass?"

Meine Wirbelsäule versteifte sich noch mehr. „Und anderen, darunter seiner alten Tante. Du wirst sie beim Abendessen kennenlernen." Ohne Zweifel zog sie sich gerade in etwas Passenderes um, um mit einem Gast zu dinieren.

„Deine Eltern würden das nicht gutheißen. Sie waren sehr … moralisch."

„Bei dir klingt das, als wäre es ein Fehler."

„Nur eine Unannehmlichkeit."

„Bist du ihnen deshalb aus dem Weg gegangen, nachdem ich zur Welt kam? Hast du mich deswegen so lange Zeit nicht aufgesucht? Bist du deswegen nicht bei der Beerdigung meines Vaters aufgetaucht?" Ich hörte, wie meine Stimme hochging, mein Gesicht spürte die Hitze, doch ich konnte meinen Zorn nicht beherrschen. Ich wollte ihn nicht beherrschen. Dieser Mann verdiente meine Wut – und mehr als das. „Er war dein Sohn! Dein einziges Kind! Ich bin deine einzige lebende Verwandte, und du … du hast mich allein gelassen!"

Er schoss wieder aus dem Sessel hoch. „Darum habe ich nicht gebeten." Er marschierte zur Tür, nur um von Duke und Cyclops den Weg verstellt zu bekommen. Er drehte sich nicht um, sondern stand mit dem Rücken zu mir, die Hände an den Seiten zu Fäusten geballt.

„Was hast du denn erwartet, dass ich zu dir sage?", drängte ich weiter. „Hast du erwartet, dass ich dich mit offenen Armen willkommen heiße und dir verzeihe? Du hast nicht einmal versucht, mir zu erklären, warum du dich all die Jahre nicht gemeldet hast."

„Du missverstehst, India. Ich habe deinen Zorn erwartet. Was ich meinte, war, dass ich nicht um eine Enkeltochter gebeten habe, oder einen Sohn oder eine Ehe. Ich habe um nichts davon gebeten! Und doch bin ich hier, zahllose Jahre später, belastet durch meine Vergangenheit. Und durch das Wissen, dass es dich gibt."

Jedes Wort war wie ein Schlag, der mir die Luft aus der Lunge trieb. Matt kam an meine Seite und legte mir eine Hand auf die Schulter, aber ich hörte nicht auf zu zittern. Durch seine

Berührung kam die gewaltsame Erinnerung an den Grund, weshalb Chronos hier war, und dass wir ihn auf unserer Seite brauchten. Ich holte mehrmals tief Luft, um meinen Zorn zu besänftigen.

„Ich dachte, du wärst tot", würgte ich hervor, in der Hoffnung, das würde meinen Ausbruch rechtfertigen.

Matts Hand glitt von meiner Schulter zu meinem Nacken, wo sie meine erhitzte Haut kühlte. Chronos wählte diesen Augenblick, um sich zu uns umzudrehen. Er nahm den Ort zur Kenntnis, an dem Matts Hand lag, und stieß schnaubend Luft durch die Nase aus. Mir war jedoch nicht klar, was er dachte, und es war mir auch einerlei.

„Ich fürchte, India hat recht", sagte Matt. „Wir können Sie nicht gehen lassen, bevor wir wissen, ob der Zauber funktioniert hat und die Taschenuhr repariert ist. Es tut mir leid, Chronos, aber es ist nötig. Wir werden es in ein paar Stunden wissen."

„Und wenn der Zauber nicht funktioniert hat?", fragte Chronos.

„Versuchen Sie es nochmal", fuhr ihn Willie an. „Sie versuchen es nochmal und nochmal und nochmal, bis Sie die Uhr zum Funktionieren bringen. Verstanden?"

Chronos blähte die Nasenflügel, und er schaute erneut zum Fenster.

Matt ging zum Fenster und sah nach draußen. „Erwarten Sie jemanden?"

„Ich sehe nur nach, ob mir niemand gefolgt ist." Chronos setzte sich wieder hin und beäugte das leere Glas. Duke schenkte ihm einen weiteren Kognak ein, dann noch einen für sich.

„Wer sollte Ihnen folgen?", fragte Matt.

Chronos zuckte mit einer Schulter und nippte an seinem Glas.

Matt ging zu ihm und beugte sich nach unten, die Hände auf den Armlehnen, seine Nase nur wenige Zentimeter von der von Chronos entfernt. „Ich hoffe, Sie haben keine Gefahr zu meinen Freunden und meiner Familie gebracht", knurrte er.

„Das werde dann nicht ich gewesen sein, der die Gefahr an Ihre Tür gebracht hat, Glass. Das werden Sie gewesen sein, denn ich hatte keine andere Wahl, als hierherzukommen." Chronos hob das Glas zum Gruß und trank.

Matt kehrte ans Fenster zurück, wo er Wache stand, die Arme verschränkt, sein Blick schweifte über die immer düsterer werdende Straße.

Ich hätte die Gelegenheit nutzen sollen, Chronos über meine Magie zu befragen, aber ich konnte mich nicht überwinden, mit ihm zu sprechen. Er hatte es seinerseits wieder aufgenommen, mich nicht anzuschauen. Vielleicht hieß das, dass er sich seiner Worte schämte. Gut so. Er verdiente es, beschämt zu sein, das war das Mindeste. Bedauern war vielleicht schon zu viel verlangt.

Willie hatte keine derartigen Bedenken. „Wenn Indias Vater auch Magier war, warum hat er ihr dann nicht beigebracht, ihre Magie zu benutzen?", fragte sie.

„Um mich zu beschützen", sagte ich.

„Um mich zu ärgern", sagte Chronos.

„Das ist lächerlich und selbstherrlich."

„Und doch stimmt es. Elliot hat mich verabscheut."

„Wenn man bedenkt, dass du mir gerade erzählt hast, wie sehr du es bedauerst, ein Ehemann und Vater geworden zu sein, ist das verwunderlich?" Ich hatte meine schmutzige Wäsche noch nie in der Öffentlichkeit gewaschen, außer bei diesem einen Mal, als ich Eddie Hardacre im Laden beschimpft hatte, nachdem er unsere Verlobung aufgelöst hatte. Aber ich schämte mich nicht, vor meinen Freunden so mit Chronos zu reden. Ihre Anwesenheit gab mir das Selbstvertrauen, meinem Zorn freien Lauf zu lassen, denn ich wusste, dass ich sie auf meiner Seite hatte. „Mein Vater war ein guter Mann. Er hat deine Ablehnung nicht verdient."

„Ich habe nie gesagt, dass ich ihn ablehne. Du hörst nicht zu, India." Chronos sprach sanft, als wäre ich ein Kind, das Weisung benötigte. Das machte ihn mir noch unsympathischer. „Ich sagte, ich bedauere es, sein Vater zu sein. Ich bin nicht die Sorte Mann, die heiraten und Kinder haben sollte. Ich bin selbstsüchtig ..."

„Eindeutig."

Meine gemurmelte Bemerkung brachte mir ein Knurren von

Chronos ein. „Ich bin selbstsüchtig und arrogant. Ich bin am liebsten allein, nur in Begleitung meiner Bestrebungen."

„Der Bestrebung, das Leben zu verlängern, indem du deine Magie mit der eines Arztes vereinst?"

Er nickte. „Das habe ich zu meinem Lebenswerk gemacht, meinem Daseinszweck. Mr. Glass wäre nicht hier, wenn ich das nicht getan hätte. Ironisch, oder nicht? Meine Enkelin stellt fest, dass sie mich verabscheut, da meine Bestrebungen meine familiären Bindungen übertreffen, und doch sind es diese Bestrebungen, die den Mann gerettet haben, von dem sie abhängig ist."

„Ich bin nicht von ihm abhängig und auch von niemandem sonst! Ich habe ein Häuschen in Willesden, und ich werde bald dort einziehen."

Ich warf einen Blick auf Duke, dessen Kopf hochzuckte, um mich anzusehen, und erhaschte auch einen Blick auf Cyclops' Miene. Sein Kinn war angespannt, und er richtete sein eines Auge mit unnachgiebiger Intensität auf mich.

„Du kannst nicht weg!", erklärte Willie. „Nicht jetzt!"

„Ich werde fast jeden Tag zu Besuch kommen", sagte ich. „Auf jeden Fall dachte ich, dir wäre das recht. Du wolltest mich doch von Anfang an nicht hier."

Sie schniefte. „Hab's mir anders überlegt. Ich brauche doch jemandem, dem ich Poker beibringen kann. Mit Letty macht's keinen Spaß. Wusstest du davon, Matt?"

„Ja", sagte er leise am Fenster. „Wenn India gehen will, kann sie das. Wir können sie hier nicht festhalten."

Sie verschränkte die Arme und sank zurück auf ihren Stuhl. „Das ist nicht richtig."

Chronos schlenderte hinüber zur Uhr unter der Glaskuppel auf dem Kaminsims. „Sehr hübsch. Sehr teuer." Er berührte das Glas und zuckte zurück. „Sie ist heiß. Magische Hitze." Er beäugte mich über die Schulter, eine tiefe Falte bildete sich zwischen seinen Augenbrauen. „Hast du daran gearbeitet?"

„Ich habe an allen Uhren und Taschenuhren in diesem Haus gearbeitet."

„Weil du es musst", beendete er den Satz für mich und wandte sich erneut der Uhr zu.

Ich bestätigte seine Aussage nicht. Ich war sicher, dass er die

Ruhelosigkeit kannte, die es mit sich brachte, wenn man *nicht* an Uhren arbeitete.

„Du hast gelogen." Seine Worte fielen wie Steine in vollkommene Stille.

„Wie bitte?", knurrte Matt, ehe ich mir einen Reim darauf machen konnte. „India ist keine Lügnerin."

„Doch, ist sie. Die Magie hier ist so warm, dass sie fast brennt, und doch sagt sie mir, dass sie gerade erst von ihrer Magie erfahren hat und keine Zauber kennt. Wenn kein anderer Uhrenmagier daran gearbeitet hat, hat sie gelogen."

Matt stellte sich entspannter hin. Ich hörte sogar, wie ihm ein zögerliches Lachen über die Lippen kam.

Chronos kniff die Augen zusammen. „Was verschweigen Sie mir?"

„Das geht Sie nichts an", sagte Matt.

„India?"

„Du hast deine Geheimnisse", sagte ich zu Chronos, „und ich habe meine."

Er grinste und nickte langsam. Aus Anerkennung für meine Widerworte? „Ich erzähle dir, wer mir mutmaßlich folgt, und warum, wenn du mir erzählst, weshalb diese Uhr warm ist, wo du doch keinen Zauber darauf gewirkt hast."

„Also gut."

„India", sagte Matt leise. „Ich glaube nicht, dass das klug ist."

„Ich sehe das anders. Chronos ist genau derjenige, der erfahren sollte, was ich tun kann. Wenn mir jemand Weisung geben kann, dann er."

„Dir Weisung geben?" Chronos verdrehte heftig die Augen und schüttelte den Kopf. „Nur weil ich alt bin, heißt das nicht, dass ich ein guter Lehrer bin. Außerdem kann ich nicht hierbleiben, um einen ungeschliffenen Magier zu unterrichten, erwarte das nicht von mir."

„Oh?", sagte ich lieblich. „Also willst du nicht wissen, weshalb meine Magie Leute außer Gefecht setzt?"

Seine Augen wurden groß. „Sie außer Gefecht setzen? Wovon redest du da?"

Ich seufzte. Für ihn war es auch merkwürdig, und das hieß,

dass er von so etwas noch nie gehört hatte und mir vermutlich überhaupt nicht helfen konnte. „Vergiss es."

„Sag es mir. Ich bin fasziniert." Er berührte die Glaskuppel noch einmal und ließ diesmal die Hand liegen. „Und erzähl mir, wie du Magie ohne einen Zauber angewendet hast. Das sollte unmöglich sein."

„Nicht für India", sagte Matt mit einem Hauch von Stolz in der Stimme.

„Haben wir eine Übereinkunft, Chronos?", fragte ich. „Meine Information im Austausch gegen deine?" Er nickte, weshalb ich fortfuhr. „Wenn mein Leben in Gefahr ist, retten mich alle Uhren in der Nähe, die ich berührt habe. Auch meine Taschenuhr."

Sein gackerndes Lachen ließ nach, als er bemerkte, dass niemand mit ihm lachte.

Ich erzählte ihm, wie die Kette meiner Taschenuhr sich um das Handgelenk meiner Angreifer geschlungen und sie geschockt hatte, und wie eine Uhr, die ich geworfen hatte, von ihrem Kurs abgekommen war, um meinen Angreifer zu treffen. Chronos' Miene wurde ernster, jegliche Spur von Spott verschwand. Er machte keine Bemerkung, als ich fertig war.

„Hast du so etwas schon erlebt?", fragte ich ihn. „Oder von anderen Magiern gehört, deren Schöpfungen ihnen das Leben retten?"

Er schüttelte den Kopf. „Erstaunlich. Das alles auch noch ohne einen Zauber. Deine Magie muss unfassbar stark sein."

„Weshalb?", stieß ich hervor. „Weshalb bin ich so?"

Es klopfte an der Tür, und Bristow trat auf Matts Bitte hin ein. „Das Abendessen wird in fünfzehn Minuten serviert, Sir."

„Vielen Dank, Bristow."

„Und Miss Glass möchte Mr. Steele kennenlernen. Ich habe es geschafft, sie bis jetzt zurückzuhalten."

„Ich bin gleich draußen, um mit ihr zu sprechen, aber sie wird sich gedulden müssen, Mr. Steele kennenzulernen. Unser Gast möchte sich für das Abendessen erfrischen."

Chronos wirkte überrascht, dass er aus dem Salon entlassen wurde, bis ihm Matts Nicken in Richtung Cyclops auffiel.

„Kommen Sie mit mir", sagte Cyclops zu Chronos.

„Wir werden unsere Unterhaltung später zu Ende führen", erwiderte Matt. „Sie schulden uns noch eine Erklärung."

Chronos folgte Cyclops nach draußen. Willie sah ihnen mit finsterem Gesicht nach. „Es ist keine gute Idee, ihn aus den Augen zu lassen, Matt."

„Cyclops hat alles im Griff."

Ich erhob mich ebenfalls, wollte mich für das Abendessen noch umziehen. Matt ging mit mir die Stufen empor.

„Wie fühlst du dich?", fragte ich ihn.

Er hielt inne, dann erwiderte er: „Es ist zu früh, um das zu sagen."

„Unsinn. Du fühlst keine Veränderung, oder? Wenn doch, würdest du es doch sagen."

Sein Mundwinkel ging nach oben, aber in seinem schiefen Lächeln lag keine Erheiterung. „Ich kann vor dir nichts verbergen, India. Du hast recht. Ich fühle mich nicht so erholt, wie es der Fall war, als die Uhr noch perfekt funktionierte."

Ich fluchte tonlos, und Matt hielt mitten auf der Treppe inne, um mich anzustarren.

„Ich entschuldige mich", sagte ich. „Aber ich bin erbost."

Er öffnete den Mund, um etwas zu sagen, aber Schreie von weiter hinten im Haus ließen uns herumwirbeln, um nach dem Grund zu sehen. Unter uns rannte Bristow in die Eingangshalle.

„Mr. Duke! Mr. Duke!", rief er zwischen keuchenden Atemzügen.

Duke und Willie erschienen an der Tür des Salons. „Was ist los?", fragte Duke.

„Mr. Cyclops verlangt nach Ihrer unbedingten Hilfe." Bristow winkte Duke zum hinteren Teil des Hauses. „Los!"

Duke lief weg, Willie direkt hinter ihm.

Matt eilte die Stufen hinab. Der Butler wirkte überrascht, ihn dort zu sehen. „Was ist los, Bristow? Was ist passiert?"

Bristow holte tief Luft und drückte sich eine Hand auf die Brust. „Mr. Steele ist weggelaufen, Sir."

KAPITEL 2

Matt rannte an Bristow vorbei, in seinen Schritten erkannte ich nicht die geringste Spur einer schlechten Verfassung. Ich konnte nicht mithalten, folgte aber dem Echo seiner Schritte die Personaltreppen hinab in die Küche. Die Haushälterin Mrs. Bristow deutete wortlos zur Spülküche. Ich rannte in die Spülküche, nur um umzudrehen, als ich Willies wütende Rufe von draußen hörte.

Ich schloss mich ihr und den anderen im Hof an und blieb stehen, als ich Chronos mit dem Gesicht nach unten auf dem Pflasterstein liegen sah, den Arm von Cyclops nach hinten verdreht. „Tu ihm nicht weh!", rief ich.

Cyclops ließ los und half Chronos beim Aufstehen. Er stützte ihn, bis der ältere Mann das Gleichgewicht wiedergefunden hatte. Chronos standen die Haare zu Berge, sie wallten rund um seinen Kopf wie Schilf in einer Brise. Er klopfte sich die Hände ab, aber es gab keine Abschürfungen. Ihm schien nichts passiert zu sein.

„Geht es dir gut?", fragte ich, nahm seine Hand und tätschelte sie.

Er riss sie weg und richtete sein Halstuch. „Natürlich."

„Cyclops ist grob mit dir umgesprungen."

„Ich habe gesagt, es geht mir gut. Hör auf mit dem Getue."

Ich verschränkte die Finger hinter dem Rücken und versuchte, Chronos' Worten zu verbieten, mir wehzutun. Mein Großvater mochte es nicht, an sein Alter erinnert zu werden, das war alles. Dass er mich abwies, war nichts Persönliches.

Cyclops schaute auf seine Füße hinab. „Ich wollte nicht, dass er entkommt, India. Es tut mir leid."

Ich wollte ihm gerade sagen, dass er sich bei Chronos entschuldigen sollte, anstatt bei mir, als Chronos sagte: „Ich bin aber an Ihnen vorbei gekommen, oder? In diesen Beinen steckt noch viel Leben."

Cyclops knurrte. „Ich habe Sie unterschätzt. Für einen Mann Ihres Alters haben Sie ganz schön Kraft."

„Ich mag ja alt sein, aber nicht jämmerlich. Vielleicht sind Sie nur wegen Ihrer Größe langsam. Und Ihr Gesicht verschreckt wohl überall, wo Sie hingehen, Frauen und Kinder, was?"

Ich machte auf dem Absatz kehrt und marschierte ins Haus zurück. Bei diesem unhöflichen alten Knacker brauchte Cyclops sich nicht zu entschuldigen.

* * *

Ich kam zu spät zum Abendessen und gesellte mich zu den anderen, nachdem der Gong schon längst erklungen war.

„Endlich!", verkündete Miss Glass, als sie mich die Treppen herabkommen sah. „Wir sind alle halbverhungert, India. Schreiten wir unverzüglich zur Tat, bevor wir noch verschmachten."

Ich entschuldigte mich für meine Verspätung und betrat hinter ihr das Speisezimmer. Chronos wurde von Duke und Cyclops flankiert, Willie war vor ihm und Matt hinter ihm. Sie wiesen ihm den Platz an der gegenüberliegenden Seite des Tisches zu, weit entfernt vom Eingang.

Während meiner Abwesenheit hatten sie sich wohl bereits vorgestellt, denn Miss Glass unterhielt sich unbeschwert mit Chronos. Tatsächlich führte sie beinahe die gesamte Unterhaltung während der drei Gänge. Falls ihr auffiel, dass Chronos mehr oder weniger ein Gefangener war, zeigte sie es nicht.

Genauso wenig schien sie zu bemerken, dass er nicht an den langweiligen, doch sicheren Themen interessiert war. Er wandte sich sogar einmal mitten im Gespräch an mich und fragte, weshalb das Familiengeschäft verkauft worden war.

„Dass ist keine Unterhaltung für ein Abendessen", sagte ich. Ich war bereits wütend auf ihn, und das Gespräch, wie Eddie mir mein Geschäft gestohlen hatte, würde mich nur noch wütender machen. Darüber zu schweigen war besser, als sich darüber aufzuregen, wie ich es früher getan hatte, aber es war wirklich nicht angemessen für ein Abendessen.

Schließlich fand das Essen ein Ende, und Matt schaffte es, seine Tante davon zu überzeugen, sich für den Abend zurückzuziehen. Ich argwöhnte, dass ihr klar war, dass etwas nicht stimmte, und Chronos nicht einfach nur mein lang verschollener Großvater war, der nach London zurückgekehrt war, um bei seiner Enkeltochter zu sein. Ihre guten Manieren saßen jedoch viel zu tief, als dass sie das gezeigt hätte.

Normalerweise hätten sich nach einer Dinnerparty die Männer ins Raucherzimmer zurückgezogen, und die Frauen hätten darauf gewartet, dass sie in den Salon zurückkehrten. Aber das war keine normale Dinnerparty, und wir begaben uns alle gemeinsam in den Salon. Bristow servierte Getränke, dann zog er sich zurück und schloss die Tür hinter sich.

Duke und Cyclops bezogen neben der Tür Stellung, ohne dass man sie hätte darum bitten müssen. Willie nahm den Sessel neben dem Fenster, vielleicht mit der Absicht, auch das zu blockieren. Ich bezweifelte, dass Chronos wendig genug war, um durch das Fenster nach draußen zu gelangen, doch sagte ich das nicht.

Er beäugte seine Häscher mit zusammengekniffenen Augen und schmalen Lippen. „Ein Glück, dass Sie guten Kognak haben", sagte er zu Matt. „Sonst wäre ich vielleicht weitaus weniger geneigt, Zeit in Ihrer Gesellschaft zu verbringen."

Ich nahm mein Glas fester. Eindeutig betrachtete er es auch nicht als lohnend, Zeit mit *mir* zu verbringen.

„Wir haben noch etwas miteinander zu besprechen", sagte Matt, der neben mir auf dem Sofa Platz nahm. „India hat ihre

Seite des Handels eingehalten, nun ist es an Ihnen. Erzählen Sie uns, vor wem Sie sich verstecken, und weshalb."

Chronos musterte das Glas, das er in beiden Händen hielt. „Unter anderem möchte mich die Uhrmachergilde bestrafen."

Mein Herzschlag donnerte ein einziges Mal in meiner Brust und wurde dann schwach. Es schien, als wäre es eine Familieneigenschaft, Ärger mit der Uhrmachergilde zu bekommen.

„Was den Grund angeht, so ist das eine lange Geschichte."

„Es liegt daran, dass du ein Magier bist", sagte ich.

„Teilweise. Ich bin ein Magier, der nicht damit zufrieden ist, in seiner Werkstatt alt zu werden, während er an den Uhren der Talentfreien herumbastelt. Sie würden sich mit mir abfinden, wenn ich meine Magie verbergen würde wie dein Vater. Aber das ist nicht das, was ich tun könnte."

„Nicht einmal, wenn es um die Sicherheit Ihrer Familie geht", sagte Matt düster.

„Wie wurde denn meine Familie betroffen? Elliot war Gildenmitglied."

„Weil sie ihn für talentfrei hielten. Sie haben erfahren, dass India die Magie geerbt hat, und sie ausgeschlossen."

„Falls sie eine Mitgliedschaft wollte, hätte sie den Mund halten sollen, wie ihr Vater. Es ist nicht meine Schuld, dass sie vermutet haben, dass sie zur Magie neigt. Ich habe es niemandem verraten."

„Sie haben nichts vermutet", sagte ich. „Mein Vater hat es meinem Verlobten Eddie Hardacre erzählt, und der hat es der Gilde zugetragen."

„Hardacre." Chronos schaute mich über den Rand seines Glases hinweg an. „Der Mann, dem inzwischen mein Geschäft gehört."

„Das Geschäft meines Vaters", verbesserte ich. „Vater hat Eddie den Laden in seinem Testament überschrieben, unter der Annahme, dass Eddie mich heiraten würde. Dieses Vertrauen hat Eddie missbraucht. Er hat mich verraten."

Chronos knurrte. „Vertraue den Talentfreien niemals dein Geheimnis an, India." Sein Blick glitt zu Matt. „Sie verstehen es nicht."

„Ich werde Indias Geheimnis wahren", fuhr ihn Matt an. „Wie auch jeder sonst in diesem Raum."

Chronos stellte sein Glas mit einer langsamen, betonten Bewegung neben sich auf dem Tisch ab. „Dann sind Sie eine wahrlich einzigartige Person."

Matt spannte das Kinn an, und ich dachte, er würde Chronos an den Jackenaufschlägen packen und bedrohen. Stattdessen sagte er mit erstaunlicher Ruhe: „Sie sagten, dass die Gilde der Uhrmacher nur *teilweise* hinter Ihnen her ist, weil Sie Magier sind."

„Nicht nur die Gilde der Uhrmacher. Jede verdammte Gilde in London würde mich gern aus der Stadt verwiesen sehen. Ich bin mit den meisten von ihnen aneinandergeraten, zur einen oder anderen Gelegenheit, bevor ich geflohen bin. Es war unvermeidlich. Wo sonst sollte man anfangen, nach einem Magier zu suchen? Die meisten verstecken sich auf dem Präsentierteller, wie dein Vater. Es geht einfach nur darum, den besten Handwerker in der jeweiligen Gilde zu finden, und er oder sie wird dann ein Magier sein."

Das wusste ich bereits aus unseren Ermittlungen wegen der Morde an dem Drogisten und an dem Kartenzeichner-Lehrling. „Du warst nicht diskret?"

„Diskretion führt nicht zu den richtigen Ergebnissen. Man ist entweder direkt oder man bekommt nichts."

„Sie sind ein gottverdammter Narr", sagte Willie. „Sie haben ihnen keine andere Wahl gelassen, als Sie zu verbannen."

Chronos grinste. „Ah, aber ich habe gefunden, was ich wollte."

„Dr. Parsons", murmelte Matt.

Chronos nahm sich sein Glas vom Tisch und trank es zur Hälfte aus.

„Du erzählst uns nicht alles", sagte ich. „Du hast Matts Frage nicht ganz beantwortet – was ist der andere Grund, weshalb dich die Gilde jagt? Es ist nicht einfach nur, weil du ein Magier bist, oder?"

Jenes wissende Lächeln erschien wieder. „Du kommst eher nach mir als nach Elliot."

Er wich der Antwort aus, indem er uns ablenkte, aber ich fiel dieses Mal nicht auf seine Taktik herein. „Weshalb, Chronos?"

Er trank seinen Kognak aus und hielt das Glas zum Nachfüllen hin. „Meine Magie hat zum Tod eines Menschen geführt."

Alle rückten oder lehnten sich vor. Matt hielt beim Einschenken inne.

„Es war ungefähr zu der Zeit, als du geboren wurdest, India", fuhr Chronos fort. „Ich hatte bereits Jahre damit verbracht, nach anderen Magiern zu suchen, um meine Magie mit der ihren zu vereinen und dadurch ihre Magie zu verlängern. Ich hatte bescheidene Erfolge gehabt, und manchmal hielt die Magie jahrelang an. Ein Kleid, das von einem Schneidermagier gefertigt worden war, riss oder franste zwei Jahrzehnte lang nicht, und ein ganzer Schuppen hielt durch nichts als die Magie des Baumeisters fast fünf Jahre lang zusammen."

„Keine Nägel?", fragte Duke beeindruckt.

„Keine Nägel." Chronos nahm einen Schluck. „Ich hatte geübt, wann immer ich konnte, deshalb war ich bereit, an einem Menschen zu experimentieren, wenn ich nur einen Arztmagier gefunden hätte. Es dauerte Jahre, aber als wir uns endlich begegneten, war er genauso darauf versessen wie ich, unsere Magie zu vereinen. Nach sorgfältiger Überlegung fanden wir eine passende Testperson. Sie waren nicht mein erster Versuch, Mr. Glass. Das war ein Mann namens Wilson. Ich kenne seinen Vornamen nicht. Wir fanden ihn, dem Tode nah, in einer Gasse in Bethnal Green im Winter. Er hatte kein Zuhause und keine Familie. Niemanden kümmerte es, ob er überlebte oder starb."

„Woran starb er denn?", fragte ich.

„An der Kälte, dem Alter, einer Vielzahl von Dingen. Ich weiß es nicht. Wir brachten ihn in die Räumlichkeiten des Arztes und machten uns sofort an die Arbeit."

„Ohne erst nachzusehen, ob er wieder wurde?", fragte ich. „Was, wenn es ihn gerettet hätte, ihm Medikamente, Wärme und Nahrung zukommen zu lassen? Zumindest bestand bei Matt kein Zweifel, dass er sterben würde, doch dieser Mann hatte Hoffnung."

Matt schenkte sich einen weiteren Drink ein. Chronos sah ihm dabei zu, und ich beobachtete Chronos. Er zeigte keinen

Funken Reue. Matt trank den Inhalt seines Glases in einem großen Schluck aus und goss sich ein weiteres ein. Er trank nur selten mehr als ein Glas an einem Abend. Einmal hatte er durchblicken lassen, dass er seinen Lastern übermäßig nachgegeben hatte, bevor sein Großvater ihn in Broken Creek angeschossen hatte. Trinken war eines jener Laster gewesen. Dass er fast gestorben war, hatte dazu geführt, dass er sich geändert hatte. Obwohl er gelegentlich ein Glas trinken konnte, ohne mehr zu brauchen, zog er es vor, überhaupt nicht mehr mit seinem Leben zu spielen. Manchmal fragte ich mich, was für andere Laster ihn in seinen genusssüchtigen Tagen gequält hatten.

„Laut dem Arzt bestand keine Hoffnung auf eine natürliche Genesung, sogar mit seinen überlegenen medizinischen Fähigkeiten", sagte Chronos. „Bist du nun fertig damit, mich zu verurteilen, India? Würdest du gern hören, was als nächstes geschah?"

Ich biss mir auf die Innenseite meiner Lippen, bis es wehtat.

„Wir vereinten unsere Magie, webten gemeinsam unsere Zauber, aber der Puls des Patienten wurde zu schnell. Er starb an Herzversagen. Der Arzt weigerte sich, es noch einmal zu versuchen, aber irgendwie bekamen seine Gilde und auch meine Wind davon. Ich habe nicht die geringste Ahnung, wie. Ich denke, er hat es jemandem erzählt, der es jemandem weitererzählt hat … Man weiß ja, wie sich Gerüchte verbreiten. Die Gilde der Wundärzte verbannte ihn und wollte ihn der Polizei melden. Er bekam Angst, deshalb glaube ich, dass er mich beschuldigt und ihnen gesagt hat, ich hätte ihn gezwungen. Aber das habe ich nicht. Es war unser beiderseitiges Interesse. Aber er hatte eine Familie zu beschützen." Er zuckte mit den Schultern.

„Sie hatten auch eine Familie", erklärte Matt. „Hatten Sie keine Angst um sie?"

„Meine Frau konnte bestens auf sich selbst aufpassen", stieß Chronos hervor. „Tatsächlich war sie vermutlich froh, dass der Verdacht auf mich fiel, denn es bedeutete, dass ich aus dem Land fliehen musste. Sie war mich endlich los und konnte den Laden auf ihre Weise führen. Unsere Ehe war keine gute, India. Dafür entschuldige ich mich nicht. Deine Großmutter und ich waren in jeder erdenklichen Weise Gegensätze."

„Weshalb hast du sie dann überhaupt geheiratet?"

„Wir hatten keine Wahl. Unsere Eltern haben es arrangiert. Sie wollten eine Vereinigung zweier überragender Uhrenmagier. Die magische Abstammung beider Familien war stark und rein, jeder Ehepartner konnte auf Generationen mit magischen Fähigkeiten zurückblicken. Ich bin ein starker Magier, auch deine Großmutter war einer, und Elliot ..." Er breitete die Arme weit aus. „Ich weiß nicht, wie mächtig er war. Seine Mutter bat ihn, seine Magie von Kindesbeinen an zu verstecken. Er hätte sehr viel mächtiger sein können als sie oder ich, aber er war verschwiegen. Er weigerte sich, meine Fragen zu beantworten, wenn ich sie ihm stellte. Du jedoch ... du ..." Er kicherte leise in sein Glas. „Wenn nur unsere Eltern noch leben würden, um zu hören, wie du erzählst, dass deine Magie ohne Zauber wirkt, und dann auch noch auf so dramatische Weise. Es wäre ihnen eine Freude. Natürlich, du hattest vier magische Großeltern."

„Vier?", stieß ich hervor.

„Dein Großvater mütterlicherseits war ein magischer Konditor, und deine Großmutter mütterlicherseits war eine magische Bäckerin, bevor sie heirateten. Ihre Spezialität waren Kuchen. Deine Mutter hat die Backmagie geerbt. Hat Elliot dir das nicht erzählt?"

Ich starrte ihn mit offenem Mund an, bis Willie mit den Fingern an meinem Ohr schnippte. „Bist du noch bei uns, India?"

Ich nickte. Ein magischer Konditor war eine Erklärung dafür, weshalb ich so gern Süßes mochte. Bonbons zogen mich fast genauso an, wie ich mich dazu hingezogen fühlte, Uhren zu berühren. „Ich dachte, ich wäre nur eine Naschkatze", sagte ich.

Matt lachte leise.

„Also zurück zu der Geschichte", drängte Willie wie ein ungeduldiges Kind. „Die Gilden haben Sie aus England verjagt."

Chronos nickte. „Sie hätten mir die Polizei auf den Hals gehetzt, wenn ich geblieben wäre."

„Und nun, da Sie zurück sind, sind sie immer noch hinter Ihnen her."

„Selbst nach Jahren noch haben sie es nicht vergessen", sagte er. „Abercrombie, der Gildemeister, ist der Sohn des letzten Gildemeisters, desjenigen, der mich festnehmen und bestrafen wollte."

„Er weiß, dass du in London bist?", fragte ich. Deshalb war Chronos nicht zur Beerdigung meines Vaters gekommen. Deshalb hatte er nicht versucht, mich zu finden. Er war ein Gejagter. Ich beobachtete ihn durch halb geschlossene Lider. Es konnte auch daran liegen, dass er selbstsüchtig und gefühllos war.

„Ich bin mir nicht sicher", sagte Chronos. „Ich dachte, er hätte euch geschickt, als ich euch bei Wortheys Fabrik gesehen habe. Ich bekam Panik und bin weggerannt. Cyclops sagt, ihr hättet mich durch diesen Trottel Dr. Hale gefunden. Er war nur ein Drogistenmagier, kein Arzt. Wusstet ihr das?"

Matt nickte. „Wir haben denselben Fehler gemacht wie Sie und geglaubt, seine Magie wäre die eines Heilers. Aber immerhin hat er uns zu Ihnen geführt."

„Wie ironisch", sagte Chronos angespannt.

„Weshalb sind Sie nach London zurückgekehrt?", fragte Matt.

„Warte." Willie hob die Hand. „Du springst in die Zukunft, Matt." Zu Chronos sagte sie: „Sie haben England verlassen und sind nach Amerika gegangen, nachdem Ihr Experiment an dem Obdachlosen gescheitert ist."

„Nicht gleich. Sehen Sie, der Arztmagier hat mir von seinem Vetter erzählt, der auch Magier war. Die beiden hatten sich jahrelang nicht gesehen und den Kontakt zueinander verloren. Der Vetter war nach Frankreich und Italien gereist, mehr wusste ich nicht. Ich folgte seiner Spur über den ganzen verdammten Kontinent. Er blieb nur selten irgendwo länger. Dann habe ich ihn ganz verloren. In den frühen Achtzigern hat er Preußen verlassen, und es gab keine neue Adresse mehr. Es dauerte einige Zeit und brauchte eine Menge Geld, um herauszufinden, dass er nach Amerika gegangen war." Sein Blick wurde sehnsüchtig. „Eine hübsche preußische Witwe hat dieses Detail schließlich verraten, aber es bedurfte einiger Anstrengung meinerseits, dieses Wissen zu erhalten."

„Dr. Parsons ist also der Vetter", riet Duke. „Der Mann, den Sie durch ganz Europa verfolgt haben."

Chronos nickte. „Ich habe ihn in diesem stinkenden Loch gefunden, Broken Creek. Ich musste ihn etwas überzeugen, ehe wir versuchen konnten, unsere Magie zu vereinen. Letztlich waren es Sie, der den Ausschlag gab, Glass."

„Ich? Wie? Ich habe doch mit keinem von Ihnen ein Wort gewechselt, bevor auf mich geschossen wurde."

„Sie waren jung und bei guter Gesundheit, und Ihr Tod wurde von einem Mitmenschen verursacht, nicht von einer Krankheit oder einem göttlichen Akt, wie es dieser fromme Narr formulierte. Sie hatten auch jemanden, der sich um Sie sorgte." Seine Armbewegung schloss Willie, Duke und Cyclops ein, die düstere Blicke austauschten. „Das alles habe ich Parsons dargelegt, und er stimmte einem Versuch zu. Wenn Sie ein alter Vagabund ohne Familie gewesen wären, bezweifle ich, dass er es getan hätte."

„Weshalb hat der Zauber bei mir funktioniert, aber nicht beim ersten Mal an Mr. Wilson?", fragte Matt.

„Der Doktor hat eines der Wörter falsch ausgesprochen. Der Akzent ist schwierig, und er hat ihn nicht richtig hinbekommen. Dr. Parsons machte bei Ihnen keinen solchen Fehler."

„Danke, dass du Dr. Parsons überredet hast, es zu versuchen." Meine leise Stimme drang durch die Stille. Ganz egal, was ich von diesem Mann und seinen Experimenten hielt, ohne ihn wäre Matt überhaupt nicht hier.

Chronos bewegte den Kiefer, während er mich und dann Matt anstarrte. „Danach wollte Parsons nicht aufhören, davon zu plappern, dass es nicht rechtens gewesen war. Ich habe zu viel Zeit damit verschwendet, zu versuchen, seinen sturen Kopf zu überreden. Wäre ich nicht in Amerika geblieben, könnte ich mit meiner Suche jetzt schon sehr viel weiter sein."

„Ihrer Suche?", wiederholte Matt. „Nach dem ursprünglichen Arztmagier?"

„Nein. Der ist tot. Aber ich bin mir ziemlich sicher, dass es noch einen gibt."

„Woher wissen Sie das?"

Chronos trank, dann wischte er sich den Bart mit Daumen

und Zeigefinger ab. „Naja, Parsons' Vetter, Dr. Millroy, mein ursprünglicher Mitmagier hier in London, hatte einen Sohn."

Matt sprang auf und ging auf und ab. „Er sollte nicht allzu schwer aufzuspüren sein. Haben Sie es versucht?"

„Setz dich, Matt", sagte Willie. „Warum bist du plötzlich so ruhelos?"

Ich schluckte und wartete darauf, dass Matt antwortete, aber das tat er nicht. Er warf lediglich einen so harten Blick auf Chronos, dass ich dachte, er würde Löcher in ihn bohren.

„Wo hat Dr. Millroy gewohnt?", drängte Matt. „Seine Frau und sein Sohn könnten noch da sein. Wenn nicht, könnten die neuen Bewohner wissen, wo man sie findet."

Chronos schüttelte den Kopf. „Millroy hatte keine Kinder mit seiner Frau. Er hatte einen Sohn mit seiner Geliebten."

„Teufel aber auch", murmelte Matt.

„Kennst du den Namen der Geliebten, oder weißt, wo sie gelebt hat?", fragte ich.

„Nein", sagte Chronos.

Ich drückte mir die Hand auf den Bauch. Mir war übel. Sie nach all den Jahren zu finden, würde eine nahezu unmögliche Herausforderung sein.

Chronos hatte Matts Uhr nicht repariert, und mir war inzwischen klar, weshalb – er musste seine Magie wieder mit der eines Arztes vereinen. Es war so offensichtlich, dass ich nicht glauben konnte, dass wir nicht selbst darauf gekommen waren. Wir hatten blind dem sterbenden Dr. Parsons vertraut, als er behauptet hatte, nur der ursprüngliche Uhrmacher wäre erforderlich. Hatte er absichtlich gelogen oder es einfach nicht besser gewusst?

„Wozu brauchen Sie den Sohn?" Willies hoher Stimme entnahm ich, dass sie die Antwort auf ihre Frage bereits vermutete. „Nun?" Sie stapfte über den Teppich zu Matt und stieß ihn hart an der Schulter. „Warum hast du uns nicht gesagt, dass seine Magie sie nicht repariert hat? Hä? Antworte mir, Matt." Sie wollte ihn noch einmal schlagen, aber er fing ihre Faust ab.

Sie brach in Tränen aus und riss sich los. Sie trat von der Seite gegen das Sofa, dann trat sie noch einmal dagegen, und noch einmal, bis Matt einen Arm um sie legte. Duke trat einen Schritt vor, und Matt schob sie in seine Arme. Das ließ sie mit überraschender Gefügigkeit mit sich machen.

„Tränen werden den unehelichen Sohn nicht finden", sagte ich zu ihr, während mir selbst wütende Tränen hochkamen. „Wenn man darüber nachdenkt, sind wir tatsächlich näher daran, Matts Uhr zu reparieren, als wir es gestern waren."

„Wie kommst du darauf?", heulte Willie.

„Gestern hatten wir weder einen Arztmagier noch Chronos. Nun haben wir den einen und außerdem belastbare Informationen, um den anderen zu finden. Wir müssen nur Dr. Millroys Geliebte aufspüren. Irgendjemand irgendwo wird wissen, was mit ihr passiert ist, und mit ihrem Sohn."

„Hoffen wir mal lieber nicht, dass er auch tot ist."

Matt setzte sich neben mich und nahm meine Hand. Er fasste sie etwas zu fest, aber ich brachte es nicht über mich, ihm zu sagen, er solle aufhören. Er schien diesen Kontakt zu brauchen. „Du hast recht, India. Du schaffst es immer, die Dinge in die richtige Perspektive zu rücken."

„India hat eine positive Sicht auf die Dinge", erklärte Duke Chronos über Willies Kopf hinweg, der immer noch an seiner Brust lag.

„Genau wie ich", sagte Chronos, als würde er über unsere Übereinstimmungen und Unterschiede Buch führen. „Finden Sie den unehelichen Sohn, und Sie haben sehr wahrscheinlich einen Arztmagier gefunden, *falls* er die Macht seines Vaters geerbt hat."

„Millroy hat ihm den Zauber beigebracht?", fragte Matt.

Chronos schüttelte den Kopf. „Der Junge war nur ein Baby, als sein Vater starb." Er hob einen Finger, um den Ansturm unserer Fragen aufzuhalten. „Es gibt ein Tagebuch. Darin hat Dr. Millroy alles aufgeschrieben, darunter auch den Zauber. Das weiß ich aus zuverlässiger Quelle, weil ich dabei zusah, wie er es aufgeschrieben hat."

Ich legte die andere Hand über die von Matt, wagte es kaum, ihn anzuschauen. Das tat ich erst, als er seine Hand zurückzog und aufstand. Er lehnte einen Ellbogen auf den Kaminsims und fuhr sich mit den Fingern durch die Haare.

„Das Tagebuch könnte inzwischen überall sein", sagte er bedrückt. „Es könnte vernichtet worden sein."

Ich stand auf, um zu ihm zu gehen, setzte mich jedoch wieder hin. Ich hatte nicht das Recht, ihn zu trösten, und ich wollte ihm nicht das Signal geben, dass er mir wichtig war. Es hätte sein können, dass er auf ein solches Signal reagierte, und ich hatte Angst, meine Willenskraft würde zerbröseln, falls er das tat.

Ich nahm mein Glas und nippte daran. Chronos beobachtete mich, eine Augenbraue neugierig gehoben. Dann brummte er halb lachend und nickte langsam. Ihm entging nichts.

„Also beginnen wir die Suche nach dem Tagebuch im Haus der Witwe", sagte Duke. „Irgendeine Ahnung, wo sie wohnt?"

Chronos schüttelte den Kopf. „Das Tagebuch ist nicht bei ihr. Ich habe Nachforschungen angestellt. Sie sagte, es wäre nicht bei seinen Habseligkeiten gewesen, als die Polizei ihn gefunden hat, was sie für merkwürdig hielt. Er hatte das Tagebuch immer dabei." Er klopfte auf seine Westentasche. „Genau hier."

„Also ist es weg." Willie schniefte. „Vermutlich verbrannt, um irgendeine alte Vettel warm zu halten."

„Oder es ist bei seinem Mörder."

„Mörder!", ließen sich etliche Stimmen, darunter meine, vernehmen.

„Millroy wurde ermordet." Chronos machte eine schlitzende Bewegung mit einer Hand über die Kehle. „Laut der Polizei hat ein Zeuge gesehen, wie ein Mann im Umhang sich mit Dr. Millroys Habseligkeiten vom Tatort entfernte."

Es kam nicht oft vor, dass wir alle sprachlos waren, aber nun war dieser Zeitpunkt gekommen.

„Bevor Sie fragen", sagte Chronos, „ich weiß nicht, wer der Mörder ist. Es ist unmöglich, aus der Polizei etwas herauszubekommen, doch niemand wurde verhaftet."

Matt hatte Kontakte bei Scotland Yard. Es war vielleicht nicht unmöglich, mehr über diese Ermittlung zu erfahren. Vielleicht beinhalteten ihre Aufzeichnungen eine Liste mit Verdächtigen. „Dann werden wir dir helfen, Dr. Millroys Mörder zu finden." Ich schaute zu Matt. „Das ist etwas, in dem du und ich ziemlich gut sind."

Matt wirkte nicht überzeugt. Tatsächlich schien er abgelenkt. „Ich habe einen Vorschlag für Sie, Chronos", verkündete er schließlich. „Sie verstecken sich. Dies hier ist ein ebenso gutes Versteck wie jedes andere, insbesondere, da meine Freunde und ich Ihnen einen gewissen Schutz bieten können. Bleiben Sie hier, und wir werden Ihnen helfen, das Tagebuch und Dr. Millroys Sohn zu finden. Abgemacht?"

„Und im Gegenzug?", fragte Chronos.

„Im Gegenzug helfen Sie India, ihre Magie zu verstehen."

Chronos zögerte einen Sekundenbruchteil, dann streckte er die Hand aus. „Abgemacht."

„Lass ihn irgendwas unterschreiben", flüsterte Willie laut, während Matt den Kopf schüttelte. „Ich vertraue ihm nicht."

„Sie können mir trauen", sagte Chronos. „India fasziniert mich ausreichend, dass ich mehr über ihre Magie erfahren will."

Meine Magie, nicht *mich*. Ein winziger Funken der Enttäuschung ließ sich in meiner Brust nieder.

„Wir besiegeln es mit einem Drink", sagte Matt, der Chronos noch einmal nachschenkte, und sich selbst auch. „India?"

„Nein, danke", erwiderte ich. „Ich glaube, ich ziehe mich zurück."

Matt fing mich an der Tür ab, ein Stirnrunzeln legte sich auf seine ansehnlichen Züge. „Geht es dir gut?", murmelte er. „Tun deine Verletzungen von dem Unfall noch weh?"

Ich hatte die Prellungen fast schon vergessen, die ich mir zugezogen hatte, als unsere Kutsche umgekippt war, was unseren Kutscher das Leben gekostet hatte. Es schien, als läge das schon Monate zurück, nicht nur Tage. „Ich bin einfach nur müde", versicherte ich ihm.

Seine Finger berührten meine. Prickelnde Wärme strömte meinen Arm hinauf. Ich zog mich zurück und wäre gegangen, wenn er nichts gesagt hätte.

„Bleib." Das Wort war so leise wie ein Atemhauch. Niemand außer mir konnte es gehört haben. Die Bitte in seinen Augen stach mir ins Herz und ließ mich grübeln, ob er sich darauf bezog, noch etwas zu trinken, oder in seinem Haus zu bleiben.

„Ich kann nicht."

Jene schokoladenbraunen Augen musterten meine, und

meine Haut prickelte erneut. Ich konnte mich nicht bewegen. Ich wurde von seinem intensiven Blick hypnotisiert, fühlte mich, als würde ich hineinfallen, ohne ein Ende zu finden. Dieser eine Blick, sowohl verletzlich als auch stark, brachte mich dazu, dass ich meine Entschlossenheit wegschieben und bleiben wollte, wo ich ihm begegnen konnte, wann immer mir danach war, mir vorstellen konnte, ich wäre die Hausherrin und seine Ehefrau.

„Matt", fuhr Willie ihn an. Sie brauchte nicht noch „Sie ist nichts für dich" zu sagen. Das hörte ich bereits in ihrem Unterton.

Ich raffte meine Röcke und eilte aus dem Zimmer, das Herz schlug mir bis zum Hals.

* * *

Es war töricht von mir, zu denken, ich könnte schlafen. Ich lauschte, ob ich Schritte draußen auf dem Gang vernahm, doch niemand kam vorbei, und Matts Schlafzimmer befand sich weiter hinten im Gang als meines. So leise konnte er nicht schleichen, nicht bei den quietschenden Dielen. Es war fast Mitternacht, und Matt war sicher erschöpft. Selbst wenn er erneut von seiner magischen Uhr Gebrauch gemacht hatte, hatte er trotzdem normalen Schlaf nötig. Vielleicht sollte ich mich darum kümmern, dass er auf sich aufpasste.

Ich warf mir einen Schal um die Schultern und zog Hausschuhe an. Im Gang war es leise, aber Stimmen trieben von unten herauf. Ich fand meinen Weg im Dunkeln und brauchte keine Kerze, um die Stufen nach unten zu meistern. Eine Lampe glühte sanft in der Eingangshalle, in der ich stehen blieb, um zu lauschen. Die Stimmen kamen aus dem Salon, nicht aus dem Personalbereich. Ich legte ein Ohr an die Tür.

„Bist du sicher?", hörte ich Willie sagen. „Das ist sehr viel."

„Du kannst mitgehen", sagte Matt mit leicht verärgertem Unterton. „Du hast den ganzen Abend lang gewonnen."

„Das macht mir ja gerade Sorgen. Ich schlage dich nie."

„Ich bin eingerostet."

„Das ist nicht eingerostet. Das ist einfach nur Pech."

31

„Mein Glück hat mich in letzter Zeit im Stich gelassen." Ich musste mich anstrengen, um seine Worte zu verstehen.

„Nicht, Matt", ließ sich Cyclops vernehmen. „Hör jetzt auf. Du weißt, dass du nicht spielen solltest." Matt hatte, seit ich ihn kannte, nur einmal um Geld gepokert, und das nur, als es darum ging, etwas Wertvolles für Willie zurückzugewinnen. Weshalb hatten seine Freunde ihn heute Abend nicht aufgehalten, wenn es für ihn so schlecht war, zu spielen?

„Und du magst es auch nicht, wenn du so viel trinkst", fügte Duke an.

„Spiel nicht mein Kindermädchen", knurrte Matt.

„Lasst den Mann doch trinken!" Chronos' Stimme war klar wie ein heißer Sommertag. „Ein Mann muss doch ein paar Laster haben, was wäre denn sonst der Sinn des Lebens?"

„Klappe", fuhr Willie ihn an. „Sie haben keine Ahnung, was Matt angeht."

„Ich habe Augen, und ich kann sehen."

„Was sehen?", fragte Matt. Ich stellte mir vor, dass er Chronos anfunkelte, und Chronos abwog, ob es eine gute Idee war, ihm zu antworten, oder nicht.

Ich legte die Hand auf den Türgriff, um sie zu unterbrechen und die Spannung abzubauen. Dann sprach Chronos, und ich stellte fest, dass ich hören wollte, was er zu sagen hatte.

„Ich kann sehen, dass Sie wütend und frustriert sind, und dass meine Enkeltochter töricht ist."

Wie konnte er es wagen, mich töricht zu nennen? Er kannte mich doch kaum!

„India ist nicht töricht", sagte Matt.

„Weshalb will sie dann in einem Häuschen am Rande der Stadt wohnen, wenn sie hier im Luxus leben kann? Das hier hier ist Mayfair, in Gottes Namen. Die einzige Möglichkeit für eine Frau wie sie, in einem Haus wie diesem zu leben, besteht darin, wenn ihr reicher Liebhaber ihr dort Unterkunft bietet, und selbst dann …"

Darauf folgten gedämpfte Geräusche und etwas Gewusel.

„Himmel!", rief Chronos. „Ich habe nicht behauptet, sie wäre *Ihre* geliebte, Glass. Lassen Sie mich los."

Ich hätte zu diesem Zeitpunkt eintreten sollen. Ich hätte so tun sollen, als wäre ich gerade aufgewacht und hätte mich auf die Suche nach meinen Freunden gemacht. Aber das tat ich nicht, und deshalb erwischte mich Matt beim Lauschen.

Plötzlich füllte er mein ganzes Blickfeld aus. Die Röte seiner Wangen vertiefte sich, während er auf mich herabschaute. Ich schluckte mein Keuchen, als ich die Anzeichen der Erschöpfung bemerkte, die in jede Falte rund um seinen Mund eingeätzt waren, in jeden Schatten unter seinen hohlen Augen. Ich sah jedoch nicht nur Müdigkeit. Auch Kummer machte ihm zu schaffen.

KAPITEL 3

Matts Augenbrauen senkten sich finster herab. „Wie lange bist du schon hier?", wollte er wissen.

Ich holte Luft, um mich zu stärken. Er war wütend, aber nicht zwingend auf mich. Zumindest hoffte ich das. „Lange genug, um zu hören, dass du meine Ehre verteidigst. Danke."

Sein Gesicht entspannte sich. „Dein Großvater hat schlechte Manieren."

„Das ist ein kleiner Preis, den es für das zu bezahlen gilt, was er für dich tun kann."

Er trat näher und beugte sich herab, um mir ins Ohr zu flüstern. Er roch nach teurem Kognak und Kölnischwasser. „Wenn er dich noch einmal verunglimpft, berichte es mir."

„Ich werde allein mit ihm fertig."

Er richtete sich langsam auf. „Ich weiß, dass du mich nicht brauchst, India, aber du könntest gelegentlich zumindest so tun, um meinen männlichen Stolz zu erhalten."

„Ich *brauche* dich." Die Worte waren mir über die Lippen gekommen, ehe ich sie aufhalten konnte. Ich biss mir fest auf die Innenseite der Wange, damit ich sie nicht auch noch wiederholte.

Matt starrte mich an. Seine Atmung beschleunigte sich. Ich wünschte, er hätte *irgendetwas* gesagt, um die aufgeladene Stille zu durchbrechen, aber er schien nicht zu wissen, was.

„Dein Geld", sagte Willie hinter ihm.

„Behalte es", erwiderte Matt, ohne sich umzudrehen.

Ich trat zur Seite und ließ ihn vorbei, dann musterte ich seinen aufgerichteten Rücken, während er die Stufen hinaufging. Ein dumpfes Gefühl sickerte in meine Knochen. Ich war mir nicht sicher, was ich denken oder wie ich reagieren sollte. Konnte er meine Gedanken lesen? Wusste er, *warum* ich aus diesem Haus ausziehen musste?

„Jetzt zu gehen ist keine gute Idee, India." Es schien, als könnte Willie sie lesen.

Sie saß mit Chronos am Kartentisch, den sie hereingetragen hatten. Duke und Cyclops saßen in der Nähe, spielten aber nicht. Alle vier schauten mich mit unterschiedlichem Interesse an. Doch hatte nur Willie ihr Kinn entschlossen vorgereckt. Ich machte mich gefasst. Sie war niemand, der mit der eigenen Meinung hinter dem Berg hielt. Sie und mein Großvater sollten sich wunderbar vertragen.

„Normalerweise würde ich wollen, dass du wegziehst", fuhr sie fort. „Weil er zurück nach Amerika soll, wenn seine Uhr repariert ist, und du eine Verlockung bist, in London zu bleiben. Aber nicht mehr. Jetzt will ich, dass du noch ein wenig länger in diesem Haus bleibst."

„Was hat dich zum Umdenken bewogen?", fragte ich.

„Vor heute Abend war es, dass ich sah, wie gut du und Matt zusammen Rätsel löst. Rätsel wie das, wer das Tagebuch hat und wo man den unehelichen Sohn des Doktors findet."

„Ich kann ihm helfen, diese Rätsel zu lösen, auch wenn ich anderswo wohne und jeden Tag zu Besuch komme."

„Das ist nicht dasselbe. Manchmal geschieht etwas Dringendes, und du wirst zu weit weg sein."

Ich gestand ihr dieses Argument mit einem Nicken zu. „Und nach heute Abend? Weshalb willst du jetzt, dass ich bleibe?"

„Deswegen." Sie deutete auf den Tisch, die leere Kristallkaraffe und die Gläser.

Eine Last senkte sich auf meine Brust herab.

„Nun?", drängte Duke. „Wirst du bleiben, India?"

Cyclops sammelte die Gläser mit einer großen Hand ein. „Es ist doch nur, bis das hier vorbei ist und Matts Uhr repariert wird", sagte er und stellte die Gläser auf ein Tablett. „Dann gehen wir nach Hause, und du kannst tun, was du tun möchtest."

Ich verschränkte die Arme, weil es mich fröstelte, aber die Kälte kroch trotzdem mein Rückgrat empor. „Ich denke darüber nach."

* * *

ICH HATTE KEINE GELEGENHEIT, am Vormittag mit Matt zu sprechen. Er brach gleich nach dem Frühstück auf, um Commissioner Munro am New Scotland Yard einen Besuch abzustatten. Ehe er aufbrach, schlug er vor, Chronos und ich könnten in seinem Bureau arbeiten, abseits von neugierigen Augen und Ohren.

Zuerst kümmerte ich mich darum, dass es Miss Glass gut ging, und nachdem Cyclops versprochen hatte, ihr Gesellschaft zu leisten, begab ich mich zu dem Schlafzimmer, das Mrs. Bristow Chronos zugewiesen hatte. Er folgte mir von da zu Matts Bureau, wo er sich auf Matts Sessel hinter dem Schreibtisch niederließ, sodass mir der andere Sessel blieb.

Sein Blick schweifte über den Inhalt des Schreibtisches, und als er nichts Interessantes entdeckte, sagte er: „Zeig mir deine Taschenuhr."

„Warum?"

Er seufzte. „Damit ich sehen kann, welche Magie du hineingelegt hast."

„Ich habe dir doch gesagt, dass ich gar keine Magie *hineingelegt* habe. Magie hat einfach ihren Weg in sie hinein gefunden. Irgendwie." Es klang lächerlich, aber keiner von uns lachte.

Er streckte den Arm über den Schreibtisch. „Zeig mir die Uhr, India. Ich muss sehen, wozu du fähig bist, bevor ich dir beibringen kann, was du nicht weißt."

„Ich weiß gar nichts. Darum geht es doch. Alles, was ich getan habe, ist völlig unabsichtlich passiert." Trotzdem legte ich meine Taschenuhr auf seine Hand.

Er ließ sie auf den Schreibtisch fallen und schüttelte die Hand aus. „Verflucht!"

„Vorsicht!" Ich schnappte mir die Uhr und inspizierte das

silberne Gehäuse, ob es eine Delle hatte. „Meine Eltern haben mir diese Uhr geschenkt. Es ist mein wertvollster Besitz."

„Es ist eine relativ günstige Sprungdeckeluhr", sagte er abgelenkt, während er seine Handfläche musterte.

„Sie mag ja relativ günstig für dich sein, aber für mich ist sie unbezahlbar. Nicht, dass ich erwarten würde, dass du das verstehst. Es sieht so aus, als würdest du Werte nur in finanziellen Dingen sehen."

„Nicht ganz." Er schaute von seiner Hand auf. Sie war rot. Meine Uhr hatte das getan. Oder vielmehr meine Magie in der Uhr. All die Male, wenn ich einen Gegenstand berührt hatte, der von einem Magier benutzt worden war, hatte ich nur Wärme gespürt, kein Brennen, das ein Mal hinterließ. Chronos war wohl empfindlicher dafür.

„Du bist wütend auf mich", sagte er.

„Wie aufmerksam von dir."

Er seufzte. „Ich habe nicht darum gebeten."

„Das hast du gestern Abend schon gesagt. Du hast nicht darum gebeten, ein Ehemann, Vater oder Großvater zu sein. Ich weiß, dass du erwartest, dass ich dich von der Anschuldigung freispreche, die Familie damals verlassen zu haben, aber ich werde dir nicht verzeihen."

„Ich bin gegangen, weil mein Leben in Gefahr war. Ich habe dich nicht aufgesucht, als ich zurückgekehrt bin, weil mein Leben immer noch in Gefahr ist. Willst du, dass ich getötet werde?"

„Das habe ich noch nicht entschieden."

Er lachte leise. „Du hast viel von deiner Großmutter, India. Sie war richtig funkensprühend. Wir haben uns furchtbar aneinander aufgerieben."

Ich war nicht schon seit jeher funkensprühend. Früher war ich gefügig und weich gewesen, und manchmal war ich das immer noch. Das war die Frau, die Eddie gemocht hatte, und deshalb mochte ich sie nicht mehr sonderlich. Trotzdem kam diese Seite von mir oft zum Vorschein. Chronos jedoch brachte meine innere Schreckschraube ans Licht.

Ich hielt meine Uhr an der Kette fest. „Willst du, dass ich sie für dich öffne?"

Er zog ein Taschentuch aus seiner Westentasche und nutzte es als Abstandshalter zwischen seiner Haut und meiner Uhr, dann holte er seine tragbare Stoffrolle mit Werkzeugen hervor. Mit seiner Lupe vor den Augen öffnete er das Gehäuse meiner Uhr und holte mit der Pinzette eine Feder heraus. „Wie oft hast du daran gearbeitet?"

„Hundertmal oder mehr. Es ist eine Angewohnheit, um mich zu beruhigen, wenn ich aufgeregt bin. Die Arbeit daran beruhigt meine Nerven. Das klingt töricht", fügte ich hinzu.

Er machte keine Bemerkung dazu, sondern holte weiterhin Einzelteile mit der Pinzette heraus. Ich machte mir keine Sorgen. Es war ganz einfach, sie wieder zusammenzusetzen.

„Das erklärt, warum sie so heiß ist", sagte er.

Ich beugte mich vor, weil ich glaubte, dass er die Erklärung im Innenleben meiner Uhr gefunden hatte. Aber an den Teilen, die er neben dem Gehäuse ausgelegt hatte, war nichts Ungewöhnliches. Es waren gewöhnliche Bestandteile einer gewöhnlichen Taschenuhr. „Was meinst du damit?"

Er legte eine Feder zurück in das Gehäuse. „Jedes Mal, wenn du daran gearbeitet hast, hast du eine weitere Schicht Hitze hinzugefügt. Die Uhr im Salon war ebenfalls heiß, aber nicht so heiß wie diese hier."

„An der habe ich vielleicht drei- oder viermal gearbeitet."

„Weil sie nachging?"

„Nein."

Er grinste. „Weil du an einer Uhr arbeiten musstest."

„Es ist ein Zwang." Ich rieb mir im Schoß die Hände und sagte mir, dass ich ihm nicht zu helfen brauchte, um alles zusammenzusetzen.

„Das ist normal. Jeder Magier und jede Magierin, ganz gleich, welcher Disziplin sie folgen, wird dir erzählen, dass ihr Handwerk sie ruft."

Ich nickte, weil ich daran dachte, wie Oscar Barratt, der Reporter und Tintenmagier, dasselbe gesagt hatte.

„Was ich nicht verstehe", fuhr Chronos fort, „ist der Grund, weshalb in dieser Taschenuhr und der anderen Uhr Hitze ist, wo du doch keinen Zauber benutzt hast. Meiner Erfahrung nach sollte magische Hitze nur vorhanden sein, nachdem ein Zauber gewirkt wurde."

„Könnte die Hitze der Uhr von der Magie meines Vaters rühren? Er hat sie mir zusammen mit meiner Mutter geschenkt, von der du sagst, dass sie auch eine Magierin war." In mir öffnete sich etwas Schmerzendes wie eine Schürfwunde. Ich dachte nur selten an meine Eltern, weil ich in letzter Zeit so sehr damit beschäftigt gewesen war, Matt zu helfen, aber wenn ich es tat, spürte ich ihren Verlust schmerzhaft deutlich. Meine Mutter war schon vor Jahren von uns gegangen, und trotzdem vermisste ich sie noch, wusste immer noch die Erinnerung an ihre sanften Hände zu schätzen, die mir die Haare richteten, ihre tröstenden Arme, die um mich lagen, ihr Lächeln. Und ihre köstlichen Backwaren. Vaters Tod lag nicht so lange zurück, und meine Erinnerungen an ihn waren frischer und schmerzten manchmal so sehr, dass ich in Tränen ausbrechen wollte. Ich schloss die Faust um meine Uhr und holte zur Beruhigung tief Luft.

„Das erklärt nicht so viel Hitze", sagte Chronos. „Nicht, außer er hat auch hunderte Male damit gearbeitet. Und es erklärt nicht die Hitze in der Uhr unten." Er erhob sich und ging zum Kaminsims, wo eine kristallene Uhr mit Rücker leise vor sich hin tickte. Er berührte sie an einem vergoldeten Fuß, nur um schnell wieder loszulassen.

Ich ging zu ihm und berührte die Uhr ebenfalls. „Sie ist warm", gab ich zu.

„Heiß", verbesserte er. „Wahrscheinlich kannst du die Stärke nicht spüren, weil deine Magie sie verursacht." Er schüttelte den Kopf in meine Richtung. „Erstaunlich", sagte er leise. „Du bist wirklich mächtig."

Ich starrte auf meine Hände hinab. Es war schon aufregend, wenn man mächtig genannt wurde, bis mir wieder einfiel, was das bedeutete – so gut wie nichts. Zugegeben, meine Uhr und ein paar andere Uhren hatten mir geholfen, und dafür war ich dankbar, aber wenn ich keinen Laden und keine Fabrik hatte, was nutzte mir dann die Magie? Selbst wenn ich ein Geschäft gehabt und Uhren verkauft hätte, was wäre dann der Zweck meiner Magie?

„Ein Goldschmiedemagier hat mir einmal erzählt …"

„Goldschmied!", sagte er und setzte sich wieder auf Matts Sessel. „Was für ein Glück für ihn."

„Er ist tot und war vermutlich der letzte seiner Art. Außerdem konnte er kein Gold *herstellen*, sondern nur Magie in Gold erspüren, an dem in der Vergangenheit ein Magier gearbeitet hatte. Er war derjenige, der mir sagte, dass Magier mit ihrer Magie das erreichen wollen, was sie sich am meisten von ihrem Handwerk wünschen. Bei einem Arzt wäre es Leben zu retten, bei einem Baumeister, dass seine Bauwerke Bestand haben, bei einem Kartenzeichner das Aufspüren von Dingen, wir Uhrenmagier wollen, dass unsere Geräte fehlerlos laufen."

Chronos hob eine Hand, damit ich innehielt. „Worauf willst du hinaus?"

„Magier haben nur einen einzigen Trick."

„Nicht alle. Ich habe zum Beispiel zwei. Eine Uhr tadellos laufen zu lassen, und die Dauer der Magie eines anderen zu erweitern."

Ich beugte mich vor. „Fahr fort." Endlich würde ich den Zweck meiner Magie verstehen.

„Lass mich etwas klarstellen. Ich habe bei meinen Unternehmungen so einige Magier getroffen, und die meisten glaubten, wie du, dass die Magie sinnlos ist. Aber wenn man den Geschichten anderer magischer Kulturen lauscht, älteren als unserer, abgelegener und weniger beeinträchtigt, glaube ich, dass sie früher einem größeren Zweck gedient hat."

„Ich habe eine Geschichte darüber gehört, wie Karten zum Leben erwachen und Flüsse über den Rand strömen und Dörfer überfluten." Ich schüttelte den Kopf. „Märchen."

„Bist du dir sicher?"

Ich schnaufte auf undamenhafte Art. „Hast du je von einem Dorf gehört, das von einer Linie unter Wasser gesetzt wurde, die auf ein Stück Papier gemalt worden ist?"

Seine Lippen zuckten, als er abermals hochmütig lächelte. „Liest du die Bibel?"

„Ich gehe regelmäßig in die Kirche. Öfter als du, da bin ich mir sicher."

„Das ist sehr wahrscheinlich, aber das war nicht meine Frage.

Wenn du die Bibel liest, wirst du dich an Geschichten über Seuchen, Überflutungen und wunderbare Ereignisse erinnern."

„Willst du behaupten, dass diese Ereignisse alle durch Magie ausgelöst wurden?"

„Es gibt auch andere Legenden und Mythen. Fliegende Teppiche, Haare, die aus Schlangen bestehen, wunderschöne Gärten, die kein Wasser brauchen, oder Wasser, das stromaufwärts fließt."

„Ich frage noch einmal – glaubst du, Magie würde sie erklären?"

„Weshalb nicht? Es leuchtet ein, sie der Magie zuzuschreiben. Einige von ihnen sind scheinbar unmöglich, und doch haben wir bis heute Beweise für sie. Antike Bauwerke zum Beispiel. Pyramiden, Aquädukte, Tunnel, Viadukte … Viele stehen noch nach tausenden von Jahren. Wie, wenn nicht durch Magie?"

„Du bist wahnsinnig."

„Du bist nicht die erste, die mich so nennt. Nicht einmal die erste unter meinen Verwandten." Er hob sein Taschentuch auf und steckte es sich wieder in die Tasche. „Aber ich habe meine Hände auf die Steine einer ägyptischen Pyramide gelegt, und ich kann dir schwören, sie waren warm."

„In Ägypten ist es warm."

„Magische Wärme fühlt sich anders an als die Hitze der Sonne. Selbst du weißt das. Hör auf, absichtlich provozieren zu wollen, India."

„Tue ich nicht!"

„Doch. In dieser Hinsicht bist du wie ich", sagte er mit sarkastisch verzogenem Mund.

„Ich wünschte, du würdest aufhören, das zu sagen", murmelte ich. „Ich bin überhaupt nicht wie du."

„Das weißt du noch nicht. Du kennst dich kaum selbst."

„Natürlich kenne ich mich selbst, und zwar besser als du. Das ist doch eine lächerliche Aussage."

„Wer man ist und wo man in der Welt steht, erfährt man erst vollständig, wenn man um die vierzig ist."

Ich verdrehte die Augen und verschränkte die Arme. „Bei dir vielleicht. Auf jeden Fall werde ich keine Uhren herstellen, oder meine Magie auf andere Weise benutzen, als hin und wieder ein bisschen zu basteln. All jene Mythen, von denen du sprichst, sind inzwischen nur Geschichten. Wenn ein Zauber einst einen Teppich fliegen ließ, so ist dieser Zauber nun verloren. Vielleicht ist es am besten so. Auf jeden Fall ist es nicht gestattet, Magie auszuüben. Vielleicht ist das auch am besten so."

„Hast du dir nie überlegt, wie die Welt aussehen würde, wenn wir Magier unsere Magie frei entfalten könnten? Wenn die Talentfreien uns akzeptieren würden? Wenn sie sogar zu uns kämen, damit wir ihre unvollkommenen talentfreien Werke reparieren?"

Ich hielt meine Aufmerksamkeit auf die Uhr gerichtet, die immer noch in meiner Hand lag. „Die talentfreien Handwerker und Handwerkerinnen würden ihre Kunden verlieren, ihren Lebensunterhalt."

„Und Magier hätten einen besseren. Und?"

Ich schaute ruckartig auf. „Bist du so herzlos, dass du dir wünschen würdest, abertausende Menschen hätten keine Anstellung mehr? Würdest du wollen, dass ihre Kinder verhungern?"

„Sie würden eine andere Arbeit finden."

Ich schnalzte mit der Zunge, machte mir aber nicht die Mühe, mit ihm zu streiten. Ich würde ihn nicht durch ein paar Worte zum Umdenken bewegen.

„Jetzt klingst du wie dein Vater", sagte er mit einem Kopfschütteln. „Und deine Mutter, deine Großmutter …"

„Hör auf! Hör auf, über sie zu sprechen, als wären sie nur gemeinsame Bekannte. Dir haben sie vielleicht nichts bedeutet …"

„Das habe ich nie gesagt!" Er sprang auf und marschierte zur Tür, verließ aber nicht den Raum. Die Uhr auf dem Kaminsims läutete zur vollen Stunde. Ihr hoher, zarter Klang war in der drückenden Stille laut. „Ich bin mir nicht sicher, ob ich dich unterrichten kann."

„Wie bitte?"

„Ich bin mir nicht sicher, ob ich dir etwas beibringen kann, India. Du scheinst bereits zu wissen, wie man Uhren repariert."

„Nicht alle. Im Laden meines Vaters gab es zwei, die ich mir nicht ergründen konnte. Eine ging vor, und eine ging nach."

Er drehte sich zu mir um, die weißen Augenbrauen hochgezogen. „Hast du versucht, sie zu reparieren?"

„Einmal, ja, als ich jung war. Danach wollte Vater nicht mehr, dass ich sie anfasse. Er sagte, ihre Fehler würden sie interessant machen, einzigartig. Er hat nie versucht, sie zu verkaufen."

Er seufzte. „Ich habe Elliott nie verstanden."

Er holte sich die Uhr vom Kaminsims und bedeutete mir, mich ihm auf der anderen Seite des Schreibtisches anzuschließen. Er zog meinen Sessel auch herum, und wir saßen beide da, die Uhr auf dem Schreibtisch vor uns.

„Bring mir den Genauigkeitszauber bei", sagte ich, für den Fall, dass er vorgehabt hatte, über etwas anderes zu sprechen.

Das tat er. Er war ziemlich einfach, nur ein paar Zeilen in einer fremden Sprache, die ziemlich musikalisch klang.

„Was für eine Sprache ist das?"

„Magisch."

„Das ist keine echte Sprache."

„Wenn du sie in einem Buch findest, mit einem ordentlichen Überbegriff, der ihre Ursprünge beschreibt, dann nenn Sie meinetwegen so, wenn du magst, aber ich werde sie die Sprache der Magie nennen, wie ich es schon immer getan habe, und wie jeder Magier, den ich je getroffen habe, sie genannt hat."

Wenn er nicht so arrogant gewesen wäre, hätte ich sie nur zu gern die Sprache der Magie genannt. Das klang sogar ziemlich romantisch. Das würde ich ihm gegenüber aber nicht eingestehen. Ich bezweifelte, dass in seinem Körper auch nur ein Quäntchen Romantik steckte. Er hätte nur darüber gespottet.

„Jetzt den anderen Zauber", sagte ich. „Denjenigen, der die Dauer einer anderen Magie verlängert, wenn man sie vereint. Denjenigen, den du bei Matts Uhr benutzt hast. Bring ihn mir bei."

Er spielte an der Uhr herum, nahm sich Zeit, das Gehäuse an der Rückseite zu schließen.

„Mach schon", drängte ich, während ich die Uhr auf meine Seite des Schreibtisches schob, sodass er sie nicht mehr erreichen konnte.

„Es ist ein komplexer Zauber."

„Bring ihn mir bei."

„Das hatte ich vor, India", sagte er mit einem verärgerten Seufzen. „Ein wenig Geduld wäre nicht fehl am Platz. Du hast in etwa so viel ..." Er räusperte sich. „Ach, egal."

Der Verlängerungzauber bestand aus sehr viel mehr Worten, und es fiel mir schwer, sie mir alle zu merken. Chronos ließ sie mich jedoch nicht aufschreiben. Er sagte, es wäre zu gefährlich, sie herumliegen zu lassen. Wenige Magier schrieben ihre Zauber auf, gaben sie lieber mündlich weiter. Das erklärte, weshalb so viele Zauber verloren gegangen waren, und ich war mir nicht sicher, ob der Langlebigkeit der Magie gute Dienste leistete, aber ich verstand die Notwendigkeit der Geheimhaltung. Dr. Millroy schien eine Ausnahme zu sein, da er den Zauber in sein Tagebuch geschrieben hatte.

Selbst nachdem ich mir die Worte in der richtigen Reihenfolge gemerkt hatte, sagte Chronos, dass ich den Zauber noch nicht ganz richtig hinbekam. Es gab Feinheiten, manche Worte musste man weicher aussprechen, andere härter. Ich musste auch den Akzent genau richtig hinbekommen.

„Ich glaube, du hast es", sagte er nach einer weiteren halben Stunde der Wiederholungen. „Du hast ihn dir schnell angeeignet. Natürlich werden wir nicht wissen, ob er funktioniert hat, bis du versuchst, ihn mit dem Zauber eines weiteren Magiers zu vereinen, und selbst dann musst du warten, um zu sehen, ob die Magie des anderen verfliegt, oder Bestand hat."

Ich wiederholte noch einmal beide Zauber, gab mir besondere Mühe mit dem Verlängerungszauber.

„Sehr gut." Chronos fuhr sich den Händen durch seine Haarsträhnen, sodass die über seinem Kopf tanzten.

„Nun muss ich ihn mir nur noch merken können."

„Das wirst du, mit Übung. Wir werden die Worte jeden Tag aufsagen, mehrmals täglich, bis du sie kannst." Er tippte sich an die Schläfe. „Die Worte werden sich schon bald festsetzen. Vorerst sollten wir aufhören und ruhen. Mir tut der Kopf weh."

Ich folgte ihm zur Tür. „Wie hast du den Verlängerungszauber gelernt?", fragte ich.

„Mein Großvater hat ihn meinem Vater beigebracht, und der hat ihn mir beigebracht. Mein Großvater war ein mächtiger Magier. Es gab keine Uhr, die er nicht reparieren konnte, keine

Uhr, die er nicht tadellos zum Laufen gebracht hätte. Ein ziemliches Talent, bei dem rudimentären technischen Wissen seiner Zeit."

„Hat er den Zauber je genutzt, um jemandes Leben zu verlängern, so wie du es getan hast?"

„Ich weiß es nicht. Ich habe ihn nie danach gefragt, und er hat es nie erwähnt. Erst nach seinem Tod habe ich meine Experimente begonnen, und erst Jahre später kam mir der Gedanke, dass der Zauber jemandes Leben verlängern könnte, wenn man ihn mit der Magie eines Arztes kombiniert. Ich frage mich manchmal, was er davon gehalten hätte."

„War er ein guter Mensch, oder war sein moralischer Kompass so schräg wie deiner?"

Er kniff die Augen zusammen. „Für jemanden, der meine Hilfe braucht, bist du ganz schön frech."

„Ach, aber ich brauche deine Hilfe nicht mehr. Du hast mir die Zauber gegeben." Sein Gesicht fiel in sich zusammen, und Befriedigung stieg in mir auf. „Mach dir keine Sorgen, *Opa*, ich werde Matt nicht bitten, dich hinauszuwerfen. Wir sind immerhin eine Familie, und in der Familie passt man aufeinander auf, ganz gleich, wie zänkisch sie ist."

Ich marschierte vor ihm den Gang entlang und wünschte, ich hätte auch hinten Augen, um sein Gesicht zu sehen. Doch weigerte ich mich, mich umzudrehen und nachzusehen. Sollte er doch denken, ich hätte kein Interesse an ihm.

Ich wünschte, ich hätte kein Interesse an ihm. Aber das war sehr weit weg von der Wahrheit.

✳ ✳ ✳

Im weiteren Verlauf des Vormittags wurde klar, dass Chronos ein Mann war, der lieber zur Tat schritt, als mit Damen im Salon zu sitzen. Es waren kaum fünf Minuten in Miss Glass' Gesellschaft vergangen, als er vorschlug, einen Spaziergang zu unternehmen. Cyclops, der an der Tür stand, schüttelte den Kopf.

„Das ist keine gute Idee", ließ er sich vernehmen.

Chronos warf die Hände in die Luft. „Ich werde nicht versuchen zu fliehen. Ich habe eine Übereinkunft mit Mr. Glass."

„Fliehen?", fragte Miss Glass, die ihre Briefe beiseitelegte.

Chronos wirkte, als säße er in der Falle. Ich hatte ihm aufgetragen, Magie nicht in der Anwesenheit von Matts Tante anzusprechen, um ihren zerbrechlichen Verstand zu schonen. Soweit sie wusste, war er mein lang verschollener Großvater, der nach Hause gekommen war, um seine Enkelin zu sehen.

„Eine Redewendung", sagte er. „Ich bin nicht gern in Innenräumen eingeschlossen."

Sie faltete ihren Brief und legte ihn zurück auf den tragbaren Schreibtisch auf ihrem Schoß. „Ich werde Sie mit Konversation unterhalten."

Sein Blick huschte zu Cyclops, als hätte er im Sinn, ihn umzurennen und zu flüchten.

Ich lächelte und ließ mich auf dem Sofa nieder. „Ein hervorragender Gedanke, Miss Glass. Was sollen wir besprechen? Ihre Freunde? Diese neue Mode der Pufferärmel? Oh, ich weiß es. Erzählen Sie Chronos alles über Ihre Nichten. Ich bin mir sicher, Geschichten von den Glass-Frauen werden rasch jegliche Gedanken an Flucht aus seinen Gedanken tilgen."

Wenn Blicke töten könnten, hätte Chronos mich aufhängen, strecken und vierteilen lassen.

Miss Glass gab tief in der Kehle ein angeekeltes Geräusch von sich. „Niemand will von diesen dummen Mädchen hören, India. Du hast heute eine merkwürdige Laune." Zu Chronos sagte sie: „Erzählen Sie mir von Ihren Reisen. Mein Bruder, Mathews Vater, ist außerordentlich weit gereist. Matthew auch, als er jung war. Ich wollte immer den Kontinent sehen, aber mein Vater und mein ältester Bruder haben es nicht erlaubt."

„Wie schade", sagte Chronos. „Reisen stärken den Verstand und erweitern den Horizont. Ich stelle fest, dass Menschen, die niemals gereist sind, sehr beengte und biedere Gedanken haben."

Miss Glass lächelte, ich tat das nicht. „Ich bin niemals gereist", erklärte ich ihm. „Bin ich bieder und beengt?"

„Ich kenne dich kaum gut genug, aber meiner Erfahrung nach bist du es wohl." Er hob eine Schulter, als könne ein Schulterzucken diesen Schlag abmildern.

Wie unhöflich! Er mochte ja mein Großvater sein, aber er hatte kein Recht, so mit mir zu sprechen.

„Hast du jemals London verlassen?", fragte er mich.

„Kaum. Wir waren immer zu beschäftigt mit dem Geschäft. Natürlich, wenn mein Großvater da gewesen wäre, hätte er helfen können, während meine Eltern mich zu einem Ausflug ans Meer mitnahmen."

Miss Glass murmelte: „Oje", und musterte die Holzmaserung ihres Schreibtisches.

„Der Laden hat wohl kaum genug Geld für Frivolitäten wie Ferien eingebracht", schoss Chronos zurück. „Wenn vielleicht dein Vater und deine Großmutter in Erwägung gezogen hätten, den Einsatz ihrer …" Er brach ab, als ich wütend den Kopf schüttelte. „Wenn Sie vielleicht ein besseres Gespür für das Geschäft gehabt hätten, hätten sie mehr Geld eingenommen", sagte er stattdessen.

„Es war schwierig für sie, besonders für meine Großmutter", erwiderte ich. „Nach allen Erzählungen hast du, sogar als du in London warst, nur selten geholfen. Du hast ständig … deinen anderen Interessen nachgejagt."

„Deiner Großmutter war es so am liebsten. Sie wollte, dass alles auf eine bestimmte Weise erledigt wird – ihre Weise. Meine Einmischung in die Führung des Ladens gefiel ihr nicht. Dein Vater war nicht viel anders. Um der Wahrheit Genüge zu tun, ich war kein sonderlich guter Geschäftsmann. Meine anderen Interessen, wie du sie nennst, waren mir sehr viel wichtiger."

„Und nur dir."

Er seufzte und verdrehte die Augen in Richtung Decke. „Alle waren besser dran, als ich wegging."

„Und du den Kontakt komplett abgebrochen hast?"

„Das war das Beste."

„Wie kannst du wissen, wie sich alle fühlten, wo du sie doch niemals wieder gesehen hast?"

„Hört auf damit!", ging Miss Glass dazwischen. „Hört auf zu streiten. Davon bekomme ich Kopfschmerzen. India, von dir hätte ich Besseres erwartet. Du hast dich noch nie so kindisch wie jetzt benommen."

Ihr Tadel ließ mich sprachlos zurück. Ich war mir nicht sicher, ob ich beleidigt sein oder mich verteidigen sollte. Aber ein paar Augenblicke der Stille kühlten meine Laune, und ich musste mir eingestehen, dass sie recht hatte. Es gefiel mir nicht, zu was für einer Person ich wurde, wenn Chronos mich aufstachelte. Es war zu spät, um zu ändern, was passiert war, oder ihn einsehen zu lassen, welche Wirkung seine Abwesenheit auf unsere Familie gehabt hatte, und es war wohl besser, wenn ich meine Energie dafür aufsparte, Matt zu helfen, Dr. Millroys Tagebuch und seinen unehelichen Sohn zu finden.

Matt selbst suchte sich diesen Augenblick aus, um einzutreten. Er zögerte im Eingang, auf seiner Stirn lagen leichte Falten. „Ist etwas passiert?", fragte er vorsichtig.

„Alle sind ein wenig angespannt", erklärte Miss Glass, die eine Hand ausstreckte. „Hilf mir hoch, Cyclops. Ich werde meine Briefe auf meinem Zimmer schreiben."

Cyclops brach mit ihr auf, aber ehe er die Tür schloss, unterhielt er sich leise mit Matt. Was immer er sagte, Matt gefiel es nicht. Er schaute Cyclops finster an und drehte ihm dann den Rücken zu. Cyclops schüttelte den Kopf, dann bedeutete er mir, dass Matt sich ausruhen musste.

Matt sah in der Tat schrecklich aus. Trotz seiner gut gepflegten Erscheinung waren seine Augenlider rot, und die Haut unter den Augen so dunkel wie frische blaue Flecken. Ich trug ihm jedoch nicht auf, sich auszuruhen. Manchmal war es am besten, subtil mit ihm umzugehen.

„Was hat meine Tante vertrieben?", fragte er, während er sich neben mir auf dem Sofa niederließ.

„Kleinliche Streitigkeiten zwischen Chronos und mir", sagte ich. „Es wird nicht wieder vorkommen."

Chronos brummte. „Also, was hat die Polizei gesagt?"

„Commissioner Munro war zunächst zurückhaltend, einen alten Fall noch einmal aufzurollen", sagte Matt.

„Weshalb?", fragte ich. „Der Mörder wurde nie gefunden. Sollten sie sich nicht über neue Beweise freuen?"

„Wir haben keine neuen Beweise. Er hat es als Verschwendung polizeilicher Ressourcen bezeichnet."

„Aber Sie haben ihn überzeugt, es sich anders zu überlegen?", drängte Chronos.

Matt nickte. „Letztlich ja. Deshalb hat es so lange gedauert. Nachdem ich Munro aufgesucht habe, bin ich zu Brockwell gegangen, einem Kriminalinspektor, den wir kennen."

„Brockwell!" Ich verzog das Gesicht. „Ich habe mich noch nicht entschieden, ob ich ihn mag oder nicht. Im Mordfall von Dr. Hale war er recht schwerfällig."

„Methodisch", entgegnete Matt. „Er hat die Aufgabe letztlich erledigt und sichergestellt, dass für seine Vorgesetzten kein Raum für Fehler oder Fehleinschätzungen bestand."

„Ich glaube nicht, dass er damit viel zu tun hatte", sagte ich. „Außerdem weiß er nichts über Magie. Wie können wir Informationen mit ihm teilen, ohne sie zu erwähnen?"

„Vorsichtig."

„Ich stimme India zu", sagte Chronos. „Dieser Brockwell wirkt, als könne er ein Stachel in unserer Seite sein."

„Er war meine einzige Möglichkeit", sagte Matt aufgebracht. Er kniff sich mit Daumen und Zeigefinger in den Nasenrücken. Ich widersetzte mich dem Drang, ihm eine Hand auf den Arm zu legen. „Brockwell hat mit Munro geredet, und der Commissioner war einverstanden, dass Brockwell uns helfen kann, bis etwas Dringenderes auf seinem Schreibtisch liegt."

„Sie haben ihn bestochen", sagte Chronos ausdruckslos.

Matt schüttelte den Kopf. „Brockwell kann man nicht kaufen."

„Dadurch wird er zum Unikum unter den Schutzmännern."

„Er mag keine offenen Enden", fügte Matt an. „Das ist ein offener Fall, und er will den Mörder finden. Ich glaube, eine nicht abgeschlossene Aufgabe ärgert ihn genauso, wie einen begeisterten Leser ein unvollendetes Buch ärgert."

„Was hat also Brockwell über den Mord an Dr. Millroy herausgefunden?", fragte ich.

„Wir haben einige Zeit in den Archiven verbracht, um die Berichte des Kriminalinspektors zu lesen, der für den Fall verantwortlich war. Er ist inzwischen verstorben, aber seine Berichte waren ausführlich. Millroy war die Kehle mit einer scharfen Klinge durchgeschnitten worden, die niemals gefunden wurde. Am Tatort war eine Menge Blut." Er streckte die Beine aus und schlug sie an den Knöcheln übereinander. „Ein Zeuge, ein Kind, sah einen hochgewachsenen Mann von der Leiche weggehen, konnte das Gesicht des Mannes aber nicht sehen."

„Das war es?", fragte Chronos. „Das weiß ich alles bereits aus der Zeitung."

„Das waren alle handfesten Beweise vom Tatort selbst", fuhr Matt fort. „Nachdem er die Witwe befragt hatte, fand der ermittelnde Inspektor heraus, dass Dr. Millroy von Mitgliedern sowohl der Wundarztgilde als auch der Uhrmachergilde vor seinem Tod zur Rede gestellt worden war."

„Uhrmacher!", rief ich. „Weshalb sie, wenn er zu dieser Gilde gar nicht gehörte?"

„Weil sie von unserem Experiment an Mr. Wilson erfahren haben", sagte Chronos bedrückt. Er rieb sich abgelenkt über den Bart, sein Blick ging in die Ferne. „Abercrombie hat mich auch zur Rede gestellt. Das war der vorherige Abercrombie, nicht der derzeitige, sein Sohn. Ich würde gern erfahren, wie die Gilden von diesem Experiment Wind bekommen haben."

„Sind Sie sicher, dass Sie nie jemandem davon erzählt haben?", fragte Matt. „Nicht einmal ihrer Frau?"

„Besonders nicht meiner Frau. Das heißt jedoch nicht, dass Millroy genauso vernünftig war."

„Vielleicht hat er es in sein Tagebuch geschrieben", sagte ich. „Jemand hätte es lesen und die Information an beide Gilden weiterleiten können. Aber wer? Und weshalb?"

„Sein Mörder?", fragte Matt. „Vielleicht hat er gehofft, Millroy würde Ärger mit den Gilden bekommen, weil er Rache für den Tod von Wilson wollte, aber als das nicht passiert ist, hat er zu drastischeren Mitteln gegriffen."

Chronos schüttelte den Kopf. „Das würde auf jemanden hinweisen, dem Wilson wichtig war, doch da gab es niemanden. Der Stadtstreicher, an dem wir experimentierten, hatte keine Familie, kein Zuhause und keine Freunde."

„Ein Moralapostel?", schlug ich vor.

„Das Problem an dieser Theorie", sagte Matt, „ist, dass der Mörder dann auch Chronos nachgestellt haben sollte."

Wir schauten beide zu meinem Großvater. „Vielleicht hat er es versucht", sagte Chronos. „Ich habe London an dem Tag verlassen, nachdem ich in der Zeitung vom Mord an Millroy gelesen habe. Abercrombie von der Gilde der Uhrmacher suchte mich auf und warf mir vor, ich würde meine Magie anwenden, um Leute umzubringen. Er sagte mir, er würde die Polizei informieren und ihnen von meiner Rolle beim Tod des Obdachlosen berichten, und er warf mir sogar vor, in Dr. Millroys Tod verwickelt zu sein. Noch am selben Nachmittag bin ich geflohen."

„Haben die Berichte erwähnt, wie die Polizei von der Konfrontation der Gilden mit Dr. Millroy erfahren hat?", fragte ich.

„Seine Witwe hat es dem Inspektor berichtet", sagte Matt.

Ich wackelte nachdenklich mit dem Finger in seine Richtung. „Sie hatte vielleicht einen Grund, ihren Mann umzubringen. Wir wissen, dass er eine Geliebte hatte und mit dieser Geliebten sogar ein Kind gezeugt hat. Vielleicht hat sie ihn aus Eifersucht oder Zorn umgebracht. Vielleicht hatte sein Tod nichts mit den Gilden und dem Experiment zu tun. Womöglich bist du die ganze Zeit völlig grundlos verängstigt weggelaufen", sagte ich zu Chronos.

„Die Gilden wollten mir immer noch den Tod des Stadtstreichers anlasten."

„Scotland Yard weiß nichts davon, dass Sie verwickelt waren", sagte Matt. „Ich habe Brockwell gefragt, ob die Polizei bezüglich irgendwelcher Verbrechen nach Ihnen sucht. Er sah nach und sagte, das sei nicht der Fall."

„Nicht?", wiederholte Chronos schwach. „Also … hat Abercrombie seine Drohung niemals wahrgemacht?"

„Sie müssen trotzdem noch versteckt bleiben. Ich vertraue der Gilde der Uhrmacher nicht, und sie traut Ihnen nicht. Vielleicht wenden sie sich trotzdem noch an die Polizei, falls sie erfahren, dass Sie leben und hier sind."

Chronos nickte langsam. „Sie haben recht. Trotzdem ist es eine Bürde, die von mir genommen ist."

„Falls Mrs. Millroy in den Tod ihres Mannes verwickelt ist", sagte Matt, „hat sie jemand anderen für die eigentliche Tat engagieren müssen. Man hat gesehen, wie ein Mann den Tatort verließ, nicht eine Frau." Er unterdrückte ein Gähnen, während er es vermied, mich anzuschauen. „Ich werde heute Nachmittag bei Abercrombie vorbeischauen und sehen, was er noch vom Besuch seines Vaters bei Dr. Millroy vor seinem Mord weiß."

„Viel Glück dabei, ihn dazu zu bringen, dir überhaupt irgendwas zu sagen", wünschte ich.

„Wenn er wie sein Vater ist, ist er ein schlüpfriges kleines Wiesel", fügte Chronos hinzu.

„Dann ist der genau wie sein Vater."

Matt schob sich vom Sofa hoch und unterdrückte ein weiteres Gähnen. Er begab sich zur Tür, nur um dort anzuhalten und auf dem Absatz kehrtzumachen. Mit einem Stirnrunzeln sah er mich an. „Normalerweise würdest du mich bitten, zur Ermittlung mitkommen zu dürfen, India. Aber diesmal hast du es nicht getan. Weshalb?"

Verdammt. Ich hatte es vermeiden wollen, Oscar Barratt zu erwähnen, bis ich mich mit dem Reporter getroffen hatte. Aber Matt konnte ich nicht anlügen. „Können wir uns unter vier Augen unterhalten?"

Sein Blick huschte zu Chronos.

„Ich geh ja schon, ich geh ja schon." Chronos schlurfte an mir vorbei, hielt aber inne, bevor er draußen war. „Der Zauber, India. Der zweite, den ich dir beigebracht habe." Er nickte zu Matt. „Du solltest ihn versuchen."

Meine Augen wurden groß. Ich starrte ihn an. Er dachte, *ich* könnte Matts Uhr reparieren, wo er es doch nicht konnte.

Es war einen Versuch wert, schätzte ich. Ich eilte zu Matt und knöpfte seine Jacke auf. Chronos trat auch näher heran, seine Augen glänzten neugierig.

Matt hob ergeben die Hände, während ich mich daran machte, seine Weste zu öffnen. Die Wärme, die von ihm ausging, wärmte mich und ließ mich erschauern. Meine Finger gerieten ins Stolpern. Zwischen seiner und meiner Haut war nur noch sein Hemd, aber das war für mich im Augenblick uninteressant. Ich wollte nur seine Uhr.

Was, wenn ich schaffen konnte, was Chronos nicht gelungen war? Was, wenn meine Magie stark genug war, die magische Taschenuhr ohne einen Arzt zu reparieren?

Ich zog mit zitternden Händen die Uhr aus seiner Tasche und hielt sie fest in meiner Faust umschlossen. Ich sprach die Worte, die Chronos mir beigebracht hatte, passte auf, die Betonung und den Akzent genau richtig hinzubekommen. Es brauchte drei Versuche, doch dann glühte die Uhr violett, heller, als sie bei Chronos geglüht hatte. Auch Matts weißes Hemd wurde violett, und meine Fingernägel. Neben mir spürte ich, wie Chronos sein Gewicht verlagerte und näher an mich herantrat. Matts Schlucken war hörbar, aber ich sah nicht zu ihm auf, bis ich ihm seine Uhr zurückreichte.

„Versuch es jetzt", sagte ich, ohne dass es mir möglich war, das Lächeln aus meiner Stimme fernzuhalten.

Ich sah zu und wagte es nicht, zu atmen, während er die Augen schloss und die Magie in seinen Körper einfließen ließ.

KAPITEL 4

„Nun?", drängte ich, als Matt das Uhrengehäuse schloss.

„Gibt es eine Verbesserung?", reihte sich Chronos ein. Auch er klang aufgeregt, und zum ersten Mal spürte ich eine Verbindung zu ihm.

Matt blinzelte auf die Taschenuhr in seiner Hand hinab, die Kette baumelte zwischen seinen Fingern. „Etwas ist anders."

Ich schnappte bebend nach Luft, dann griff ich fest mit meiner zitternden Hand über seine. „Matt …" Ich brachte keinen weiteren Ton heraus, fand die Worte nicht, um eine Frage zu formulieren.

Er hob den Kopf, um mir in die Augen zu schauen, und legte seine andere Hand über meine. „Ich fühle mich stärker, India, gesünder. Gesünder als jemals in den letzten Wochen."

„So gut wie beim ersten Mal, als du sie in Broken Creek benutzt hast?"

„Nein." Matt zog meine Hand an seine Lippen und küsste sie sanft, wobei er niemals den Blick von mir abwandte. „Aber es ist eine positive Entwicklung."

„Ja", sagte ich ein wenig betäubt. „Schon."

„Danke", murmelte er, seine Lippen immer noch an meiner Hand.

Ich erhaschte aus dem Augenwinkel einen Blick auf Chronos,

der rückwärts das Zimmer verließ. Er schloss die Tür, sodass Matt und ich allein im Salon zurückblieben.

Matt nahm meine Hand rasch nach unten. „Ich muss mich für gestern Abend entschuldigen."

Der schnelle Themenwechsel erwischte mich unvorbereitet. Eigentlich wollte ich länger seine Gesundheit besprechen, doch ich vermutete, er wollte mit mir darüber reden, weshalb ich Abercrombie nicht mit ihm zusammen aufsuchen würde.

„Du musst dich für nichts entschuldigen", sagte ich.

„Doch, muss ich. Ich war ein Rüpel."

„Wenn du denkst, du hättest dich schlecht benommen, solltest du dich bei Willie und den anderen entschuldigen. Du warst sicher aufgeregt, dass die Uhr nicht funktioniert hat, nachdem Chronos seinen Zauber gewirkt hat. Deine Hoffnungen hatten sich darauf gerichtet, nur um zerschlagen zu werden." Ich drückte ihm den Arm. „Es ist verständlich, dass du ein paar Stunden lang vergessen wolltest."

Er zuckte zusammen, und mir fiel auf, dass seine Krähenfüße kleiner wirkten, die Schatten unter seinen Augen nur noch leicht waren, nicht mehr wie blaue Flecken. Er sah nicht anders aus als immer, nachdem er die Uhr benutzt hatte. „Sei nicht so nachsichtig", sagte er leise. „Das verdiene ich nicht."

Ich lächelte. „Musst du dich ausruhen?"

„Nicht ganz so dringend wie sonst in letzter Zeit." Er klang überrascht.

„Das ist immerhin etwas."

„Ich werde ruhen, bevor ich Abercrombie aufsuche. Wo wir schon von ihm sprechen, weshalb bestehst du nicht darauf, dass du heute Nachmittag mit mir kommst?"

„Ich will Oscar Barratt einem Besuch abstatten", sagte ich. „Ich sollte doch nachsehen, wie es ihm geht."

„Ah." Er lächelte mich ausdruckslos an. „Richte ihm von mir gute Wünsche für seine Genesung aus. Wirst du auf sein Angebot zurückkommen, mit dir ins Theater zu gehen?"

„Aber ... *du* hast doch versprochen, mich dorthin auszuführen." Gütiger Gott, was klang ich doch armselig.

„Ich habe mein Versprechen nicht vergessen, aber das ist kein Grund, dass du nicht auch mit ihm hingehen kannst."

Ich betrachtete ihn unter meinen Wimpern hervor. „Weshalb?"

„Weshalb nicht? Er mag dich. Er ist ein guter Mann, wenn auch ein wenig zu begeistert von Magie", fügte er an, dann räusperte er sich. „Richte ihm Grüße von mir aus", sagte er, dann wandte er sich ab.

Ich brauchte ein paar Sekunden, um mich von der Enttäuschung über seine gewandelte Haltung zu erholen, was meine Freundschaft mit Barratt betraf. Aber ohne sein Gesicht zu sehen, konnte ich nicht einmal annähernd festmachen, was das bedeutete.

„Noch eine Sache", sagte er über die Schulter. „Wegen deiner Absicht, auszuziehen … Ist diese Entscheidung schon endgültig gefallen?"

„Ich überlege mir immer noch, was zu tun ist. Ich dachte, ich wäre mir sicher, aber inzwischen weiß ich es nicht mehr so genau."

Seine Mundwinkel hoben sich ein winziges bisschen. „Lass dir Zeit. Es besteht kein Grund zur Eile."

* * *

Oscar Barratt hatte mir vor einiger Zeit seine Wohnadresse gegeben, damit ich ihn besuchen konnte, ob bei Tag oder bei Nacht, falls ich irgendwelche Fragen über Magie hatte. Ich ging davon aus, dass er sich noch erholte, doch ich lag falsch. Seine Vermieterin sagte, er wäre zurück zur Arbeit gegangen, und ich fand ihn im Bureau der *Weekly Gazette* in der Lower Mire Lane, der unbedeutenden kleinen Straße, die von der sehr viel geschäftigeren Fleet Street abging. Die *Weekly Gazette* war keine der herausstechenden Zeitungen der Stadt, aber bei der Mittelklasse, die ihre sensationslüsternen Geschichten gegenüber dem politischen und finanziellen Blickwinkel der besser bekannten Tageszeitungen bevorzugte, hatte sie eine solide Gefolgschaft.

Ich fand Mr. Barratt an seinem Schreibtisch hinten an der Rückseite des Gebäudes, den Arm in einer Schlinge, wo er aufgebracht etwas aufschrieb. Ein weiterer Reporter im Bureau nebenan tippte auf einer mechanischen Schreibmaschine. Ihr rhythmisches Klacken war beruhigender, als ich erwartet hatte, und mir war nicht aufgefallen, dass meine Nerven strapaziert waren, bis ich tief Luft holte.

„Nicht einmal eine Schussverletzung kann Sie ausbremsen", sagte ich zu dem dunklen Kopf, der über den Schreibtisch gebeugt war.

Mr. Barratt schaute auf. „India! Was für eine angenehme Überraschung." Er stand rasch auf, nur um zusammenzuzucken und seinen Arm zu berühren.

„Ist alles in Ordnung?" Ich ging um den Schreibtisch, blieb aber stehen, ehe ich zu nahe kam. Ich schenkte ihm ein mitfühlendes Lächeln.

„Das wird schon. Ich bin nur zu eilig aufgestanden." Er bedeutete mir, mich auf den Stuhl gegenüber zu setzen. „Ich freue mich, dass Sie hier sind. Ich wollte Sie besuchen, aber ich war mir nicht sicher, ob ich das tun sollte. Inspektor Brockwell sagte, Sie seien an dem Tag, an dem ich angeschossen wurde, ziemlich verschreckt worden."

„Immerhin wurde ich nicht verletzt."

„Wie sind Sie Mr. Pitt entkommen? Brockwell hat nicht viele Details erwähnt."

„Matt war da."

„Falls er Ihnen das Leben gerettet hätte, hätte Brockwell das gesagt." Er beugte sich vor. „War es Ihre Taschenuhr?"

Ich warf einen Blick über die Schulter zur Tür. Obwohl dort niemand stand, flüsterte ich. „Ja, war sie, gemeinsam mit Matts Ablenkung."

Er ließ den Füller auf sein Blatt fallen. Tinte spritzte, aber es war ihm egal. „Ich wusste es!" Er strahlte. „Hervorragend." Er streckte sich, um mir die Hand zu tätscheln, stieß sich aber den Arm am Rand seines Schreibtisches an und zuckte zusammen.

„Sie wirken, als hätten Sie Schmerzen, Mr. Barratt. Kann ich Ihnen irgendetwas bringen?"

Er zögerte. „Eine neue Schulter ohne Loch darin." Er lächelte schief, was seine ansehnlichen Züge in etwas ganz und gar Außergewöhnliches verwandelte. „Es tut eigentlich nicht so schlimm weh, wie Sie vielleicht denken. Die Kugel ging nicht ganz durch, sie hat mich nur gestreift. Sie steckt immer noch im Druckraum in der Wand."

„Sie hatten großes Glück. Ich bin so froh, dass es Ihnen gut geht, und genauso Matt. Wir fühlen uns schrecklich verantwortlich, weil wir Sie mit in diese Sache hineingezogen haben. Nichts davon wäre geschehen, wenn wir Sie nicht aufgesucht hätten, nachdem wir Ihren Artikel gelesen haben."

„Ich vergebe Ihnen unter einer Bedingung." Oje. Was wollte er denn von mir? Mehr als eine Theaterkarte?

Er lachte leise, was ihn sogar noch ansehnlicher machte. „Nichts, worum Sie sich sorgen müssten. Meine Bedingung lautet, dass wir von nun an per du sind. Ich bin Oscar."

Ich lächelte, eher erleichtert als belustigt. „Also gut, ich bin India."

„Und außerdem war es nicht deine Schuld. *Ich* habe den Artikel über Dr. Hale geschrieben, wodurch ich die Aufmerksamkeit auf mich und auf die Magie gelenkt habe. Ich sollte vermutlich dir nacheifern und ein wenig diskreter sein."

„Du hast die Aufmerksamkeit einiger Leute auf dich gezogen. Wo wir schon dabei sind, wusstest du, dass Mr. Pitt mich zu Lord Coyles Haus gebracht hat, als er mich von hier entführt hat?"

„Brockwell hat mich darüber in Kenntnis gesetzt, und darüber hinaus behauptet, dass Pitt seine Bekanntschaft mit Coyle überstrapaziert hat." Er richtete seine Armschlinge und stützte den Arm vorsichtig auf den Schreibtisch. Sein Gesicht leuchtete, als könne er eine spannende Geschichte in der Luft spüren. „Stand Coyle hinter dem Mord an Hale und hat irgendwie Pitt gedrängt, für ihn zur Tat zu schreiten?"

„Das wissen wir nicht, aber ich wollte dich nur warnen, dass du vorsichtig sein musst. Wenn Lord Coyle noch einmal etwas über Magie fragt, ist es vielleicht am besten, so vage wie möglich zu antworten, bis wir wissen, weshalb er magische Gegenstände sammelt. Er ist reich und hat Einfluss, und er weiß, wie man bekommt, was man will. Zum Glück lässt sich Inspektor Brockwell nicht kaufen."

Er schnaubte leise. „Vielleicht kam einfach noch nicht die richtige Währung auf den Tisch."

Ich hätte Brockwells Integrität verteidigen sollen, aber er hatte uns die Ermittlungen zu Hales Tod schwer gemacht. Matt mochte ihn ja mögen, aber ich war nicht zu sehr darauf aus, mit ihm befreundet zu sein. „Ich will etwas mit dir besprechen, Oscar. Etwas, das du bereits erwähnt hast, dass Matt und ich aber von der Hand gewiesen hatten. Ich glaube, es lohnt sich, darauf noch einmal einzusteigen."

„Das klingt faszinierend. Ich bin ganz Ohr."

„Sprechen wir darüber, einen Artikel zu schreiben, der der Öffentlichkeit die Magie enthüllt."

KAPITEL 5

Oscar lehnte sich schwer in seinem Sessel zurück, wodurch er sich bestimmt die Schulter anstieß, aber er zuckte nicht einmal. Er starrte mich an. Dann verzog er langsam, ganz langsam, die Lippen zu einem Lächeln. „Du willst, dass ich einen Artikel schreibe, der Magier offenbart?"

„Ich will darüber sprechen, was das bedeuten würde, das ist alles."

„Mit der Aussicht, es zu veröffentlichen?"

„Vielleicht."

Er holte einen Notizblock und einen Bleistift aus seiner obersten Schublade, dann blätterte er zu einer leeren Seite. Er stützte den in der Schlinge steckenden Unterarm auf ein kleines Buch, dann zog er einen Strich in der Mitte der Seite nach unten, sodass zwei Spalten entstanden. Auf eine Seite schrieb er *pro* und auf die andere *contra*.

„Bist du deswegen ohne Mr. Glass gekommen?", fragte er, während er fertig schrieb. „Denn sein vorsichtiges Wesen würde nur die negativen Seiten sehen?"

„In den meisten Dingen ist er nicht vorsichtig", sagte ich. „Tatsächlich kann er ziemlich kühn sein. Aber wenn es um Magie geht, ist er nicht der Ansicht, dass die Welt über uns Bescheid wissen sollte. Er glaubt, ein solches Wissen würde nur eine Gefahr für Magier heraufbeschwören. Und obwohl ich bis zu einem gewissen Grad zustimme, habe ich doch mehr Vertrauen in meine Mitmenschen. Ich glaube nicht, dass es das Chaos auslösen würde, dass er vorhersagt, doch es wird eine unruhige Phase geben, bis die Talentfreien und die Magier lernen können, miteinander zu leben und zu arbeiten. Schreib das in die Contra-Spalte."

Er schrieb *Unruhe* unter Contra, und *Aufklärung* in die Pro-Spalte. Das war, wie ich dachte, für mein Argument ein wenig zu dick aufgetragen. „Wie du habe ich Vertrauen, dass es auf der Welt mehr gute als schlechte Menschen gibt, India. Mr. Glass hat wohl sehr viel Pech mit seinen Freunden gehabt, dass er eine so zynische Perspektive einnimmt."

„Nicht mit seinen Freunden." Ich bedauerte, dass ich das gesagt hatte, sobald es mir über die Lippen gekommen war. Er würde erraten, dass es Matts Familie war, die ihn verraten hatte. Matt würde nicht wollen, dass er das wusste. „Schreib in der Contra-Spalte auf, dass die Geschäfte der Talentfreien leiden werden."

Das tat er und entgegnete dem mit *bessere Waren und Dienstleistungen* in der Pro-Liste und fügte dann an: *Freiheit für Magier* und *keine Angst mehr*.

Dazu nickte ich. Die Freiheit, offen zu leben, würde bedeuten, dass man mühelos einen Arztmagier finden konnte. Artikel über Magie könnten die schnellste Möglichkeit sein, einen medizinischen Magier ans Licht zu bringen. Vielleicht würde sich Dr. Millroys unehelicher Sohn sogar von selbst zeigen.

Es könnte auch die Verzweifelten und Kranken an seine Tür bringen, die hofften, er könne sie heilen. Doch er konnte ihr Leben nur verlängern, kurzzeitig, wenn überhaupt – zumindest ohne mich oder Chronos. „Falsche Hoffnung", sagte ich leise.

Oscar schaute auf, der Bleistift hielt inne. „Was meinst du damit?"

„Magie ist nicht von Dauer. Ein Gegenstand, der damit angereichert ist, wird seine magische Beschaffenheit nicht lange bewahren. Falsche Hoffnung könnte zu Wut bei jenen führen, die nichts über die Beschränkungen wissen."

„Vielleicht gibt es Zauber, die den Einsatz der Magie verlängern. Wenn man Magier hervorlockt, bringt das vielleicht auch einige ältere Zauber ans Licht, die man für verschollen hält." Bei diesem Argument wirkte er sehr selbstzufrieden.

Ich hielt die Luft an, wog meine eigene Liste von Pros und Contras hinsichtlich der Frage ab, ihm von Chronos und dem Verlängerungszauber zu erzählen. Oscars Begeisterung dafür, die Magie mit der Welt zu teilen, könnte meine Vorsicht in den Wind schlagen. Andererseits hatte er zugestimmt, nicht offen über Magie zu schreiben. Ich konnte ihm vertrauen, es geheim zu halten. Ich *wollte* ihm vertrauen.

Ich warf noch einen Blick über die Schulter zur Tür. Da ich nicht ganz sicher war, dass uns keiner hören konnte, stand ich auf und schloss sie. Oscar saß sehr starr dar, die Augen weit aufgerissen, während er darauf wartete, dass ich ihm mehr erzählte. Seine Neugierde hatte ich auf jeden Fall geweckt.

„Was ich dir nun erzähle, kann nicht vor irgendjemandem sonst Erwähnung finden", setzte ich an. „Du darfst nicht darüber schreiben oder auch nur mit verhüllten Anspielungen darauf hinweisen. Verstehst du das, Oscar?"

Er nickte. „Was ist es, India? Was hast du herausgefunden?"

„Es gibt einen Spruch, der die Lebensdauer der Magie eines anderen Magiers verlängert."

Seine Augenbrauen verschwanden beinahe in seinem Haaransatz, so weit zog er sie hoch. „Ein Zeitmagier", sagte er gehaucht. „Du bringst das zustande, oder?" Er schlug auf den Schreibtisch und strahlte mich an. „Ich habe mich das schon gefragt. Seit ich dich getroffen habe, ist mir der Gedanke in den Sinn gekommen, aber ich habe noch nie davon gehört, dass man seine Magie mit der eines anderen vereint, und ich habe diesen Gedanken schnell wieder verworfen. Sag mir, wie hast du herausgefunden, dass es überhaupt möglich ist?"

„Als allererstes, versprich mir, dass du keiner Menschenseele davon erzählst."

„Ich verspreche es."

Ich stieß die angehaltene Luft aus. „Ich habe jemanden gefunden, der mich zu meiner Magie berät."

„Einen weiteren Uhrenmagier? Wer ist es?"

„Er würde es bevorzugen, dass niemand über ihn Bescheid weiß. Er ist sehr geheimniskrämerisch."

„Klingt faszinierend." Seine Augen leuchteten noch mehr, und er lehnte sich vor. Oscar hätte es großen Spaß gemacht, ein Inspektor zu sein, so wie Brockwell.

„Er hat mir einen Zauber beigebracht, der eine Uhr genau gehen lässt", sagte ich. „Vorher konnte ich nicht alle reparieren, nur die meisten."

Er wedelte meine Aussage mit der Hand beiseite. „Ein liebenswerter Zauber, aber ich schätze, er repräsentiert das, was Uhrmacher bei ihrem Handwerk am allermeisten erreichen möchten. Schön für dich. Ich freue mich, dass du jemanden gefunden hast, der dir hilft. Aber der Verlängerungszauber?"

„Seine Vorfahren haben ihn ihm beigebracht, und er hat Jahre damit verbracht, mit anderen Magiern zu experimentieren, seine Magie mit der ihren zu vereinen, indem er diesen Zauber anwendet. Er hatte einigen Erfolg."

„Was für andere Magiearten?"

„Baumeister, Schneider, Stahlbauer. All ihre Magie hat länger gehalten, als es normalerweise der Fall wäre."

„Ein Arzt?", fragte er, ohne zu zögern. Er war schnell. Fast schon zu schnell, als dass ich mit ihm mithalten konnte. Es war keine Verbindung, die die meisten sofort sehen würden.

„Er sucht nach einem medizinischen Magier." Es war eher eine Lüge, bei der ich etwas ausließ, als eine glatte Lüge. Meinem Gewissen ging es damit ganz gut.

Er musterte die Listen auf seinem Block, dann zog er darunter einen Strich. „Wie schade, dass er noch keinen gefunden hat. Stell dir die Möglichkeiten vor. Die Leben, die man retten könnte, die …"

„Nein. Hör auf." Ich nahm seinen Block und schloss ihn. Er blinzelte mich an, überrascht von meiner Reaktion.

„Was ist los, India?" Er erinnerte mich mit seiner Begeisterung an Chronos, und mit seinem Blick, der niemals über den Tellerrand ging. Genau wie Chronos schien er die Gefahren nicht zu sehen.

„Es ergeben sich Folgen daraus, zwei Zauber zu kombinieren. Verlängert man das Leben eines Menschen, der hätte sterben sollen, ist das falsch; man spielt Gott. Das könnte zu jeglicher Art

Chaos führen, manches davon können wir in einer Diskussion wie dieser nicht einmal erfassen."

„Was, wenn derjenige nicht hätte sterben sollen? Was, wenn das Opfer eines mordenden Irren im Sterben liegt, aber genug Zeit bleibt, um es zu retten, indem man Magie einsetzt?"

Das kam Matts Situation so nahe, dass es mir eiskalt den Rücken herunterlief. Ich rieb mir über die Arme, doch das half gar nicht. „Man kann den Zauber nicht bei einigen Leuten einsetzen, und bei anderen nicht", sagte ich und wechselte damit das Thema. „Niemand hat das Recht, diese Entscheidung zu treffen."

„Also würdest du einer Mutter lebensrettende Magie verweigern, um das Leben ihres sterbenden Kindes zu retten? Selbst wenn sie dich anflehen würde?"

„Nicht, Oscar."

„Also gut, hier kommt ein weiterer Gedanke. Du kennst eindeutig den Verlängerungszauber, genau wie dein Mentor. Du weißt nicht, wo du im Augenblick einen Arztmagier findest, aber was, wenn ihr einen aufspürt? Sollten du und dein Mentor die Einzigen sein, die in den Genuss des Zaubers kommen? Ist das nicht ungerecht?"

„Wir werden ihn nicht zu unserem Vorteil ausnutzen. Wir wissen um die ethische Problematik." Es war eine glatte Lüge, und er legte sie offen.

„*Du* vielleicht nicht, aber er? Außerdem, kannst du ehrlich sagen, dass du den Zauber nicht anwenden würdest, wenn jemand, den du liebst, im Sterben läge, und du eine Möglichkeit hättest, ihn oder sie zu retten?" Er warf seinen Bleistift weg, und er rollte über den Schreibtisch, bis er an das Tintenfass stieß.

„Du kannst es niemandem verraten, Oscar. Du kannst nicht darüber schreiben."

„Weshalb bist du dann hier, India?" Er hob die Stimme, bis sie das kleine Bureau ausfüllte. „Weshalb verrätst du mir das überhaupt, wenn du es geheim halten willst?"

Ich schluckte schwer. Ich würde mich von ihm nicht zum Schurken erklären lassen. Begeisterung war das eine, aber Empörung war etwas ganz anderes. „Weil ich die Möglichkeit eines allgemeinen Artikels mit dir besprechen wollte, der uns an die

Öffentlichkeit bringt." Und weil ich nicht von ihm erwartet hätte, dass er so schnell zur medizinischen Magie springen würde. „Ich kenne so wenige Magier, und du bist der einzige, mit dem ich das teilen wollte. Ich dachte, ich könnte dir vertrauen, Oscar. Ich dachte, der gesunde Menschenverstand würde deinen Wunsch übertreffen, die Magie offenzulegen. Doch ich habe mich geirrt." Ich nahm meinen Pompadour, und während mir das Herz in einem lauten, doch beharrlichen Rhythmus bis zum Halse schlug, erhob ich mich. „Guten Tag. Ich finde den Weg nach draußen."

„Warte." Er kam um den Schreibtisch und fasste mich am Ellbogen.

Ich hielt mein Gesicht abgewandt, damit er die Tränen nicht sehen konnte, die mir gerade kamen. Ich fühlte mich ganz und gar töricht. Es war dumm von mir gewesen, hierher zu kommen und einem Reporter zu vertrauen. Einen solchen Fehltritt hätte Matt nicht gemacht.

„Warte bitte, India." Das Flehen in seiner Stimme war leise und gab mir Hoffnung. „Ich muss mich entschuldigen. Du hast recht. Die Verlängerungsmagie muss geheim gehalten werden. Wir wissen so wenig darüber, und es besteht das Potenzial, dass daraus Probleme erwachsen. Ich neige dazu, mich von den Möglichkeiten begeistern zu lassen und die negativen Seiten in den Wind zu schlagen. Vergibst du mir?"

Ich hob den Blick. Er wirkte aufrichtig, aber in diesem Bereich konnte ich meinen Instinkten nicht trauen. „Nur, wenn du versprichst, dass du niemandem davon erzählst, die Zeitmagie mit einer anderen Magie zu vereinen. Dazu gehört auch, darüber zu schreiben, oder darauf anzuspielen."

„Das habe ich bereits versprochen."

„Versprich es noch einmal."

Er strich mit dem Daumen über meinen Arm, ehe er losließ. „Ich verspreche es, India. Für dich."

Mich?

„Wollen wir mal versuchen, meine Tintenmagie mit deiner Zeitmagie zu vereinen, um ihren Einsatz zu verlängern? Brauche ich einen anderen Zauber, damit es funktioniert?"

„Ich schon, aber du nicht."

„Wie viele Zauber hat dein Mentor gekannt?"

„Nur zwei. Er glaubt, alle Magier hätten früher mehr gekannt, aber sie sind im Laufe der Jahre in Vergessenheit geraten, als die Magier dazu gezwungen wurden, sich zu verstecken."

Er holte ein Blatt Papier heran und griff nach dem Tintenfass.

Ich hielt seine Hand auf. „Nicht heute."

Er wirkte enttäuscht. „Also gut. Du weißt, wo du mich findest, wenn du es dir anders überlegst."

Er ging mit mir zum offenen Bureau, wo der Herausgeber mir grüßend zunickte. Im Empfangsraum vorne griff Oscar nach dem Türknauf, öffnete die Tür jedoch nicht. „Hast du dir schon genauer überlegt, welche Aufführung du mit mir besuchen möchtest?", fragte er.

Also hatte er es nicht vergessen. „Ich ... ich glaube, wir sollten warten, bis es deiner Schulter bessergeht."

Er zögerte, dann lächelte er. „Dann hoffe ich, meine Genesung geht rasch vonstatten. Guten Tag, India."

* * *

MATT KAM KURZ nach mir zurück in die Park Street. Er wirkte wieder erschöpft, aller Nutzen, den er aus dem Gebrauch seiner Taschenuhr gezogen hatte, nachdem ich sie verzaubert hatte, war verflogen. Mir wurde das Herz schwer, als ich das sah. Er ließ sich in einen Sessel in der Bibliothek fallen und rieb sich mit der Hand über die Stirn. Sein tiefes Seufzen hallte zwischen den büchergesäumten Wänden. Er fühlte sich wohl so schlecht, wie er aussah.

Ich schenkte ihm eine Tasse Tee ein und räusperte mich. Matt schaute auf, lächelte schwach und nahm die Tasse entgegen.

„Dir geht es nicht besser, oder?" Ich wollte seine Antwort fast nicht hören, obwohl ich sie schon vorwegnahm, ehe er sie mir gab. Sein schlechter Zustand stand in jede Falte seines Gesichts geschrieben.

„Die Magie hat diesmal länger gehalten.", sagte er mit fröhlicherem Unterton, als ich erwartet hätte. „Du hast das gut gemacht, India."

„Nicht gut genug." Ich seufzte. „Ich hatte gehofft, dass eine entscheidende Verbesserung entsteht."

„Ich habe nicht geruht, nachdem ich sie diesmal angewendet habe. Ich habe dir gesagt, das würde ich, aber ich wollte sehen, wie lange ich konzentriert bleiben kann, ohne mich auszuruhen. Also, da hast du es. Deine Magie *hat* geholfen."

„Das ist immerhin etwas", fügte ich an, während ich versuchte, seine Fröhlichkeit nachzuahmen. Wenn er es um meinetwillen tun konnte, konnte ich es auch für ihn.

„Ist meine Tante zu Hause?", fragte er.

„Bristow sagte, sie wäre mit Lady Rycroft ausgegangen."

„Tante Beatrice? Wohin?" Seine Verwirrung war verständlich. Die Schwägerinnen konnten einander nicht ausstehen.

„Ich glaube, sie sind zum Einkaufen gegangen."

„Ich hoffe, dabei bringen sie einander nicht um."

„Ich hätte sie begleiten sollen", sagte ich und griff nach meiner Teetasse. „Ich bin doch als ihre Gesellschafterin hier."

„Sie wusste, dass du dich mit Barratt treffen willst. Wenn sie andere Pläne gehabt und deine Anwesenheit erwünscht hätte, hätte sie es dir gesagt."

Trotzdem war ich in letzter Zeit meinen Pflichten nicht zur Genüge nachgekommen. Das musste ich ändern. Aber im Augenblick musste ich meine Arbeit mit Matt erledigen. „Wie ich sehe, hat dir Abercrombie nicht die Polizei, rachsüchtige Bürger oder beißwütige Hunde auf den Hals gehetzt."

„Du hast die Zahnabdrücke noch nicht gesehen." Er grinste mich an, und ich entspannte mich. Ganz gleich, wie müde er war, für mich brachte er fast immer ein Lächeln zustande. „Wir werden besprechen, was Abercrombie gesagt hat, sobald die anderen eintreffen. Ich habe Bristow losgeschickt, um sie zu holen, und Cyclops bringt die Kutsche ins Kutschhaus." Er konzentrierte sich darauf, langsam an seinem Tee zu nippen, beäugte mich über den Rand der Tasse. „Was ist mit dir? Wie geht es Barratt?"

„Oscar ist nicht so schlimm verletzt."

Seine Tasse traf mit einem porzellanzerschlagenden Klirren auf die Untertasse. „Oscar?"

Mein Gesicht wurde heiß, weshalb ich den Kopf gesenkt

hielt. „Ich meine Mr. Barratt." Ich räusperte mich. „Es war nur ein Streifschuss. Er ist schon wieder zurück an der Arbeit und war interessiert an den Fakten, die Dr. Hales Mordfall betreffen. Brockwell hat nicht viel herausgelassen."

„Das sollte er auch nicht. Barratt kann man nicht trauen, dass er die Einzelheiten nicht in seiner Zeitung bringt."

„Gewiss hat er ein Recht, zu erfahren, wie die Ereignisse sich weiterhin abspielten. Er war genauso ein Opfer wie du und ich."

„Zuallererst einmal bin ich kein Opfer." Seine Haltung hatte sich von freundlich in nur einem Augenblick zu mürrisch gewandelt. „Zum zweiten hat er kein Recht, irgendetwas zu erfahren. Brockwell hat ihm eindeutig nicht vertraut. Wenn man die unverantwortlichen Artikel kennt, die Barratt in der Vergangenheit über Magie geschrieben hat, kann ich ihm bei dieser Einschätzung nur zustimmen."

Wenn er gewusst hätte, weshalb ich wirklich losgegangen war, um Oscar zu treffen, wäre er noch wütender gewesen. Ich hielt den Blick abgewandt. „Weshalb warst du dann damit einverstanden, dass ich ihn besuche? Du hast sogar gesagt, er wäre ein guter Mann. Weshalb hast du es dir so schnell anders überlegt?"

Er war so lange still, dass ich gezwungen war, ihn anzuschauen. „Ich … Ich weiß es nicht." Er schüttelte den Kopf und strich sich mit einer Hand am Gesicht vorbei. „Du hast recht, India. Vielleicht bin ich nicht gerecht zu ihm. Er ist vermutlich ein vertrauenswürdiger Kerl, nur übermäßig begeistert von Magie. Ich verstehe schon, weshalb du ihn magst. Ihr habt viel gemeinsam."

Ich stellte meine Tasse und die Untertasse ab. „Du machst es schon wieder. Du bist inkonsistent. Was meinst du damit, dass wir viel gemeinsam haben? Abgesehen von der Magie sehe ich da nichts."

Er tippte mit dem Finger auf eine Seite der Teetasse, dann deutete er plötzlich auf mich. Er schnippte mit den Fingern. „Deine Familie kommt aus dem handwerklichen Bereich, genau wie seine. Das ist eine Übereinstimmung."

„Danke, dass du mir meine unzureichenden Wurzeln aufzeigst."

Er furchte die Stirn. „Ich habe gesagt, sie sind übereinstimmend, nicht unzureichend."

„Nicht im Vergleich zu ihm, im Vergleich zu dir." Ich erhob mich und marschierte zur Tür, nicht ganz sicher, wohin ich gehen wollte. Ich wusste nur, dass ich nicht in Matts Nähe sein wollte, wenn er mich in Oscars Richtung zu schieben versuchte.

Leider ließ Matt mich nicht gehen. Irgendwie schaffte er es, vor mir an der Tür zu sein. Seine beeindruckende Gestalt verwehrte mir den Ausgang, die äußerst finstere Miene betonte die erschöpften Falten. „Das habe ich doch nicht gemeint", sagte er.

„Ich weiß überhaupt nichts mehr, Matt!"

Er verschränkte die Hände hinter dem Rücken. „Du hast recht. Ich bin in letzter Zeit schwierig. Meine Laune geht zu oft mit mir durch. Ich werde mich mehr bemühen."

„Nein, Matt." Ich schloss die Augen, wünschte, ich könnte meinen Ausbruch zurücknehmen. „Das ist es nicht. Ich fühle mich auch, als stünde ich neben mir. So viel ist in den letzten paar Wochen geschehen, und ich versuche, meinen zerstreuten Verstand zusammenzuhalten. Es ist, als würde ich einem Omnibus hinterherrennen, bei dem ich zusteigen muss, aber ich kann ihn nicht einholen."

„Da renne ich neben dir her", murmelte er.

Aufgebrachte Stimmen kamen von der Treppe außerhalb der Bibliothek, aber ich war mit Matt noch nicht fertig. Ich wollte plötzlich, dass er etwas begriff. „Ich habe kein Interesse an Oscar Barratt auf die Art, die du … auf eine andere Art als Freundschaft. Ich glaube, man kann ihm vertrauen, aber das ist etwas anderes. Was meine Gefühle für ihn betrifft, so hege ich keine romantischen."

Sein Blick musterte mein Gesicht, aber er hatte keine Zeit für eine Antwort, ehe Willie, die nicht aufpasste, wohin sie lief, ihm in den Rücken prallte. Sie hielt kaum inne, um sich zu entschuldigen, ehe sie wieder zu ihrer Diskussion mit Duke und Chronos zurückkehrte.

„Das nimmst du zurück, Duke!", rief sie.

Duke hob beide Hände. „Ich habe nichts gesagt, das nicht der Wahrheit entspricht."

„Doch! Nicht alle von uns Johnsons sind faule Äpfel. Sag es ihm, Matt."

Matt riss seinen Blick von mir los. „Was?", fragte er ziemlich überrumpelt.

„Duke hat Chronos über unsere Familie aufgeklärt. Er hat gesagt, wir Johnsons wären alle schlimm."

Duke hob einen Finger. „Ich habe gesagt irre, nicht schlimm. Und ich habe nicht gesagt *alle*. Ich habe Matt ausgenommen."

Willie stemmte die Hände in die Hüften. „Du nennst mich irre?"

„Du bist die Allerirrste."

„Ha!"

Duke deutete auf ihre Kleidung. „Ich habe noch nie eine andere Frau gesehen, die sich wie ein Mann anzieht."

„Das ist nicht irre", blaffte sie ihn an. „Das ist einfach nur pure Vernunft. Diese Welt ist für Männer gemacht, und wenn mich ein paar Leute eine oder zwei Minuten lang für einen Mann halten, dann sei es eben so. Das gleicht es nur aus. Stimmt's nicht, India?"

So wenig ich mich auch in ihren Streit verwickeln lassen wollte, musste ich ihr doch zustimmen. „Ich bin mir nicht sicher, ob es sonderlich lang für ausbalancierte Verhältnisse sorgt, wenn man Hosen trägt, aber ich verstehe, worauf du hinauswillst, Willie. Tut mir leid, Duke."

Er knurrte. „Das ist nicht der einzige Grund, warum du irre bist, Willie. Da ist zum Beispiel auch noch die Tatsache, dass du in London einen Revolver herumschleppst."

„Mein Colt hat mich schon das ein oder andere Mal gerettet", sagte sie triumphierend. „Hast du sonst noch Gründe, Duke, oder war's das?"

„Das reicht jetzt", fuhr Matt sie an, während er zum Kamin marschierte. „Der nächste, der einen Zank anfängt, schläft im Stall."

Chronos zwinkerte mir im Vorbeigehen zu. „Mach mal lieber nicht den Mund auf, India."

Matt funkelte auch ihn an. Ich fand es leicht erheiternd, biss mir aber auf die Lippen, damit ich aufhörte zu lächeln. Matt war nicht in der Stimmung, in der er den Humor zu schätzen wüsste.

„Tee?", fragte ich die Neuankömmlinge.

„Hast du was Härteres?", fragte Chronos.

Willie machte sich auf zu dem Buffet, in dem Matt eine Karaffe mit Kognak und Gläser aufbewahrte. Duke erwischte sie am Handgelenk und hielt sie auf. Er schüttelte den Kopf und wies mit dem Kinn in Richtung Matt. Erkenntnis dämmerte langsam auf Willies Gesicht.

„Wir nehmen alle Tee, India", erklärte sie. „Bristow gefällt es nicht, wenn wir vor dem Abendessen trinken. Er sagt, das ist hier in London nicht üblich."

„Vielleicht nicht in *diesem* Teil von London." Doch Chronos drängte in dieser Sache nicht weiter und nahm die Teetasse an, die ich ihm reichte.

Cyclops schloss sich uns ein paar Minuten später an. „Was habe ich verpasst?"

„Ich wollte gerade allen erzählen, was Abercrombie mir gesagt hat", erklärte Matt, der stehenblieb, während wir übrigen uns setzten. „Er gab zu, dass sein Vater, zu seiner Zeit als Meister, Magier aus der Gilde geworfen hat. Tatsächlich war er stolz darauf, und ich musste ihn überhaupt nicht überzeugen, damit herauszurücken."

„Das ist aber schade", murmelte Willie. „Wenn irgendjemand es verdient hat, von dir *überzeugt* zu werden, dann er."

Chronos schaute von Matt zu Willie und dann wieder zurück. „Er?"

„Matt mag ja wie ein Gentleman und vollkommen englisch wirken, aber ihm liegt der amerikanische Wilde Westen im Blut. Es gibt niemanden, der etwas für sich behalten kann, wenn Matt es sich in den Kopf setzt, die Information aus demjenigen herauszuholen."

Chronos beäugte Matt, als würde er ihn in völlig neuem Licht sehen. „Ganz mein Typ."

„Kann ich jetzt weitermachen, Willie?", fragte Matt trocken.

Sie bedeutete ihm, er solle fortfahren.

„Abercrombie nannte es das Erbe seines Vaters", fuhr Matt fort. „Er zwang zwei Magier, die Gilde zu verlassen, nachdem er von ihrem Geheimnis erfahren hatte. Der derzeitige Abercrombie wusste sogar von Ihnen, Chronos."

„Abercrombie Senior hat bestimmt so viele Informationen wie möglich an seinen Sohn weitergegeben, ehe er von uns ging", sagte Chronos. „Weiß er, dass ich lebe und in London bin?"

„Ich konnte nicht einschätzen, ob er das weiß oder nicht."

„Weshalb haben Sie nicht direkt gefragt?"

„Weil ihn das eventuell auf die Tatsache aufmerksam gemacht hätte, dass Sie leben und hier sind, und dass ich davon weiß."

„Ein guter Punkt", sagte Duke.

Chronos stimmte mit einem zögerlichen Nicken zu.

„Abercrombie glaubt, du hättest deine Magie von Chronos geerbt", sagte Matt zu mir. „Er denkt anscheinend, dein Vater wäre talentfrei gewesen, und deine anderen Großeltern hat er nicht erwähnt."

„Von ihnen weiß er wohl nichts", sagte Chronos. „Die Familie meiner Frau hat ihre Magie geheim gehalten. Was Indias Großeltern mütterlicherseits angeht, lag ihr magisches Talent in einem anderen Handwerk, und sie haben es ebenfalls geheim gehalten."

„Also weiß Abercrombie nicht, wie stark sie ist", sagte Duke. „Ich frage mich, was er tun würde, wenn er es wüsste."

Keiner hatte darauf eine Antwort, und im Zimmer breitete sich Schweigen aus, bis Matt es brach. „Ich habe Abercrombie gesagt, du wolltest mehr über deinen Großvater herausfinden, India. Ich habe ihn speziell auf die Kontroverse angesprochen, die die letzten Jahre von Chronos' Leben umgab. Ich habe Geschichten erwähnt, die du gehört hast und verifiziert haben wolltest. Er erzählte mir nur zu gern alles über Ihre Experimente damit, die Magie zu verlängern, Chronos, und den Tod, den Sie verursacht haben."

„Es war nicht allein meine Schuld", sagte Chronos mit ein wenig Trotz in der Stimme.

„Abercrombie erinnerte sich an die Sensation, die das Experiment in den Gilden der Uhrmacher und Wundärzte ausgelöst hatte. Sein Vater und der Meister der Wundarztgilde zu jener Zeit trafen sich und schworen, dem Opfer Gerechtigkeit widerfahren zu lassen."

„Wie?", rief Chronos. „Es bestand doch nicht einmal die Möglichkeit, dass sie seinen Namen gekannt haben!"

„Der einzige Grund, weshalb sie nicht sonderlich weit damit gekommen sind, liegt darin, dass Dr. Millroy kurze Zeit später verstarb – genauso wie Sie scheinbar. Ich konnte an seinem Gesichtsausdruck allerdings nicht ablesen, ob er wusste, dass Ihr Tod nur gestellt war."

Ein kalter Klumpen bildete sich in meiner Brust. Ich stellte meine Teetasse ab, um die Aufmerksamkeit nicht auf meine zitternden Hände zu lenken. Ich stellte fest, dass ich in dieser Sache Abercrombie zustimmte. Mein Großvater mochte ja geglaubt haben, dass er das Richtige tat, etwas Gutes, aber er war trotzdem ein Mörder. Er hatte das Leben eines Mannes vor seiner Zeit beendet. Bei diesem Gedanken wurde mir übel.

„India?", fragte Matt sanft.

Ich bedeutete ihm, er solle weitermachen. Ich konnte Chronos nicht ansehen, spürte aber, wie sein Blick sich in meinen Kopf bohrte, während ich auf meinen Schoß hinabstarrte.

„Ich habe Abercrombie auch zum Mord an Dr. Millroy befragt", sagte Matt. „Zu dieser Zeit war er in den Zwanzigern, und sein Vater war in der Gilde auf der Höhe seiner Macht. Er behauptete, dass er nur wusste, was in den Zeitungen berichtet wurde, und deutete an, dass der Mord an Millroy vermutlich von einem Dieb begangen worden war, der die Gelegenheit ergriffen hatte, nach Wertgegenständen zu suchen."

„Weißt du, ob irgendwelche Wertgegenstände an der Leiche gefunden wurden?", fragte Cyclops.

„Die Polizeiakte behauptet, es wären nur ein paar Bleistifte da gewesen", sagte Matt.

„Vielleicht war es eine ergriffene Gelegenheit", erklärte Chronos. „Aber manche Fragen bleiben unbeantwortet. Zum einen, weshalb war Dr. Millroy überhaupt in diesem Stadtteil? Seine Patienten waren bessergestellt, keine Gossenbewohner."

„Vielleicht hat er nach einem weiteren Testobjekt für ein Experiment gesucht?", stieß ich hervor.

„Ich habe dir doch gesagt, er war dagegen, ein weiteres Experiment durchzuführen, nachdem uns Wilson weggestorben war."

„Vielleicht hat er es sich anders überlegt."

Chronos knurrte, wirkte aber nicht überzeugt. „Wollte Abercrombie nicht wissen, weshalb Sie ihn zu Dr. Millroy befragt haben?", fragte er Matt.

„Ich sagte ihm, India wolle ein möglichst weit gefächertes Bild ihres toten Großvaters."

Chronos knurrte ein weiteres Mal.

„Wenn er vermutet, dass Sie hier sind, liegt das nicht an mir." Matt warf einen Blick auf die Karaffe und die Gläser, dann füllte er seine Tasse mit Tee auf. Er nahm seinen Standort am Kamin wieder ein. In der maskulinen Umgebung der Bibliothek, umgeben von Büchern mit Ledereinband und schweren Möbeln, wirkte er stark und gesund. Zu wissen, dass er es nicht war, zerriss mir das Herz.

„Ich ging zum Gildensaal der Wundärzte, nachdem ich Abercrombies Laden verlassen hatte", fuhr er fort. „Ich wollte wissen, wer zu jener Zeit ihr Meister gewesen war, damit ich ihn befragen konnte." Seine Lippen krümmten sich zu einem aalglatten Lächeln. „Du bist ihm bereits begegnet, India."

Ich überlegte rasch. Es gab nur zwei Ärzte im passenden Alter, die ich kannte. „Entweder Dr. Ritter oder Wiley."

„Ritter."

„Wer?", fragte Chronos.

„Der Chefarzt des London Hospital", sagte Matt. „Wir haben ihn getroffen, als wir Hales Tod untersuchten."

„Halten Sie das für einen Zufall?"

Matt hob eine Schulter. „Das lässt sich nicht sicher sagen."

„Hast du ihn befragt?", wollte ich wissen.

Er schüttelte den Kopf. „Er war nicht im Krankenhaus, und ich wollte nicht durch ganz London fahren, um ihn zu suchen. Mir ging die Zeit aus."

Man musste ihn nicht fragen, weshalb. Wir wussten alle, dass er seine Uhr benutzen und ruhen musste. Matt wollte sie nicht mehr außerhalb des Hauses gebrauchen, weil er Angst hatte, dass es jemand sehen würde. Sheriff Payne hatte bereits beobachtet, wie er sie in der Kutsche benutzt hatte. Nicht, dass es im Haus stets sicher gewesen wäre. Seine Cousine Hope hatte ebenfalls gesehen, wie er sie gebrauchte, als sie eines Tages in den Salon geplatzt war.

„Wir gehen morgen hin", sagte ich. „Diesmal werde ich dich begleiten."

„Um mich im Auge zu behalten?", fragte er, und seine Lippen zuckten.

„Um dich vor Dr. Ritter zu schützen." Ich zwinkerte ihm zu. „Er kam mir ziemlich wild vor."

Er lachte leise in seine Tasse hinein.

Willie verdrehte die Augen und schüttelte den Kopf, machte aber zum Glück keine Anmerkung. Chronos setzte ein Lächeln auf, das für meinen Geschmack viel zu selbstgefällig war. Was für einen Grund hatte er denn zu Selbstgefälligkeit?

„Willst du, dass ich mich mit dieser Schwester unterhalte, die ich beim letzten Mal im Krankenhaus kennengelernt habe?", fragte Willie. „Sie war ziemlich hilfreich."

„Nicht nötig", sagte Matt. „Aber danke."

Die Tür wurde plötzlich aufgerissen, und Bristow trat ein. Er wirkte erhitzt, und seine Krawatte saß schief. Den Butler hatte ich noch niemals so zerfleddert gesehen. „Es tut mir leid, dass ich unterbreche, Sir", sagte er und strich sich die Haare zurück. „Ihre Anwesenheit ist im Salon erforderlich. Miss Glass ist dort, und sie ist in einen ziemlich desolaten Zustand."

Matt lief an ihm vorbei, noch bevor er zu Ende gesprochen hatte. Wir übrigen mussten eilen, um mitzuhalten. Auch meine Gedanken rasten, in Anbetracht all der Dinge, die Miss Glass hätten zustoßen können. Weder ihr Verstand noch ihr Körper waren sonderlich robust.

Ich hätte sie begleiten sollen.

KAPITEL 6

„Sie wollen mich wegsperren, Harry." Miss Glass klammerte sich an Matts Arm. Ihr Gesicht war gerötet, ihre Augen standen weit offen, während sie Matt anflehte: „Du darfst nicht zulassen, dass sie mich holen kommen."

„Werde ich nicht", versicherte er ihr. „Du bist jetzt zu Hause, Tante Letitia. Du bist in Sicherheit."

„Nimm mich mit dir, Harry. Ich habe es mir anders überlegt. Ich will auch den Kontinent besuchen."

„Wer ist Harry?", flüsterte Chronos.

„Matts Vater, ihr Bruder", sagte Willie. „Manchmal denkt sie, Matt sei er."

„Sie meinen, sie ist übergeschnappt?"

Ich warf ihm einen vernichtenden Blick zu, aber er war ganz auf die Szene konzentriert, die sich vor ihm auf dem Sofa abspielte, und er bemerkte meinen Blick nicht. Ich ging vor Miss Glass in die Hocke, nahm ihre Hand in meine beiden und sprach leise, doch fest zu ihr. „Ich bin es, Miss Glass. Es ist schon gut."

„Veronica?" Sie schaute sich im Zimmer um. „Was machst du denn bei Harry?"

„Und wer ist Veronica?", kam die nächste Frage von Chronos.

„Eine Bedienstete, die sie einst kannte", erklärte ihm Willie.

Ich drehte mich um und ließ Chronos den strengsten Blick

zukommen, den ich aufsetzen konnte. „Das ist eine Privatangele
genheit. Würdest du bitte?"

„Privat?", sagte er. „Aber du bist nicht ihre Familie."

„Ich bin ihre Gesellschafterin." Ich wandte mich wieder Miss
Glass zu, und obwohl ich nicht sah, wie er ging, hörte ich seine
Schritte, als er sich zurückzog. „Würden Sie sich gern hinle-
gen?", fragte ich Miss Glass. „Oder hier sitzen und eine schöne
Tasse Tee trinken, um Ihre Nerven zu beruhigen?"

„Ich brauche ein Eis." Sie wedelte mit der Hand vor ihrem
Gesicht. „Hier drin ist es ziemlich heiß."

Sie wirkte auch erhitzt, und ihre Atmung war beschleunigt.
Ich schaute Matt finster an. „Sollte sie nicht bei Lady Rycroft
sein?"

„Bei Mama?" Miss Glass schüttelte den Kopf immer wieder.
„Du sagst die seltsamsten Dinge, Veronica. Mama ist schon vor
einigen Jahren verstorben."

Matt und ich warfen beide einen Blick zur Tür. „Bristow!",
brüllte er.

Miss Glass hielt sich die Ohren zu, und ich tadelte ihn sanft.
Er entschuldigte sich, ehe er Bristow fragte, wie Miss Glass zu
Hause eingetroffen war.

„Ich weiß es nicht", erklärte der Butler. „Sie hat an die Tür
geklopft und war allein."

„Tante?", sagte Matt. „Letitia? Bist du zu Fuß
hergekommen?"

„Natürlich." Miss Glass tätschelte sich die Haare an ihrem
Hinterkopf. Die sorgsam frisierten Locken waren herabgefallen,
und einige Strähnen hingen ihr locker über den Rücken hinab.
„Ich habe kein Geld für einen Omnibus oder einen Zweispänner.
Ich weiß doch nicht, wie man überhaupt einen ruft, damit man
mitgenommen wird. Nun, Harry? Was sagst du? Kann ich doch
noch mitkommen?"

Sie dachte, sie wäre wieder zurück in der Zeit, bevor ihr
Bruder England verlassen hatte, etwa vierzig Jahre zuvor.
Offenbar hatte er ihr angeboten, sie auf seine Reisen mitzunehmen, aber sie hatte abgelehnt, durchaus widerstrebend, und
hatte seither ein bedrückendes Leben unter der Vormundschaft
ihres Vaters und dann ihres anderen Bruders verbracht. Selbst in

ihrem gehobenen Alter hatte sie unter der Herrschaft ihres Bruders und ihrer Schwägerin gestanden, Lord und Lady Rycroft, und es schien, als würde sie jene längst vergangenen Tage wieder durchleben, vielleicht sogar eine andere Entwicklung durchspielen, bei der sie mit Harry auf den Kontinent fuhr. Es war traurig, sich vorzustellen, dass sie die Entscheidung, hierzubleiben, bedauerte.

„Du kannst mit mir kommen", sagte Matt sanft, während er ihr die Hand hielt. „Wir werden gemeinsam Abenteuer erleben."

Sie lächelte ihn an, ihre Unterlippe zitterte. „Veronica soll auch mitkommen."

Peter brachte ein Tablett mit Tee-Utensilien, und ich schenkte ihr eine Tasse ein. Sie nahm sie mit bebenden Händen und nippte langsam. Das vertraute Ritual schien sie zu beruhigen. Niemand unterbrach sie, während sie langsam die ganze Tasse austrank und sie wieder abstellte.

„Tante Letitia?", fragte Matt bedächtig. „Wie fühlst du dich?"

Sie berührte mit dem Handrücken ihre Wange. „Es ist sehr warm hier drin. Hast du ein Feuer entzündet, Matt?"

Ich tauschte ein kleines Lächeln mit Matt. Er war wieder ihr Neffe, nicht ihr Bruder. Wie schnell sie sich veränderte.

Willie ließ sich auf einen Sessel fallen und stieß beherrscht Luft aus. „Schön, dich wiederzuhaben, Letty."

„Leg deine Füße nicht auf den Tisch", fuhr Miss Glass sie an. „Das ist kein Saloon."

Willie grinste. „Wollte ich doch gar nicht!"

Miss Glass runzelte die Stirn. „Was ist in dich gefahren? Weshalb grinst du wie eine Irre, Willemina?"

„Ich schätze, ich bin einfach nur froh."

„Na, hör auf damit. Es ist nicht englisch, so zu grinsen."

„Ich bin nicht englisch, und wir Amerikaner grinsen die ganze Zeit so."

„Wo ist Tante Beatrice?", fragte Matt.

„Zu Hause, schätze ich." Miss Glass schaute finster auf ihre Teetasse, als wäre sie nicht ganz sicher, wie sie dahin gekommen war. „Sie hat mich ausgeführt."

„Wohin seid ihr gegangen?"

„Zum Einkaufen, dann haben wir eine Freundin von ihr

besucht. Sie war vor Jahren auch eine Freundin von mir." Sie schniefte und wandte sich ab, um in den Kamin zu starren. „Ich kann diese Frau überhaupt nicht ausstehen. Überall alberne Rüschen an den Ärmeln und eine rosa Blume im Haar. Die Rüschen und Blümchen waren hübsch, als sie noch jung war, aber inzwischen sind sie eine Blamage. Sie glaubt, sie ist immer noch eine siebzehnjährige Debütantin." Sie tippte sich an die Schläfe. „Sie ist ziemlich durchgedreht."

Die dröhnende Stimme draußen im Gang kündete von der Ankunft von Lady Rycroft. Bristow versuchte, uns davon in Kenntnis zu setzen, aber er hatte noch nicht einmal ihren Namen fertig gesagt, ehe sie an ihm vorbeipflügte, während sie mit der Zunge schnalzte. Ihre drei Töchter kamen nach Größe geordnet hinter ihr her.

„Da bist du ja!" Lady Rycroft marschierte zu ihrer Schwägerin, und einen schrecklichen Augenblick lang dachte ich, sie würde sie ohrfeigen. Sie ließ jedoch die Hände an den Seiten und stand nur da, hoch aufragend wie ein Kamin, der mit jedem keuchenden Atemzug Wut ausspie. „Du dumme, alberne Alte! Wie kannst du es wagen, mich so zu erniedrigen!"

Patience Glass, die älteste Tochter, keuchte bei der Tirade ihrer Mutter entsetzt auf. Die mittlere, Charity, kicherte hinter vorgehaltener Hand, und die jüngste und hübscheste, Hope, wurde rot, blieb aber sonst unbeeindruckt. Ihr listiger Blick befasste sich aber kaum mit ihrer Tante oder Mutter, sondern war doppelt so interessiert an Matt, als würde sie seinen Anblick in sich aufsaugen, nachdem sie ihn lange nicht hatte sehen dürfen.

Miss Glass blieb durch den Ausbruch ihrer Schwägerin erstaunlich wenig betroffen. „Was meinst du nur, Beatrice? Wenn irgendwer albern ist, dann ja wohl Penelope. Hast du diese Blume in ihren Haaren gesehen? In ihrem Alter? Ich konnte ihre Gesellschaft keinen Augenblick länger ertragen."

„Also hast du dich auf eigene Faust vom Acker gemacht?", kreischte Beatrice. „Ohne jemanden davon in Kenntnis zu setzen, sodass ich mich fragen musste, wohin du gegangen bist? Bist du auch noch unbedacht, zusätzlich zu verrückt?"

„Tante Beatrice", warnte Matt sie. „Nimm dich zusammen."

Er hätte sich an der Stelle seiner Tante Letitia keine Sorgen machen müssen. Miss Glass war dieser Tage durchaus fähig, für sich selbst zu sprechen. Dass sie bei ihm wohnte, und nicht bei ihrem Bruder, hatte ihr Selbstvertrauen gegeben. Sie und ich waren uns auf diese Art ähnlich. „Tu nicht so, als würde dir mein Wohlergehen am Herzen liegen, Beatrice."

„Natürlich tut es das!", fuhr Lady Rycroft sie an. „Rycroft würde es mir vorwerfen, wenn du verschwindest."

„Na, *du* warst es ja auch, die mich auf den Besuch bei Penelope geschleppt hat, obwohl du weißt, was sie mir angetan hat." Miss Glass' Stimme brach und klang erstickt, sodass ich sie finster anschaute. Was hatte diese Penelope ihr denn angetan, dass sie nicht nur allein nach Hause marschieren wollte, sondern auch noch ganz aus dem Gleichgewicht kam?

„Was hat sie dir denn angetan?", fragte Hope. Da sie von den dreien die dreisteste war, wunderte es mich nicht, dass sie die Frage stellte. Patience war viel zu zurückhaltend, und Charity hatte das Interesse an der Diskussion bereits verloren und war damit beschäftigt, Cyclops' Aufmerksamkeit auf sich zu ziehen.

Cyclops rückte weiter ab. Womöglich würde er sogar ganz flüchten, wenn sie es wagte, mehr zu tun, als nur zu starren.

„Tante Letitia hätte sich nicht allein auf den Nachhauseweg machen dürfen", sagte Matt. „Weshalb hatte sie keine Begleitung?"

Lady Rycroft richtete sich auf, sodass ihre Größe betont wurde. „Das ist doch genau der Punkt, Matthew. Weshalb war sie unbegleitet, wo sie doch eine Gesellschafterin hat?" Sie schaute betont zu mir.

Es war schwierig, ein trotziges Gesicht aufzusetzen, wenn ich mich schuldig fühlte.

„India musste heute für mich arbeiten." Matts Lüge ging ihm glatt über die Lippen.

„India ist nicht meine Vollzeitgesellschafterin", fügte Miss Glass an. „Ich teile sie mir mit Matthew." Sie griff nach meiner Hand, so wie ich vorhin nach ihrer gegriffen hatte. „Und wenn es darum ging, wessen Schuld es war, so war es ganz und gar meine. Ich beschloss zu gehen. Die Schuld liegt bei niemandem sonst."

Von allen Personen in diesem Zimmer, die darauf hätten antworten können, war es ausgerechnet Willie, die als erste etwas sagte. „Du warst nicht ganz bei dir, als du zurückkamst, Letty. Bist du sicher, dass du überhaupt wusstest, wo du warst?" Niemand kam so schnell zum Kern der Sache wie Willie.

„Natürlich wusste ich das", gab Miss Glass zurück. „Wir haben Penelope besucht. Ich mag sie nicht, also bin ich gegangen."

„Du dachtest, jemand würde dich verfolgen und dich einsperren wollen."

„Man sollte sie auch einsperren", murmelte Lady Rycroft.

Die drei Glass-Mädchen wiederholten ihre Reaktion von eben – Patience keuchte auf, Charity kicherte, und Hopes Wangen wurden rot. Hope warf einen Blick auf ihre Mutter, eine der wenigen Gelegenheiten, dass sie sich von Matt abwandte.

„Möchtet ihr gern zum Tee bleiben?", fragte Matt.

Manchmal hätte ich ihn erwürgen können.

Hope lächelte. „Das wäre sehr …"

„Nein", sagte Lady Rycroft. Der ganze Raum schien sich zu einem kollektiven Seufzen zu erheben. „Der Tag war so schon lang genug. Letitia, die Mädchen und ich brechen bald nach Rycroft auf, um Patiences Hochzeit vorzubereiten. Du kommst mit uns. Pack all deine Sachen. Es wurde beschlossen, dass du nicht nach London zurückkehrst. Der beste Ort für dich …"

„Ich bitte um Verzeihung!", sagte Miss Glass. Ihre Stimme mochte ja dünn sein, doch sie schaffte es, einen so majestätischen Unterton hineinzulegen wie die Königin höchstpersönlich. „Ich werde nicht mit euch reisen, und ich bleibe nicht an diesem schimmligen, alten Ort. Ich bleibe genau hier und werde nur mit Matthew reisen, wenn es so weit ist."

„Sei nicht albern. Du liebst das Anwesen. Du bist jetzt nur schwierig, um mich zu ärgern."

„Meine Tante geht nicht mit euch, außer sie will es so", sagte Matt. „Wenn mein Onkel mit der Vereinbarung unzufrieden ist, kann er sich bei mir melden. Ist das klar?"

Lady Rycroft blähte die Nasenflügel. Sie machte sich kampfbereit. „Sie wird das tun, was ihr Bruder für angemessen hält."

„Nein." In diesem einen Wort lag eine Festigkeit, eine Unbeweglichkeit, die man nicht beiseite wischen konnte. Matt hatte nicht die Absicht, nachzugeben.

„Wie bitte?"

„Ich habe nein gesagt." Er erhob sich und wies mit der Hand Richtung Ausgang. „Nun, wenn es dir nichts ausmacht, ich bin ein vielbeschäftigter Mann. Bitte richte meinem Onkel Grüße von mir aus."

Lady Rycroft bebte vor Zorn, sodass ihre Doppelkinne wackelten. „Du bist so stur wie dein Vater."

„Danke."

Sie sah ihn aus zusammengekniffenen Augen an. „Denk an deine Familie, Matthew. Denk an den Schaden, den ihre Blamage unserem Ruf zufügt. Ich wurde heute vor meiner Freundin erniedrigt. Was, wenn Penelope plaudert? Was, wenn Letitia noch einmal einen Anfall bekommt?"

„Dafür gibt es eine ganz einfache Lösung. Führ sie nicht wieder aus."

„Sie muss an einem Ort sein, an dem man sich um sie kümmert, damit verhindert wird, dass sie wegläuft und Dinge zu unseren Freunden sagt."

„Sie läuft nicht weg, wenn sie hier ist. Und nicht ein ...", fügte er ganz leise hinzu, als sie den Mund wieder öffnete. „Nicht ein Wort mehr zu diesem Thema. Ist das klar?"

Sie biss die Zähne zusammen, und hätte sie die Augen noch stärker zusammengekniffen, hätte sie sie ganz geschlossen. „Kommt, Mädchen."

Hope und Charity folgten ihrer Mutter nach draußen, doch Patience blieb zurück. Sie war die letzte der drei, von der ich erwartet hätte, dass sie sich ihrer Mutter widersetzte. Sie beugte sich zu Miss Glass hinab und küsste sie auf die Wange.

„Danke für das Hochzeitsgeschenk", sagte sie leise. „Es ist wunderbar."

„Das ist schon gut, meine Liebe", sagte Miss Glass. „Jetzt geh schon, oder deine Mutter explodiert."

Patience wandte sich zum Gehen, tat aber etwas Außergewöhnliches. Sie nahm mich an der Hand und zog mich neben sich her. „Ich muss Ihnen etwas erzählen", flüsterte sie.

Ich schaute sie an, doch sie hielt den Blick direkt geradeaus gerichtet. Sie ging langsam, damit sie ihre Mutter nicht einholte, die inzwischen an der Eingangstür wartete.

„Erinnern Sie sich noch an diesen Kerl mit den schlechten Manieren, der in jener Nacht in unsere Dinnerparty platzte?", fragte sie.

„Sheriff Payne?", fragte ich. „Ja, weshalb?"

„Hope hat gestern mit ihm gesprochen."

Ich blieb stehen und starrte sie an. Wir waren allein, Matt war vorausgegangen, um mit seiner Tante Beatrice zu sprechen, und dafür war ich dankbar. Patience hätte nichts Schockierenderes sagen können. „Weshalb? Wie hat sie überhaupt gewusst, wo man ihn findet?"

„Meine Schwestern und ich waren draußen spazieren, und wir sahen ihn, wie er bei unserer Rückkehr vor unserem Haus herumlungerte. Charity und ich wollten mit ihm nichts zu tun haben, doch Hope hat ihn zur Rede gestellt. Sie sprachen einige Minuten miteinander, und ihr Gesichtsausdruck wandelte sich von empört zu neugierig. Als sie wieder zu uns kam, fragte ich sie, was er gewollt hatte, und sie behauptete, es wäre nichts gewesen. Aber ich glaube ihr nicht."

„Patience!", rief Lady Rycroft. „Worüber sprecht ihr denn?"

Ich drückte ihr die Hand und flüsterte: „Danke."

Sie lächelte mich an und gesellte sich zu ihrer Mutter und ihren Schwestern. Lady Rycroft schnalzte wegen der Verspätung mit der Zunge. Falls Hope argwöhnte, ihre Schwester hätte mit mir über sie gesprochen, zeigte sie es nicht. Die Mädchen folgten ihrer Mutter nach draußen wie Schafe.

Matt schloss die Tür, sobald sie fort waren. „Ich habe versucht, für dich meine Tante abzulenken, während du mit Patience gesprochen hast. Es hat nicht lange funktioniert."

„Keine Sorge", sagte ich. „Sie hat geschafft, das zu sagen, was sie sagen musste. Matt, sie hat mir etwas ziemlich Beunruhigendes erzählt." Ich warf einen Blick in den Salon. Dort war noch Miss Glas mit Willie, Duke und Cyclops. Vor ihr konnte ich das nicht aussprechen. Wir waren jedoch allein in der Eingangshalle, deshalb rückte ich näher an ihn heran. „Patience hat mir gesagt, Hope hätte gestern mit Sheriff Payne gesprochen."

„Was?" Das Flüstern, das aus ihm hervorbrach, war so laut,

dass es Dukes Aufmerksamkeit auf sich zog. Er machte ein finsteres Gesicht, kam aber nicht zu uns.

Ich nahm Matt am Arm und zog ihn zur Treppe, ganz außer Sicht des Salons. Ich wollte nicht, dass Miss Glass etwas argwöhnte. „Patience sagte, sie hätten ihn vor ihrem Haus gesehen, und Hope hätte ihn zur Rede gestellt." Ich teilte ihm den Rest mit, so kurz er auch war.

Er stützte einen Arm auf den Treppenpfosten und fuhr sich mit der Hand durch die Haare. Er musste sich jetzt ausruhen, nicht darüber grübeln. Ich wünschte, ich hätte es ihm nicht erzählt.

„Wir besprechen das später", sagte ich und stieß ihn leicht an. „Es kann warten."

„Ich würde es lieber jetzt besprechen."

„Aber ..."

„Nicht, India." Es war derselbe strenge Tonfall, den er bei Lady Rycroft benutzt hatte. Das war ihm wohl aufgefallen, denn sein Gesicht wurde weicher, und er berührte meine Fingerspitzen. „Es geht mir gut, und ich will jetzt darüber reden."

„Was ist los?", fragte Duke vom Eingang des Salons aus.

Matt ließ meine Finger los und erklärte Duke, was Patience gesagt hatte.

„Payne!", fluchte Duke. „Was hat diese Schlange denn jetzt wieder vor?"

„Nach Informationen über mich angeln", vermutete Matt. „Er geht fälschlicherweise davon aus, dass meine Familie meine Schwächen und vielleicht sogar meine Bewegungsmuster kennt."

Das klang zwar plausibel, aber ich war nicht überzeugt. Ein aufmerksamer Mensch würde wissen, dass er seine adligen Verwandten kaum jemals besuchte. Vielleicht war es das, was Payne tat – aufmerksam beobachten. Vielleicht hatte er erfahren, dass die Rycrofts ihm nichts verraten konnten.

„Weshalb hat dann Hope so lange mit ihm gesprochen, wenn sie nichts weiß?", fragte ich. „Weshalb hat sie überhaupt mit ihm gesprochen? Sie hat doch gesehen, wie er in unsere Dinnerparty geplatzt ist, und wie du ihn hinausgeworfen hast, Matt. Sie weiß bestimmt, dass du ihn verabscheust. Und doch hat sie Payne nicht weggeschickt. Stattdessen hat sie sich mit Ihm unterhalten und laut Patience eine neugierige Miene gemacht. Für mich bedeutet das nur eines – er hat ihr etwas über dich erzählt, nicht umgekehrt. Etwas, das sie fasziniert hat."

Duke setzte sich auf die zweitunterste Treppenstufe und fluchte wieder. „Das ist nicht gut, Matt. Was für Lügen verbreitet er nun?"

„Sie hat dich heute ziemlich merkwürdig angesehen", sagte ich. „Sehr genau, als hätte sie versucht, irgendetwas an dir abzuschätzen."

„Das ist mir auch aufgefallen", sagte Duke. „Ich dachte, das läge daran, dass sie ihn mag, und ihre Mutter versucht, sie zu verkuppeln."

„Das war auch mein erster Gedanke", gab ich zu.

Matt schaute mich durch seine Wimpern hindurch an.

„Er hat ihr wohl von den Verbrechen erzählt, von denen er annimmt, du hättest sie begangen", sagte Duke mit einem Kopfschütteln. „Er will, dass es zum Bruch zwischen dir und deiner Familie kommt. Zu schade für ihn, dass ein solcher bereits besteht."

Matt nickte langsam, tief in Gedanken versunken. Ich setzte mich auf die Stufe neben Duke, ein wenig linkisch wegen meines Korsetts und meiner Tournüre, und bedachte die Möglichkeiten und die Frage, ob wir Hope zur Rede stellen sollten. Es könnte funktionieren. Vielleicht könnte ihr Matt die Antworten entlocken.

„Weshalb sollte Patience ihre Schwester verraten?" Ausgerechnet *das* war Matts Frage.

„Weil Hope sie vermutlich schrecklich behandelt", sagte ich mit einem Schulterzucken. „Vielleicht ist das ihre Art, zurückzuschlagen, nachdem sie ein Leben im Schatten ihrer hübscheren, lebhafteren, jüngeren Schwester verbracht hat."

Er hob die Augenbrauen. „Es ist doch wohl kaum Hopes Schuld, dass sie hübscher ist."

„Lady Rycroft sorgt dafür, dass Hopes Schwestern wissen, dass sie die bevorzugte Tochter ist, und Hope ist nicht die Art Mädchen, die sie das vergessen lässt. Ich weiß, dass du glaubst, ich wäre ungerecht zu ihr, aber ich glaube das nicht. Patiences

Gründe, über sie zu schwätzen, gehen mich sowieso nichts an. Was mich etwas angeht, ist die Tatsache, dass Hope gesehen hat, wie du deine Taschenuhr benutzt, Matt. Sie kennt dein Geheimnis."

Er bedeutete mir, ich solle auf der Stufe zur Seite rücken. Ich machte ihm Platz, und er setzte sich hin, sodass ich zwischen den beiden Männern saß.

„Sie kann auf keinen Fall wissen, was das bedeutet", sagte er. „Nicht einmal ihre wildesten Spekulationen würden der Wahrheit auch nur im Ansatz nahekommen."

„Payne weiß auch, dass dir die Uhr wichtig ist", sagte Duke. „Er hat versucht, sie dir zu stehlen."

„Noch einmal, er kennt ihre wahre Funktion nicht."

„Er hat sie einmal in der Kutsche glühen sehen", sagte ich. „Wenn er etwas über Magie weiß, könnte er raten."

Matt schüttelte den Kopf. „Ihr verbreitet beide nur Angst. Hope ist meine Cousine. Sie wird mich nicht verraten." Er stand auf und ging die Treppen hinauf, wobei er immer zwei Stufen auf einmal nahm. Er verschwand rasch außer Sicht.

Duke seufzte und stützte sich auf die Ellbogen. „Ihm geht es nicht so gut, India."

„Ich weiß", sagte ich leise. „Seine Gesundheit ist das eine Problem, aber der Zustand seines Verstandes ist ein ganz anderes. Er ist enorm angespannt, und jetzt muss er sich auch noch Sorgen darum machen, dass Payne sich an seine Familie heranmacht. Er mag sie ja vielleicht nicht, aber er würde sich verantwortlich fühlen, wenn einem von ihnen etwas zustieße."

„Genau."

Ich hatte einen Gedanken und wandte mich an Duke. Sein freundliches, kantiges Gesicht schaute mich erwartungsvoll an. „Was, wenn wir uns irren, und Payne nicht nach Informationen über Matt sucht oder hässliche Gerüchte streuen will? Was ist, wenn er Hope verführen will?"

Er richtete sich plötzlich auf. Dann brach er in Gelächter aus. „Da wünsche ich ihm viel Glück."

„Duke! Ich meine es ernst. Matt würde sich für ihr Wohlergehen verantwortlich fühlen."

„Das Mädchen kann sich um sich selbst kümmern. Stell dir

vor, sie würden heiraten. Es würde all unsere Probleme lösen. Payne hätte eine heimtückische kleine Miss an der Backe, und Hope wäre an einen Mann gebunden, der früher oder später im Gefängnis landen wird. Sie haben einander verdient."

„Du vergisst eines. Die Tochter eines britischen Adligen wird keinen amerikanischen Sheriff heiraten. Aber er kann sie ruinieren."

* * *

Dr. Ritter war genauso froh uns zu sehen, wie ich es erwartet hatte. Also überhaupt nicht. Eine Schwester am London Hospital begleitete uns zu seinem Buerau, weil sie nicht wusste, dass wir den Weg kannten, und kündigte uns an, als der leitende Arzt sie hereinbat.

Seine Denkerstirn verzog sich in finsterem Groll. „Was wollen Sie?"

Die Schwester eilte klugerweise fort, ehe Dr. Ritter sie tadeln konnte.

„Sie waren einst der Meister der hochwohlgeborenen Gesellschaft der Wundärzte", sagte Matt und benutzte dabei den offiziellen Titel der Gilde.

„Und?" Dr. Ritter war ebenso alt wie Chronos, und genau wie mein Großvater war er gesund und robust. Er war kein großer Mann, aber mit seinem dichten grauen Bart und den wild sprießenden Brauen, die die Aufmerksamkeit bannten, war er ein charismatischer Mensch.

„Und Miss Steele und ich führen eine neue Ermittlung in einem alten Mordfall durch. Das Opfer war Mitglied der Gilde zu jenem Zeitpunkt, als Sie ihr Meister waren."

Er lehnte sich in seinem Sessel zurück, wir hatten ihm den Wind aus den Segeln genommen.

„Ich beziehe mich auf Dr. Millroy", fügte Matt an.

Dr. Ritter wirkte nicht überrascht. „Weshalb ermitteln Sie jetzt in diesem Fall? Was hat das mit Ihnen zu tun?"

„Polizei-Commissioner Munro ist angetan von der Anzahl der Mordfälle, die wir gelöst haben. Er hat darum gebeten, diesen neu aufzurollen, weil er hofft, den Mörder zu finden." Die

Erwähnung eines Namens und eines Titels war vorgesehen, um Dr. Ritter zu beeindrucken und unseren Besuch offizieller wirken zu lassen. Es war unmöglich, zu sagen, ob die Taktik funktionierte. Dr. Ritter wirkte immer noch verblüfft.

„Es muss doch Dutzende ungelöste Mordfälle in der Stadt geben", sagte er. „Weshalb dieser eine?"

Matt zuckte mit einer Schulter. „Weshalb fragen Sie nicht Commissioner Munro?"

Matt näherte sich dem Schreibtisch und zog für mich einen Stuhl hervor. Dr. Ritter blinzelte uns dümmlich an, als könne er nicht ganz glauben, dass ihm das schon wieder passierte. Er hatte jeden Grund, uns gegenüber misstrauisch zu sein. Obwohl er in den Mord an Dr. Hale nicht verwickelt gewesen war, hatten unsere Ermittlungen seine Versuche aufgedeckt, vom illegalen Verkauf von Hales Arzneimitteln zu profitieren. Es sah ganz danach aus, als hätte die Krankenhausverwaltung ihn noch nicht als Chefarzt abgesetzt. Ein weiterer Skandal könnte sie dazu zwingen.

„Ich entnehme Ihrer Reaktion, dass Sie sich an Dr. Millroy erinnern", sagte Matt, während er sich auf einem Stuhl niederließ. Er nahm sich einige Augenblicke, um sich in dem Bureau umzuschauen. Sein Blick glitt zu den Bücherregalen, die rappelvoll mit medizinischen Lehrbüchern waren, dem gerahmten Abschlusszeugnis von Cambridge und Skizzen und Dokumenten, die locker auf dem Schreibtisch gestapelt lagen. Er wirkte, als würde er sich in seiner Rolle als derjenige, der die Fragen stellte, pudelwohl fühlen, und war vollkommen beherrscht. „Sagen Sie mir, was Sie über Dr. Millroys Tod wissen", fuhr er fort.

„Nichts", spie Dr. Ritter aus. „Es ist so lange her … Ich kann mich kaum an die Einzelheiten erinnern."

„Erzählen Sie mir, woran Sie sich erinnern."

Dr. Ritters Blick glitt zu mir. „Vor einer Dame? Ich glaube nicht."

„Achten Sie gar nicht auf mich", sagte ich und holte Block und Bleistift aus meinem Pompadour. „Ich bin an die blutigen Einzelheiten gewöhnt. Wie Mr. Glass sagte, wir haben gemeinsam eine ganze Reihe von Mordfällen für die Polizei gelöst. Nichts, was Sie sagen, wird mich schockieren, aber ich weiß Ihre Sorge zu schätzen."

Dr. Ritter seufzte, vielleicht, weil er keinen Ausweg sah. Die erneute Anspielung auf die Polizei schien uns ebenfalls weiter zu bringen. „Ich habe von Dr. Millroys Tod erst gehört, als ich darüber wie jeder andere auch in der Zeitung gelesen habe. Natürlich war ich schockiert und traurig. Er war laut allen Berichten ein exzellenter Arzt und ein Mitglied der Gilde, als ich deren Meister war."

„War er ein aktives Mitglied?", fragte Matt.

„Nicht sonderlich, aber das sind die Wenigsten. Es gibt nur eine begrenzte Anzahl an Plätzen in der Assistentenkammer."

„Sie sagen, er wäre ein hervorragender Arzt gewesen", bemerkte ich. „Woher wissen Sie das?"

„Manche Mitglieder erhalten einen gewissen Ruf. Ich höre von ihnen, sowohl gute als auch schlechte Dinge. Der medizinische Bereich ist klein, Miss Steele, besonders in meiner Klasse. Dr. Millroy wurde von einigen sehr hochgestellten Patienten äußerst geschätzt."

Wie es bei vielen Magiern in ihren jeweiligen Disziplinen der Fall war. Mr. Pitt, der magische Drogist, hatte auch Kunden aus den oberen Klassen gehabt. Natürlich hatte er sie nun alle verloren und lief Gefahr, sein Leben zu verlieren, falls die Geschworenen ihn für schuldig am Mord an Dr. Hale befanden.

„Darum ist es ja gerade seltsam, dass er in der Gosse ermordet wurde." Dr. Ritter rümpfte die Nase, als könne er die ungewaschenen Menschen der ärmsten Gegenden von London riechen. „Dort hat er bestimmt keine Patienten besucht."

„Vielleicht hat er seine Dienste kostenlos angeboten", sagte Matt.

Dr. Ritter schnaubte. „Nicht Millroy. Es ist schon wahrscheinlicher, dass er sich einfach verirrt hat, und ein Verbrecher vor Ort sich das zunutze machte."

„Wissen Sie irgendetwas über ein Tagebuch, das er bei sich trug?", fragte Matt.

„Nein. Ich habe Ihnen doch gesagt, ich kannte ihn nicht gut."

„Aber Sie wussten, dass er an einem Kranken experimentiert hat, der daraufhin gestorben ist."

Dr. Ritters Kehle bewegte sich, aber es kamen keine Worte heraus.

„Sie haben Dr. Millroy wegen seiner Beteiligung am Tod des Stadtstreichers zur Rede gestellt", fuhr Matt fort.

„Wie haben Sie davon erfahren?", fragte Dr. Ritter schließlich.

„Die Polizei hat es mir erzählt."

Dr. Ritter schlug mit der Faust auf den Schreibtisch, sodass meine Nerven einen Satz machten. Mein Bleistift zog eine schiefe Linie über die Seite. „Das ist lächerlich. Ich hatte nichts mit dem Tod von Dr. Millroy zu tun."

„Wie haben Sie von dem Experiment an dem Obdachlosen erfahren? Ich bezweifle, dass Dr. Millroy es vor Ihnen oder sonst jemandem in Ihrer Gilde eingestanden hat."

Dr. Ritter strich mit der Hand über den Ledereinband eines großen Lehrbuches auf seinem Schreibtisch. „Seine Frau kam mich besuchen. Sie erzählte mir alles, was sie über das Experiment wusste."

Uns war nicht klar, ob sie vor ihm Magie erwähnt hatte, oder ob er überhaupt von ihrer Existenz und Einbindung in diesen Fall gewusst hatte. Ich bezweifelte, dass Matt die Frage direkt stellen würde, obwohl ich das für eine gute Idee hielt. Eine direkte Frage zog direktere Antworten nach sich. Aber seine Einstellung in dieser Sache unterschied sich von meiner.

Zumindest hatten wir jetzt eine Informationsquelle. „Weshalb sollte sie ihren Ehemann verraten?", fragte ich Matt nachdenklich.

Jedoch war es Dr. Ritter, der antwortete. „Frauen neigen zum Schwätzen. Er war töricht, dass er ihr die Information anvertraut hat."

„Das sehe ich anders. Frauen können genauso gut Geheimnisse wahren wie Männer. Sie hatte einen Grund, Sie aufzusuchen, Dr. Ritter, kennen Sie ihn?"

„Natürlich nicht. Der Verstand einer Frau ist unergründlich."

„Für einige Männer gewiss." Ich wollte ihn fragen, ob er verheiratet war, und ob seine Frau jemals empfindliche Informationen über ihn an einen Vorgesetzten weitertragen würde, aber ich entschied mich dagegen.

„Wissen Sie, wer von Dr. Millroys Tod profitiert haben könnte?", fragte Matt. „Ein Rivale vielleicht, oder ein Erbe?"

„Er hatte keine mir bekannten Rivalen, aber er war ein exzellenter Arzt mit einer Liste reicher und einflussreicher Patienten. Ein solcher Erfolg führt zu Neid. Was den Erben angeht, so glaube ich, dass er keine Kinder hatte. Ich schätze, seine Frau hat ihn beerbt." Dr. Ritter erhob sich und deutete zur Tür. „Macht es Ihnen etwas aus? Sie halten mich von meinen kranken Patienten fern."

Ich ging voraus, doch Matt hielt im Eingang inne. „Noch eine Sache. Hat Mrs. Millroy vielleicht zufällig erwähnt, dass Dr. Millroy eine Geliebte hatte, die ihm einen unehelichen Sohn gebar?"

„Was?", fragte Dr. Ritter lachend. „Soll das ein Witz sein?"

„Nein."

„Natürlich hat sie das nie erwähnt, und nein, ich wusste es nicht. Wie auch?"

Matt ging neben mir durch den Irrgarten aus Gängen und Stationen des Krankenhauses. Wir sprachen nicht, bis wir die drückende Luft draußen einatmeten.

„Suchen wir jetzt Mrs. Millroy auf?", fragte ich, während wir die Eingangsstufen hinabgingen.

„Nachdem wir einen Abstecher gemacht haben", sagte Matt.

„Wohin?"

„Ich will sehen, wo Dr. Millroy gestorben ist." Er öffnete die Kutschtür für mich und klappte den Tritt aus. „Glaubst du, du wirst damit fertig, India? Es ist keine gute Gegend."

„Natürlich. Ich bin doch keine Schneeflocke, die beim ersten Hauch von Wärme schmilzt." Ich raffte meine Röcke und nahm die Hand, die er mir bot.

Matt lächelte und gab Duke den Weg zum Tatort weiter. Es war in Whitechapel, nicht weit entfernt von dem Ort, an dem vor nur zwanzig Monaten die Ripper-Morde stattgefunden hatten. Ich drückte mir meinen Pompadour an die Brust. Der feste Umriss meiner Taschenuhr darin war ein Trost. Vielleicht brauchten wir sie.

KAPITEL 7

Kutschen waren in Whitechapel ein seltener Anblick. Wir zogen auf unserer langsamen Fahrt durch das Labyrinth aus düsteren Straßen Aufmerksamkeit auf uns, doch nicht aus Neugier. Nicht einmal die Kinder schauten mit Verwunderung in den Augen zu uns auf, sondern mit berechnender Abschätzigkeit. Wenn wir unsere Besitztümer bei uns behalten wollten, mussten wir unseren Verstand zusammennehmen und unsere Wertgegenstände vor flinken Fingern verborgen halten.

Wir blieben vor einem Ziegelbogen stehen, der zu schmal war, als dass die Kutsche durchgepasst hätte. Das ausgeblichene Schild, das über dem Bogen aufgemalt war, verkündete, dass dahinter der Bright Court wartete. Der unfassbar unpassende Name war ein Scherz auf Kosten elender Ortsfremder, die Sicherheit suchten. Hinter den rauchverschmierten Ziegeln zeigten sich keine schönen und sonnendurchfluteten Ländereien. Alles war grau, in alle Richtungen. Selbst mitten am Vormittag fühlte es sich in der trüben Luft an, als würde es dämmern.

Mein einziger wertvoller Besitz war meine Taschenuhr. Ich hatte sie mir um den Hals gehängt, sie unter meiner Jacke allen Blicken entzogen. Sie würde zur Warnung läuten, falls sich Gefahr näherte. Trotzdem nahm ich den Arm, den Matt mir anbot, und hielt mich dicht bei ihm. Duke blieb bei der Kutsche und dem Pferd. Ich wünschte, wir hätten entweder Cyclops oder Willie mitgebracht, doch Cyclops hatte sich freiwillig gemeldet, zu Hause zu bleiben und Chronos im Auge zu behalten, da er ihm noch nicht zutraute, dass er nicht weglief. Willie hatte verkündet, sie würde heute ausgehen. Ich schätzte, sie würde es bedauern, dass sie nicht mit uns gekommen war, wenn auch nur, weil sich wahrscheinlich irgendwann die Gelegenheit eingestellt hätte, mit ihrer Pistole herumfuchteln zu können.

„Sollen wir uns aufteilen und doppelt so viele Leute befragen?", schlug ich vor, während ich die Mietwohnungen zählte, die an den viereckigen Hof grenzten. Es schienen acht zu sein, aber es war unmöglich zu sagen, ob die alten Gebäude, einige aus Holz und andere aus Ziegeln, im Inneren in noch mehr Wohnungen unterteilt waren. Wie viele Familien kamen in jeder davon unter?

„Nur du könntest darüber Witze machen", sagte Matt.

Wir überquerten den rutschigen, gepflasterten Hof vorsichtig, unterwegs zu einer gebückten Frau, die mit einem Eimer an der Pumpe kämpfte. Wasser schwappte bei jedem ruckartigen Schritt über die Seiten und spritzte über ihren Rock.

„Darf ich?", fragte Matt und nahm ihr den Eimer ab.

Sie schlug ihm auf den Arm. „Geben Sie das zurück, Sie Scheißkerl! Der gehört mir!"

„Ich will ihn nicht", erklärte Matt mit einem erheiterten Unterton. „Ich will nur helfen, ihn zu Ihrem Ziel zu tragen." Er nickte zur nächstbesten Tür hin. „Da hinein?"

Die Frau streckte den Rücken durch und rieb sich mit roten, rauen Händen über die Hüfte. Sie war nicht so alt, wie ich ursprünglich gedacht hatte. In ihrem Gesicht standen keine tiefen Falten, und keine der Strähnen, die unter ihrer Haube hervorlugten, zeigte eine graue Färbung. Ihre Augen waren jedoch so müde und hohl wie die von Matt, wenn er seine Uhr benutzen musste. Ich schätzte sie auf ungefähr vierzig.

„Was wollen Sie von mir?", fragte sie vorsichtig. „Ich habe nichts für solche wie euch." Sie beäugte mich. „So eine Frau bin ich nicht. Für Ihr Vergnügen müssen Sie schon um die nächste Ecke gehen."

„Deswegen sind wir nicht hier", versicherte ich ihr und

wollte nicht so genau über ihre Annahme nachdenken. „Wir möchten Sie einfach nur fragen, ob Sie sich an ein Verbrechen erinnern, dass hier vor siebenundzwanzig Jahren geschehen ist."

Sie zog die Schultern hoch, raffte einen verschlissenen Schal höher um ihren Nacken, als würde sie einen kalten Lufthauch abwehren. „Sie sehen nicht aus wie die Bullenschweine."

„Sind wir auch nicht", sagte ich. „Wir sind Verwandte eines Mannes, der hier gestorben ist, und wollen einfach nur zur Beruhigung unserer Gedanken mehr über seinen Tod herausfinden." Das war die Erklärung, die wir in der Kutsche eingeübt hatten, und ich war überzeugt davon, dass mir das Lügen bewundernswert gut gelang. Matt hätte es vermutlich besser hinbekommen, aber wir hatten beschlossen, dass, wenn wir mit einer Frau redeten, ich sie befragen sollte, und er die Männer. Frauen neigten dazu, ihrem eigenen Geschlecht eher zu vertrauen, besonders wenn es sich um Frauen in diesem Teil der Stadt handelte, da ihre Männer sie häufig misshandelten.

„Da müssen Sie schon genauer werden", sagte die Frau. „Hier gab es eine Menge Verbrechen, eine Menge Tod."

„Es war ein Mord", sagte ich. „Er geschah schon vor Jahren. Haben Sie damals schon hier gelebt?"

„Ich habe mein ganzes Leben am Bright Court gelebt." Die Frau sog Luft durch die Lücke zwischen ihren Schneidezähnen. „Ich erinnere mich. Damals war ich noch ein Kind." Sie deutete auf die Ecke hinten im Hof, nicht weit von einer Tür entfernt. „Sie fanden ihn eines Morgens dort. Ein feiner Pinkel war das. Wie Sie, Sir. Darum erinnere ich mich an den."

Wie viele Morde geschahen denn am Bright Court, dass sie Mühe hatte, sie sich alle ins Gedächtnis zu rufen?

„Haben Sie den Leichnam gesehen?", fragte ich.

Die Frau streckte eine Hand aus. Matt nahm eine Münze aus seiner Tasche und legte sie auf ihre Handfläche. Sie verstaute sie in den Falten ihres Rockes. „Ja. Wir haben sie alle gesehen, bevor die Polizei auftauchte."

„Woran erinnern Sie sich?"

„Nicht viel. Seine Kleider waren hier mit Blut bedeckt." Sie deutete auf den oberen Brustbereich und die Kehle.

Aus dem Innern des Mietshauses nebenan drangen laute

Kinderstimmen. Weder blinzelte unsere Informantin, noch zeigte sie auch nur die kleinste Regung, um zu schauen, was in ihrer Wohnung vor sich ging. Hinter uns hustete jemand. Ich blickte mich um und sah eine Frau, die uns beobachtete, während sich über einen dampfenden Waschkessel beugte. Sie schob den Inhalt des Waschkessels mit einem Stab herum, doch ihr Blick wandte sich niemals von uns ab. Sie war die einzige andere in Sicht, doch ich spürte ein Dutzend Augen auf uns. Ich fühlte mich sehr auffällig in diesem Hof, trotz meines einfachen grauen Kleides, und sehr exponiert. Da es nur einen Ausgang gab, säßen wir in der Falle, falls jemand beschloss, uns hier anzugreifen.

Wie Dr. Millroy.

„Ein Kind behauptete, es hätte gesehen, wie der Mörder den Tatort verließ", sagte ich. „Waren Sie dieses Kind?"

„Mein Bruder", erwiderte unsere Informantin. „Er kam hier gerne nachts raus, wenn unsere Ma arbeitete und unser Pa schlief."

„Wo können wir ihn jetzt finden?"

„Im Armengrab in Kensal Green." Sie lachte über ihren Witz, ein brüchiges Geräusch, das in einem trockenen Husten endete.

„Hat Ihr Bruder Ihnen irgendetwas Konkretes über den Mörder erzählt?", fragte Matt.

„Er sagte, es wäre ein Mann gewesen, aber er konnte sein Gesicht nicht sehen. Sagte, er ging einfach weg, ganz ruhig, hat sich das Blut vom Messer an seinem Umhang abgewischt. Er hatte es nicht eilig, wegzukommen." Sie richtete sich noch einmal den Schal um ihren Hals. „Wer bringt denn jemanden um und läuft dann nicht weg? Das ist bei mir hängen geblieben."

„Hat Ihr Bruder gesehen, dass der Mörder irgendetwas von der Leiche genommen hätte?"

„Das dachte er. Der Mörder war danach eine Zeitlang an der Seite des Leichnams, also hat er vermutlich was mitgehen lassen. Ich hätte es getan. Die Toten brauchen das Zeug nicht mehr."

„Sie sagten, Sie hätten das Gesicht des Opfers gesehen", sagte ich. „Haben Sie oder jemand, der hier lebt, ihn schon vorher gesehen?"

„Nein. Sie sagten uns, er wäre Arzt." Sie zuckte mit ihren schmalen Schultern, sodass sich der Schal abermals löste. „Er war ein Fremder, hat hier keine Behandlungen durchgeführt." Sie schnaubte lachend.

„Irgendeine Idee, weshalb er überhaupt am Bright Court gewesen sein könnte?", fragte Matt.

Ein weiteres Schulterzucken. „Hat sich verirrt, nachdem er ein Hurenhaus besucht hat." Sie grinste mich an. „Schockiert Sie das, Miss?"

„Überhaupt nicht", erwiderte ich. „Jedoch nehme ich nicht an, dass zur damaligen Zeit ein Hurenhaus am Bright Court betrieben wurde."

Ihr Grinsen verblasste. „Wir sind hier alles respektable Frauen!"

„Dessen bin ich mir sicher. Aber was ist mit damals?"

Sie wischte sich die Nase mit dem Handrücken ab. Die Bewegung lenkte mich nicht davon ab, wohin ihr Blick ging. Er schweifte zu dem Ort, an dem Dr. Millroy gefunden worden war. Dann verlagerte er sich auf die Tür.

„Gibt es etwas, das Sie uns erzählen möchten?", drängte ich.

„Vielleicht, aber guter Gott, ich bin am Verhungern." In diesem Augenblick krachten zwei Kinder durch eine Tür in der Nähe, die einander aus vollem Halse verfluchten. „Meine Kleinen verhungern auch. Ich muss nachsehen, was ich für sie zusammenkratzen kann." Sie tat keinen Schritt.

Matt verstand den Hinweis und reichte ihr zwei weitere Münzen. Sie verschwanden wie von Zauberhand unter ihrem Rock.

„Die alte Nell bekam manchmal Besuch von Männern", sagte sie. „Auf ihrem Tisch gab es immer genug zu essen für sie und ihr Baby, auch für ihren Bruder. Wir Kinder wussten schon, warum, besonders, da unsere Mütter sie gar nicht mochten."

„Sie mochten sie nicht, weil sie eine Prostituierte war?", fragte ich.

„Ja, aber auch, weil die alte Nell dachte, sie wäre besser als sie. Sie war damals ganz etepetete, und jetzt ist sie sogar noch schlimmer, weil ihr Sohn sich so gut gemacht hat."

„Was für Kunden kamen und gingen denn in ihrer Wohnung?", fragte ich. „Waren es Männer wie Dr. Millroy?"

Sie dachte einen Augenblick darüber nach, bevor sie schließlich nickte. „Das klingt schon, als ergäbe es einen Sinn, aber damals hat sie nie etwas davon gesagt, dass er ihr bekannt gewesen wäre."

Weshalb sollte sie auch, falls sie etwas mit dem Mord zu tun hatte? Selbst wenn das nicht der Fall war, würde sie nicht die Aufmerksamkeit der Polizei oder weitere Feindseligkeiten ihrer Nachbarn auf sich ziehen wollen.

„Auf jeden Fall waren ihre Kunden keine Gentlemen wie er", sagte die Frau, während ihre Kinder wieder vorbeiliefen, die sich immer noch anbrüllten. „Aber sie waren auch nicht von der ganz schlechten Sorte. Arbeiter mit ein wenig Geld zum Verprassen vor allem. Ihr Bruder trieb sie für sie auf. Er hat früher hier gewohnt, aber er ist schon lange fort."

„Und ihr Baby?", fragte Matt. „Ist das der Sohn, von dem Sie sprachen, der sich inzwischen so gut gemacht hat?"

Die Frage überraschte sie. „Ja. Jack wohnt hier nicht mehr, aber er kommt immer wieder vorbei. Doch er kann Ihnen nichts über jene Tage erzählen. Er war nur ein Baby."

„Wohnt die alte Nell immer noch in diesem Mietshaus?", fragte Matt, der zu der Tür hin nickte, vor der Dr. Millroys Leichnam gefunden worden war.

„Ja." Sie verlagerte ihr Gewicht. „Wenn Sie weitere Fragen haben, dann muss ich Sie um weitere Münzen bitten. Sehen Sie, die Kinder verhungern."

Matt reichte ihr eine weitere Münze. „Wo sollte dieser Eimer hin?"

Sie starrte ihn mit aufgerissenen Augen an, als hätte sie erwartet, dass er den Eimer fallen ließ, nun, da er bekommen hatte, was er von ihr wollte. „Hinein."

„India, komm mit mir."

Ich folgte der Frau und Matt ins Innere des Hauses und kam an den beiden Kindern vorbei, einem Jungen und einem Mädchen, die lange genug aufhörten zu streiten, um uns zu beobachten. Die Mietwohnung war sauber, doch ein feuchter Geruch drang aus den Mauern, und die Dielen waren uneben. Wir kamen an einer Treppe vorbei, die zur Wohnung einer weiteren Familie führte, und durchquerten einen kurzen Korridor. Die Mietwohnung bestand aus zwei Zimmern unten, einem

Schlafzimmer mit zwei durchhängenden Betten darin und Matratzen auf dem Boden und einem weiteren Raum, der zugleich Küche und Wohnzimmer war. Matt stellte den Eimer am Tisch auf dem Boden ab, dankte der Frau, dann begab er sich wieder nach draußen.

„Du stellst der alten Nell die heiklen Fragen", sagte Matt, ohne mich anzuschauen, und bot mir den Arm. Seine Augen waren auf die Tür in der Nähe der Fundstelle von Dr. Millroys Leichnam gerichtet. „Du bist darin besser als ich."

„Da stimme ich nicht unbedingt zu", sagte ich und nahm ihn am Arm. „Sehen wir doch, was für eine Art Frau sie ist. Sie reagiert vielleicht auf deinen Charme besser als auf meine direkten Fragen."

Er lachte leise, und ich war glücklich, dass er gute Laune hatte. Ich fragte mich, wie sehr das damit zu tun hatte, dass wir gleich mit der Frau sprechen würden, die womöglich Dr. Millroys Geliebte gewesen war, und ihrem Sohn – wir könnten kurz davor stehen, einen magischen Arzt zu finden.

Matt klopfte fest an die Tür, und eine Stimme, die aus der Wohnung drang, befahl uns, sie in Ruhe zu lassen. Matt klopfte noch einmal.

„Weg mit euch, ihr dreckigen kleinen Teufel, bevor ich euch meinen Jack vorbeischicke!"

„Gehen Sie einfach rein", sagte die Frau, die über dem dampfenden Waschkessel schwitzte. „Sie steht nicht mehr aus dem Bett auf, und die Kinder spielen manchmal Klopfspiele, um sie zu ärgern. Und, Sir?"

„Ja?"

„Glauben Sie nicht alles, was Maisie Ihnen erzählt." Sie nickte zum Haus der Nachbarin hin, in dem wir gerade gewesen waren. „Sie wird alles sagen, um an ein wenig Kleingeld zu kommen. Diese Information gab es gratis." Sie nahm den Stab mit beiden Händen und rührte in der Wäsche. Hinter ihr tropfte ein Hemd, das an einer Leine hing, in die schlammige Brühe.

„Wissen Sie etwas über den Mord an Dr. Millroy vor siebenundzwanzig Jahren?", fragte Matt sie.

Sie schüttelte den Kopf. „Das war vor meiner Zeit."

„Wir stehen wieder ganz am Anfang, wenn wir Maisie nicht

glauben können", sagte ich zu Matt, während wir die Tür betrachteten.

„Vielleicht. Oder vielleicht müssen wir nur die Wahrheiten von den Lügen trennen. In den meisten Lügen steckt ein Körnchen Wahrheit, damit sie authentischer wirken."

Ich drückte ihm den Arm. „Sehen wir nach, was die alte Nell zu sagen hat."

Er öffnete die Tür, und wir traten in die Finsternis. Meine Augen brauchten ein paar Augenblicke, um sich an die Dunkelheit zu gewöhnen. Als es so weit war, bemerkte ich, dass der Aufbau ähnlich war wie der von Maisies Wohnung, mit einer schmalen Treppe, die links nach oben führte, und einem genauso schmalen Gang rechts. Geradeaus am Ende des Ganges war die Küche. Dort hinten bewegte sich jemand, hackte etwas klein. Kochgerüche trieben zu uns heran. Es war eine angenehme Abwechslung im Vergleich zur feuchten Ausdünstung von Maisies Wohnung und dem Rauch vom Feuer unter dem Waschkessel.

Wir begaben uns in Richtung Küche, hielten aber an einer Tür hinter dem Treppenhaus inne. Sie stand offen und führte in ein Schlafzimmer. Eine Frau saß aufrecht im Bett, gestützt von Kissen, die Augen geschlossen. Sie war nicht so alt wie Chronos, aber ihre mittleren Jahre waren bereits vorüber, und nur das Phantom ihrer Schönheit verblieb in den hohen Wangenknochen und vollen Lippen. Eine dicke Decke lag über dem Großteil der Bettdecke ausgebreitet, und eine weitere lag gefaltet auf einem Stuhl, der unter den Ankleidetisch neben den Schrank geschoben war. Auf dem Ankleidetisch waren ein weiß emaillierter Handspiegel und eine passende Bürste, und auf dem Tisch neben dem Bett leuchtete sanft eine Lampe. Eine Dose mit Zuckerbonbons stand offen und halb leer dar. Das war nicht das Schlafzimmer einer Frau, die jeden Groschen zusammenkratzen musste. Es war einfach, aber nicht schmutzig, feucht oder dürftig. Jemand kümmerte sich gut um die alte Nell.

Matt stieß mich an.

Ich räusperte mich. „Nell?", fragte ich und wünschte, ich hätte daran gedacht, bei ihren Nachbarn ihren Nachnamen zu erfragen.

Ihre Augen gingen auf, und ihr Mund arbeitete wie wild. Ich dachte, sie hätte Schwierigkeiten beim Sprechen, aber dann machte sie ein Lutschgeräusch, und mir wurde klar, dass sie eines der Bonbons im Mund hatte. „Wer sind Sie?" Ihre Stimme war noch etwas, das ich so nicht erwartet hatte. Sie war stark und tief für eine Frau, nicht annähernd so dünn und zerbrechlich wie die Gestalt im Bett.

„Mein Name ist Mrs. Wright, und das ist mein Mann", sagte ich, wobei ich die falschen Namen benutzte, für den wir uns auf dem Weg hierher entschieden hatten.

Nells Blick strich rasch über mich, blieb aber an Matt hängen. Sie richtete sich die langen weißen Haare über ihrer Schulter und griff nach der Dose. Sie lächelte, wodurch ein Flickwerk aus Zähnen zum Vorschein kam. „Etwas Süßes?"

Ich brauchte einen Augenblick, um zu verstehen, dass sie ihm eines der Bonbons aus der Dose anbot, mir aber nicht.

Er steckte sich ein Bonbon in den Mund. „Mmm. Die mag ich am liebsten. Ich kaufe sie immer auf der Oxford Street." Er musterte das Etikett an der Seite der Dose. „Wo ist dieser Laden?"

„Ich weiß es nicht. Mein Sohn kauft sie. Er ist sehr lieb zu mir."

Wenn ihr Sohn der Quell dieser Süßigkeiten, Decken und Kinkerlitzchen war, dann ging es ihm in der Tat sehr gut. Er hatte mehr Geld zur Verfügung als die meisten im East End. Weil er Arzt war? Oder, wenn schon nicht ein studierter Arzt, so zumindest irgendeine Art Heiler?

Ich wollte Nell gerade fragen, als sie zu Matt sagte: „Sie sind kein Engländer."

„Ich war in letzter Zeit in Amerika."

„Wie exotisch."

Er machte ihr Komplimente zu den Gerüchen, die aus der Küche kamen. „Ist das Kuchen?"

Sie schnüffelte. „Ich weiß es nicht. Mary wird es wissen. Mary! Sie ist taub", fügte sie leise hinzu. „Wenn ich nicht schreie, hört sie mich nicht. Mary!"

Eine junge Frau trat ein, hielt aber im Eingang inne, als sie uns sah, und keuchte auf. Sie war wohl in der Tat schwerhörig, wenn sie nicht gehört hatte, wie wir eintraten.

„Mary, das sind Mr. Wright und seine Frau", sagte Nell. „Backst du gerade?"

„Einen Kuchen für Jack." Mary wurde rot. „Er wirkte letztes Mal, als er da war, ein wenig unglücklich, und ich wollte ihm eine Freude machen."

„Jack geht es gut. Ihm geht es immer gut. Hol Kuchen und Tee, Mary. Ich habe Gäste."

„Wir können nicht bleiben", sagte ich. „Wir haben ein paar Fragen, die wir Ihnen stellen müssen, und dann sind wir auch schon wieder weg."

Nell machte ein langes Gesicht. „Schade. Ich bekomme inzwischen so wenig Besuch. Nicht wie früher. Ich war richtig hübsch. Meine Haare waren blond und auch richtig schön gelockt."

„Ihre Haare sind immer noch schön", sagte Matt sanft.

Nell lächelte. „Ab mit dir, Mary."

„Ja, Miss Sweet." Die Frau knickste rasch und ging.

„Sie ist keine angenehme Gesellschaft", sagte Nell. „Und sie sieht auch recht gewöhnlich aus, aber sie kostet meinen Sohn nicht viel, da ja niemand sonst sie will. Sie hatte es auch schwer. Schwer wie ich. Aber Mary und ich, wir sind Soldatinnen. Wir stürzen, und dann stehen wir wieder auf."

„Mary hat großes Glück, Sie und Ihren Sohn zu haben", sagte Matt. „Nicht mit allen meint es das Schicksal so gut."

„Ja, das stimmt."

„Hat sie Sie Miss Sweet genannt?", fragte Matt mit einer hochgezogenen Augenbraue und einem Lächeln auf den Lippen. Er wies auf die Dose. „Süßigkeiten für eine Süße?"

Nell kicherte. „Weiß Ihre Frau, dass Sie es faustdick hinter den Ohren haben?"

„Eigentlich schon", sagte ich.

Nells Lächeln verblasste, und ich beschloss, künftig den Mund zu halten. Matt würde ohne mich besser fahren, wenn es um Nell Sweet ging, *falls* er jemals dazu kam, ihr Fragen über den Mord zu stellen. Er schien mit ihr über alles andere außer das sprechen zu wollen.

„Ihr Sohn muss ein Pfundskerl sein", sagte Matt. „Ich stelle fest, dass das für gewöhnlich auf alle Gentlemen zutrifft, die sich um ihre Mutter kümmern." Ich hielt es für etwas gewagt, den Sohn einer gefallenen Frau einen Gentleman zu nennen, doch ich biss mir auf die Zunge.

Nell lächelte. „Haben Sie Kinder, Mr. Wright?"

„Noch nicht."

„Nun, lassen Sie sich nicht allzu lange Zeit." Sie schaute mich an. „Sie wird nicht jünger."

Ich biss mir noch fester auf die Zunge.

„Wo arbeitet Jack denn?", fragte Matt.

„In einem Laden in einem guten Viertel von London, so sagt er."

„In welchem Handwerk?"

„Reparaturen. Das ist mein Jack, ständig repariert er Dinge."

„Was für Dinge?"

Ich wünschte mir, sie würde mit „Menschen" antworten.

„Ich weiß es nicht." Sie beugte sich vor und senkte die Stimme. „Ich bin richtig froh, dass er sich eine normale Arbeit gesucht hat, nicht eine in Whitechapel. Die Leute hier in der Gegend lügen einem ins Gesicht und verkaufen für einen Schilling die eigene Mutter. Aber mein Sohn ist ein guter Junge. Er kümmert sich um seine alte Mama."

„Und sein Vater?"

„Tot." Sie senkte den Blick auf ihren Schoß. „Möge seine nichtsnutzige Seele bei Gott ruhen."

„Wann ist er gestorben?"

„Vor langer Zeit. Vor vielen, vielen Jahren."

„Wie hieß er?"

Sie blinzelte ihn heftig an und legte den Kopf zur Seite. „Weshalb wollen Sie das wissen?"

Matt hob die Hände. „Ich bin nur neugierig."

Nell schob den Deckel auf die Dose Bonbons. „Was wollen Sie?" Es schien, als wäre sie plötzlich erwacht und auf seine Charme-Taktik aufmerksam geworden. Vielleicht hatten die Fragen über Jacks Vater sie verschlossen werden lassen.

„Eine Ihrer Nachbarinnen hat empfohlen, dass wir mit Ihnen sprechen", sagte ich. „Wir haben Fragen zu einem alten Verbrechen, das hier begangen wurde. Erinnern Sie sich an den Mord an Dr. Millroy? Man hat seinen Leichnam gleich draußen vor Ihrer Tür gefunden."

„Das weiß ich, und natürlich erinnere ich mich. Ich bin alt, nicht dämlich."

„Haben Sie den Leichnam gesehen?"

„Nein."

„Wissen Sie, weshalb er hier am Bright Court war?"

„Natürlich nicht. Weshalb sollte ich das?"

„Also kam er nicht, um Sie zu besuchen?"

Sie krümmte den Finger und winkte mich näher heran. Vorsichtig kam ich näher. „Sehen Sie mal, Mrs. Wright", sagte sie mir schneidend ins Ohr, „ich habe damals keinen Doktor gebraucht. Sie haben wohl gehört, wie ich in jenen Tagen über die Runden kam, wie ich für meinen Bruder und Sohn Essen auf den Tisch brachte."

Ich spürte, wie mein Gesicht rot wurde, trotz meiner Anstrengungen, mich nicht in Verlegenheit bringen zu lassen. Es war eine Sache, über Prostitution zu sprechen, aber es war etwas ganz anderes, sie mit der Prostituierten selbst zu diskutieren.

Nell stieß mir ihren knochigen Finger mit mehr Kraft in die Schulter, als ich von einer zerbrechlichen alten Frau erwartet hätte. „Diese Maisie hat eine gehässige Zunge und verbreitet gern Lügen über mich, wann immer sie kann. Nun lassen Sie sich von mir sagen, ich war sauber. Dieser Doktor kam nie hierher. Er starb vor meiner Tür, aber das ist nicht meine Schuld."

„Was ist mit jemand anderem, der Sie in jener Nacht besucht hat?", fragte Matt. „Könnte einer Ihrer … Gäste ihn gekannt haben?"

„Ich erinnere mich nicht, ob ich in jener Nacht Besucher hatte. Das ist zu lange her."

„Was ist mit Ihrem Bruder?"

Sie seufzte und schüttelte den Kopf. „Er war es nicht", sagte sie ohne Zorn in der Stimme. „Er war damals schon weg. Fragen Sie rum."

„Weg?"

Ihre großen, blauen Augen füllten sich mit Tränen. „Ich weiß nicht, wo er hinging." Sie schniefte und tupfte sich den Augenwinkel.

Matt tätschelte Nell die Hand. „Vielen Dank", sagte er. „Können wir zurückkommen, falls wir noch mehr Fragen haben?"

„Nein. Sie können zurückkommen, wenn Sie sich zu mir setzen und Süßigkeiten mit mir teilen wollen, aber nicht, falls Sie Fragen haben. Ich spreche nicht gern über die Vergangenheit. Außer es geht um Jack. Sie können jederzeit kommen, um über Jack zu reden."

Ich dankte ihr auch, und wir gingen, fanden selbst den Weg nach draußen. Wir überquerten den Hof, und mir lief es eiskalt den Rücken hinab. Nells Nachbarn beobachteten uns, dessen war ich mir sicher, obwohl der Hof komplett verlassen war. Nur der nicht mehr benutzte Waschkessel blubberte weiter über dem Feuer, und auf der Leine hingen inzwischen zwei Hemden. Ich konnte nicht einmal mehr den Lärm von Maisies Kindern hören, die miteinander stritten.

„Alles in Ordnung, Duke?", fragte Matt, als wir die Kutsche erreichten.

Duke stand beim Pferd, die Hand auf seiner Nase. „Ja. Ich wurde nur angestarrt, und ein frecher Bengel stieg ein."

Matt kicherte. „Habe ich mir gedacht, dass es einer versucht."

„Er konnte sich ein paar Minuten lang darin sonnen, den Lord des Anwesens zu geben, während seinen Freunden auf dem Bürgersteig der Mund offenstand."

„Wir fahren weiter zu Mrs. Millroys Haus", sagte Matt, der mir die Tür öffnete. „Dann kehren wir zum Mittagessen nach Hause zurück."

Zum Ruhen, wie ich wusste, doch er sprach es nicht aus.

„Ich habe an etwas anderes gedacht", sagte Duke. „Mir war langweilig, während ich wartete, darum habe ich ein paar Leute gefragt, ob sie etwas über eine Gesellschaft wüssten, die hier in der Nähe Obdach für die Heimatlosen anbietet. Ich habe mich nämlich allmählich gefragt, ob der Stadtstreicher, an dem Chronos und Dr. Millroy experimentiert haben, wirklich heimatlos war, oder ob er versucht hat, in einem dieser wohltätigen Etablissements unterzukommen, oder vielleicht in einem Armenhaus. Ich sehe keinen Grund, dass ein Mensch auf der Straße leben sollte, wenn er es nicht muss. In Bethnal Green gibt es eines, nicht weit von hier, und Chronos sagte, er und Millroy hätten Mr. Wilson in Bethnal Green aufgegabelt. Ich schätze, wir sollten jetzt dort hingehen, da wir sowieso schon in der Nähe sind."

„Könnte einen Versuch wert sein", sagte ich zu Matt. „Jemand könnte sich an ihn erinnern."

„Es ist so lange her", erwiderte Matt. „Es ist unwahrscheinlich, dass einer der Angestellten, die damals hier waren, heute immer noch dort arbeitet."

„Vielleicht haben sie Aufzeichnungen. Wir wissen, dass sein Name Wilson lautete. Suchen wir doch dieses eine auf und belassen es dann dabei, falls es sich als Zeitverschwendung herausstellt."

Matt strich über die Flanke des Pferdes. „Du hast recht. Sehen wir, was wir herausfinden können, doch es besteht keine Möglichkeit, dass wir zu allen Unterkünften und Armenhäusern gehen. Ich schätze, falls Wilson in jener Nacht versucht hat, eine Unterkunft zu finden, ist es wahrscheinlich, dass er zu der in Bethnal Green gegangen ist."

Ich stieg in die Kutsche, und Matt folgte mir. Duke klappte den Tritt hoch, und die Kutsche senkte sich, als er auf den Kutschbock stieg. Matt nahm seinen Hut ab und rieb sich mit einer Hand durch die Haare und über den Nacken hinab. Er streckte die Beine aus, zur Seite hin von sich weg, damit er so viel Platz wie möglich hatte. Ich fragte nicht, wie es ihm ging. Er wirkte ohnehin nicht in der Stimmung, mir die Wahrheit zu sagen.

„Glaubst du, Nell hätte die Geliebte von Dr. Millroy sein können?", fragte ich, weil ich entschied, dass es am besten war, seine Gedanken beschäftigt zu halten. „Sie behauptet, sie wäre damals schön gewesen, und ich glaube ihr."

„Ich bin mir nicht sicher, ob Schönheit ausreicht."

„Für manche Männer schon. Eigentlich für viele, für sie ist es das Einzige, auf das es ankommt."

Er schnaubte leise, während Whitechapel in einem endlosen

grauen Fluss an uns vorüberzog. „Jeder Mann, der das sagt, ist ein kompletter Narr, der eine gute Unterhaltung und Witz nicht zu schätzen weiß. Wie dem auch sei." Er wandte sich schließlich mir zu. Von dem Charmeur, der die alte Nell zum Erröten gebracht hatte, war keine Spur geblieben. „Zum einen scheint es, dass sie damals immer noch … von anderen Kunden aufgesucht wurde. Ich würde erwarten, dass ein gut gestellter Arzt Exklusivität fordert."

Ich verzog das Gesicht. „Ich kann nicht glauben, dass wir das besprechen, als wäre sie eine Loge in der Oper. Das ist so verkommen."

„Es ist ein verkommenes Geschäft, aber mach nicht den Fehler zu glauben, ihr Beruf wäre kein Geschäft. Trotzdem glaube ich nicht, dass sie seine Geliebte war." Er wandte sich wieder zum Fenster. „Ein paar Minuten lang dachte ich, wir hätten Dr. Millroys unehelichen Sohn gefunden. Ich dachte, sie wäre seine Geliebte, und ihr Sohn Jack sein uneheliches Kind. Dann fiel alles irgendwie in sich zusammen. Ich bin mir nicht ganz sicher, zu welchem Zeitpunkt."

„Das sehe ich nicht so."

Er wandte sich ruckartig um. „Fahr fort."

„Sie sagte, Jack würde Dinge reparieren. Auf gewisse Weise repariert ein Arzt Menschen. Könnte sie das gemeint haben? Könnte der Laden, in dem er arbeitet, eine Klinik sein, oder ein Anlaufpunkt für Patienten, die nicht zu viel Wert auf universitäre Abschlüsse legen?"

„Vielleicht. Es ist eine dünne Verbindung, aber trotzdem eine Verbindung. Wir haben so wenig, was Dr. Millroy mit ihr verbindet. Wir wissen nur sicher, dass er vor ihrem Gebäude ermordet wurde. Der Standort könnte reiner Zufall sein."

Wenn man es so ausdrückte, waren unsere Hinweise dürftig. Ich glaubte allmählich, dass er recht hatte und wir heute so gut wie gar nichts erfahren hatten. Vielleicht hätten wir weitere Bewohner von Bright Court befragen sollen.

„Ist dir aufgefallen, dass Mary sie Miss Sweet nannte?", fragte ich. „Ist ihr das so herausgerutscht, oder glaubst du, Nell hat nie geheiratet?"

„Letzteres, doch es scheint, als würde sie wissen, wer der Vater des Jungen ist."

„Sie nannte ihn nichtsnutzig. Und was hältst du von ihrem Bruder?"

Er zuckte mit den Schultern. „Entweder ging er weg oder starb vor dem Mord, deshalb ist der kein Verdächtiger."

„Außer er kam zurück, und sie deckt ihn."

„Guter Punkt." Ein leichtes Lächeln legte sich auf seine Lippen. „Diese Theorie gefällt mir."

Ich erwiderte das Lächeln und gestattete es der schaukelnden Kutsche, mich in eine nachdenkliche Stille zu wiegen. Matt ging es genauso, seine ansehnlichen Züge waren in Gedanken versunken.

„Nells Leben war sicher schwer", sagte er zu seinem Spiegelbild im Fenster. „Sie hat ihren Sohn allein aufgezogen. Für eine alleinstehende Frau ist das nicht einfach."

„Nur für diejenigen, die ein unabhängiges Einkommen haben." Ich hatte ein unabhängiges Einkommen, das war dem Belohnungsgeld zu verdanken. Da ich es in das Häuschen investiert hatte, sollte ich mir keine Sorgen um eine Ehe machen müssen.

Der Gedanke ließ ein Loch in meiner Brust entstehen. Ich mochte ja nicht heiraten müssen, doch ich wollte. Den richtigen Mann natürlich. Ich wandte mich von Matt ab und musterte mein eigenes Spiegelbild im anderen Fenster. Ich war nicht mehr jung, und wenn ich Kinder wollte, musste ich in den nächsten paar Jahren heiraten. Da es nicht zur Debatte stand, Matt zu heiraten, falls ich es ihm und seiner Tante recht machen wollte, musste ich meine Aufmerksamkeit woandershin lenken.

Und ich war mir nicht sicher, ob ich damit fertig wurde.

„Hast du noch weiter darüber nachgedacht, ob du bleibst oder gehst?", fragte Matt leise.

Mein Blick suchte im Spiegelbild des Fensters seinen. Er war genauso bohrend, als hätte ich ihn direkt angesehen. „Wenn das hier vorbei ist, werde ich meine Entscheidung treffen. Vorerst bleibe ich in deinem Haus." Und würde seine Trink-und Spielgewohnheiten im Auge behalten.

„Wenn das vorbei ist, wird alles anders sein", sagte er. „Auf die gute Art."

Ich drehte mich schließlich um, um ihn direkt anzuschauen, und lächelte, obwohl es mir wehtat. Ich wollte nicht, dass er dachte, ich würde hoffen, er würde nie wieder gesund werden. Natürlich hoffte ich das. Und doch bedeutete es, dass eine schwierige Entscheidung getroffen werden müsste, harte Wahrheiten würden ans Licht kommen, und er würde sehr wahrscheinlich England im Zorn auf mich verlassen.

Aber ich eilte zu weit voraus. Erst musste er gesund werden. Das war unsere Priorität. Es war auch möglich, dass seine Gefühle für mich, auf die er womöglich anspielte, sich bis zu dem Zeitpunkt, an dem wir einen Arztmagier fanden, abgekühlt hatten.

Es war eine kurze Fahrt bis zur Gesellschaft für Obdach für die Heimatlosen in Bethnal Green. Wie Whitechapel stopften sich die Armen von London in so viele Ecken und Winkel von Bethnal wie irgend möglich. Duke fuhr gleich an dem unauffälligen Eingang der Unterkunft vorbei und musste umkehren, nachdem Matt an das Kabinendach geklopft hatte, um ihn darauf hinzuweisen. Die Unterkunft schien zu einem langen Gebäude mit einer einfachen Ziegelfassade und Fenstern in regelmäßigen Abständen zu gehören. An dem Gebäude war überhaupt nichts Auffälliges, doch es wirkte solide, und das war vielleicht seine herausragende positive Eigenschaft für die Obdachlosen, die eine Zuflucht suchten.

Im Innern war es ruhiger, als ich erwartete. Frauenstimmen trieben aus dem hinteren Teil des Gebäudes zu uns heran, doch es gab keinen Hinweis auf die elenden Armen, die durch die Tür kamen und gingen. Matt öffnete die nächste Tür, um zu sehen, woher die Stimmen kamen. Dahinter befand sich ein großer Raum, der mit reihenweise rechteckigen Kisten gefüllt war, die auf dem Boden arrangiert waren, jede mit einem flachen Jutesack ausgelegt. Es waren bestimmt hunderte. Ich brauchte einen Augenblick, um zu erkennen, dass die Kisten die sogenannten Betten waren, und die Säcke die Pritschen zum Schlafen. Die Betten waren nicht lang genug, als dass sie für einen Mann von Matts Größe ausgereicht hätten.

Der linke Teil des Raumes war mit ausgeblichenen alten Vorhängen abgetrennt. Eine Frau schlug einen Vorhang zurück, und ich erhaschte einen Blick auf ein Waschbecken. Sauberkeit wurde hier geschätzt, doch Gemütlichkeit nicht, wie es schien.

Eine weitere Frau löste sich von zwei Begleiterinnen, die die Betten richteten. „Kann ich Ihnen helfen?", fragte sie, während sie ihre Brille auf der Adlernase nach oben schob.

„Haben Sie hier die Verantwortung?", fragte Matt.

„Die hat Mr. Woolley." Sie deutete auf eine geschlossene Tür links. „Ich bin eine der Freiwilligen, die jeden Morgen herkommen, um dieses Haus wieder instand zu setzen."

„Bevor die Gruppe Männer einrückt, die heute Abend nach Zuflucht suchen?", fragte ich.

„Nicht nur Männer, Madam. Wir haben auch Frauen und Kinder, auf der anderen Seite von Mr. Woolleys Bureau."

„Wie viele jede Nacht?"

„Das hängt vom Wetter ab. An einem schönen Abend sind nur ein Viertel dieser Betten belegt. Im Winter haben wir dagegen nicht genug Platz."

„Schicken Sie Leute weg?"

Sie nickte, sodass ihre Brille abermals verrutschte. Sie schob sie erneut auf der Nase nach oben. „Wenn Sie hier sind, um etwas zu spenden, wird man das sehr zu schätzen wissen. Wir brauchen immer frische Wäsche, Karbolseife und Essen."

„Sie versorgen sie auch mit Essen?", fragte Matt.

Sie nickte und lächelte. Sie hatte ein freundliches Gesicht, unauffällig zwar, doch ich war froh, dass es Leute wie sie gab, die bereit waren, hier eine solche Arbeit zu verrichten. London brauchte sie.

„Gibt es irgendwelche Mitarbeiter, die bereits seit siebenundzwanzig Jahren hier sind?", fragte Matt.

Sie blinzelte ihn an, überrascht von seiner Frage. „Mr. Woolley vielleicht, aber sonst niemand. Darf ich fragen, weshalb?"

„Wir versuchen, die Bewegungen eines Obdachlosen nachzuvollziehen, der vor siebenundzwanzig Jahren verstorben ist. Wir hofften, er hätte hier vielleicht damals eine oder zwei Nächte verbracht und jemand würde sich an ihn erinnern. Wir wollen mehr über ihn herausfinden."

Sie drückte sich eine Hand auf den Magen. „Ich verstehe. Das hier war in jenen Tagen ein Nachtasyl."

„Nachtasyl?", fragte Matt.

„Die armen Unglücklichen, die nirgends hinkonnten, bezahlten eine kleine Gebühr für ein Bett. Die Zeiten haben sich aber geändert, und die Wohlfahrt hat übernommen. Inzwischen ist keine Gebühr mehr nötig, doch die Betten gehen nur an *Bedürftige*."

„Taugenichtse brauchen sich also nicht bewerben?", scherzte ich.

„Auf keinen Fall", erwiderte sie ganz ernst. „Vielleicht erinnert sich Mr. Woolley an das Opfer, oder er kann in den Aufzeichnungen für Sie nach ihm suchen."

„Es gibt Aufzeichnungen, die so weit zurückreichen?", fragte Matt.

Sie lächelte wieder. „Sehr wahrscheinlich. Er führt sehr sorgfältig Buch. Unsere Wohltäter fordern das nämlich, damit sie die Zahlen abschätzen können. Ich glaube, die Regierung zahlt einen Sold für jede Person, die hier Zuflucht sucht."

Das klang nach einem System, das Korruption geradezu provozierte, doch behielt ich diesen Gedanken für mich.

„Und Mr. Woolley wirft auch nur ungern Dinge weg", fuhr sie fort. „Dadurch wird der Keller ziemlich voll, aber trotz unserer Bitten um mehr Lagerplatz lässt er nichts vernichten. Er sagt, die Wohltäter und die Regierung könnten die Informationen eines Tages fordern, und es sei nicht an ihm, sie zu vernichten. Kommen Sie mit mir. Ich werde Sie vorstellen."

Mr. Woolley hieß uns in seinem Bureau mit einer begeisterten Begrüßung willkommen. Das Bureau war genauso unaufgeregt wie das Gebäude selbst. Bis auf ein großes Porträt des Spenders, der die Zuflucht gegründet hatte, waren die Wände leer. Papiere und Aktenordner zierten den Großteil der Schreibtischfläche, und ich vermutete, dass die Aktenschränke auf einer Seite mit Aufzeichnungen über jene gefüllt waren, die kürzlich Zuflucht gesucht hatten. Meine Hoffnungen bauten sich auf, als ich mich schon darauf freute, die

Aufzeichnungen im Keller zu durchwühlen und unseren Mr. Wilson zu finden.

„Wie kann ich Ihnen helfen?", fragte Mr. Woolley, während er die Finger aneinanderlegte. Er war ebenfalls ziemlich unauffällig, mit einem kahl werdenden Haupt und einem gepflegten Bart. Ein leichter Geruch nach Karbolseife ging von ihm aus, oder vielleicht kam er aus dem Schlafsaal. Es entstand der Eindruck, das ganze Gebäude wäre genauso wie seine Bewohner sauber geschrubbt worden.

Matt stellte uns vor und wiederholte den Grund für unseren Besuch. Er beendete mit: „Da Sie hier am längsten sind, erinnern Sie sich vielleicht an ihn."

„Ich war vor siebenundzwanzig Jahren noch nicht hier, auch wenn es sich manchmal so anfühlt." Mr. Woolley lachte. „Außerdem haben wir so viele Leute, die durch unsere Türen ein und aus gehen, dass es unmöglich ist, sich an all ihre Namen zu erinnern. Manche verbringen nur eine Nacht hier, und wir sehen sie niemals wieder. Im Laufe der Jahre haben wir Tausende beherbergt, wenn man die Tage des Nachtasyls mitzählt."

„Vielleicht wissen Ihre Aufzeichnungen mehr zu enthüllen."

„Das könnten sie, aber ich kann sie nicht einfach jeden einsehen lassen." Er löste die Hände voneinander und zuckte mit den Schultern. „Es tut mir leid, aber das ist meine Regel."

„Warum dann überhaupt die Namen aufheben?" Spannung klang in Matts Stimme mit. Er packte die Armlehnen seines Stuhls so fest, dass seine Knöchel weiß wurden. Ich widerstand dem Drang, meine Hand über seine zu legen, um meine Unterstützung zu zeigen.

„Um zu wissen, ob jene, die herkommen, wirklich der Hilfe würdig oder einfach nur faul sind." Als wir ihn nur anstarrten, fuhr er fort: „Zu viele Anfragen um Unterstützung bedeuten für gewöhnlich, dass der Bewohner nur unsere Wohlfahrtsorganisation ausnutzt und nicht hartnäckig genug versucht, eine Arbeit und dauerhafte Bleibe zu finden."

„Oder es bedeutet, dass es keine Arbeit oder bezahlbare Behausung gibt", entgegnete Matt.

Mr. Woolley kniff die Lippen zusammen. „Meiner Erfahrung nach, die sehr weitreichend ist, nehmen diese Leute umsonst mit, was sie können. Deshalb die Aufzeichnungen. Ich schreibe ihren Namen in den Ordner, und dann, am Ende der Woche, übertrage ich die Daten ihres Aufenthalts in ihre persönliche Akte. Man muss Buch führen, oder man leidet Nacht um Nacht unter der Rückkehr jener, die nicht bedürftig sind. Man muss sie dazu zwingen, sich selbst zu helfen, Sir, oder sie werden zu ihren eigenen schlimmsten Feinden."

„Sie lehnen Leute ab, sogar wenn Sie Betten zur Verfügung haben?", fragte Matt ungläubig.

„Natürlich."

„Witwen und Kinder auch?"

„Auf jeden Fall."

„Wie viele Nächte werten Sie als genug?", fragte Matt heißblütig. „Gibt es eine Anzahl, die jene, die es verdienen, von den sogenannten Nichtbedürftigen unterscheidet?"

Mr. Woolley hielt inne. „Bei allem Respekt, Sir. Sie kennen diese Menschen nicht. Sie wissen nicht, wie bereit sie sind, die Wohlfahrt auszunutzen. Ich schon."

„Wir sind in polizeilichen Angelegenheiten hier", sagte ich, ehe Matt seine Manieren ganz vergaß und unsere Aussichten ruinierte. „Commissioner Munro hat uns gebeten, im Mord an Mr. Wilson im Jahr 63 zu ermitteln."

„Wie ich bereits gesagt habe, ich kann nicht einfach jeden die Aufzeichnungen sehen lassen." Er öffnete die Hände wieder, dann legte er sie aneinander, als würde er beten. „Haben Sie ein Vorstellungsschreiben vom Commissioner, auf dem steht, dass Sie ihm bei seiner Ermittlung beistehen?"

„Sie glauben uns nicht?", knurrte Matt.

Mr. Woolley drückte die Lippen aufeinander. „Ich hoffe, Sie verstehen, dass ich keine privaten ..."

„Sie haben es verständlich gemacht." Matt erhob sich abrupt.

Auch ich stand auf. „Vielen Dank für Ihre Zeit, Mr. Woolley. Wir werden mit einem Brief vom Commissioner zurückkehren."

„Danke für Ihr Verständnis, Miss Steele. Ich freue mich darauf, Sie wiederzusehen." Er schüttelte mir schwach die Hand. Matt bot ihm seine nicht an, und ich tadelte ihn auf dem Weg nach draußen dafür.

„Er hat sich absichtlich quergestellt", sagte er, während er mir die Eingangstür aufhielt. „Er hätte uns heute in den Keller lassen können. Nun hat er die Gelegenheit, jede Aufzeichnung über Wilson zu entfernen."

„Du glaubst, er hat gelogen, damit, dass er damals noch nicht hier war und Mr. Wilson nicht kannte? Du glaubst, er hätte einen Grund, Wilsons Aufzeichnungen zu vernichten?"

„Das ist der Eindruck, den ich bekommen habe."

Ich hatte keinen solchen Eindruck bekommen, doch ich war nicht gut darin, zu erkennen, wenn mich jemand anlog. „Sollen wir sofort zu Commissioner Munro gehen und zurückkehren?" Es wurde spät, und Matt musste seine Taschenuhr schon bald wieder benutzen.

Duke dachte das Gleiche wie ich. Als Matt ihm befahl, zu New Scotland Yard zu fahren, weigerte er sich zuerst. „Du musst nach Hause."

„Sag mir nicht, was ich zu tun habe", fuhr Matt ihn an.

Ich biss mir auf die Zunge und machte nicht denselben Fehler wie Duke. Auf der gesamten Fahrt zu New Scotland Yard blieb ich still, und ich ging nicht mit Matt in das Gebäude. Ich saß mit Duke auf dem Kutschbock und beobachtete die Passanten auf dem Victoria Embankment, bis Matt zu uns zurückkehrte, in noch finstererer Stimmung als bei seinem Aufbruch.

„Er ist den ganzen Tag nicht im Bureau", sagte Matt, ehe wir ihn fragen konnten. Er half mir vom Kutschbock herab und zurück in die Kabine. „Wir kehren zum Mittagessen nach Hause zurück. Wir haben genug Zeit verschwendet. Nach dem Mittagessen besuchen wir Mrs. Millroy."

„Was ist mit der Rückkehr in die Unterkunft?", fragte ich. „Glaubst du, es lohnt sich doch nicht? Es ist nicht sicher gesagt, dass Mr. Wilson dort eine Nacht verbracht hat, oder dass seine Aufzeichnungen persönliche Informationen über ihn enthüllen, die für uns irgendeinen Nutzen haben."

„Ich werde zurückkehren." Er streckte den Arm entlang der Fensterbank aus und trommelte mit den Fingern auf den Rahmen. „Du bleibst zu Hause, India."

„Weshalb?"

„Weil ich vorhabe, heute Nacht zurückzukehren."

Ich keuchte auf. „Wirst du einbrechen?"

„Ich werde dort Zuflucht suchen und den Keller aufspüren."

Ich starrte ihn an und wartete darauf, dass er mir sagte, er würde scherzen. Doch das tat er nicht. „Sei nicht albern, Matt. Mr. Woolley kennt dein Gesicht, genauso wie mindestens eine Mitarbeiterin. Sie werden dich wiedererkennen."

„Dann werde ich mich verkleiden."

Er war wahnsinnig. Es gab dafür keine andere Erklärung. Wahnsinnig oder verzweifelt. „Allein?"

„Ja."

„Nein."

Er wandte sich an mich. „Wie bitte?"

„Ich sagte nein. Ich gehe mit dir."

Er lachte schnaubend, als hätte ich einen armseligen Witz gemacht. Ich zog eine Augenbraue hoch. „Du glaubst, ich bin nicht dazu fähig, mich als eine Frau zu verkleiden, die eine Zuflucht braucht? Vielleicht sollte ich dich daran erinnern, dass ich sehr kurz davor stand, an einem solchen Ort zu nächtigen, an jenem Tag, an dem ich mit dir im Brown's Tee trinken war. Hättest du mich nicht aufgenommen, wäre das einzige Dach über meinem Kopf ein wohltätiges Haus gewesen."

Matt holte tief Luft und hielt sie an. Sein Blick senkte sich auf seinen Schoß. „Du kommst nicht mit."

Das würden wir schon sehen. Seine Idee war weit hergeholt, und seine Laune schrecklich. Er brauchte jemanden, der ihn begleitete und sicherstellte, dass er vernünftig blieb. Cyclops, Willie und Duke waren alle durch ihre Akzente zu auffällig, und Willie traute ich ohnehin keine Diskretion zu. Matt brauchte einen beruhigenden Einfluss. Eine Taschenuhr, die läutete, wenn sich Gefahr näherte, war auch ein guter Alarm, den man gern an seiner Seite wusste.

Wir fuhren in angespannter Stille nach Hause zurück, aber Matt war wieder ganz der Gentleman, als er mir vor der Park Street Nummer 16 aus der Kutsche half.

„Es tut mir leid, dass ich dich angefahren habe, India."

„Schon gut. Du stehst unter riesigem Druck."

„Es gibt keine Entschuldigung dafür." Er legte seine andere Hand über meine. „Ich bin froh, dass du mich dann im

Gegenzug auch anführt. Etwas anderes habe ich nicht verdient." Er hob meine Hand an die Lippen und küsste die Rückseite meines Handschuhs. Er schaute zu mir auf, beobachtete mich durch seine langen Wimpern. Es brach mir beinahe das Herz, das Elend in den Tiefen seiner Augen zu sehen, und einen Augenblick lang konnte ich nichts sagen, weil es mir die Kehle zuschnürte. „Lass mich mit einem solchen Benehmen nicht davonkommen", murmelte er.

Ich wurde vor dem Versuch einer Erwiderung gerettet, da sich die Eingangstür öffnete. Es war jedoch nicht Bristow, der uns begrüßte, sondern Catherine Mason, die die Hände rang und elend aussah. Was machte sie denn hier? Und wo waren alle anderen?

„Catherine?" Ich rannte die Stufen hinauf, Matt an meiner Seite. „Was ist los?"

„Oh, India", stöhnte sie. „Es ist alles meine Schuld."

„Was ist passiert?"

„Er ist weg! Euer Gast – Chronos – er ist weg! Und es ist alles meine Schuld."

att packte Catherine an den Schultern. „Was meinst du mit weg? Cyclops sollte doch ein Auge auf ihn haben."

Catherines Gesicht wurde blass, ihre Lippen zitterten. „Er und ich haben uns im Wohnzimmer unterhalten", jammerte sie. „Wir hatten Tee und Kuchen und waren ins Gespräch vertieft. Ich fürchte, Chronos ist entwischt."

„Haben das Bristow oder einer der anderen Bediensteten nicht mitbekommen?"

Catherine schüttelte den Kopf, sodass die Träne, die sich an ihr Lid geklammert hatte, über ihre Wange hinablief. „Bristow und der Diener helfen Nate jetzt bei der Suche."

Ich brauchte einen Augenblick, bis mir wieder einfiel, dass Nate Cyclops' echter Name war, mit dem er von Catherine angesprochen werden wollte.

„Du trägst keine Schuld", sagte Matt, der die Straße musterte. „Cyclops hätte besser aufpassen sollen."

„Matt!", tadelte ich ihn. „Das ist nicht gerecht. Chronos hätte Cyclops jederzeit entwischen können, wenn er das gewollt hätte."

„Cyclops lässt sich nicht leicht ablenken, India. Das wäre ihm auch nicht passiert, wenn nicht …" Er schüttelte den Kopf und ging die Stufen wieder hinab. Er stieg neben Duke auf den

Kutschbock, und nach ein paar knappen Worten fuhren sie rasch ab.

„Es ist nicht deine Schuld, Catherine", sagte ich und lotste sie wieder zurück ins Haus.

„Matt scheint das schon zu denken, ganz gleich, was er gesagt hat." Sie schniefte und wischte sich die Tränen mit dem Taschentuch ab. „Und jetzt ist er bestimmt zornig auf Nate. Ich wünschte, ich wäre heute nicht hergekommen."

„Und hättest ein Gespräch mit Cyclops verpasst." Ich legte ihr einen Arm um die schmalen Schultern und führte sie in den Salon. „Sie finden Chronos bald, da bin ich mir sicher. Aber selbst wenn nicht, spielt es keine Rolle mehr. Ich kenne seine Zauber."

Sie blinzelte mich mit verweinten Augen an. „Wie bitte?"

„Hat Cyclops dir nicht alles über ihn erzählt?"

„Nein. Er sagte, ihr hättet einen Gast im Haus, aber das war alles. Wer ist er?"

„Mein Großvater."

Sie drückte sich das Taschentuch an die Kehle. „Aber beide deine Großväter sind tot."

„Meine Eltern haben mich belogen." Ich erzählte ihr, wie Chronos verschwunden war, nachdem er Ärger mit den Gilden und den Behörden bekommen hatte, erwähnte aber den Tod des obdachlosen Mr. Wilson nicht, und auch nicht seinen Mitverschwörer Dr. Millroy. „Wir wollten, dass er hierbleibt, um mir seine Zauber beizubringen. Das hat er getan, weshalb es keine so große Katastrophe ist, wenn er weg ist."

Meiner Meinung nach hatte Matt überreagiert und ohne nachvollziehbaren Grund dafür gesorgt, dass Catherine sich schlecht fühlte. Er mochte ja krank sein, aber sein Verhalten war zu weit gegangen.

Sie hatte Dutzende Fragen, von denen ich viele nicht beantworten konnte oder wollte. Deshalb fragte ich sie stattdessen über ihre Unterhaltung mit Cyclops aus. Sie wurde rot und erklärte mir, dass ihr kaum aufgefallen war, wie die Zeit verging.

Miss Glass gesellte sich zu uns und erkundigte sich, ob es ein Mittagessen gab. Mrs. Bristow brachte ein Tablett mit Sandwiches, an denen wir drei knabberten. Miss Glass hatte keinen großen Appetit, und weder Catherine noch mir war zum Essen zumute. Wir schauten ständig zur Tür und zuckten bei jedem Geräusch zusammen.

Zum Glück schien es Miss Glass nicht aufzufallen. „Wo ist Willie?", fragte sie.

„Ausgegangen", erwiderte ich. „Sie hat nicht gesagt, wohin sie geht."

„Ich dachte, du wärst heute Vormittag mit Matthew unterwegs, India."

„War ich, doch er hat mich zurückgebracht und musste mit Cyclops und Duke noch einmal hinaus."

„Ah, ja, um nach Chronos zu suchen. Ich hörte die Diener reden", erklärte sie. „Also ist er wirklich unser Gefangener?"

Ich verschluckte mich an einem Krümel. „Nein, natürlich nicht. Matt macht sich nur Sorgen um ihn. Er ist noch nicht lange wieder in London und verirrt sich vielleicht."

„Weshalb? Nur weil er alt ist, und wir Alten vergessen, wo wir wohnen?"

In ihrem Fall traf das manchmal sogar zu, aber das sagte ich nicht, sondern lächelte sie nur beruhigend an, was sie zufriedenzustellen schien.

Die Uhr auf dem Kaminsims läutete leise, was Catherines Aufmerksamkeit auf sich zog. „Meine Güte, ich muss gehen. Auf Wiedersehen, Miss Glass."

„Auf Wiedersehen, meine Liebe. Komm bitte wieder. Ich werde Cyclops auf jeden Fall ausrichten, dass du aus Vorfreude auf ein Wiedersehen mit ihm ganz atemlos bist."

Catherines Augen wurden groß, und ihre blasse Haut wurde auffallend rosarot. Ich schob sie nach draußen, ehe sie sich wieder fassen konnte. Mir gefiel, dass Miss Glass etwas hatte, mit dem sich ihre Gedanken beschäftigen konnten, und eine Verkupplung war eine unschuldige Spielerei, solange es nicht um Matt oder mich ging. Außerdem stimmte ich ihr zu und fand auch, Cyclops und Catherine würden gut zusammenpassen. Er war der perfekte Mann, um ihr die Welt zu zeigen und sie auch wieder nach Hause zu bringen, wenn sie ihre Familie sehen musste.

„Bitte richte Nate aus, dass es mir leidtut", sagte sie in der

Eingangshalle zu mir. „Ich hoffe, er bekommt keine allzu großen Schwierigkeiten."

„Ich werde dafür sorgen, dass Matt einen kühlen Kopf bewahrt. Also hattet ihr bis dahin Spaß?"

Sie lächelte. „Ich schon." Sie beugte sich näher heran. „Er ist sehr charmant, auf seine eigene Weise. Irgendwie unschuldig, als würde er nicht wissen, dass er charmant ist. Ich nehme an, gerade das macht ihn ... nun ja, charmant."

Ich lachte und freute mich, sie auch lachen zu sehen. „Er genießt deine Gesellschaft, Catherine. Das hat er mir nach deinem letzten Besuch gesagt."

„Oh?" Sie biss sich auf die Lippen, konnte aber ein Lächeln nicht unterdrücken.

„Vielleicht kann er dich mal ins Theater ausführen, oder auf ein Eis, jetzt, da das Wetter wärmer wird."

„Das wäre herrlich, aber ..." Sie seufzte. „Ich habe schon ausreichend Hinweise gestreut, dass ich gern diese oder jene Aufführung sehen würde, oder spazieren gehen, aber er ist auf keinen davon eingegangen. Ich *glaube*, er mag mich." Sie spielte mit ihren Handschuhen, glättete die Falten im Leder und zupfte am Bündchen. „Also weshalb will er sich nicht außerhalb dieses Hauses mit mir treffen?"

Ich hatte über diese Sache bereits mit Cyclops gesprochen, aber ich war mir nicht sicher, ob ich das Recht hatte, ihr zu erzählen, was er gesagt hatte. Es stimmte jedoch, Cyclops mochte sie. Aber er machte sich Sorgen, was ihre Familie sagen würde, wenn sie, ein respektables Mädchen der englischen Mittelklasse, mit einem dunkelhäutigen Mann ausging, auf dessen Kopf in seiner Heimat ein Preis ausgesetzt war. Er hatte zwar keinen Ärger mehr mit dem Gesetz, doch hatte er einen mächtigen Mann erzürnt, der gutes Geld bezahlte, um ihn hängen zu sehen. In diese Sache wollte Cyclops Catherine nicht hineinziehen.

„Ich weiß, dass man uns anstarren wird, India", fuhr sie fort. „Ich bin nicht so naiv, dass ich glaube, jeder würde uns akzeptieren. Ich weiß, dass meine Eltern mir erst die Leviten lesen und mich überzeugen wollen werden, mich nicht auf ihn einzulassen, aber ich weiß auch, dass das daran liegt, dass sie sich Sorgen machen, welche Wirkung das Starren und das Flüstern auf mich haben. Doch es ist mir egal, und ich will, dass es auch ihnen egal ist. Ich will nur herausfinden, ob ich Nate ausreichend mag, um ihm zu erlauben, um mich zu werben."

„Es wird vermutlich mehr sein als nur Starren und Flüstern, Catherine." So sehr ich ihr auch von Cyclops' Vergangenheit erzählen wollte, ich würde es nicht tun. Das musste er übernehmen, um sich ihr Vertrauen zu verdienen.

Sie küsste mich auf die Wange, und ich brachte sie hinaus. Ich sah ihr auf der Straße nach und musterte sie in beiden Richtungen, nachdem sie weg war. Es gab keine Spur von Chronos oder einem seiner Verfolger.

Es war nicht die Tatsache, dass sie Chronos nicht gefunden hatten, die mir Sorgen bereitete. Es war die Tatsache, dass Matt inzwischen unbedingt seine Taschenuhr würde gebrauchen müssen, und da er so offen sichtbar auf dem Kutschbock saß, würde sich diese Gelegenheit nicht ergeben.

Ich kehrte in den Salon zu Miss Glass zurück. Wir plauderten über ihre Freundinnen, Einkäufe und die Hochzeit von Patience. Sie schlummerte nach einer Weile ein, wachte aber auf, als Bristow hereinkam und ich ihn begeistert begrüßte.

„Da sind Sie ja wieder!" Ich richtete ihm die Krawatte, wobei ich mir erlaubte, nahe genug zu kommen, um zu flüstern: „Haben Sie ihn gefunden?"

„Er kehrte aus eigenem Antrieb zurück", sagte er. „Er hat die letzte Viertelstunde damit verbracht, in der Küche zu sitzen und Honigbrote zu essen."

„Und niemand hat daran gedacht, mir das mitzuteilen?"

„Ich habe Mrs. Bristow bereits für ihr Versäumnis gerügt. Aber sie sagte, Sie schienen nicht sonderlich besorgt wegen seiner Abwesenheit zu sein."

Ich konnte ihr diese Schlussfolgerung nicht übelnehmen, denn es stimmte. „Und Matt? Cyclops?"

„Ich weiß es nicht. Ich habe gerade erst erfahren, dass sie ausgegangen sind, um auch nach Chronos zu suchen."

„Was heckt ihr beiden denn aus?", rief Miss Glass. „Bristow, lassen Sie bitte Tee kommen. Ich bin ganz ausgetrocknet. India, schließt du dich mir an?"

„In einem Augenblick. Ich sehe nach, ob Chronos sich zu uns gesellen möchte."

Ich fand Chronos in der Küche, wo er mit einem Stück Brot Honig von einem Teller aufwischte. „India", erklärte er und wedelte mit dem Brot in meine Richtung. „Freut mich, dich zu sehen."

„Wo warst du denn?", fuhr ich ihn an.

Er schob sich das Brot in den Mund und zuckte mit einer Schulter. Das war eine unzureichende Antwort. Ich fasste ihn am Arm und ging mit ihm aus der Küche. Dort schob ich ihn in Bristows Bureau und schlug die Tür zu.

„Wo bist du gewesen?", wiederholte ich.

Er verdrehte die Augen. „Darüber hat mir dieser verdammte Butler schon Vorträge gehalten."

„Der ganze Haushalt hat nach dir gesucht."

„Übertreib es nicht, India."

„Matt sucht immer noch nach dir, und er sollte bereits seine Taschenuhr gebrauchen. Er wird bei seiner Rückkehr in einem schrecklichen Zustand sein." Ich stieß ihm einen Finger in die Schulter. „Nicht nur das, aber er wird Cyclops tadeln, dass er dich nicht im Auge behalten hat, und das ist nicht gerecht."

„Es ist durchaus gerecht. Er war zu sehr damit beschäftigt, mit diesem hübschen Mädchen zu tändeln, als dass er Notiz von mir hätte nehmen können."

Ich schlug ihm auf den Arm. „Das Mädchen heißt Catherine Mason."

„Mason hat eine Tochter? Na, ist das nicht eine hübsche Kleine? Weiß Mason, dass sie eine Liaison mit einem Piraten hat?"

„Er ist kein Pirat, und sie haben keine Liaison. Wo bist du überhaupt hingegangen?"

„Spazieren. Ich war es müde, den ganzen Tag im Haus eingepfercht zu sein. Inzwischen wünschte ich, ich wäre nicht zurückgekommen, wenn das die Art ist, wie mich meine Enkelin behandelt. Was hast du denn gedacht? Dass ich weglaufe? Warum sollte ich? Ich werde kostenlos durchgefüttert, und das Dach über meinem Kopf ist sehr schön. Man könnte es sehr viel schlimmer erwischen. Du auch, India. Du musst dir diese Idee von deiner Unabhängigkeit aus dem Kopf schlagen und die Augen für das öffnen, was in deiner Reichweite liegt."

„Dass ich hier weggehe, hat nichts mit meiner Unabhängigkeit zu tun. Und wechsle nicht das Thema. Tatsache ist doch, dass du absichtlich weggelaufen bist, als Cyclops abgelenkt war, ohne jemandem zu sagen, wohin du gehst."

„Was spielt es für eine Rolle? Du hast meine Zauber. Weshalb brauchst du mich überhaupt?"

„Das ist eine gute Frage. Ich bin mir nicht sicher, ob wir dich noch brauchen. Vielleicht schreibe ich gleich Mr. Abercrombie und sage ihm, dass wir dich haben. Oder noch besser, ich leite es an die Polizei weiter. Sie sind vielleicht auch daran interessiert, was du ihnen über den Mord an Dr. Millroy und den vorzeitigen Tod eines obdachlosen Mannes im Jahr 63 erzählen kannst."

Er legte den Finger an die Lippen und hielt mich an, leiser zu sprechen. „Die Bediensteten könnten dich hören."

Ich warf die Hände in die Luft. Ich gab auf. In seinem Tonfall lag kein Hauch von Reue. Ich öffnete die Tür und lief direkt in Matt hinein, der gerade eintreten wollte.

Er nahm mich an den Schultern, wie er es bei Catherine auf der Veranda gemacht hatte, und hielt mich so fest, dass sich seine Finger in meine Haut bohrten. Er funkelte Chronos über meinen Kopf hinweg an, in seinen Augen blitzte Zorn, die Muskeln seines Kiefers spannten sich an. Hinweise auf seine Erschöpfung zeigten sich in den Falten und der Blässe seiner Haut, aber die Zeichen der Wut überschatteten sie. Ich spürte, wie er bebte.

„Ich habe nach Ihnen gesucht", sagte er mit ruhigem, aber bedrohlichem Unterton. Er drängte mich hinein und schloss die Tür mit dem Absatz.

Hinter mir hörte ich Chronos schlucken. „Ich war spazieren. Jetzt bin ich wieder hier. Kein Grund zur Sorge. Ich war nicht in Gefahr."

„Es ist nicht Ihre verdammte Sicherheit, um die ich mir Sorgen mache."

„Was dann?"

Über die Schulter warf ich einen Blick auf Chronos. Er wirkte blass, aber etwas Farbe kehrte in sein Gesicht zurück. Er schüttelte den Kopf, verwirrt, weshalb Matt so wütend war. Genau wie ich.

„Sie sind Indias Großvater, und Sie haben versprochen, zu bleiben und ihr zu helfen", knurrte Matt.

„Ich habe ihr geholfen. Sie kennt meine Zauber. Es gibt nur zwei. Fragen Sie sie, wenn Sie mir nicht glauben."

„Ihr ein paar Zauber beizubringen, ist nicht die einzige Art, auf die sie Ihr helfen sollten. Sie sind das letzte Mitglied ihrer Familie. Sie dachte, sie wäre allein, nachdem ihr Vater gestorben war, und noch mehr, als ihr Verlobter sie hintergangen hat. Als sie am allermeisten eine führende Hand nötig gehabt hätte, waren Sie nicht da. Als sie jemanden brauchte, der ihr zur Seite steht, waren Sie nicht da. Sie haben sich vor siebenundzwanzig Jahren entschieden, nicht da zu sein. Einmal sind Sie schon vor Ihrer Familie weggelaufen, Chronos. Sie laufen nicht noch einmal weg. Das lasse ich nicht zu."

Ich stand da, völlig verblüfft und außerstande, die Füße zu bewegen. Ich fühlte mich, als hätte ich auf dem Pflasterboden Wurzeln geschlagen. War Matt wirklich um meinetwillen so zornig und verstört? Er wollte mich nicht anschauen, hielt mich aber trotzdem noch an den Schultern. Wir standen so dicht beisammen, dass sein Atem sich in meinen Haaren verfing, und ich spürte das Blut durch seinen Körper pulsieren.

„Sie braucht nicht *mich*", sagte Chronos. „Nicht, wenn sie Sie hat."

Matt ließ mich plötzlich los und verschränkte die Hände hinter dem Rücken. Ich vermisste seine Stärke und taumelte ein wenig, als Chronos sich an uns vorbeischob. Er öffnete die Tür und lief beinahe in den finster dreinblickenden Cyclops hinein.

Cyclops packte ihn an den Armen und zog den alten Mann auf die Zehenspitzen hoch. Er schüttelte ihn.

„Ich habe überall nach Ihnen gesucht." Cyclops mochte ja ein sanfter Riese sein, aber er konnte ein großes Maß an Bedrohung in seine Stimme legen. „Ich dachte, ich müsse zurückkehren und Matt sagen, dass Sie verschwunden sind. Glauben Sie mir, darauf habe ich mich *nicht* gefreut."

Chronos wand sich aus Cyclops' Griff los und richtete sich

die Jacke. „Sie müssen sich nicht grämen. Er hat seinen Zorn bereits an mir ausgelassen."

„Nicht ganz", knurrte Matt.

Cyclops schluckte schwer.

Chronos eilte weg, und Cyclops wollte ihm schon folgen, als Matt wankte. Ich fasste ihn an den Armen und versuchte, ihn zu stützen. Zum Glück brach er nicht völlig zusammen und Cyclops war schnell, denn ich hätte ihn nicht aus eigenen Kräften aufrecht halten können. Wir brachten ihn zu einem Sessel, und ich half ihm, seine Taschenuhr aus seiner inneren Westentasche zu holen.

Ich zupfte seinen Handschuh ab und öffnete das Uhrgehäuse. Seine Finger schlossen sich darum, und sofort floss die Magie in seinen Körper. Er schloss die Augen, bis das intensive Glühen zu seinem Haaransatz emporkroch, dann ließ er das Gehäuse zuschnappen.

„Du hättest auf ihn aufpassen sollen", sagte er zu Cyclops.

„Es wird nicht wieder vorkommen, Matt", murmelte Cyclops in Richtung seiner Stiefel.

„Sorg dafür, dass das so ist."

„Es ist nicht Cyclops' Schuld", wandte ich ein. „Chronos wäre so oder so entwischt, wenn er es wirklich wollte."

Matt knurrte nur, aber ich war mir nicht sicher, ob er mir zustimmte oder nicht. „Es sieht dir gar nicht ähnlich, jemanden aus dem Blick zu lassen, Cyclops", sagte er. „Was ist passiert?"

Cyclops räusperte sich. Er wirkte plötzlich jung und unschuldig, und seine Größe und seine wilde Nabe ließen sich leicht übersehen. „Miss Mason kam vorbei, aber da India ausgegangen war, habe ich mich dazu hergegeben, ihr Gesellschaft zu leisten."

„Wo war meine Tante?"

„Sie hat sich uns nach einer Weile angeschlossen, und da habe ich bemerkt, dass Chronos weg ist. Ich habe Alarm geschlagen und Peter und Bristow ausgeschickt, um nach ihm zu suchen, dann bin auch ich losgezogen."

„Catherine macht sich Vorwürfe" erklärte ich ihm.

Cyclops zuckte zusammen. „Das ist nicht gerecht. Es war nicht ihre Schuld."

Matt sah seinen Freund aus zusammengekniffenen Augen

an, doch sein Zorn schien sich verflüchtigt zu haben. „Das solltest du ihr persönlich sagen."

„Wenn sie nächstes Mal herkommt, tue ich das."

„Warum besuchst du nicht sie? Du könntest heute Nachmittag gehen, denn Chronos hat bewiesen, dass er zurückkommt, wenn er ausgeht."

„Nicht, Matt. Du weißt, weshalb ich das nicht tun kann." Cyclops drehte sich um und ging aus dem Bureau.

„Ich weiß, weshalb du *denkst*, dass du das nicht kannst", rief Matt ihm nach. „Aber deine Argumente sind dünn, Cyclops. So dünn, dass ich direkt hindurch sehe."

„Und deine haben ein riesengroßes Loch, Matt, aber welches das ist, verrate ich dir nicht."

Er verschwand außer Sicht, und Matt stieß die angehaltene Luft aus. Er senkte den Kopf, und ich war verführt, ihm eine Hand auf den Nacken zu legen. Er murmelte etwas, das ich nicht ganz verstand, dann schob er sich mit einem tiefen Seufzen aus dem Sessel. Halb erwartete ich, er würde wieder taumeln, und ich machte mich bereit, ihn zu stützen. Doch er ergriff die Schreibtischkante und nahm sich einen Augenblick, um sich zu fassen.

„Bist du soweit in Ordnung, dass du die Stufen hochkommst, oder soll ich Peter holen?", fragte ich.

Er funkelte mich an, sagte aber nichts.

Ich erwiderte sein Starren. „Ich habe dir eine Frage gestellt."

„Ich habe leichte Kopfschmerzen, das ist alles. Ich kann allein gehen."

„Gut, denn deine Laune ist viel zu übel für mich. Ich würde lieber mit Miss Glass reden, als zu sehen, ob du in einem Stück in deinem Zimmer ankommst." Ich ging, ehe er merkte, dass jedes einzelne Wort eine Lüge war.

* * *

ALS MATT AUFWACHTE, war es zu spät, um Mrs. Millroy zu besuchen. Es schien ihm besser zu gehen, nicht nur was die Verjüngung betraf, die ihm ein Nickerchen bescherte, nachdem er seine Taschenuhr benutzt hatte, sondern auch seine allgemeine Laune.

Er betrat das Wohnzimmer, wo wir Karten spielten, und entschuldigte sich bei Cyclops, weil er ihn wegen Chronos' Verschwinden gerügt hatte.

„Wo ist Willie?", schloss er und stellte sich neben den Kamin.

„Sie kam vor etwa einer Stunde nach Hause", sagte ich und musterte meine Karten. „Sie zog sich um und ging wieder aus."

„Wohin?"

„Das hat sie nicht gesagt."

Duke tippte mit der Fingerspitze oben auf seine Karten. „Für meinen Geschmack ist sie viel zu geheimniskrämerisch. Immer, wenn sie geheimniskrämerisch ist, heißt das, dass sie nichts Gutes im Schilde führt, und wenn Willie nichts Gutes im Schilde führt, ist das gefährlich."

Cyclops nickte ernst. „Sie kommt entweder zurück und hat ihre Knarre beim Kartenspielen verloren, oder mit goldenen Manschettenknöpfen, die sie nicht einmal haben will, die sie aber überglücklich machen, weil sie sie einem armen Milchbart abgeknöpft hat."

„So ist unsere Willie, Chronos", sagte Miss Glass auf dem Sofa, auf dem sie im Lampenlicht ein Buch las. „Sie ist entweder frenetisch oder elend. Dazwischen gibt es nichts." Sie senkte das Buch auf ihren Schoß. „Obwohl ich mir nicht so sicher bin, dass sie zum Kartenspielen gegangen ist. Als sie ging, roch sie nach Rosenwasser."

Damit bekam sie die Aufmerksamkeit des ganzen Raumes, außer der von Chronos, der nicht von seinem Pokerblatt aufschaute. „Wenn eure Freundin einen Gentleman verlocken will, sollte sie ein Kleid tragen und sich die Haare kämmen", sagte er. „Ein bisschen versprengtes Rosenwasser reicht da nicht. Das ist, als würde man eine Blumenvase in einen Schweinestall stellen."

Ihm schien nicht aufzufallen, was für eine drückende Stille darauf folgte, weil er zu sehr auf seine Karten konzentriert war.

Duke nestelte an seinem Kragen herum und lockerte sein Halstuch. Er konzentrierte sich lange auf sein Blatt, dann warf er die Karten auf den Tisch. „Ich bin raus." Er kauerte sich vor den Kamin und stocherte mit dem Schürhaken in den Kohlen.

Matt und ich wechselten einen Blick. Cyclops erhob sich halb aus seinem Sessel, dann setzte er sich auf mein Zeichen wieder. Vermutlich war es nicht klug, mit Duke über seine Gefühle für Willie vor uns übrigen zu reden. Außerdem mochte sich Miss Glass irren, und Willie hatte gar nicht nach Rosenwasser geduftet, als sie aufgebrochen war. Selbst wenn es so war, hätte das an einer ganzen Reihe von Gründen liegen können. Ich konnte mir sie momentan nur nicht vorstellen.

„Sagt mir doch noch mal jemand", bemerkte Chronos. „Wie heißt es noch, wenn man fünf Karten derselben Farbe hat?"

Cyclops und ich warfen unsere Karten hin. Chronos lächelte und strich seine Gewinne ein.

Matt schaute die abgelegten Karten an und kicherte. „Er hat geblufft."

„Er lernt schnell", sagte Cyclops und sammelte den Stapel auf.

Es dauerte etwas, ehe wir unter uns sprechen konnten. Miss Glass zog sich früh zurück, und Chronos wirkte, als würde er nicht viel länger durchhalten. Er unterdrückte mit vorgehaltener Hand ein Gähnen.

„Sich in der Stadt herumzutreiben macht müde, hm?", fragte Cyclops mit einem trockenen Lächeln. Er war immer noch verbittert, dass Chronos ihn überlistet hatte und entwischt war.

„Ich bin sehr viel zu Fuß gegangen", sagte Chronos. „Was ist mit euch beiden?", fragte er Matt und mich. „Seid ihr näher dran, dass Tagebuch und Millroys Sohn zu finden?"

Matt und ich erzählten ihm, was wir am Bright Court und im Obdachlosenheim erfahren hatten, und endeten mit seinem Plan, heute Abend zurückzukehren und die alten Aufzeichnungen durchzusuchen.

„Verdammt", murmelte Chronos. „Das ist ein großes Risiko."

„Das wird schon", sagte Matt. „Ich habe so etwas früher schon gemacht."

„Ich gehe mit ihm", erklärte ich ihnen, ehe Matt etwas anderes sagen konnte. Er schaute mich nur finster an, setzte sich aber nicht über mich hinweg.

„Nein." Chronos schüttelte den Kopf. „Nein, tust du nicht."

„Doch, tue ich", sagte ich hitzig.

„Ich bin immer noch dein Großvater, und ich verbiete es. Es

ist viel zu gefährlich."

„Ich muss doch wohl bitten." Sowohl Cyclops als auch Duke schreckten vor meinem eisigen Unterton zurück. „Du bist mein Leben lang kein Großvater gewesen, also glaub bloß nicht, dass du eines schönen Tages antanzen und mir sagen kannst, was ich ab jetzt zu tun und zu lassen habe. Ich gehe heute Nacht aus, und damit hat sich das. Bitte halte dich aus meinen Angelegenheiten heraus." Da. Das hatte doch meine Aussage sehr klar dargestellt.

Chronos verschränkte die Arme vor der Brust. „Ich kann nicht glauben, dass Sie ihr erlauben, etwas Derartiges zu tun, Glass."

„Ich bin klug genug, nicht zu versuchen, sie aufzuhalten", sagte Matt. „Die Frauen in meinem Leben waren immer schon willensstark. India ist da keine Ausnahme."

Ich war mir nicht ganz sicher, wie ich das auffassen sollte. Hat er mich gerade zu seinen Frauen gezählt? Das war sowohl erfreulich als auch beunruhigend.

„Er wird nichts passieren", fuhr er fort. „Es sollte eine recht einfache Übung sein, wenn sie einen klaren Kopf behält, und India hat mehr als genug Köpfchen, um die Angestellten in der Unterkunft an der Nase herumzuführen."

Chronos schnaubte. „Kein Gentleman will eine schwierige Frau, India. Das solltest du im Gedächtnis behalten."

Ich verdrehte die Augen und erwischte Matt beim Grinsen. Ich widerstand dem Drang, ein Kissen nach ihm zu werfen.

„Ich komme auch mit", verkündete Duke.

„Nein." Matt nahm die Karten und mischte sie. „Nur India und ich."

„Ich kann euch fahren. Ihr werdet schnell von dort verschwinden müssen, falls man euch sieht. Ich bin eine bessere Wahl als Cyclops."

„Ich weiß, ich weiß", murmelte Cyclops. „Ich bin zu auffällig."

Duke stimmte mit einem entschuldigenden Schulterzucken zu.

„Ich kann mich gut in den Schatten herumdrücken", fuhr Cyclops fort, der sich für den Gedanken erwärmte. „Wenn ihr mich nicht mit hineinkommen lasst, lasst mich zumindest draußen ausharren, falls es Ärger gibt."

„Es wird keinen Ärger geben", sagte Matt, der Karten austeilte. „Duke, spielst du mit?"

„Ja." Duke nahm den Platz ein, den Chronos verlassen hatte.

„Ich ziehe mich zurück", sagte Chronos. „Habt alle viel Spaß bei der nächtlichen Ermittlung. Und Glass? Ich warne Sie. Wenn India etwas zustößt ..."

„Wird es nicht, und mir gefällt die Unterstellung nicht, dass ich mich nicht um sie kümmern kann."

„Es geht Ihnen wahrscheinlich gut, wenn Sie vor dem Aufbruch Ihre Taschenuhr gebrauchen, aber wenn nicht, wird es Ihnen nicht möglich sein, sich selbst zu schützen, ganz zu schweigen von ihr."

Matt erhob sich zu seiner vollen Größe und funkelte Chronos an.

Diese Intensität ließ Chronos zurückweichen. „Gut. Nun. Ich habe gesagt, was ich sagen wollte. Gute Nacht zusammen." Er begab sich eilig aus dem Zimmer.

„Bist du fertig damit, alten Männern Angst einzujagen?", fragte ich Matt. „Denn wenn dem so ist, will ich bitte ein starkes Getränk und Karten. Die sollten besser gut sein. Ich muss die Serie meiner Niederlagen beenden."

Er teilte fertig aus, während Duke am Buffet Getränke einschenkte. Er kam wieder zu uns an den Kartentisch, konzentrierte sich aber nicht und verlor haushoch. Ich verlor auch. Es fiel mir schwer, mich auf das Spiel zu konzentrieren, wenn Matt mir gegenüber schweigend kochte. Er verlor auch, also war es vielleicht nur gerecht. Cyclops nahm uns alle aus und sammelte seine Streichhölzer mit einem hämischen Grinsen ein, ehe er sie für unser nächstes Spiel in die Schachtel zurücklegte.

Als die Uhr neun schlug, sagte Matt, wir sollten unsere Verkleidungen vorbereiten.

„Solltest du dich nicht noch einmal ausruhen?", fragte ich, nachdem sich Cyclops und Duke zurückgezogen hatten.

„Ich werde ein paar Minuten hier drin die Augen schließen, während du dich umziehst", sagte er.

„Nicht mit all diesen Ablenkungen." Ich schnappte mir das

Glas aus seiner Hand. Es war sein zweiter Kognak an diesem Abend.

Sein Mund entspannte sich, aber sein Blick wurde hart. „Du glaubst, ich kann mich beim Trinken nicht beherrschen?"

„Ich habe nicht vom Trinken gesprochen." Ich nickte zur Uhr hin. „Ihr Läuten wird dich zur vollen Stunde wecken."

Er nahm sich das Glas wieder. „In diesem Fall ..." Er stürzte den restlichen Inhalt hinunter. „Nehme ich noch einen."

Ich raffte meine Röcke und eilte an ihm vorbei. Ich erreichte das Buffet vor ihm und streckte die Arme aus, um die Karaffe hinter mir abzuschirmen. „Das tust du nicht."

„India", schnurrte er mit seidiger Stimme, die mir über die Haut strich. „Ich habe dich schon einmal aufgehoben und beiseite gestellt, als du mir im Weg warst, und das kann ich wieder tun."

Ich reckte das Kinn. „Nur zu." Er würde es nicht tun. Ich wusste es. Diesmal nicht. Nicht, wenn die Tatsache, dass wir uns so nahe waren, uns beide auf eine Art und Weise beeinflusste, die wir leugnen mussten.

Einen Augenblick später lachte er leise. „Du gewinnst. Ich wollte sowieso nichts mehr, ich wollte einfach nur sehen, wie weit du gehen würdest."

„Du denkst, ich gehe gerade weit?", gab ich zurück. „Wohl kaum. Ich werde mit deinem Zorn fertig, Matt. Er macht mir keine Angst."

Ich dachte, er würde gehen, doch er zögerte. Dann stahl sich ein merkwürdiges Lächeln auf seine Lippen. „Ist das so?" Er beugte sich näher heran, bis seine Brust nur wenige Zentimeter von meinem Gesicht entfernt war. Seine Arme griffen um mich herum, sodass ich festsaß.

Ich wagte einen Blick nach oben, nur um zu sehen, dass er auf mich herabschaute, sein Lächeln war weg. Sein pechschwarzer Blick ließ es mir von Kopf bis Fuß warm werden.

„Was ist denn damit?", murmelte er. Hinter mir klirrte Kristall, als er den Deckel von der Karaffe nahm. „Wirst du mit der Macht dessen fertig, was zwischen uns ist, India? Denn ich weiß nicht, ob ich es noch viel länger schaffe, trotz ..." Er schloss die Augen und holte Luft.

Ich stieß ihn in die Brust, und er wich widerstandslos zurück, den Blick gesenkt. „Du hast zu viel getrunken, Matt. Du weißt nicht, was du da sagst."

„Ich hatte zwei Kognaks. Ich bin im Vollbesitz meiner Fähigkeiten." Er rieb sich über die Stirn, als würde er Schmerzen vertreiben wollen. „Aber es tut mir leid." Schließlich hob er den Blick zu meinem. Seine Augen waren klar, ohne eine Spur von Leidenschaft, die sich tief darin verbarg. Ich hoffte, dass auch meine klar waren. „Es tut mir leid, dass ich zu vertraut mit dir umgegangen bin", fuhr er fort.

Ich zwang meine Schultern nach hinten und mein Rückgrat dazu, sich aufzurichten. „Das bist du, und so machst du mir Angst, Matt. Wenn du zulässt, dass deine Gefühle deinen gesunden Menschenverstand überstimmen. Du hast recht. Du solltest nicht so vertraut mit mir umgehen. Es ist nicht richtig."

„Nein. Aber es fühlt sich gut an." Er lächelte zögerlich, schüchtern, und mein Herz machte einen Satz.

„Hör auf." Ich schaffte es, einen glaubhaft verärgerten Unterton in meine Stimme einfließen zu lassen, dann raffte ich meine Vernunft und meine Röcke zusammen und eilte aus dem Zimmer. Ich schaute nicht zurück, um zu sehen, ob er mir nachstarrte. Ich wollte die verwirrte Miene nicht sehen, die er bestimmt aufgesetzt hatte. Das Beste, was ich tun konnte, war, ihn von jeglichen zärtlichen Gefühlen abzubringen, die er für mich entwickelt hatte. Nach ein oder zwei weiteren Zurückweisungen würde er es schon verstehen und gänzlich aufhören, mich auf *diese* Weise zu betrachten.

* * *

DIE FEUCHTE ABENDLUFT in Bethnal Green rührte nicht von Regen, sondern von den Ausdünstungen, die an den verfallenden Gebäuden des Elendsviertels klebten und in die dunklen Winkel seiner elenden Gassen niedersanken. In ihr lag der Gestank der Abwasserkanäle und des Elends, das überall vorzuherrschen schien, wo die Ärmsten von London sich betteten.

Es war keine kalte Nacht, darum verfügte die Gesellschaft für Obdach für die Heimatlosen über Betten für einen Mann und eine Frau, die neu in der Stadt eingetroffen waren und nach Arbeit suchten. Da nirgendwo eine Anstellung zu haben war, und sie am Tag zuvor ihre letzte Münze für Brot ausgegeben hatten, hatten sie sich entschieden, Zuflucht bei einer wohltätigen Einrichtung zu suchen, anstatt eine weitere Nacht lang das Risiko auf sich zu nehmen, draußen zu schlafen. Die Straßen des Elendsviertels waren kein Ort für eine Frau, selbst wenn sie einen Ehemann hatte, der sie beschützte. So erklärte Matt es dem korpulenten Mann an der Tür, als wir eintrafen.

Der Mann öffnete die Tür zum Schlafsaal, und der Geruch nach Karbolseife schlug mir entgegen wie eine Welle. Ich zog die Nase kraus und versuchte, nicht zu tief einzuatmen. Nur in der Hälfte der rechteckigen Holzkästen waren Männer, manche von ihnen schliefen, manche beobachteten uns mit neugierigem Blick. Geflüsterte Stimmen kamen von irgendwo her, aber ich konnte nicht sagen, ob von den Männern, oder von den Angestellten, die Wasserkrüge in die mit Vorhängen abgetrennten Bereiche trugen und wieder zurückholten. Eine Frau in einer steifen weißen Schürze über einem einfachen braunen Kleid saß an einem kleinen Schreibtisch neben der Tür. Es war zum Glück nicht dieselbe Frau, die früher am Tag da gewesen war. Obwohl unsere Verkleidungen unser Aussehen verändert hatten, wollte ich sie nicht auf die Probe stellen. Matt mit seinen buschigen Augenbrauen und dem falschen Bart sollte sicher sein, aber ich trug nur eine schwarze Perücke. Ich hatte sie nicht frisiert, um so viel wie möglich von meinem Gesicht zu verbergen. Wenn ich den Kopf gesenkt hielt, würde ich schon zurechtkommen, falls wir auf Mr. Woolley oder die nette Freiwillige von heute Vormittag stießen.

„Sie haben die Essenszeit verpasst", merkte die Frau an, als wir näherkamen. Sie erhob sich nicht, sondern zog ein Klemmbrett zu sich heran und nahm einen Bleistift. Sie hatte kein freundliches Gesicht wie die Freiwillige, die wir vor ein paar Stunden hier angetroffen hatten. Stattdessen waren ihre Lippen geschürzt, und ihre schwere Stirn wirkte, als hätte sie ihr Leben lang nichts anderes getan, als finster dreinzublicken. „Zu dieser Jahreszeit gibt es um sechs Uhr Abendessen. Die Männer schlafen hier drin, die Frauen dort drüben." Sie senkte die

Stimme nicht, um den Männern entgegenzukommen, die bereits in ihren Holzkisten schliefen, doch niemand forderte sie auf, leiser zu sein. Vielleicht wagte es keiner.

„Und verheiratete Paare?", fragte Matt in fehlerlosem Arbeiterjargon. Seinen amerikanischen Akzent hatte er völlig fallenlassen.

„Verheiratet oder unverheiratet, das macht keinen Unterschied", sagte die Frau. „Männer hier drin, Frauen dort drüben. Wir können keine Zusammenkünfte zulassen. Das wäre nicht angemessen, und wir sind eine respektable Einrichtung." Sie schniefte und rümpfte die platte Nase in meine Richtung. „Wenn Ihnen die Regeln nicht gefallen, können Sie gehen."

Matt hob ergeben die Hände. Ich ließ meine Hände im Inneren des Mantels, den ich mir dicht an die Brust drückte. In den Mantel eingewickelt waren die kleinste Lampe, die wir hatten finden können, und eine Schachtel Streichhölzer.

„Das ist unsere erste Regel", sagte die Frau. „Keine Zusammenkünfte. Unsere zweite Regel lautet, dass Sie sauber sein müssen. Hinter diesen Vorhängen gibt es Seife und Wasser. Unsere dritte Regel lautet, dass Sie die anderen Unglücklichen wie Sie respektieren müssen und auf keinen Fall jemanden schädigen dürfen. Unsere vierte Regel ist das Erfordernis, dass Sie uns Angaben machen. Sind diese Regeln für Sie akzeptabel?"

Matt und ich nickten.

„Gut. Sie können mich Matrone nennen." Sie hielt den Bleistift an das Klemmbrett, auf das Blatt waren schiefe Spalten geschrieben. Jede Spalte war halb gefüllt. „Ihre Namen?"

„Mrs. Anne McTavish", sagte Matt an meiner Stelle. Ich traute meinem Akzent nicht, und wir hatten beschlossen, dass er das Reden übernehmen würde. „Ich bin William McTavish."

„Letzter bekannter Wohnort?"

„Wraysbury."

„Geht das auch genauer?"

„Baker Street", erklärte er. Ich wusste nicht, ob es in Wraysbury eine Baker Street gab, und ich bezweifelte, dass Matt dort gewesen war, aber es war gut geraten, und es war unwahrscheinlich, dass die Matrone jemals in diesem Dorf gewesen war.

„Haben Sie sich heute für Arbeit beworben?"

„Warum?"

„Wir bieten nur Unterkunft für jene, die versuchen, eine Anstellung zu finden, keine faulen Tunichtgute. Wenn Sie immer wieder kommen, werden wir prüfen, ob Sie wirklich dort nach Arbeit gesucht haben, wo Sie es behaupten."

„Da haben Sie recht, Matrone. Mal sehen. Ich hab im Hafen und bei einem Bauhof in der Glower Street gefragt."

Die Matrone schrieb die Angaben auf und winkte Angestellte heran. Ein Mann und eine Frau näherten sich, von denen ich keinen erkannte.

„Darf ich meiner Frau einen Gutenachtkuss geben?", fragte Matt.

„Nein", erwiderte die Matrone. „Sie können sich die Hände schütteln."

Matts Bart zuckte. Versuchte er, ein Lachen zu unterdrücken? Mir war nicht klar, wie irgendetwas hier amüsant sein konnte. Meine Nerven lagen so blank, dass es an ein Wunder grenzte, dass sie niemand kreischen hörte.

Matt nahm mich ziemlich linkisch an den Ellbogen. „Gute Nacht, meine Liebe."

„Gute Nacht, William", sagte ich.

„Lass dich nicht von den Bettwanzen beißen."

„Unsere Betten sind sauber", warf die Matrone verschnupft ein. „Jegliche Läuse in unserer Bettwäsche kommen von den schmutzigen Leibern derjenigen, die hier Zuflucht suchen. Deshalb drängen wir darauf, dass Sie sich ordentlich waschen. Leider waschen sich manche nicht so ordentlich wie andere."

Der Mann führte Matt zu dem mit Vorhängen abgeteilten Bereich, und ich wurde zum anderen Ende der Reihe von Vorhängen geführt.

„Ich gebe Ihnen zwei Minuten", sagte die Frau, die mir ein Handtuch reichte. Es war bereits feucht, und das Wasser im Becken war schlammfarben. Wie viele hatten sich vor mir schon darin gewaschen?

„Danke", sagte ich und hielt Stimme und Kopf gesenkt. Hoffentlich würde sie mich für schüchtern halten und nicht für verschlagen.

Sie stellte eine Lampe auf dem Boden ab und ging. Ich legte

meinen Mantel und die versteckte Lampe ab, dann wusch ich mir die Hände mit der Seife. Wenn ich nicht nach Karbol roch, würde sie Verdacht schöpfen und mich noch einmal zum Waschen schicken. Das Handtuch war gewissermaßen nutzlos, weshalb ich mir die Hände am Rock fertig abtrocknete. Es fühlte sich an, als wäre es ewig her, seit ich das Kleid getragen hatte, dass ich früher fast jeden Tag zur Arbeit im Laden angehabt hatte. Es war ganz einfach mit hohem Kragen, und indem ich nach dem Abendessen den Saum gelöst hatte, war es mir gelungen, es abgetragen wirken zu lassen.

Ich berührte meine Uhr unter meinem Leibchen, ohne auf den starken Drang zu achten, sie hervorzuziehen und nachzusehen, wie spät es war. Das musste ich nicht. Wann zwei Minuten um waren, war mir so klar wie mein Name.

Die Frau kam eine Minute zu spät wieder und führte mich zum Schlafsaal der Frauen. Anders als die Unterkunft für Männer war sie beinahe voll, jede hölzerne, rechteckige Kiste war durch eine Frau oder ein Kind belegt. Die kleineren Kinder schliefen im selben Bett wie ihre Mütter. Hier drin war es lauter. Babys schrien, Mütter flüsterten ihren Kindern beruhigende Worte zu oder tadelnden sie. Weit hinten schnarchte jemand.

Ich folgte meiner Führerin zu einem leeren Bett. Ich schaute nicht auf die Gesichter der Frauen, an denen wir vorbeikamen. Ich erspähte zwei Türen an der Rückseite des Raumes. Dahinter befanden sich dann die Küche, die Vorratskammer und andere Personalräume, außerdem die Stufen hinab in den Keller.

Meine Führerin hielt vor einem leeren Bett an. Eine dünne Matratze bedeckte nicht einmal das ganze Rechteck des Bodens innerhalb der Kiste. Eine Decke war ordentlich am Fußende gefaltet.

„Das gehört heute Nacht Ihnen", sagte sie. „Wir raten stark davon ab, umherzugehen, aber wenn Sie sich erleichtern müssen, sind dort hinten Pfannen." Sie deutete auf ein Regal, das zwischen den Türen verlief, auf dem etliche Bettpfannen aus Porzellan aufgestellt waren. „Haben Sie Hunger? Ich kann vielleicht noch etwas übriges Brot vom Abendessen auftreiben."

„Nein, danke." Ich schenkte ihr ein Lächeln. „Sie sind sehr freundlich." Sie nickte mir knapp zu, dann ging sie weg, ihre

Lampe nahm sie mit. Lampen an jeder Wand beleuchteten noch eine Stunde lang die Ränder des Raumes, aber dann wurden alle bis auf zwei gelöscht. Eine blieb in der Nähe der Bettpfannen, und die andere leuchtete neben der Tür, die zum Schlafsaal der Männer führte, wo meine Führerin auf einem Stuhl saß, ihr Kopf im Schlaf nach vorne gekippt. Um mich herum waren die Kinder zur Ruhe gekommen, und etliche leise Schnarchgeräusche waren das Einzige, das die Stille zurückhielt. Meine Gedanken hielten sie jedoch nicht auf, und ich konnte nicht verhindern, dass sie in alle Richtungen davonstoben. Zum Großteil dachte ich an die unzähligen Dinge, die heute Nacht schiefgehen konnten.

Ich wartete noch etwas länger, bis ich dachte, dass die Zeit reif war. Dann zog ich langsam meine Taschenuhr heraus, konnte aber das Ziffernblatt nicht erkennen. Mit meiner Decke und meiner Lampe dicht an die Brust gedrückt suchte ich mir einen Weg zwischen den Bettreihen zu dem Regal mit Bettpfannen und schaute im Licht auf die Uhr. Ich war fünfzehn Minuten zu früh. Das war es, was ängstliches Warten mit einem Menschen anstellte – es verdarb sein normalerweise haargenaues Zeitgefühl.

Ich nahm eine der Pfannen und bewegte mich, als würde ich mich erleichtern, ohne es wirklich zu tun. Ohne meinen Mantel und seinen Inhalt loszulassen, war das ein ziemlicher Akt, aber zumindest verging dadurch die Zeit. Falls jemand mich von seinem dunklen Bett aus beobachtete, würde demjenigen hoffentlich langweilig werden und er würde die Augen schließen.

Als ich schätzte, dass fünfzehn Minuten beinahe um waren, stellte ich die Bettpfanne in das Regal zurück und holte zur Stärkung Luft. Mit zitternder Hand öffnete ich die nächstbeste Tür und schlüpfte durch. Im Gang brannte kein Licht. Ich hielt die Tür offen, damit das schwache Licht aus dem Schlafsaal lange genug durchfallen konnte, um zu sehen, dass ich allein war, und dass vier Türen von dem Gang wegführten.

Ich schloss die Tür und wurde in Finsternis gehüllt, und in eine Stille, die so tief war, dass ich meinen Herzschlag hören konnte. Als ich wieder daran dachte, zu atmen, klang es laut. Hoffentlich würde sich Matt bald zu mir gesellen, aber ich hörte keine näherkommenden Schritte, und ich konnte mir nicht vorstellen, wie er wissen sollte, wo er mich finden konnte, wenn er sich hier nicht auskannte und auch kein Licht hatte.

Ich stellte mein Bündel auf den Boden und wühlte nach der Lampe, die in meinen Mantel eingeschlagen war. Ich fischte die Schachtel mit Streichhölzern aus der Tasche und zündete mit einem die Lampe an. Die Streichhölzer schob ich zurück in die Tasche, dann hob ich den Mantel und die Lampe auf.

Der kleine Lichtkreis beleuchtete eine Gestalt, die ein paar Schritte entfernt stand. Ich unterdrückte ein Keuchen.

„Wie hast du mich im Dunkeln gefunden?", fragte ich Matt.

Er legte einen Finger an die Lippen und zwinkerte. Ich reichte ihm die Lampe und gestattete ihm, vorauszugehen. Er öffnete leise die Türen und spähte hinein, wobei er sich methodisch von einer Tür zur nächsten durch den Gang vorarbeitete. Er schloss jede Tür, ehe ich sehen konnte, was für ein Zimmer dahinter war. Die letzte ließ er offen und trat ein. Eine Treppe führte nach unten in die Tiefen des Gebäudes.

Er hielt mir eine Hand hin, und nach kurzem Zögern nahm ich sie. Die Treppe war gerade breit genug, dass wir nebeneinander passten. Ich machte mir Sorgen, dass das Echo unserer Schritte auf den Steinen jemanden auf uns aufmerksam machen würde, doch es kam niemand. Im Korridor darüber war es still gewesen, da die meisten Angestellten nach dem Löschen der Lichter gegangen waren. Wir waren wohl sicher.

Die Treppen mündeten in einem kalten Raum voller Aktenschränke, Kisten und Holzscheiten. Die tiefe, gewölbte Decke passte nicht zu dem moderneren Gebäude über uns, und ich fragte mich, was ursprünglich hier gewesen war. Matt und seine Lampe bewegten sich weiter. Ich folgte ihm rasch, weil ich so nahe wie möglich am Licht und an ihm bleiben wollte. Ich hatte mich nie für ängstlich gehalten, doch hatte ein dunkler Keller voller Schatten etwas Albtraumhaftes.

„Hier", sagte Matt, der die Etiketten auf einer Reihe Schubladen in einem Schrank las. „Das sind diejenigen aus der ersten Hälfte der Sechziger." Er öffnete eine Schublade mit der Aufschrift 63. Das Kratzen von Holz auf Holz ließ etwas in der

Nähe weghuschen. Matt schien es nicht zu bemerken. Er war zu sehr damit beschäftigt, die Akten durchzugehen.

Ich half ihm, den Abschnitt zu überfliegen, der mit „W" bezeichnet war. Zweimal. Niemand mit dem Namen Wilson war aufgelistet.

„Verdammt", murmelte er.

„Ich schaue noch einmal", sagte ich.

„Mach dir nicht die Mühe. Die Wahrscheinlichkeit, dass wir den Stadtstreicher finden, war sowieso nur klein." Er schob die Schublade zu. „Wir gehen. Es gibt keinen Grund, die ganze Nacht hierzubleiben."

„Wird es nicht Argwohn wecken, wenn wir jetzt gehen? Lassen sie uns überhaupt gehen?"

„Wir sind keine Gefangenen, India." In seiner Stimme lag Erheiterung, und ich war froh, dass er sich nicht zu sehr aufregte, dass wir Mr. Wilsons Namen nicht gefunden hatten. Er hatte recht, und es war von Anfang an sehr unwahrscheinlich gewesen.

Die Tür oben an den Stufen öffnete sich, und Licht sickerte zu uns herab. Ich erstarrte, mein Blut wurde eiskalt. Matt drückte einen Finger an die Lippen und löschte die Lampe.

Das Licht auf dem oberen Teil der Treppen wurde heller, während es näherkam. Schritte hallten herab, trafen in einem bedrohlichen Rhythmus auf die Steinstufen. „Wer ist da?", dröhnte eine tiefe, männliche Stimme.

„Ich sah sie hier hereinkommen", sagte eine Frau.

Mein Körper sank zusammen. Jemand hatte mich gesehen. Ich dachte, ich wäre so klug gewesen, und leise noch dazu.

„Und ich sah ihn", ließ sich die Stimme eines zweiten Mannes hören. Eine Stimme, die ich als die von Mr. Woolley erkannte, dem Mann, der die Verantwortung für die Zuflucht trug. Wenn er uns erkannte, würden wir in schrecklichen Schwierigkeiten stecken.

„Kommen Sie da raus", sagte der erste Mann wieder. Beine in Hosen erschienen auf der Treppe, sie machten vorsichtig einen Schritt nach dem anderen. „Hier ist Schutzmann Lalor. Kommen Sie aus eigenem Antrieb heraus, oder Sie werden verhaftet."

KAPITEL 9

„Versteck dich", flüsterte ich und schob Matt zurück zu einem Stapel Kisten.

Er ging nicht. Er packte mich und zog mich an seine Brust. Er hatte wohl die Lampe abgestellt, denn er hielt mich mit beiden Händen fest. „Ich habe einen anderen Plan", flüsterte er. „Wir haben nichts Verkehrtes gemacht!", rief er dem Schutzmann zu. „Sperren Sie uns nicht ein, Sir!"

Also hatte er vor, sich herauszureden. Da ich Matt kannte, wusste ich, dass es ihm gelingen konnte.

Seine Finger berührten mich an der Kehle, tasteten sich in der Dunkelheit zu meinem Kragen vor. Er öffnete einen Knopf an meinem Kleid, dann noch einen und noch einen, um danach an meinem Unterhemd weiterzumachen.

Also war *das* sein Plan. Ich half ihm bei meiner Oberbekleidung, bis mein Korsett offenlag. Seine Finger ließen von mir ab, und ich hörte Stoff rascheln, als er sich um seine eigene Kleidung kümmerte. Ich beschloss, noch einen Schritt weiter zu gehen und mein Korsett ein Stück nach unten zu ziehen, um die Rundung meiner Brust zu entblößen.

Der Lampenschein des Schutzmannes fiel auf uns. Ich blinzelte und hob eine Hand, um meine Augen abzuschirmen, weil ich wusste, dass die Bewegung die Aufmerksamkeit auf meinen unbekleideten Zustand lenken würde. Dem Keuchen der Frau entnahm ich, dass ich Erfolg gehabt hatte. Das Licht war zu hell, um zu sagen, ob der Schutzmann und Mr. Woolley entsetzt waren.

Matt bemerkte es auch. Er knüpfte mir hastig das Kleid zu, sein Blick war abgewandt. Ob er beabsichtigt hatte, mit den Fingerknöcheln meine bloße Haut zu streifen, ließ sich nicht sagen. Zum Glück war das Licht nicht stark genug, um mein errötendes Gesicht zu zeigen.

Der Polizist senkte die Lampe. „Das sind nur zwei Liebestolle, keine Diebe."

„Und wenn schon!" Es war die Matrone von der Eingangstür mit den geschürzten Lippen. „Zusammenkünfte sind gegen die Vorschriften der Zuflucht! Sie sind strengstens verboten."

Mr. Woolley kam neben ihr zum Vorschein. Er streckte den Kopf vor und spähte in der Düsternis zu uns. Ich senkte das Gesicht, Matt aber nicht.

„Wir haben keine Zusammenkunft", fuhr ihn Matt an. „Wir sind verheiratet."

„Verheiratet oder nicht, Sie treffen sich trotzdem!" Die abgehackten Worte der Matrone hallten von den Wänden wieder.

„Das ist nicht verboten", erklärte Matt. „Stimmt's nicht, Herr Schutzmann?"

„Er hat recht", erwiderte der Schutzmann. „Das ist kein öffentlicher Ort, und wenn sie verheiratet sind …"

„Das ist ungeheuerlich." Die Matrone wandte sich an Mr. Woolley und wies mit dem Kopf auf uns. „Nun? Was sagen Sie zu dieser … dieser Unmoral, Sir?"

Mr. Woolley kam nach unten und näherte sich uns. Mich ignorierte er, während er direkt zu Matt marschierte. Ich beobachtete sie durch gesenkte Augenlider, wie sie einander beäugten. War Matt verrückt geworden? Er hätte wegschauen sollen, ehe Woolley ihn erkannte. Mein Herz hämmerte wie wild, und ich wollte Matt zu einem Schritt nach hinten zwingen. Schließlich tat er es. Ich wagte einen Blick auf Mr. Woolley. Er wirkte zufrieden, dass er diesen Willenskampf gewonnen hatte, aber in seinen Augen lag Gott sei Dank keine Erkenntnis.

„Tut uns leid, Sir", murmelte Matt in seine Brust. „Anne wird ohne mich nervös, sehen Sie, darum habe ich Ihr gesagt, sie soll sich hier unten mit mir treffen. Es ist still, und nur die Mäuse leisten einem Gesellschaft. Kalt schon, aber wir haben ja einander zum Wärmen."

„Nervös?", fragte Mr. Woolley mit schief gelegtem Kopf.

„Ja, Sir. Sie wird ganz zittrig und jammert wie ein Welpe ohne ihren Herrn."

Ein Welpe ohne Herrn! Ich konnte gerade noch verhindern, dass ich die Augen verdrehte.

„Ich verstehe", sagte Mr. Woolley.

„Sie ist eine gute Frau", fuhr Matt fort. Ich hatte allmählich den Verdacht, dass ihm das Ganze Spaß machte. „Verträglich und leicht zufriedenzustellen." Es machte ihm auf jeden Fall Spaß. „Das mag ich an Frauen eigentlich gar nicht mal so. Hab lieber ein feuriges Mädel als ein schüchternes, aber ich kann ja meine Anne nicht verstoßen, nur weil sie ist, wie sie ist, und sie ist eben verrückt nach mir. Stimmt's nicht, Anne?" Sein Bart zuckte, als er grinste.

Also gut. Da er keine Angst hatte, erkannt zu werden, würde ich auch keine haben, doch ich hielt mein Gesicht abgewandt. „Ich wusste nicht, dass du lieber feurige Weiber hast, William", sagte ich und passte mich so gut wie möglich an Matts Akzent an. „Jetzt, da ich es weiß, werden sich die Dinge ändern." Ich nahm ihn an der Hand und führte ihn die Stufen an den anderen vorbei nach oben. „Gleich morgen früh wirst du diese Stelle in der Kanalisation annehmen, die du nicht wolltest, dann gehst du mit unserem ersten Lohn zum Barbier und lässt diesen hässlichen Bart abrasieren."

Wir marschierten durch den Gang und hinaus durch den Schlafsaal der Frauen und dann durch den der Männer. Wir ließen Mr. Woolley und den Schutzmann hinter uns zurück, aber die Matrone hielt mit. Vielleicht wollte sie sichergehen, dass wir auch wirklich weg waren. Wir hatten unsere Lampe im Keller zurückgelassen, doch das spielte keine Rolle. Es ging nur darum, dass wir frei waren.

„Auf Nimmerwiedersehen", sagte die Matrone, als wir die Stufen vorne zur Straße hinabgingen. Die Tür knallte hinter uns zu.

Matt legte einen Arm um mich und zog mich an seine Seite. Er kicherte leise und küsste mich oben auf den Kopf. „Gut gemacht, Mrs. McTavish. Das war eine starke Darbietung."

Ich hätte mich zurückziehen sollen, aber das tat ich nicht. Es fühlte sich warm an, so nah an ihm dran, und sicher. „Mein Akzent war schrecklich. Ich bin mir sicher, das werden sie merken und uns jeden Moment verfolgen."

Sein Arm spannte sich an, und sein leises Lachen drang durch die neblige Luft. „Mit einem Namen wie McTavish hätten wir einen schottischen Akzent versuchen sollen. Nächstes Mal."

„Mein schauspielerisches Talent reicht nicht für Schottisch. Da werde ich so tun müssen, als wäre ich stumm."

„Dann würde ich ja um das Vergnügen deines bissigen Humors gebracht. Du hast es geschafft, mich mit ein paar gewählten Worten in die Schranken zu weisen."

„Ich bin mir nicht sicher, ob die Matrone meinen Ausbruch zu schätzen wusste. Ich schwöre, ihre Lippen waren so verkniffen, dass sie beinahe verschwunden waren."

„Die Matrone hat sehr seltsame Vorstellungen von Männern und Frauen. Sie wäre vermutlich in Ohnmacht gefallen, wenn Sie uns bei einer tatsächlichen Zusammenkunft erwischt hätte."

„Ich weiß nicht, ob irgendetwas die Matrone umkippen ließe. Sie schien mir recht stoisch. Ich frage mich, ob sie rot werden kann."

„Das würden ihre Wangen nicht wagen."

Ich lachte, und er drückte mich wieder. Sein Schritt wurde langsamer, und ich schaute zu ihm auf, nur um zu sehen, dass er sich zu mir wandte. Es war zum Glück zu dunkel, um seine Miene zu erkennen. Ich wollte sein Verlangen nicht sehen. Ich hatte mich entschlossen, ihn davon abzubringen, mich auf *diese* Weise zu mögen, aber bisher stellte ich es ganz furchtbar an. Wirklich, wie konnte ich ihn davon abbringen, wenn es mir solchen Spaß machte, bei ihm zu sein? Dieser Berg schien mir zu hoch, um ihn in diesem Augenblick zu erklimmen, wo doch mein Blut durch die Aufregung dieser Nacht und durch unsere Nähe summte.

„India", sagte er ganz ernst. Viel zu ernst. Er berührte mich am Kinn und drehte mein Gesicht ein wenig. Dann streifte er mit seinen Lippen meine.

Ich zog mich zurück. Ich musste die Stille füllen, aber mir wollte nichts einfallen. Ich war mir nicht sicher, ob ich überhaupt sprechen konnte. Mein Körper bebte, und das würde auch auf meine Stimme zutreffen, sodass sie mich verraten würde. Ich durfte ihn meine wahren Gedanken nicht wissen lassen, was unser Zusammensein betraf. Noch nicht. Nicht, bis es ihm gut genug ging, um mir und England den Rücken zu kehren.

Zum Glück trat Cyclops aus dem Schatten und öffnete die Kutschtür. Sowohl er als auch Matt setzten sich mit mir ins Innere. Ich suchte mit keinem der Männer das Gespräch und vermied es auf der ganzen Fahrt, Matt anzusehen.

Er unterhielt sich leise mit Cyclops, erzählte ihm, wie es in der Unterkunft gelaufen war. Inzwischen lag in seiner Stimme keine Erheiterung mehr, kein Gefühl von Spaß oder Abenteuer.

Duke fuhr direkt zu den Stallungen. Ich wartete, als Matt und Cyclops ihm und dem verschlafenen Stalljungen halfen, das Pferd im Kutschhaus auszuspannen und es in den Stall zu bringen.

„Nun?", fragte Duke, während wir zurück zum Haus trotteten. „Habt ihr Wilsons Namen in den Aufzeichnungen gefunden?"

„Nein", sagte Matt.

Cyclops hob die Lampe, um unsere Gesichter zu sehen. „Wollt ihr eine andere Unterkunft versuchen?"

„Ich glaube nicht, dass das etwas bringt. Etwas über Wilson herauszufinden, wird uns nicht helfen, den Mörder oder das Tagebuch zu finden."

„Außer der Mörder hat Dr. Millroy als Vergeltung für seine Experimente an Mr. Wilson ermordet", sagte ich. „Und Wilsons Aufzeichnungen weisen uns die Richtung zu seiner vorherigen Adresse und der Familie, die er vielleicht hatte."

„Er hatte keine Familie oder Freunde", sagte Matt. „Das hat zumindest Chronos geglaubt."

„Ist das nicht ein trauriger Zustand", murmelte Duke.

„Chronos hat sich vielleicht geirrt", sagte ich.

„Das bezweifle ich." Matt trat gegen das Kopfsteinpflaster.

„Das war eine sinnlose Übung. Ich wünschte, wir hätten uns die Mühe nicht gemacht."

Cyclops und Duke wechselten Blicke, dann schauten sie mich mit fragend erhobenen Brauen an. Ich ging einfach nur weiter.

Wir betraten das Haus über den Personaleingang im Keller. Duke wollte gerade die Tür schließen, als ein Mann mit Laterne die Stufen von der Straße herabkam.

„Wartet auf mich." Es war Willie, kein Mann. Sie grinste mich an und schlug Duke freundlich grüßend auf die Schulter.

Er trat zur Seite, um sie durchzulassen. „Du kommst jetzt erst heim?"

„Ja, und es geht dich nichts an, Duke." Sie schob sich an ihm vorbei und hakte sich bei mir unter. „Wie ist eure Ermittlung gelaufen?"

„Wir haben nichts über den Stadtstreicher erfahren", sagte ich. „Wo bist du gewesen?"

„Hier und dort."

„Hast du Poker gespielt?", wollte Matt wissen.

„Habe ich nicht gerade eben gesagt, dass euch das nichts angeht?", fragte sie hitzig. „Das trifft auf euch alle zu."

„Es geht Matt etwas an, wenn er dich wieder aus Schwierigkeiten herausholen muss", schoss Duke zurück.

„Ich spiele nicht." Sie marschierte weiter, ihre Lampe schwankte im Rhythmus ihrer Schritte. „Himmel, kann man als Frau hier nichts unternehmen, ohne dass jeder seine verdammte Nase hineinsteckt?"

Duke wollte ihr schon nachgehen, hielt aber inne. „Sie hat recht", sagte er zu mir. „Es geht mich nichts an, wenn sie sich einen Mann sucht."

Ich ging langsam mit Duke, während Matt und Cyclops Gute Nacht sagten und mit Willie weitergingen. „Bist du sicher, dass es dich nichts angeht?", fragte ich ihn sanft.

Er zuckte nur mit den Schultern. „So ist es nicht zwischen uns."

„Könnte es aber sein, wenn du ihr sagst, was du empfindest."

Er schüttelte den Kopf. „Kann ich nicht. Ich weiß nicht einmal, was ich empfinde."

„Versuch es doch mal, mir zu erklären. Das könnte helfen, herauszubringen, wie du mit ihr umgehst."

„Dann wollen wir mal." Er stieß die angehaltene Luft aus. „Sie ist frustrierend und macht mich wütend. Sie sagt und tut törichte Dinge, die dazu führen, dass ich sie in der einen Sekunde anbrüllen will, und in der nächsten küssen."

Ich lächelte. „Also willst du sie."

„Schätze schon. Aber was würde passieren, wenn ich sie küsse? Alles würde sich zwischen uns verändern, so ist das. Ich weiß nicht, ob ich will, dass es sich verändert. Mir gefällt es, wie es immer gewesen ist."

„Du hast einfach nur Angst vor Ablehnung. Oder vielleicht hast du Angst vor Veränderung."

„Könnte sein. Ich wollte Amerika nicht verlassen, weil ich mir Sorgen gemacht habe, hier nicht richtig herzugehören. Und jetzt, da ich hier bin, weiß ich nicht, ob ich zurückkehren will."

Das war eine ziemliche Aussage, und keine, die ich von irgendjemandem aus Matts Gesellschaft erwartet hatte. Sie schienen immer so entschlossen, nach Hause zurückzukehren, sobald Matts Uhr repariert war.

„Mir gefällt der Gedanke nicht, dass sie sich mit einem anderen Mann trifft", fügte er hinzu. „Ich verabscheue es, dass sie Geheimnisse und Witze mit jemand anderem teilt. Das war doch immer ich. Wir sind schon ewig Freunde." Er seufzte. „Ich schätze, ich dachte immer, ich wäre der wichtigste Mann in ihrem Leben, abgesehen von Matt. Nun … Nun bin ich das vielleicht nicht, nicht mehr."

Armer Duke. Ich schob meinen Arm durch seinen und lehnte den Kopf an seine Schulter. „Das solltest du ihr sagen."

„Sie wird mich auslachen oder mir sagen, dass ich jämmerlich bin." Da war schon etwas dran. „India … kannst du herausfinden, ob sie einen anderen Mann hat? Mit dir redet sie vielleicht."

„Ich versuche es, aber falls sie sich mir anvertraut und mich bittet, es dir nicht zu sagen, werde ich ihren Wünschen nachkommen." Ich tätschelte ihm den Arm. „Auf jeden Fall ist doch bei Willie alles möglich. Nach allem, was wir wissen, könnte sie überall gewesen sein, ob sie sich nun einen Boxkampf oder ein Theaterstück angesehen hat."

„Warum dann die Geheimnisse?"

* * *

ICH FRAGTE Willie am folgenden Morgen nach einem späten Frühstück, aber sie weigerte sich, mir auch nur ein Detail über ihren nächtlichen Ausflug zu erzählen.

„Sag Duke, er soll sich um seinen eigenen Kram kümmern", sagte sie. Sie wurde auch rot. Das nahm ich als Bestätigung, dass sie tatsächlich eine Liaison mit einem Mann hatte. Ich informierte Duke nicht.

Ich bot an, bei Miss Glass zu bleiben und nicht mit Matt Mrs. Millroy aufzusuchen, aber davon wollte er nichts hören. „Ich dachte, du wolltest mitkommen", sagte er.

„Ja, aber ich sollte doch auch Zeit mit deiner Tante verbringen. Sie wirkt einsam. Und was, wenn sie wieder wegläuft?"

„Wird sie nicht, denn sie wird nicht mehr mit meiner Tante Beatrice ausgehen. Ich habe Willie und Duke gebeten, abwechselnd bei ihr zu bleiben. Sie müssen außerdem einen neuen Kutscher einstellen. Heute kommt ein Mann vorbei. Cyclops wird uns fahren."

Die Witwe von Dr. Millroy wohnte nur ein paar Minuten mit der Kutsche entfernt. Wir hätten zu Fuß gehen können, aber Matt nutzte die Ausrede des unaufhörlichen Nieselregens, um zu fahren. Ich fragte mich, ob er einfach so wenig Zeit wie möglich mit mir verbringen wollte, nachdem unsere Rückkehr letzte Nacht so unangenehm gewesen war. Die Unterhaltung zwischen uns war gestelzt, und sie kam völlig ins Stocken, noch bevor wir ankamen.

Mir fiel es schwer, ihn auch nur anzuschauen. Es war schwer, ihn immer noch so müde zu sehen, sogar nachdem er etliche Stunden geschlafen hatte, aber es war sogar noch schwerer, ihm gegenüber zu sein und zu wissen, dass er Gefühle für mich hatte.

Mich!

Ich hatte im Bett gelegen, mich herumgewälzt, während ich

versucht hatte, mir nicht vorzustellen, wie ich in einer Kirche auf ihn zuging. Hatte es versucht und war gescheitert. Es war unmöglich, nicht von einem Leben mit ihm zu träumen, und es war unmöglich, nicht davon fasziniert zu sein, dass auch er es wollen könnte. Unmöglich, nicht traurig zu sein, dass es dazu nie kommen würde.

„Wir schaffen das, ohne uns in der Gegenwart des jeweils anderen seltsam vorzukommen", sagte Matt, der mein Selbstmitleid unterbrach.

Ich schüttelte leicht den Kopf, während ich lächelte. „Natürlich schaffen wir das. Wir haben eine wichtige Aufgabe vor uns. Wirst du versuchen, sie zu bezirzen, oder soll ich versuchen, sie zu trösten?"

„Wir werden sehen, wie sie reagiert, wenn wir die Geliebte erwähnen."

Auf diesen Teil freute ich mich nicht.

Zum Glück wohnte Mrs. Millroy in demselben Haus, in dem sie bereits während ihrer Ehe mit Dr. Millroy gelebt hatte. Chronos hatte uns die Adresse gegeben, aber er hatte nicht nachgesehen, ob sie noch immer dort wohnte. Das Haus war in einer Gegend, die für hohe Mieten bekannt war, und war mühelos zu Fuß von der Arztpraxis ihres verstorbenen Mannes in der Savile Row aus zu erreichen. Mich erfreute es, zu wissen, dass sie nicht gezwungen gewesen war, auszuziehen, weil ihre Umstände nach seinem Tod ärmlicher geworden waren.

„Sind Sie Mrs. Millroy?", fragte Matt die schlanke, gut gekleidete, grauhaarige Frau, die auf sein Klopfen hin die Tür öffnete.

„Ja. Und wer sind *Sie*?" Ihre gerundeten Vokale erinnerten mich an Miss Glass und ihresgleichen. Sie war auch gekleidet wie Miss Glass, in ein hervorragend geschneidertes Tageskleid, dass ihre geschnürte Taille und schmale Brust zur Schau stellte. Im Vergleich fühlte ich mich dicklich.

„Mein Name ist Matthew Glass, und das ist meine Partnerin Miss Steele. Wir sind private Ermittler, die der Polizei in der Angelegenheit des Mordes an ihrem verstorbenen Ehemann beistehen."

Eine Ankündigung dieser Größenordnung, die so viele Jahre nach dem Ereignis getroffen wurde, hätte mich an ihrer Stelle zurücktaumeln lassen. Aber sie hob lediglich eine dünne, unregelmäßige Augenbraue. „Ich verstehe."

Matt lächelte, aber es war nicht überzeugend. Er hatte bereits erkannt, dass sein Charme bei ihr nicht funktionieren würde. „Dürfen wir hereinkommen, Mrs. Millroy? Das ist keine Angelegenheit für die Veranda."

Sie reagierte auf seinen geschäftsmäßigen Ansatz, indem sie die Tür weiter öffnete. Drinnen war es nicht sehr viel wärmer als draußen. Kein Läufer lag auf den blau-weißen Kacheln in der Eingangshalle, und im Kamin im Wohnzimmer war keine Asche. Jemand hatte jedoch erst sehr kürzlich hier drin gesessen, wenn man nach der benutzten Teetasse auf dem Tisch und der Decke ging, die über die Armlehne des Sessels geworfen war.

Mrs. Millroy faltete die Decke und lud uns ein, uns auf das verblichene Sofa zu setzen. Wie die Eingangshalle war das Wohnzimmer ziemlich nüchtern. Abgesehen von einer wunderschönen Wedgewood-Vase wirkten die paar anderen Kinkerlitzchen wie etwas, dass man von einem Karren in der Petticoat Lane kaufen konnte. „Ich würde Ihnen Tee anbieten", erklärte sie steif, „aber meine Haushälterin hat heute frei."

Sie hatte ihr mitten in der Woche einen freien Tag gegeben? Wie großzügig. „Mrs. Millroy, wir wissen, dass diese Fragen für Sie schwierig werden", sagte ich, „aber wir müssen sie stellen."

„Weshalb? Weshalb will die Polizei jetzt herausfinden, wer meinen Mann umgebracht hat? Er starb vor Jahren."

„Von Zeit zu Zeit machen sie das."

„Unsinn. Ich bin nicht töricht, Miss Steele." Sie mochte ja dünn und alt aussehen, aber sie hatte einen robusten Geist. Es würde mehr als zwei Leute brauchen, die Fragen zum Tod ihres Mannes stellten, um sie aus dem Gleichgewicht zu bringen.

„Jemand hat neue Beweise erbracht", log Matt.

„Welche Beweise?"

„Darüber dürfen wir nicht sprechen, aber Commissioner Munro hat kein Personal, um einen Inspektor zu schicken, weshalb er uns gebeten hat. Wir haben ihm bei anderen Ermittlungen mit einigem Erfolg beigestanden."

Sie blähte die Nasenflügel. „Das ist also der Grad an Bedeutung, den er dem Mord an meinem Mann beimisst, oder? Nicht genug, um seinen Inspektor zu schicken, aber gerade genug, um das Problem an jemand anderen weiterzureichen. Ich vermute, er hofft, Sie werden nichts finden, und dass James' Tod ein weiteres Mal in die Archive geht, wo er Staub sammelt mit den hunderten anderer Verbrechen, die in dieser Stadt ungelöst bleiben." Sie schnalzte mit der Zunge. „Typisch."

„Wir sehen durchaus, dass Sie das empört", sagte ich sanft. „Und auch zurecht. Es muss eine schreckliche Zeit gewesen sein, und die fehlende Auflösung bedeutet auch, dass es Ihnen nicht möglich gewesen ist, richtig um ihn zu trauen."

Sie stieß ein bellendes, bitteres Lachen aus. „Ist das ein Witz?"

„Äh, nein."

„Miss Steele." Sie lehnte die Knie in meine Richtung und verschränkte die Hände im Schoß. „Sie haben recht damit, dass es eine schreckliche Zeit war, aber nicht wegen des Mordes an meinem Mann. Der war beinahe eine Erleichterung."

Ich beugte mich vor, ebenso fasziniert, wie ich entsetzt war. „Fahren Sie fort."

„Ich weiß, dass Sie es bereits wissen, darum muss hier keine Unwissenheit geheuchelt werden. Die Polizei hat die ganzen verdorbenen Tatsachen festgestellt. Sie hat sogar eine Weile geargwöhnt, *sie* hätte es getan, aber sie haben mir gesagt, es gäbe keine Beweise. Vielleicht war sogar ich eine Verdächtige. Ich hätte eine sein sollen, aber das haben sie mir nie gesagt."

Ich verriet ihr nicht, dass sie immer noch eine *unserer* Verdächtigen war.

„Sie sprechen von der Tatsache, dass Ihr Mann eine Geliebte hatte", sagte Matt. Zum Glück übernahm er die Unterhaltung, denn ich fühlte mich nicht wirklich imstande, sie damit zu konfrontieren, nun, da es an der Zeit war.

Sie nickte steif.

„Sie wurden zur Zeit des Mordes an ihm befragt", fuhr Matt fort. „Tatsächlich waren Sie es, die erwähnte, dass er eine Geliebte und einen Sohn hatte, aber Sie sagten nicht, wie lange Sie von ihnen wussten."

„Ich argwöhnte es schon eine Weile, aber wusste es erst einen Monat vor seinem Tod sicher."

„Wie?"

„Er hat es mir erzählt." Sie strich sich mit den Händen über die Knie. „Nun, ich habe ihn konfrontiert, und er hat es mir erzählt. Er kam oft erst spät aus seiner Praxis nach Hause. Das war nichts Neues. Dann kam er nach Hause und roch nach teurem Parfüm. Nicht jede Nacht, aber ausreichend oft, dass ich misstrauisch wurde. Ich habe ihn nicht sofort zur Rede gestellt. Ich nahm an, es würde von selbst aufhören. Es war nicht das erste Mal, dass ich vermutete, er hätte eine Liaison mit einem Flittchen, aber dieses Mal ... Das Parfüm war immer dasselbe."

„Wie lange haben Sie gewartet, ehe Sie ihn zur Rede gestellt haben?", fragte ich.

„Über ein Jahr. Als er anfing, mir gewisse Dinge nicht zuzugestehen, da habe ich beschlossen, dass es nun reichte."

„Nicht zuzugestehen?", forderte Matt sie zum Fortfahren auf.

„Neue Vorhänge, einen Ausflug ans Meer, die besten Fleischstücke, solche Dinge. Ganz plötzlich schienen wir nicht genug Geld zu haben. Also fragte ich ihn direkt, ob er eine andere Frau unterhielt. Er sagte ja, und dass sie kürzlich einen Sohn geboren hätte." Ihre Schultern sanken herab, aber nur einen Augenblick lang, dann richtete sie sich rasch wieder auf.

„Sie haben keine eigenen Kinder", sagte ich sanft.

„Das tut nichts zur Sache. Tatsache ist, mein Mann hat ein weiteres Haus und eine weitere Familie unterhalten."

„Kennen Sie ihren Namen?", fragte Matt.

„Diese Information hat er mit ins Grab genommen. Nicht einmal sein Anwalt wusste es."

„Für das Kind wurde nicht in seinem Testament gesorgt?"

Sie schob das Kinn vor. „Weshalb sollte das denn so sein? Es war nicht James' ehelicher Sohn. Er hat keinen Anspruch auf irgendetwas. Den habe ich." Sie glättete abermals mit den Händen ihren Rock. „Auf jeden Fall hat mir James in seinem Testament nicht viel hinterlassen. Ich muss davon ausgehen, dass er für diese Frau vor seinem Tod eine Menge ausgegeben hat. Vielleicht sollten Sie also dort nach seinem Mörder suchen, Mr. Glass."

„Das würde ich, aber ich weiß nicht, wo *dort* ist."

„Als private Ermittler ist es doch Ihre Aufgabe, das herauszufinden."

„Weshalb sollte sie ihn umbringen, wenn er ihr Geld gab?", fragte ich. „Das ergibt keinen Sinn."

Sie hob eine Schulter. „Vielleicht wollte er sie verlassen. Vielleicht traf er sich mit jemand anderem. Oder vielleicht hatten sie Streit wegen einer ganzen Reihe von Dingen. Es gibt viele Gründe, Miss Steele. Wenn Sie sich anstrengen, fallen Ihnen vielleicht sogar ganz allein welche ein."

Ich stutzte. Es gab doch keinen Grund, unhöflich zu sein.

„Was sonst können Sie uns noch über die Nacht seines Mordes sagen?", fragte Matt.

„Nichts. Ich war hier, wie ich es der Polizei mitteilte."

„Dr. Millroy wurde am Bright Court, Whitechapel gefunden. Wissen Sie, weshalb er dort war?"

„Er hatte keine Patienten in Whitechapel, keine Freunde oder Bekannte, von denen ich wusste. Ich kann nur spekulieren, dass er seine Geliebte und seinen Sohn besuchte. Entweder das, oder er hatte noch ein weiteres Geheimnis vor mir. Vielleicht sollten Sie die Anwohner befragen, ob sich jemand an ihn erinnert."

„Das haben wir getan."

Sie hob eine Augenbraue. „Und?"

„Und unsere Ermittlungen dauern an."

Sie kniff die Augen zusammen. „Ich würde gerne informiert werden, wenn Sie irgendetwas herausfinden."

Ich war geneigt, ihr eine Absage zu erteilen, aber Matt meldete sich zuerst zu Wort. „Wir werden Sie auf jeden Fall über alles in Kenntnis setzen, das Sie wissen müssen."

Sie presste die Lippen aufeinander. Es war nicht ganz das, worum sie gebeten hatte, aber er hatte es so formuliert, dass sie nicht widersprechen konnte.

„Sagt Ihnen der Name Nell Sweet etwas?", fragte Matt.

Ihre Augen blitzten. „Ist das ihr Name?"

„Was ist mit Chronos?"

Mrs. Millroy versteifte sich.

„Dieser Name ist Ihnen vertraut", fuhr Matt fort.

„Ja", sagte sie. „Natürlich ist es nicht sein echter Name. Ich kenne ihn nur als Chronos. Er war ein Uhrmacher und ein

Bekannter meines Mannes. Glauben Sie …" Sie verlagerte das Gewicht auf ihrem Sessel. „Glauben Sie, er hatte etwas mit dem Mord an James zu tun?"

„Nein", sagte ich zum selben Zeitpunkt, zu dem Matt sagte: „Möglicherweise."

Ich funkelte ihn an, aber er beachtete mich nicht. Er schaute direkt Mrs. Millroy an, und sie erwiderte den Blick geradewegs, als würde sie von ihm hypnotisiert.

„Ihr Mann war ein Magier", fuhr Matt fort. Er war wie eine Dampflok, wurde immer schneller, während er den Hügel hinabrauschte, krachte durch alle Barrieren auf seinem Fahrweg. Ich hätte jetzt kein Hindernis auf den Gleisen sein wollen. Mrs. Millroy antwortete ihm wohl besser wahrheitsgemäß, denn er würde nicht anhalten, bis er zufrieden war.

Sie nickte schwach. „Das war er. Genauso wie dieser Uhrmacher Chronos, aber ich vermute, das wissen Sie bereits."

„Hatte Ihr Ehemann noch Familie?", drängte Matt.

„Einen Vetter, aber ich weiß nicht viel über ihn, außer, dass er inzwischen tot ist und keine Kinder hat. Er war auch ein Arzt und lebte einige Zeit in Amerika. Ob er ein Magier war oder nicht, könnte ich Ihnen nicht sagen."

Dr. Parsons war dieser Vetter, aber weder Matt noch ich gaben diese Information preis.

„Und Sie wissen bereits, dass wir zusammen keine Kinder hatten", fuhr sie fort. „Natürlich könnte James' Bastard magisch sein, aber ich weiß nicht, wo man mit der Suche nach ihm beginnen sollte. Ist das der wahre Grund, weshalb Sie hier sind? Um einen Arztmagier zu finden?" Ihre Lippen verzogen sich, als würde sie der Gedanke anekeln. „Sie sind doch alle gleich. Sie wollen seinen Mörder nicht wirklich finden, oder? Sind Sie also krank? Stirbt einer von Ihnen?"

„Scotland Yard hat uns geschickt", erklärte ich ihr. „Fragen Sie Commissioner Munro oder Kriminalinspektor Brockwell, wenn Sie eine Bestätigung brauchen."

„Die Gilde der Wundärzte wusste, dass Ihr Mann magisch war", drängte Matt weiter. „Sie haben es kurz vor seinem Tod herausgefunden und ihn zur Rede gestellt. Vielleicht haben sie ihn umgebracht."

Ihre Lippen öffneten sich zu einem leisen Keuchen. Ihr Blick musterte seinen, dann fiel er auf ihre Hände. Diese Hände waren plötzlich ziemlich beschäftigt, sie rang sie im Schoß. „So etwas würden sie doch nicht tun. Sie sind *Ärzte*. Sie bringen keine Leute um."

„Sie haben Ihnen erzählt, dass er ein Magier ist, oder nicht?", fragte Matt.

Ihre Augen verrieten sie, ehe sie sie schloss und ganz leicht nickte. „Es war niemand aus der Gilde. Das kann nicht sein. Dr. Ritter leitet inzwischen das London Hospital, ein sehr respektabler Mann."

„Wie hat er reagiert, als Sie es ihm erzählt haben?"

Sie runzelte die Stirn, dann rieb sie sich mit der linken Hand darüber. Sie trug keinen Ehering. „Es war seltsam. Er war nicht schockiert. Er wirkte erleichtert. Ich glaube, er war neidisch auf James' Talent, und Magie erklärte dieses Talent. Ärzte legen vor allem anderen Wert auf ihre Bildung. Ihnen ist es wichtig, wo ein Arzt oder Wundarzt studiert hat, und bei wem. Zu erfahren, dass James' Talent angeboren war, nicht erlernt, gab Dr. Ritter eher das Gefühl, ihm gleichzukommen, wo das vorher nicht der Fall gewesen war."

„Haben Sie sonst jemandem von der Magie ihres Mannes erzählt?", fragte Matt.

Sie schüttelte den Kopf. „Nur der Gilde." Sie wirkte zufrieden mit sich, und ich wusste, dass sie es aus Vergeltung für die Untreue ihres Ehemanns getan hatte. Ein Teil von mir verzieh ihr.

„Und die Gilde der Uhrmacher?", fragte ich. „Haben Sie ihnen von Chronos' Magie erzählt?"

Sie musterte ihre verschränkten Hände. „Dr. Ritter hat die Gilde der Uhrmacher in Kenntnis gesetzt. Als ich von dem Experiment erzählte, das an dem Obdachlosen durchgeführt worden war, bat mich Dr. Ritter um den Namen des zweiten Magiers, deshalb erzählte ich ihm von Chronos. Da ich seinen wahren Namen nicht kannte, beschrieb ich sein Aussehen. Er sagte, es wäre seine Pflicht, den Meister der Uhrmachergilde zu informieren. Es hatte nichts mit mir zu tun."

„Sie haben ihn in schreckliche Schwierigkeiten gebracht!",

rief ich. „Wie konnten Sie das jemandem antun, den Sie kaum kannten, nur weil Sie Rache an Ihrem Ehemann nehmen wollten?"

„Chronos war am Tod eines Mannes beteiligt, Miss Steele. Deshalb habe ich es getan. Er hat es nicht verdient, damit davonzukommen. Obwohl er es in gewisser Weise tat, indem er starb." Sie hatte nun ganz aufgequollene, rote Wangen, weiße Lippen und geblähte Nasenflügel, wie ein rasender Stier. „Ich habe gehört, Chronos sei kurz nach James verstorben, deshalb hat keiner von ihnen für das Verbrechen bezahlt, das sie an diesem armen Mann begangen haben. Seine Familie hat niemals Gerechtigkeit erfahren."

„Er hatte keine Familie", sagte Matt.

„Sind Sie sicher?"

Matt und ich wechselten einen Blick. „Man hat uns mitgeteilt, dass er ein Obdachloser namens Mr. Wilson war, der keine Freunde oder Familie hatte. Er lag im Sterben, ohne Hoffnung auf Genesung."

„Einiges davon mag stimmen, aber anders als Sie traue ich meiner Quelle nicht." Mrs. Millroy sah aus, als würde sie gleich ein Gewinnerblatt im Poker ablegen. „Mein Ehemann war ein Lügner und ein ichbezogener, angeberischer Mann mit lockerer Moral. Er kam jeden Abend aus seiner Praxis nach Hause und log mir über ein Jahr lang ins Gesicht, als ich ihn fragte, ob er lang gearbeitet hatte. So verhält sich kein vertrauenswürdiger Mann."

„Haben Sie einen Beweis, dass der Obdachlose eine Familie hatte?", fragte Matt.

„Ich habe selbst mit dem Mann gesprochen. Ich habe James eines Abends in seiner Praxis in der Savile Row besucht, in der Hoffnung, ihn dort nicht anzutreffen. Jedoch war er dort, zusammen mit Chronos. Das war das erste und einzige Mal, dass ich dem Uhrmacher begegnet bin. Ich vermutete, was sie vorhatten, da James schon jahrelang von einem solchen Experiment gesprochen hatte, aber er hatte noch nie zuvor einen Uhrmacher-Magier getroffen. Als ich den kranken Mann auf dem Bett liegen sah, wusste ich, was sie an jenem Abend tun würden." Sie schüttelte den Kopf, wirkte aber durch die Erinnerung nicht allzu verstört. Es war eher die Erzählung einer fernen Beobachterin, keiner Teilnehmerin. „Ich sprach ganz kurz mit dem Mann, bevor James befahl, dass ich ging. Er sagte, sein Name wäre Wilson, und dass er ein Kind und eine Frau hätte, die er aber verloren hatte. Ich nahm an, das bedeutete, sie wären verstorben, aber ich könnte mich auch irren. Er war sehr verwirrt, seine Worte waren schwer zu verstehen, doch ich denke, er hatte einige Zeit in einem Nachtasyl verbracht, und er hatte vor, später am Abend dorthin zurückzukehren." Sie schüttelte ein weiteres Mal den Kopf. „Er glaubte, Chronos und James würden ihn heilen."

„Das taten sie nicht" sagte ich bedrückt.

„Offensichtlich war die Magie unvollkommen. Aber das ist nur Kleinkram, Miss Steele. Die Sache, die Sie anscheinend nicht begreifen, ist, dass sie das Leben jenes Mannes eher beendet haben, als Gott es vorgesehen hatte."

„Das wissen Sie nicht."

„Und Sie wissen es genauso wenig." Da hatte sie recht.

„Weshalb sind Sie nun überhaupt daran interessiert, ob der Mann eine Familie hatte?", fragte sie Matt. „Für den Mord an meinem Mann ist das unwichtig."

„Seine Familie hat vielleicht Rache an Ihrem Mann gesucht", sagte Matt.

„James wurde von seiner Geliebten oder jemandem ermordet, der ihr nahestand. Einem anderen Geliebten, einem rachsüchtigen Familienmitglied … Suchen Sie nach ihr, und Sie werden den Mörder finden."

„Sie wirken überzeugt. Weshalb?"

„Es ist keine Missgunst, falls Sie das glauben."

Matt hob ergeben die Hände.

„Es ist nur gesunder Menschenverstand, nicht mehr als das", sagte sie. „Wenn nicht sie, dann ein Gelegenheitsdieb, der zu weit ging."

„Also wissen Sie überhaupt nichts über sie?", fragte ich. „Hat er jemals den Namen fallen lassen, oder den seines Sohnes?"

„Nein."

„Ging er jemals irgendwohin, wo er nicht sein sollte?"

„Zum Bright Court in der Nacht seines Todes", entgegnete

sie mit hochgezogenen Augenbrauen, die nahelegten, dass ich dumm war.

„Sie glauben, seine Geliebte lebte in einem der dreckigsten Elendsviertel von London?" Ich war geneigt, ihr einen ebenso herablassenden Blick zukommen zu lassen wie sie mir, schaffte es aber, meine Züge im Zaum zu halten.

Sie zuckte mit den Schultern. „Das ist unwahrscheinlich. Ihm war Sauberkeit wichtiger als andere Dinge. Sauberkeit und gute Zähne."

Die Zähne der alten Nell mochten vor Jahren besser gewesen sein, aber in Whitechapel kroch der Dreck aus jedem zerbröselten Ziegelstein. Das hatte sich in siebenundzwanzig Jahren nicht geändert, trotz der Versuche der Behörden, das Elendsviertel aufzuräumen.

„Was ist mit seinen Patienten?", fragte Matt nachdenklich. „Hat er je mit Ihnen über sie gesprochen?"

„Anfangs ja", erwiderte sie leise. „In späteren Jahren hatten wir uns auseinandergelebt, und er hörte auf, sich mir anzuvertrauen, außer ich stellte eine konkrete Frage. Er war bei Frauen immer ein recht charmanter Mann. Zusammen mit seiner Magie bedeutete es, dass die Patienten Schlange standen, um von ihm behandelt zu werden."

„Was ist mit Mitarbeitern?", fragte Matt. „Hatte er jemanden, der seine Termine vereinbarte, Briefe schrieb und so weiter?"

„Natürlich. Anfangs machte ich das, aber als er erfolgreicher wurde, beschloss ich, dass meine Zeit zu Hause besser verbracht war. Er stellte im Verlauf seines restlichen Lebens zwei Frauen ein. Eine heiratete und war nicht mehr bei ihm angestellt, und Miss Chilton, die zweite, war bis zum Ende bei ihm. Und nein, sie war nicht seine Geliebte. Sie war eine alte Jungfer, um die dreißig Jahre alt. Ich verlor nach James' Tod den Kontakt zu ihr. Sie hatte während dieser Zeit kein Kind, weder von ihm noch von sonst jemandem. Das wäre mir aufgefallen."

Matt holte einen Block und einen Bleistift aus seiner Jackentasche. „Darf ich ihren vollen Namen und die letzte bekannte Adresse erfahren, bitte?"

„Miss Abigail Chilton." Sie holte ein tragbares Schreibpult aus einem Regal in der Ecke und stellte es auf den Tisch. Daraus nahm sie ein kleines Büchlein hervor und blätterte durch die Seiten, bis sie fand, was sie suchte. „Sie wohnte in der Theberton Street Nummer 23, Islington. Ob sie dort noch wohnt, kann ich nicht sicher sagen."

Matt schrieb die Adresse in sein Notizbuch. „Was ist mit den Patientenakten?", fragte er, ohne aufzuschauen. „Haben Sie sie behalten?"

Sie schlug das Schreibpult zu. „Ich habe sie vernichtet. Weshalb sollte ich sie behalten?"

Verdammt. Sie hätten nützlich sein können, falls die Geliebte eine Patientin von Dr. Millroy gewesen war.

„Was ist mit seinem Tagebuch?", fragte Matt.

Sie blieb sofort stehen, das Schreibpult in der Hand, ehe sie weiterging. Sie verstaute das Pult sorgfältig wieder auf dem Regal und ließ sich Zeit dabei. „Also wollen Sie seine Magie. Und ich dachte, Sie würden mir die Wahrheit erzählen und wollten diese Frau zur Rechenschaft ziehen."

„Das Tagebuch wurde nicht bei seinem Leichnam gefunden", beharrte Matt. „Wenn er es bei sich hatte, hat der Mörder es wohl mitgenommen. Aber das wissen Sie bereits, Mrs. Millroy. Ist es möglich, dass er das Tagebuch in jener Nacht nicht bei sich hatte? Hat er es zufälligerweise hier gelassen, oder in seiner Praxis an der Savile Row?"

„Es war nicht hier, und ich habe es nicht bei den Papieren in seiner Praxis gefunden, als Miss Chilton und ich sie ausräumten. Er hat es immer bei sich getragen. Das habe ich der Polizei schon erzählt, aber ich habe ihnen nicht erzählt, welche Geheimnisse er darin verwahrte. Sie scheinen jedoch erraten zu haben, dass er Zauber darin aufschrieb, unter anderen Dingen."

„Zauber? Mehrzahl?", fragte ich verwundert. Chronos kannte nur einen.

„Ich weiß nicht, wie viele. Die meisten davon konnte er nicht anwenden."

„Weshalb nicht?"

„Ich bin kein Magier, Miss Steele, aber ich glaube, es hatte etwas damit zu tun, nicht zu wissen, wie man die Worte genau ausspricht. Sie sind kompliziert, fremd."

„Die Zauber in diesem Tagebuch wurden von seinen Vorfahren weitergereicht", sagte ich. „Richtig?"

„Deuten Sie an, dass James für das Tagebuch und die Zauber darin getötet wurde?", fragte sie, ohne mir zu antworten.

„Das ist eine Möglichkeit."

„Das sehe ich anders."

„Weshalb?"

„Weil sehr wenige Leute wissen, wie wichtig das Tagebuch war. Nur ich und vermutlich Chronos. Mein Ehemann war vorsichtig. Er besprach die Magie nicht mit vielen Leuten, und ganz bestimmt nicht mit Kollegen. Die Gilden sind mächtig und gefährlich, und sie mögen keine Magier. Er hätte nie das Risiko auf sich genommen, außer bei jemandem, dem er völlig vertraute."

„Er hat *Ihnen* vertraut, und Sie haben ihn verraten, Mrs. Millroy", sagte Matt, der stählerne Unterton in seiner Stimme nicht zu überhören. „Sie haben der Gilde der Wundärzte von seinem Experiment und seiner Magie erzählt."

„Er hat einen Menschen getötet! Man musste ihn aufhalten."

Matt ballte die Hände auf den Knien zu Fäusten, dann streckte er die Finger aus, als würde er seinen Frust herauslassen.

„Die Frage ist", sagte sie zu ihm, „woher wissen *Sie* von dem Tagebuch? Wer hat es Ihnen gesagt?"

Jemand hüstelte, und Schritte erklangen auf den Stufen nach oben. Mrs. Millroy erhob sich plötzlich und marschierte zur Tür des Wohnzimmers.

„Morgen, Mrs. Millroy", kam die Stimme eines Mannes, gefolgt von einem weiteren Husten. „Ich habe Stimmen gehört."

„Ich habe Besucher", erklärte sie ihm.

Er kam in Sicht, spähte über ihren Kopf hinweg auf uns. Er war ein junger Mann mit blonden Haaren, die einen Kamm nötig gehabt hätten, und Kleidern, die wirkten, als hätte er darin geschlafen. Er winkte uns fröhlich zu, dann unterdrückte er ein Gähnen.

„Gibt es Frühstück?", fragte er Mrs. Millroy.

„Wie ich Ihnen schon sagte, wird Frühstück vor neun Uhr

serviert. In der Küche finden Sie Porridge, aber das wird kalt sein."

Er stöhnte. „Schon wieder Porridge? Und kalt? Sie wissen aber schon noch, dass ich Sie für Bett *und* Frühstück bezahle." Er stapfte davon und drückte mit jedem dröhnenden Schritt sein Missfallen am kalten Frühstück aus.

„Mein Untermieter", erklärte sie.

Nun war mir klar, weshalb sie behauptet hatte, ihre Haushälterin hätte mitten in der Woche frei. Sehr wahrscheinlich hatte sie keine Haushälterin mehr und hatte Untermieter aufgenommen, um ihre finanzielle Situation zu verbessern. Das erklärte auch ihre mitgenommene Einrichtung. Trotz ihrer überheblichen Art hatte sie zu kämpfen wie Tausende andere Witwen in der Stadt.

„Danke für Ihre Hilfe, Mrs. Millroy", sagte Matt und hielt ihr die Hand hin. „Ich weiß, dass es nicht leicht für Sie gewesen ist, mit uns zu sprechen, aber ich versichere Ihnen, wir sind entschlossen, den Mörder Ihres Mannes zu finden."

Sie schüttelte ihm die Hand und wirkte dabei sogar zufrieden. „Und ziehen Sie sie zu Rechenschaft", fügte sie an.

Sie begleitete uns hinaus, und Matt gab Cyclops die Adresse von Miss Chilton.

„Mrs. Millroy denkt eindeutig, die Geliebte sei schuldig", sagte ich.

Matt lächelte. „Wie kommst du auf diesen Gedanken?"

„Ich lese ganz hervorragend die Zeichen." Er lachte. „Es fiel mir schwer, sie zu mögen", fügte ich an. „Mitgefühl, ja, aber ich mochte sie nicht. Macht mich das zu einer schrecklichen Person? Sollte ich als Frau nicht auf ihrer Seite stehen? Ihr Mann hat sie schrecklich falsch behandelt."

„Du bist der beste Mensch, den ich kenne, India", sagte er, ohne in seinem Lächeln zu wanken. „Mrs. Millroy verdient es nicht, gemocht zu werden, nur weil ihr Mann sie schrecklich behandelt hat. Sie verdient Mitleid, aber keine Sympathie. Was also hältst du von dem, was sie gesagt hat?"

„Sie war ehrlich, vielleicht sogar brutal ehrlich."

„Sie könnte auch eine hervorragende Lügnerin sein."

„Stimmt, aber weshalb lügen?"

„Um mit dem Finger auf die Geliebte zu zeigen."

Ich nickte langsam. „Glaubst du, der Stadtstreicher hatte Familie, wie sie behauptete? Weshalb sollte sie darüber lügen?"

„Ich kann mir keinen Grund vorstellen. Es scheint allerdings, Wilsons Frau und Kind wären vor ihm gestorben."

„Armer Mann. Kein Wunder, dass er seinen Weg verloren hat. Vielleicht auch seinen Lebenswillen."

Matt holte Luft und wackelte mit dem Finger. „Wenn das so ist, weshalb hat er dann zugestimmt, beim Plan der Magier mitzumachen? Das spricht von unbedingtem Lebenswillen, keinem Todeswunsch."

„Ja", sagte ich nickend. „Da ist etwas dran. Vielleicht hat er nicht gemeint, dass seine Familie gestorben war, als er Mrs. Millroy erzählte, dass er sie verloren hätte. Vielleicht hat er gemeint, dass … Was?"

Matt zuckte mit den Schultern. „Das ist eine gute Frage."

* * *

Miss Chilton lebte nicht mehr in der Theberton Street. Die neuen Mieter hatten noch nie von ihr gehört, wohnten aber erst seit fünf Jahren dort. Einer der Nachbarn in der Nähe lebte schon länger in der Straße und erinnerte sich, dass Miss Chilton geheiratet hatte und weggezogen war.

Ich fühlte mich ausgelaugt, als wir wieder in die Kutsche stiegen, aber Matt war etwas hoffnungsvoller.

„Wir können das Heiratsregister der örtlichen Gemeindekirchen überprüfen", sagte er. „Sehr wahrscheinlich ist sie in einer davon verheiratet worden."

„Das Standesamt wird die Aufzeichnungen haben" erklärte ich ihm.

„Dann werde ich meinen Anwalt darauf ansetzen, während wir unsere Ermittlungen anderswo weiterführen. Wir sind auf dem richtigen Weg, India. Das spüre ich."

Ich spürte nichts, aber ich lächelte mit ihm, um ihm nicht seine gute Laune zu verderben.

Cyclops fuhr uns nach Hause, aber wir kamen nicht einmal bis zur Tür, ehe sie aufflog und Willie die Stufen herablief, Duke auf den Fersen. Er lief ihr jedoch nicht hinterher, um sie aufzuhalten. Er war ebenfalls ganz begierig darauf, uns zu erreichen.

Willie schob Matt eine Zeitung hin. Es war eine Kopie der *Weekly Gazette*, auf einer Innenseite geöffnet. Ihr Atem kam so abgehackt, dass sie nicht sprechen konnte, stattdessen nur mit dem Finger auf einen Artikel tippte, über dem stand: MAGIE: BEWEIS FÜR IHRE EXISTENZ.

Geschrieben von Oscar Barratt.

„India", murmelte Duke, „was hast du getan?"

KAPITEL 10

Ich drückte mir eine Hand auf die Brust, doch mein Herz schlug weiter wie wild. Ich musste den Artikel zweimal lesen, um ihn zu verstehen, und selbst dann konnte ich ihn nicht ganz ergründen. Ich verstand die Worte, aber nicht den Verrat. Wie konnte Oscar das tun? Wir hatten beschlossen, keinen solchen Artikel zu schreiben. Oder nicht? Oder hatte ich es beschlossen und war davon ausgegangen, dass er zustimmte?

„Matt", setzte ich an. Ich schüttelte den Kopf und starrte weiter auf die Zeitung in seinen Händen, meine Gedanken waren betäubt.

Was hatte das zu bedeuten? Was würde nun passieren?

Ich las den Artikel ein drittes Mal. Ich konzentrierte mich sehr darauf, aber ich konnte immer noch nicht begreifen, warum Oscar mir das antun wollte, den anderen Magiern, sogar sich selbst und seiner Familie. Er hatte Argwohn an die Türschwelle eines jeden Handwerkers und jeder Handwerkerin gebracht, die überragende Fähigkeiten besaßen.

Sein Artikel sprach davon, dass Magie geheim gehalten wurde, um die Magier vor eifersüchtigen Gildenmitgliedern zu schützen. Er schrieb über die Art, auf die sie vererbt wurde, wie blaue Augen oder schwarze Haare. Er beschrieb, was Magier mit ihren Zaubern machten, nutzte Beispiele von Schreinern, Bootsbauern, Juwelieren, Papierherstellern und vielen anderen. Er schrieb von Kartenzeichnern, Goldschmieden und Uhrmachern, nannte aber keine Namen. Tintenmagier oder Ärzte wurden nicht erwähnt.

Meine Beine zitterten. Meine Sicht wurde ganz verschwommen. Mein Herz raste zu schnell, zu heftig. Ich ging, um mich auf die Stufe zu setzen, stellte aber fest, dass Matts Arm um mich lag und mich stützte. Er bugsierte mich in das Haus, Duke und Willie hinter ihm her.

„India?" Miss Glass' Stimme hatte noch nie so klar und stark geklungen. „India, was ist passiert? Bist du krank?"

Ich setzte mich auf das Sofa im Salon. Miss Glass machte eine Menge Aufhebens um mich, bauschte Kissen auf, gab Befehle. Ich konnte nicht an ihr vorbeisehen. Ich konnte Matt nicht sehen. Ich musste ihn sehen. Musste ihn wissen lassen, dass ich diesen Artikel nicht guthieß.

„Matt." Meine Stimme war rau. „Matt." Miss Glass wollte mich dazu bewegen, mich hinzulegen, aber ich scheuchte sie weg.

Sie machte ein finsteres Gesicht. „Bleib dort liegen, bis der Doktor kommt, India."

„Ich brauche keinen Doktor."

„Du hattest einen Schwächeanfall."

„Mein Korsett ist zu eng."

Ihre Augen wurden groß. „Du ziehst dich nicht hier im Salon aus!"

„Tante", tadelte Matts feste Stimme. „India braucht einfach nur Luft."

Ich musste diesen Artikel noch einmal lesen und alles katalogisieren, was Oscar geschrieben hatte. Und dann würde ich zu seinem Bureau marschieren und verlangen, dass er eine Richtigstellung abdruckte.

Wie konnte er das nur tun?

„Matt", sagte ich wieder. „Können wir allein sprechen?"

„Nein", rief Miss Glass, ehe er antworten konnte. Sie ging aus dem Weg, sodass ich ihn sehen konnte.

Er stand mitten im Raum, die Arme vor der Brust verschränkt, jeder Muskel angespannt. Sein Blick streifte mich von oben bis unten. Dann drehte er sich um und ging hinaus.

Ich sah davon ab, ihm nachzulaufen. Ich schloss die Augen, um den Anblick von Willie und Duke auszublenden, die mich anfunkelten, als stünde mein Name in der Verfasserzeile und nicht der von Oscar. Ich sank zurück in das Sofa und stöhnte.

„Wie konntest du nur?", jammerte Willie. „Ist irgendetwas in deinem Gehirn locker geworden, India?"

„Wovon redet ihr da?", fragte Miss Glass.

Niemand antwortete.

„Duke, gib mir diese Zeitung", sagte sie.

Er seufzte und reichte sie ihr. Sie blätterte durch die Zeitung, hielt bei dem fraglichen Artikel inne. Sie las ihn rasch und senkte die Zeitung. „Oscar Barratt ist dein Freund, India."

„Bekannter", sagte ich in meiner Brust. „Wie konnte er mir das antun? Wir waren einer Meinung, nichts zu veröffentlichen."

„Aber ihr habt es besprochen", sagte Duke mit einem Kopfschütteln.

„Du verdammte Närrin", fuhr Willie mich an. „Weißt du, was jetzt passieren wird?"

„Jedes Mitglied jeder Gilde wird sich gegen jene wenden, die besser sind, begabter als sie selbst", sagte ich. „Ja, Willie, ich bin mir sehr bewusst, was nun passieren wird. Darum haben Oscar und ich die Übereinkunft getroffen, deswegen nichts zu unternehmen."

„Sieht so aus, als wäre er nicht dieser Meinung gewesen", sagte Duke.

Miss Glass machte ein missbilligendes Geräusch. „Jetzt kommt schon. Das wird doch keiner glauben."

„Wollen wir es hoffen", sagte Willie.

Ich schob mich aus dem Sofa hoch. „Ich muss Matt sehen. Ich muss es erklären."

„Was erklären?", knurrte Willie. „Dass du und Oscar euch hinter seinem Rücken verschworen habt?"

„Du bist albern, Willie. Niemand hat sich verschworen. Wir haben die Pro- und Contra-Argumente besprochen, das ist alles, dann haben wir beschlossen, dass es eine schlechte Idee wäre, die Magie an die Öffentlichkeit zu bringen."

Sie schnappte sich die Zeitung aus Miss Glass' Hand. „Wenn

du mit Barratt nicht darüber gesprochen hattest, hatte er das nicht geschrieben!" Sie knallte die Zeitung auf den Tisch.

„Miss Glass hat recht", sagte ich. „Niemand wird es glauben."

„Jene, die etwas argwöhnen, schon! Jene, die Dinge gesehen haben, die sie sich nicht erklären können, schon! Jene, die jemals Kundschaft an einen besseren Handwerker als sie selbst verloren haben, schon!"

„Was, wenn das nur der Anfang ist?", fragte Duke. „Was, wenn das zu weiteren Untersuchungen führt? Weiteren Racheaktionen und Angriffen von aufgebrachten Bürgern? Himmel, India, da werden Uhrmacher erwähnt."

Das war der schlimmste Teil. Ich hatte gedacht, Oscar wäre mein Freund. Ich hatte gedacht, er mochte mich um meinetwillen. Offenbar hatte er mich nur für das gemocht, was ich ihm über Magie erzählen konnte. Noch ein weiterer Mann, den ich ganz und gar falsch eingeschätzt hatte.

Ich senkte den Kopf in die Hände und schloss die Augen, um nicht drauflos zu weinen. Ich war so töricht. So außerordentlich, erbärmlich töricht.

„Darum ist Matt wütend", sagte Duke sanfter. „Er macht sich Sorgen, dass jemand dich damit in Verbindung bringt, denn du bist eben eine …"

Ich schaute auf, um zu sehen, weshalb er mitten im Satz innegehalten hatte. Er und Willie starten Miss Glass an, die Münder fest verschlossen. Miss Glass jedoch starrte mich an, ihre Augen groß wie Untertassen.

„Du bist eine … eine Magierin, India?", flüsterte sie.

Teufel auch. Nicht jetzt.

Aber es war zu spät. Wir hatten vergessen, dass sie nichts über Magie wusste, und nun musste ich ihr die Wahrheit erzählen. Ich konnte davon nicht abrücken. „Ja, das bin ich."

„Oh." Ihre Augen wurden unscharf, ihre Züge schlaff. „Ich fühle mich am Meer sehr wohl, du nicht? Vielleicht bringt Harry mich hin, wenn er nach Hause kommt. Weißt du, wann er nach Hause kommt, Veronica?"

Ich seufzte, wollte sie plötzlich auf ihr Zimmer bringen und mich dort mit ihr verkriechen, doch das konnte ich nicht. „Duke, hol Polly."

„Wer ist Polly?", fragte Miss Glass mit dünner Stimme.

„Ihr Zimmermädchen."

„Nein." Sie schüttelte den Kopf. „Du bist mein Zimmermädchen, Veronica. Dummes Mädchen."

Polly kam mit Mrs. Bristow im Schlepptau. Miss Glass ging ganz zahm mit ihnen. Ihr Abgang ließ mich sogar noch niedergeschlagener zurück, doch auch entschlossener, mit Matt zu sprechen.

Mit einem Atemzug zur Stärkung erhob ich mich, nur um Chronos eintreten zu sehen. „In diesem Haus herrscht eine Art Aufruhr", sagte er mit einem Blick über die Schulter. „Was ist passiert?"

Duke warf ihm die Zeitung zu. Ich hielt es für einen guten Zeitpunkt, um zu gehen.

Ich kam nicht weiter als bis zur Eingangshalle. Dort stand Matt, der von Bristow seinen Hut entgegennahm. Peter lief von der Rückseite des Hauses herbei. „Mr. Cyclops kehrt jetzt mit dem Fahrzeug zurück, Sir."

„Ich komme mit dir", erklärte ich Matt.

Er warf mir einen finsteren Blick zu. „Du weißt nicht, wohin ich gehe."

„Natürlich weiß ich das. Glaube mir, ich habe genauso viel zu Oscar Barratt zu sagen wie du. Vielleicht mehr."

Sein Stirnrunzeln vertiefte sich.

Bristow öffnete die Eingangstür, als Cyclops gerade mit der Kutsche an den Stufen stehenblieb. Matt wechselte rasch ein paar Worte mit ihm, und Cyclops' Blick begegnete über Matts Kopf hinweg meinem. Ich wartete nicht, dass man mir in die Kutsche half.

„Ich weiß, dass du mir nicht glaubst", sagte ich zu Matt, als er sich mir gegenüber hinsetzte, „aber ich habe Oscar nicht gebeten, diesen Artikel zu schreiben. Wir haben darüber gesprochen, kamen aber zu dem Schluss, dass die Risiken zu hoch sind, um der Welt die Magie zu enthüllen. Zumindest dachte ich, dass wir beide zu demselben Schluss gekommen sind."

„Ich glaube dir, India."

„Wirklich? Weshalb dann das finstere Gesicht?"

„Kann ich nicht ein finsteres Gesicht machen und dir trotzdem glauben?"

„Nein! Heb es dir für Oscar auf. Ich will nur dein Lächeln, deinen klaren Blick und deinen Charme." Ich schniefte, weil mir klar war, wie albern das klang, und wie unfair es von mir war, aber es war mir nicht möglich, die Melancholie abzuwehren. „Du bist wütend auf mich, Matt. Das weiß ich doch."

„Nicht wütend", sagte er, doch sein abgehackter Tonfall legte etwas anderes nahe.

Er wandte sich ab, um aus dem Fenster zu starren, und ich schaute durch das andere hinaus. Die Minuten vergingen in quälender Stille. Anstatt mich auf Matt zu konzentrieren, dachte ich über das nach, was ich zu Oscar sagen würde. Es war viel einfacher, mir die Worte einfallen zu lassen, die ihn tadelten, obwohl auch sie mir Tränen in die Augen steigen ließen. Er hatte mich verraten. Ich hatte ihm im Vertrauen Dinge mitgeteilt, und er hatte sie völlig sorglos in seiner Zeitung veröffentlicht. Er hatte mich hereingelegt, ihn zu mögen, damit er bekam, was er brauchte. Ich war so töricht gewesen.

Die Kutsche wurde langsamer, als der Verkehr in der Nähe der Fleet Street zunahm. Als er an der Kreuzung Ludgate völlig zum Erliegen kam, bewegte sich Matt, um sich neben mich zu setzen. Er legte eine Hand über meine, die auf meinem Oberschenkel lag. Obwohl wir beide Handschuhe trugen, war die Geste so vertraut wie jeder unserer bisherigen Küsse. Mir kamen wieder die Tränen, und ich konnte ihn nicht ansehen.

„Nicht", sagte er einfach.

„Nicht was?"

„Du machst dir Vorwürfe. Das solltest du nicht. Ich kenne dich gut genug, um zu wissen, dass du diesen Artikel nicht gutheißen würdest. Das ist alles Barratts Schuld."

„Wir haben ihn zusammen besprochen."

Er nahm seine Hand von meiner. „Du verteidigst ihn."

„Wenn ich nicht hingegangen wäre, mit der Absicht, einen solchen Artikel zu besprechen, wäre er nicht vorgeprescht und hätte ihn geschrieben. Es ist nur gerecht, dass ich einen Teil der Schuld auf mich nehme."

Er antwortete mir nicht sofort, zwang mich, zu ihm aufzuschauen. Er blinzelte mich an. „Du bist hingegangen, um deine Gedanken zu einem Artikel zu besprechen?"

Ich zuckte zusammen. Es war eine so törichte Idee gewesen. „Ja."

„Kein anderer Grund?"

„Ich hielt es für höflich, mich zu vergewissern, wie seine Genesung voranging, aber das war zu diesem Zeitpunkt nicht mein vorherrschender Gedanke." Nun, da ich es laut aussprach, klang das so herzlos.

„Ich verstehe", sagte er.

„Du verstehst was?" Er musterte seine Hände, die auf den Oberschenkeln ausgebreitet lagen. „Ich verstehe jetzt, dass meine Vorstellung, dass ihr beide ... mehr als nur Bekannte werdet, nicht funktionieren wird."

Ich brachte ein Lachen zustande. „Das hätte niemals funktioniert." Ich sagte ihm nicht, weshalb, und er fragte nicht. Das Thema war vergessen, und wir kamen ein paar Minuten später im Bureau der *Weekly Gazette* an.

Wir warteten nicht im vorderen Empfangsraum auf einen Mitarbeiter, der sich um uns kümmerte, sondern marschierten durch in den größeren Raum, in dem drei Männer um einen langen Tisch standen und die Papiere musterten, die dort auslagen. Sie alle schauten auf. Ich erkannte den älteren Herausgeber Mr. Baggley, der dabei gewesen war, als Mr. Pitt vor nur wenigen Tagen auf Oscar geschossen hatte.

„Kann ich Ihnen helfen?", fragte er.

„Wo ist Barratt?", verlangte Matt zu wissen.

Mr. Baggley kam um den Tisch, um uns zu begrüßen. „Nicht hier."

Aber Oscar kam bereits durch den Eingang zu seinem Bureau. „Es ist schon gut", sagte er zu seinem Herausgeber. „Ich habe sie erwartet." Er trat zur Seite und winkte uns hinein.

Matt baute sich vor ihm auf. Einen Augenblick lang dachte ich, er würde Oscar verhauen, aber sein Blick verlagerte sich auf den Arm in der Schlinge. Matt würde keinen Verletzten schlagen, der sich nicht wehren konnte. Er gab nur ein frustriertes Knurren von sich.

Oscar schloss die Tür zum Bureau und lud uns ein, uns hinzusetzen. Keiner von uns tat es. „Wie können Sie es wagen!", spie ich ihm entgegen. „Wir waren beide der Ansicht, keinen Artikel zur veröffentlichen, der Magie enthüllt."

Er ging auf die andere Seite des Schreibtisches, vielleicht, um außerhalb der Reichweite von Matt zu bleiben. Matt sah wirklich sehr angespannt aus. „Ich musste es tun, India."

„Nennen Sie mich nicht India. Dieses Recht haben Sie verwirkt, Mr. Barratt. Wir sind keine Freunde mehr."

Er lächelte mich traurig an. „Also gehen Sie jetzt nicht mehr mit mir ins Theater?"

Ich machte mir nicht einmal die Mühe, ihm zu antworten. Ich setzte mich einfach nur auf einen seiner Stühle und rieb mir über die Stirn. Wie konnte er zu einem solchen Zeitpunkt Witze machen?

„Sie Narr, Barratt", sagte Matt mit jener sanft stählernen Stimme. „Das haben Sie nicht durchdacht."

„Natürlich habe ich das." Oscar setzte sich auch hin und stützte seinen verletzten Arm. „Ich weiß, dass Sie beide sich Sorgen um die Auswirkungen machen, die dieser Artikel haben wird, aber ich glaube fest daran, dass jede dieser Auswirkungen, über die wir gesprochen haben, Miss Steele, kurzlebig sein wird."

„In kurzer Zeit kann eine Menge Schaden angerichtet werden", knurrte Matt. „Glauben Sie ehrlich, dass durch diese Offenlegung keine Magier zu Schaden kommen?"

Oscar plusterte sich auf. „Ich habe niemanden beim Namen genannt."

„Das spielt keine Rolle. Jeder, der irgendwann einmal das Ziel der Eifersucht seiner Gildenkollegen war, wird zum Kristallisationspunkt des Argwohns werden. Von da aus ist es nur ein kleiner Schritt zu offener Ablehnung und Hass. In Gottes Namen, India hat bereits unter der Uhrmachergilde gelitten."

„Nicht nur ich", rief ich ihm in Erinnerung. „Oder dieser Gilde." Aber Matt schien mich nicht zu hören. Er blieb stehen, nutzte seine ganze Größe zu seinem Vorteil, als er sich auf den Fingerknöcheln über den Schreibtisch lehnte und Oscar anstarrte.

Oscar zuckte nicht zurück. „Miss Steele ist kein Mitglied dieser Gilde. Sie hat kein Geschäft, stellt keine Uhren her und übt ihre Magie nicht aus. Sie ist für niemanden eine Bedrohung und wird ganz sicher keine sein."

„Sie sind naiv, wenn Sie das glauben."

„Was ist mit ihrer eigenen Familie, Mr. Barratt?", fragte ich. „Sie sind in der Tintenherstellungsindustrie, und wie Sie selbst sagen, macht die Firma Ihres Bruders die beste Tinte im Land, weil er ein Magier ist. Ihr Artikel wird ihm die allergrößte Blöße geben, denn *Sie* haben ihn geschrieben."

Er hob eine Hand. „Ich habe bereits ein Telegramm von meinem Bruder erhalten. Lassen Sie ihn seine eigenen Kämpfe mit mir austragen. Er braucht nicht Sie, um an seiner Stelle kämpfen."

Ich lehnte mich zurück. War das eine komplizierte Art und Weise, um seinen Bruder zu ärgern? Gab es da eine Rivalität, in die ich keinen Einblick gehabt hatte? „Haben unsere Ermittlungen Ihnen denn gar nichts beigebracht?", fragte ich. „Ich weiß, dass Sie die Einzelheiten kennen. Ein junger Kartenzeichner wurde aufgrund seiner magischen Fähigkeiten entführt und getötet. Aufgrund von *Neid*, Mr. Barratt."

„Und Mr. Pitt tötete Dr. Hale", entgegnete er, „doch waren sie *beide* Magier. Sie setzen sich hier sehr stark gegen mich ein, und doch weiß ich, dass Ihnen die Vorstellung bis zu einem gewissen Grad gefallen hat. Das muss so sein, oder Sie wären nicht hergekommen, um darüber mit mir zu sprechen. Nur, weil *Sie* es sich anders überlegt haben ..."

Matt ließ die Hand auf den Tisch knallen, sodass ich zurückzuckte. Das brachte ihm Oscars Schweigen und ungeteilte Aufmerksamkeit ein. „Machen Sie das nicht India zum Vorwurf. Sie ist zur Vernunft gekommen. Sie nicht."

Die Tür zum Bureau öffnete sich, und Mr. Baggley steckte den Kopf herein. „Du hast einen weiteren Besucher, Oscar. Er weigert sich, zu gehen."

„Lassen Sie ihn herein."

Die Tür wurde weiter aufgerissen, um den Neuankömmling zu enthüllen. „Mr. Gibbons!", sagte ich und stand auf. Ich hatte den Großvater des Kartenzeichner-Lehrlings seit dem Tod seines

Enkels durch die Hände eines Rivalen nicht gesehen. Der alte Kartographen-Magier hatte mir einige wertvolle Lektionen über meine Magie erteilt, aber er glaubte letzten Endes wie Matt, dass die Talentfreien nicht über unsere Magie in Kenntnis gesetzt werden sollten. Aus gutem Grund, wie es sich erwies – sein Enkel hatte sein Leben verloren, weil Talentfreie neidisch auf seine überragenden Fertigkeiten geworden waren.

„Sie?" Mr. Gibbons deutete mit dem Finger erst auf mich, dann auf Matt. „Sie stecken dahinter?"

„Nein", sagte Matt. „Barratt hat das alles ganz allein geschrieben. Wir sind aus demselben Grund hier, aus dem Sie, glaube ich, auch hier sind. Um ihm zu sagen, was für ein völliger Narr er ist."

Mr. Gibbons wirkte mit seinen schneeweißen Haaren uralt, als er mitten im Bureau stand, die zusätzlichen Falten auf seinem Gesicht legten Zeugnis seiner jüngsten Qualen ab. Ich nahm ihn am Arm und führte ihn zu dem anderen Stuhl, dann setzte ich mich selbst wieder hin.

„Das ist Wahnsinn", sagte er, seine Stimme dünn. „Wissen Sie, was Sie mit diesem Artikel in Bewegung gesetzt haben, Mr. Barratt?"

Oscars Lippen krümmten sich zu einem harten, zufriedenen Lächeln. „Ich habe eine Revolution begonnen."

Vielleicht hatte Mr. Gibbons Recht und Oscar war ein Wahnsinniger. Er sah im Augenblick gewiss so aus, mit seinem zornigen Lächeln und dem wilden Leuchten in den Augen.

„Menschen sterben in Revolutionen", sagte Matt.

„Unterdrücker werden abgesetzt", entgegnete Oscar.

„Und die Unschuldigen auf beiden Seiten werden zu Opfern."

„Das ist lächerlich", sagte ich. „Sie haben keine Revolution begonnen, Mr. Barratt, Sie haben im besten Fall die Saat des Argwohns und der Eifersucht gesät, und im schlimmsten der Vergeltung. Wir werden von den Gilden nicht unterdrückt, um Gottes willen!"

Er brach in Gelächter aus. „Sie haben selbst gesagt, dass sie Sie verfolgt haben. Ich habe von Dutzenden Fällen gehört, in denen Magier ihr Talent vor den Gilden verstecken mussten, weil sie sich Sorgen machten, man würde sie hinauswerfen. Tatsächlich war die Verbannung aus der Gilde in manchen Fällen ihre geringste Sorge. Ich habe mit Ihnen, Mr. Gibbons, nach dem Tod Ihres Enkels gesprochen, und Sie erzählten mir, wie Sie Ihre Magie Ihr ganzes Leben lang verbergen mussten. Sie haben sogar absichtlich Fehler in Ihre Karten gezeichnet, damit die Gilde nichts argwöhnte."

„Das habe ich Ihnen im Vertrauen erzählt", erwiderte Mr. Gibbons durch zusammengebissene Zähne.

„Und Ihr Name taucht in meinem Artikel nicht auf. Tatsächlich tauchen gar keine Namen auf. Dafür ist die Welt nicht bereit, aber wenn sie es ist, werde ich selbst der Erste auf der Liste der Magier sein." Oscar bohrte den Finger in seinen Schreibtisch. „Ich werde ganz oben stehen. Ich werde ihnen zeigen, dass sie mich nicht kleinhalten können."

„Sie werden Ihr Leben aufs Spiel setzen", sagte Matt mit einem Kopfschütteln.

„Es ist ein Risiko, das ich bereit bin, einzugehen."

„Sie überlegen es sich vielleicht anders, nachdem Sie den Hass und die Angst sehen, die Ihr Artikel schürt."

„Ich habe keine Angst um mich, Mr. Glass."

„Auch keine Angst um Ihre Familie, oder um India, oder um Mr. Gibbons." Matt tippte sich seitlich an den Kopf. „Sie denken nicht nach, Mr. Barratt."

„Mein Kopf ist so klar wie seit Jahren nicht. Ihre jüngsten Ermittlungen haben mir geholfen, zu sehen, wie wichtig das für zukünftige Generationen von Magiern ist. Ich habe schwärmerisch über all das Gute geschrieben, das Magie tun kann – all die Möglichkeiten. Die Talentfreien werden sich um uns scharen und uns loben, und die Gilden würden es nicht wagen, zurückzuschlagen. Denn wenn sie es tun, wird man es als das sehen, was es ist – Neid. Leute werden nicht mehr glauben, dass die Gildenmitglieder die besten Handwerker sind, weil sie wissen, dass die besten seit Generationen ausgeschlossen werden. Die Gilden werden ihre Macht verlieren, und dann wird das System ganz abgeschafft. Es ist sowieso ein archaisches System. Sie verdienen es, ausgelöscht zu werden."

„Wenn Sie glauben, die Gilden würden leise verschwinden,

sind Sie sogar noch naiver, als ich dachte", sagte Matt mit einem Kopfschütteln. „Sie werden mit jeder Waffe kämpfen, die sie haben."

„Sie haben keine Waffen gegen die öffentliche Meinung, Mr. Glass. Und am Ende kommt es auf die öffentliche Meinung an, und auf nichts sonst. Dadurch werden Verhalten und Meinung geändert, und letzten Endes auch Gesetze."

Er sprach tatsächlich von einer Revolution. Konnte das wirklich der Anfang einer solchen sein? Tat er womöglich doch das Richtige?

Selbst wenn es so war, konnte ich die Zukunft, die er beschrieb, nicht sehen, ohne dass eine Menge Menschen darin verstrickt werden würden. Meine Freunde, die Masons, würden gezwungen sein, eine Seite zu wählen, und da sie Talentfreie waren, ließ sich leicht erraten, welche Seite sie wählen würden. Mr. Abercrombie und andere hatten auch bewiesen, wie skrupellos die Gilden sein konnten, um sich zu retten. Diesen Preis war keine Revolution wert. Oder doch?

„Sie werden nicht viele Unterstützer bekommen", sagte Mr. Gibbons. „Nicht unter Magiern."

Oscar nahm einen Stapel Blätter von seinem Schreibtisch. Es waren wohl mindestens zehn Blatt. „Das sind unterstützende Nachrichten, die unter der Tür der *Gazette* durchgeschoben wurden, seit der Artikel in der Morgenausgabe erschienen ist. Jede von ihnen *dankt* mir dafür, die Magie an die Öffentlichkeit gebracht zu haben."

„Sind Sie anonym?", fragte Matt.

Oscar legte die Papiere ab, antwortete aber nicht.

„Eine Revolution erfordert, dass ihre Armee aus dem Schatten tritt, um zu kämpfen, Mr. Barratt. Sie werden mehr brauchen als anonyme Unterstützer."

„Die werden kommen. Sie werden Zuversicht gewinnen, sobald ich mehr Artikel drucke. Ich habe vor, durch meine Werke eine Unterhaltung über Magie in Gang zu setzen, und wenn diese Unterhaltung einmal Fahrt aufnimmt, dann werden sich Magier selbst zu erkennen geben. Sie müssen nur sehen, dass eine Bewegung existiert. Wenn sie das tun, werden sie sich anschließen. Ich hoffe, *Sie* werden sich mir anschließen, Mr.

Gibbons. Und du, India." Sein Tonfall wurde sanfter, sein Blick wurde weich, schloss mich ein. Er hatte mich wieder geduzt, und diese Taktik entging mir nicht. Und doch hoffte ein Teil von mir, er hätte recht, und dass er wirklich eine Revolution begonnen hatte. Aber guter Gott, ich betete, dass sie ohne Blutvergießen vonstattengehen würde.

„Lassen Sie India da raus", fuhr ihn Matt an. „Sie ist viel zu klug, um auf Ihre Propaganda hereinzufallen. Genauso Mr. Gibbons."

„Ganz recht", sagte Mr. Gibbons.

„Vielleicht ist Miss Gibbons da zugänglicher. Sie schien gewiss recht begierig darauf zu sein, ein Gespräch über ihren Sohn und ..."

Mr. Gibbons griff über den Schreibtisch, aber Oscar lehnte sich zurück, sodass er seiner Reichweite entkam. „Lassen Sie meine Tochter da raus. Sie ist verletzlich, seit Daniel gestorben ist, und sie ist sowieso keine Magierin."

Oscar hob ergeben die Hände. „Wenn es Ihnen nichts ausmacht, habe ich für die Ausgabe nächste Woche einen weiteren Artikel zu schreiben. Mein Herausgeber ist zufrieden mit der Reaktion auf den ersten und will, dass ich eine viertel Seite mit konkreten Fällen der wunderbaren Arbeit fülle, die Magier verrichtet haben, und über die Art, wie ihre Gilden sie unterdrückt haben. Keine Angst, ich werde keine Namen nennen."

„Aber es werden Ereignisse genannt werden, die ich dir anvertraut habe", sagte ich. „Wie kannst du mich so verraten, Oscar? Ich dachte, wir wären Freunde."

„Ich betrachte dich immer noch als Freundin, India. Das werde ich immer tun. Aber in dieser Sache müssen wir wohl damit leben, nicht einer Meinung zu sein. Ich *muss* das zu Ende bringen."

Ich schüttelte den Kopf und seufzte. Ihn würde man nicht überzeugen können. „Sei vorsichtig. Du bist gerade zu einer sehr großen Zielscheibe geworden."

Er deutete auf seine Schlinge. „Das bin ich gewöhnt."

Mr. Baggley schaute wieder um die Tür. „Hier sind zwei

weitere Gentlemen, die dich sprechen wollen, Oscar." Er grinste. „Einer ist Mr. Force, ein Reporter von der *City Review*."

„Die *Review*!" Oscar lachte rau. „Was will der den von mir?"

Mr. Baggley zuckte mit den Schultern, aber Matt sagte: „Ihr Artikel betrifft Geschäfte und Gilden. Er will zweifellos herausfinden, was Sie über Magie wissen, wer Ihre Quellen sind, und ob Sie glauben, was Sie geschrieben haben, oder nur versuchen, Ärger zu machen."

Die *City Review* war eine Tageszeitung, die jeden Montag bis Freitag erschien und sich ganz auf Geschäftliches konzentrierte. Sie wurde von Bankiers, Anwälten und anderen aus der Finanzwelt oder Regierung auf ihrem Arbeitsweg gelesen. Ihre Herausgeber fanden Oscars Artikel wohl äußerst bedeutsam, da er die Gilden in großem Maße betraf, und das wiederum hatte Einfluss auf die Finanzen des Landes. Große und kleine Geschäfte waren auf vielerlei Arten verbunden, nicht alle davon für Außenstehende ersichtlich. Wie Matt sagte, würde der Reporter von der *City Review* herausfinden wollen, ob Oscar etwas Spezielles wusste, oder nur Sensationen aufbauschte, um Zeitungen zu verkaufen.

„Und der andere Gentleman?", fragte Oscar, ohne auf Matts Einwände zu achten.

„Ein Mr. Abercrombie, Meister der Uhrmachergilde."

KAPITEL 11

Ich stöhnte. Matt legte mir eine Hand auf die Schulter und warf Oscar einen weiteren anklagenden Blick zu.

Oscar wirkte selbstzufrieden. „Gut. Dann wollen wir doch mal den Kampf mit Abercrombie austragen. Bleibst du, India?"

„Nein", sagte Matt, ehe ich entscheiden konnte, ob ich das wollte oder nicht.

„Er wird uns gehen sehen", sagte ich zu Matt. „Wir können uns auch gleich anhören, was er sagt, und ihm versichern, dass ich nichts mit dem Artikel zu tun hatte."

Sein Kinn spannte sich an. Er wirkte überhaupt nicht zufrieden mit meinem Vorschlag, drängte mich aber auch nicht zum Gehen.

Mr. Gibbons jedoch wünschte uns alles Gute. „Ich mag ja nichts mehr mit der Kartenzeichnergilde zu tun haben", sagte er zu Oscar, „aber weder ich noch meine Tochter wollen da hineingeraten. Erwähnen Sie den Namen meiner Familie nicht. Ist das klar?"

Oscar nickte. „Natürlich. Danke, dass Sie vorbeigekommen sind."

Mr. Gibbons schob sich an Mr. Abercrombie vorbei und ging. Der zweite Gentleman, der Reporter namens Mr. Force, trat hinter Abercrombie ein, blieb aber in der Nähe der Tür und gestattete Abercrombie, als Erster zu sprechen.

Abercrombie hatte nur Augen für mich. Sein Blick war hart und von Ekel durchzogen. „Ich wusste, dass Sie dahinter stecken, Miss Steele."

„Da irren Sie sich", sagte ich. „Ich kam her, um Mr. Barratt zu sagen, dass ich seinen Artikel nicht gutheiße."

Abercrombies geölter Schnurrbart zuckte vor glänzender Empörung. „Ich bin kein Narr, Miss Steele. Ihre Worte waren überall in diesem Artikel."

„Nennen Sie mich eine Lügnerin?"

„India hatte mit dem nichts zu tun", knurrte Matt. „Wir waren aus demselben Grund hier wie Sie – um Barratt davor zu warnen, noch mehr zu schreiben." Er warf einen Blick an Abercrombie vorbei auf den anderen Reporter und nickte grüßend. Ich vermutete, dass Matt mehr sagen wollte, aber dem Fremden nicht traute.

„Sie irren sich, Mr. Glass", sagte Mr. Abercrombie. Die geschürzten Lippen unter dem Schnurrbart zogen sich zu einem merkwürdigen Lächeln zusammen. „Ich will Mr. Barratt nicht warnen, keine weiteren Artikel über Magie zu schreiben. Ich will ihn ermutigen, mehr zu schreiben."

„Mehr?", forderte ich ihn auf, wohlwissend, dass ich den Köder schluckte, den er mir vorsetzte.

„Er ist eine Witzfigur, Miss Steele. Diese Zeitung wird bereits als zweitklassiges Sensationsblatt betrachtet, und Mr. Barratts Artikel stößt sie in neue Tiefen hinab."

„Hören Sie mal!", protestierte Mr. Baggley.

„Also schreiben Sie doch mehr, Mr. Barratt", sagte Mr. Abercrombie. „Schreiben Sie mehr dieser Art und verschaffen Sie Ihrer Zeitung einen noch schlechteren Ruf. Ich bitte Sie darum."

Hatte er vor, einfach darauf zu hoffen, dass die Öffentlichkeit Oscars Behauptungen als lächerlich abtun würde? Für mich schien das kein guter Plan zu sein. Londoner glaubten alle möglichen an den Haaren herbeigezogenen Behauptungen, die die Zeitungen trafen, weil sie einfach dachten, wenn jemand es veröffentlichte, musste es auch wahr sein. Eine kürzliche Reportage über die Sichtung einer Meerjungfrau in der Themse belegte das zusätzlich. Viele Londoner schworen immer noch, sie könnten an klaren Abenden unten am Fluss Meerjungfrauen singen hören.

„Meine Zeitung ist weder zweitklassig noch ein Sensationsblatt", sagte Mr. Baggley, der die Arme verschränkte. „Oscar kann jede Behauptung belegen, die er in diesem Artikel getroffen hat. Oder nicht, Oscar?"

„In der Tat", sagte Oscar.

Mr. Force von der *City Review* betrat das Zimmer. Er war schlank und nicht viel größer als ich, aber mit einem Selbstvertrauen und einer Selbstgefälligkeit ausgestattet, die mich an Oscar erinnerten, auch wenn sie sich überhaupt nicht ähnlich sahen. Wo Oscar braune Augen und Haare hatte, waren es bei Mr. Force helle Haare und Sommersprossen. „Beweisen Sie es", sagte er. „Veröffentlichen Sie die Namen Ihrer Quellen."

„Das werde ich nicht tun", entgegnete Oscar.

„Dann wird man Ihre Geschichte über Magie als Ente betrachten."

„Wer wird das? Sie?"

„Ich und jeder andere Reporter und jedes Mitglied der Öffentlichkeit, das vermutet, dass Sie das nur erfunden haben, um mehr Zeitungen zu verkaufen."

Mr. Baggley grinste. „Wir *verkaufen* mehr Zeitungen. Uns sind bereits die Kopien ausgegangen, ein Rekord der *Gazette* um diese Tageszeit. Morgen werden weitere Kopien dieser Ausgabe verfügbar sein, und in der Ausgabe nächste Woche werde ich mehr Kopien mit Oscars neuestem Artikel drucken, und ich wette, die werden wir auch alle verkaufen. Oscar hat einen Nerv getroffen. Die Londoner haben die Wahrheit in seinen Worten gesehen. Sie glauben es, weil sie schon lange vermuten, dass die Gilden etwas verbergen, um ihre Macht zu steigern. So viele haben es geargwöhnt, und manche sogar die Wahrheit erraten." Er nahm eine Kopie der letzten Ausgabe von der Ecke des Schreibtisches auf und wedelte damit vor Mr. Forces Gesicht. „Ich hätte es Oscar abdrucken lassen sollen, als er die Idee zum ersten Mal vor mir erwähnte, aber ich bat ihn, zu warten, bis er einen Beweis hat. Nun, jetzt hat er einen Beweis."

„Dann drucken Sie diesen Beweis!", rief Mr. Abercrombie. „Drucken Sie die Namen Ihrer Quellen!"

Oscar schüttelte den Kopf, unbeeindruckt von dem Mann, der über seinen Schreibtisch spuckte. „Ich werde nichts veröffentlichen, mit dem man jemanden identifizieren kann. Meine Quellen haben um Anonymität gebeten, und die werde ich wahren. Wenn einige von ihnen einverstanden damit sind, dass ich ihre Namen abdrucke, dann tue ich es gerne."

Er schaute mich nicht an, aber das spielte auch keine Rolle. Abercrombie wusste, dass ich die Hauptquelle war. Er wollte nur, dass es die Welt erfuhr, und deshalb war er hergekommen – um Oscar zu beschämen, bis er es enthüllte.

„Feigling", höhnte Abercrombie.

„Jeder andere Reporter würde es genauso machen", sagte Oscar mit einem bedeutungsvollen Blick zu Mr. Force.

Mr. Force knurrte nur. „Ihre Dreistigkeit wird noch Ihr Fall sein, Barratt."

„Und die Wahl der falschen Seite Ihrer, Mr. Force, und der Ihrer Zeitung."

Mr. Force schnaubte. „Die *City Review* ist größer als diese alberne Geschichte, Barratt."

„Weshalb sind Sie dann hier? Weil Sie und Ihre Investoren", er nickte zu Abercrombie hin, „sich Sorgen machen. Oder nicht? Ansonsten, weshalb sollten Sie sich mit meiner albernen kleinen Geschichte in der albernen kleinen Wochenzeitung abgeben?" Ich hatte Oscar noch nie so überheblich erlebt, so rechtschaffen. Er glaubte vollkommen an seinen Kampf für das Gute, seine Revolution, wie er sie nannte. Er würde sich nicht von etwas anderem überzeugen lassen.

Mr. Abercrombie hatte das wohl auch erkannt. „Sie wehleidiger kleiner Jammerlappen! Sie werden eine gewaltige Unruhe verursachen und Familien Schaden zufügen, und es stört Sie nicht einmal."

Das war vielleicht das einzige Mal, dass Abercrombie etwas sagte, mit dem ich übereinstimmte.

„Kommen Sie, Abercrombie", sagte Mr. Force. „Sie und ich haben Arbeit." Anders als Abercrombie wirkte er überhaupt nicht besorgt. Er und Oscar hatten ihre großspurige Art gemein.

„Sie werden einen Gegenartikel veröffentlichen", sagte Mr. Baggley, der ihnen nachsah.

„Lassen Sie sie", erwiderte Oscar. „Das wird meiner Geschichte Gewicht verleihen. Jene, die ihre Zeitung kaufen, und nicht unsere, werden dann neugierig sein und eine Kopie der *Gazette* auftreiben und meinen Artikel aufmerksam lesen."

Mr. Baggley rieb sich die Hände. „Ich bin froh, dass ich nicht auf diese Leugner gehört habe, die dachten, du wärst ein Wahnsinniger." Er kicherte. „Sie beide", sagte er zu Matt und mir, „es ist Zeit, dass Sie gehen. Mein bester Reporter hat zu arbeiten."

Obwohl ich noch einmal versuchen wollte, Oscar zur Vernunft zu bringen, wusste ich, dass es ein sinnloses Unterfangen war. Matt war das wohl auch klar geworden, denn er nahm mich am Ellbogen und führte mich nach draußen.

„India", rief Oscar.

„Hör nicht auf ihn", sagte Matt, ohne stehenzubleiben.

„Ich bin nicht nachtragend", sagte Oscar vom Eingang seines Bureaus aus. „Wenn du siehst, dass es das Richtige war, diesen Artikel zu schreiben, würde ich gern reden. Meine Tür wird für dich immer offenstehen."

Matt hielt im äußeren Bureau inne und fuhr zu ihm herum. „Kommen Sie nie wieder in Indias Nähe. Haben Sie das verstanden?"

Oscar salutierte vor ihm, was ihm ein weiteres wildes Stirnrunzeln von Matt einbrachte. Seine Stirn schien heute dauerhaft in dieser Geste erstarrt zu sein.

Ich zog meinen Ellbogen von Matts Hand zurück und ging vor ihm aus dem Gebäude der *Gazette*. Er befahl Cyclops, nach Hause zurückzukehren, dann stieg er hinter mir in die Kutsche. Er nahm seinen Hut ab und fuhr sich mit der Hand durch die Haare. Seine Haut zeigte sich in der wächsernen Blässe der Krankheit, und in seinen Augen standen Anzeichen von Kopfschmerzen. Es war weit jenseits der Zeit, seine Uhr zu gebrauchen.

Sollte ich ihm sagen, dass er sie jetzt benutzen sollte, oder meine Meinung für mich behalten? Obwohl seine Krankheit ihn schwächte, schien er immer noch bereit, mir den Kopf abzureißen. Vielleicht war ich nicht gerecht, und es war eher Oscars Kopf, den er abreißen wollte, aber ich beschloss, den Mund zu halten, bis die Lage verzweifelt wurde.

Letztlich holte er seine Uhr aus der Tasche, ohne dass ich ihn dazu anhalten musste. Er schloss die Vorhänge, öffnete das Gehäuse und hieß die Magie in seinem Körper willkommen.

Einen Augenblick später schloss er das Gehäuse. Seine Haut war wieder normal, und die Muskeln in seinem Gesicht wirkten nicht mehr, als würden sie Schmerzen in Schach halten.

„Du hättest Oscar nicht davon abhalten können, diesen Artikel zu schreiben", sagte er, als er die Uhr wieder in seine Tasche schob. „Er hatte sich bereits entschieden, bevor er dich kennengelernt hat."

„Aber ich habe ihm den Beweis geliefert, den er brauchte."

Er seufzte. „India, nein. Mach dir keinen Vorwurf."

Ich antwortete nicht. Ich war nicht die Einzige, die mir den Vorwurf machte. Er mochte ja all die richtigen Dinge sagen, Dinge, die ich hören musste, aber ich wusste, dass er es mir vorwarf, zumindest ein wenig.

Ich wandte mich zum Fenster, und nach einem Augenblick öffnete ich den Vorhang wieder. Ich wollte nicht mehr über Oscar und den Artikel oder seine Folgen sprechen. Was ab jetzt geschah, hatten wir nicht in der Hand. Wir konnten Oscar nicht davon abhalten, einen zweiten Artikel zu schreiben, genauso wenig, wie wir Mr. Force von der *City Review* abhalten konnten, einen Gegenartikel zu verfassen. Es blieb uns nur zu sehen, welche Seite die Allgemeinheit wählte, und ob es sie überhaupt kümmerte.

Aber der Hauptgrund, weshalb ich nicht mehr darüber sprechen wollte, war, weil ich nicht wollte, dass Matt klar wurde, dass ich Oscars Idee von einer Revolution zustimmte. Das hieß nicht, dass ich mir keine Sorgen machte. Die machte ich mir. Sogar noch mehr, nachdem ich gesehen hatte, wie wütend Abercrombie geworden war, als er Oscar nicht dazu hatte zwingen können, seine Quellen öffentlich zu machen. Aber der Gedanke, dass die Magie an der Öffentlichkeit war, gefiel mir. Ein Uhrmachergeschäft zu betreten und mich nicht zu fühlen, als übertrüge ich eine ansteckende Krankheit, würde wunderbar sein, befreiend. Ich hatte enorme Zweifel, dass wir jemals an diesen Punkt gelangen würden, doch ich musste hoffen.

Matt würde nicht zustimmen, und ich hatte nicht mehr den Mut, mit ihm zu streiten.

* * *

ICH INFORMIERTE CHRONOS, Willie, Duke und Cyclops von unseren Begegnungen im Bureau der *Gazette*, während Matt sich in seinen Räumlichkeiten ausruhte. Sie nahmen es nicht gut auf.

„Ich werde dort hingehen und meinen Colt auf diesen Haufen Schweinepisse richten, bis er zustimmt, keine weiteren Artikel mehr zu schreiben." Willie brabbelte vor sich hin, während sie in der Bibliothek auf und ab ging. Zum Glück hatte sie ihre Waffe nicht dabei, sonst wäre sie vielleicht gleich losmarschiert.

Ich behielt sie genau im Auge, während die anderen die guten Seiten, oder eher das Gegenteil, an Oscars Artikel besprachen. Nur Chronos glaubte, es könne sich zum Guten wenden, wenn die Leute einen kühlen Kopf bewahrten.

„Das ist ja das Problem", sagte Duke. „Menschen bewahren keinen kühlen Kopf. Sie können die andere Seite nicht sehen, nur ihre eigene."

„Sie haben mehr Vertrauen in die Menschen als ich", sagte Cyclops zu Chronos. „Wenn der gesunde Menschenverstand einmal unter die Räder kommt und Gefühle vorherrschend sind, folgen Schwierigkeiten."

„Ja", stimmten Duke und Willie zu.

„Abercrombie macht sich Sorgen, oder er wäre nicht losgezogen, um Barratt persönlich zu treffen", fügte Chronos mit einem schiefen Lächeln an. „Ich wünschte, ich hätte sein Gesicht gesehen, als Barratt ihm sagte, dass er einen weiteren Artikel schreiben würde."

„Rache ist kein guter Grund, um Barratt zu unterstützen", sagte Duke. „Besonders wenn gute Menschen leiden, nicht nur die schlechten."

„Die Masons werden Kundschaft einbüßen", sagte Cyclops mit einem Kopfschütteln. „Sie sind Ihre Freunde."

„Nicht meine, die von Elliot", erwiderte Chronos.

„Und meine", fügte ich hinzu, schon wieder unsicher, zu

welcher Seite ich tendierte. Ich könnte es nicht ertragen, falls die Masons leiden mussten. Es gab keinen Zweifel daran, dass sie Kundschaft an Magier verlieren würden, wenn die Öffentlichkeit Oscar Glauben schenkte. Andererseits gab es in London keine Uhrenmagier außer Chronos und mir, und keiner von uns hatte ein Geschäft.

Duke stieß Cyclops mit dem Ellbogen an und zwinkerte. „Du wirst dich schon um Miss Mason kümmern, falls es dazu kommt."

„Schnauze", murmelte Cyclops.

Duke und Willie kicherten.

Wir hörten, wie Bristow draußen hinter der verschlossenen Tür in der Eingangshalle jemanden begrüßte, konnten aber nicht hören, welche Stimme antwortete.

„Ein Wort der Warnung", sagte ich leise zu Chronos, während die anderen durch den möglichen Besucher abgelenkt waren. „Matt ist gegen Barratts Plan. Wenn du hierbleiben möchtest, sagst du lieber nichts zu seiner Unterstützung."

„Danke für die Warnung", erwiderte er. „Aber du bist diejenige, die sich eher verleiten lässt, etwas zu sagen, also bist du klug, da du schweigst. Du könntest all das den Rest deines Lebens haben, wenn du deine Karten richtig spielst, aber meine Anwesenheit hier ist nur vorübergehend. Ich werde bald weiterziehen."

„Hör auf damit", zischte ich. „Ich arbeite für Matt, das ist alles. Hör auf nahezulegen, dass es anders ist."

Er schüttelte den Kopf. „Ganz eindeutig haben deine Eltern dir zu viel frömmelnden Unsinn in den Kopf gesetzt. Wenn ich dich großgezogen hätte …"

Die Tür öffnete sich, und Bristow schlüpfte durch einen Spalt, der gerade groß genug war, dass er hindurch passte. „Miss Steele, Mr. Hardacre ist hier, um Sie zu sehen. Er sagt, er weiß, dass Sie hier sind, und weigert sich, zu gehen, bis Sie mit ihm gesprochen haben." Sein Blick glitt zu Chronos. „Was soll ich ihm sagen?"

„Woher weiß er, dass sie hier ist?", fragte Cyclops.

Darauf hatte Bristow keine Antwort.

„Ich wimmle ihn ab", sagte Willie, die bereits halb das Zimmer durchquert hatte.

Ich erhob mich. „Ich mache das. Wenn er mich sehen will, wird er nicht zufrieden sein, bis er es geschafft hat."

„Die Frage ist, warum will dein Ex-Verlobter dich sehen?"

„Hardacre?", fragte Chronos, bei dem die Erkenntnis dämmerte. „Das ist der Kerl, der meinen Laden gestohlen hat."

Seinen Laden? Also *ehrlich*. „Bristow, bitte bringen Sie Mr. Hardacre in den Salon. Schließen Sie die Tür und warten Sie mit ihm, bis ich eintreffe."

Er glitt wieder nach draußen. Ich konnte Eddie durch den Spalt nicht sehen, was hieß, dass Eddie auch nicht hereinblicken konnte. Gut. Falls er Chronos sah, würde das mehr Schwierigkeiten an unsere Türschwelle bringen, als wir bereits hatten.

Ich wandte mich an Chronos, die Hände fest in die Hüften gestemmt. „Es war nicht *dein* Geschäft. Du hast alle Rechte daran aufgegeben, als du weggegangen bist und deinen Tod vorgetäuscht hast. Es hätte *mein* Geschäft sein sollen, von meinem Vater geerbt. Jetzt bleib hier drin und komm nicht heraus, bis ich zurückkehre. Ist das klar?"

Er schniefte. „Ich bin dein ältestes Familienmitglied. Du wirst mich respektvoll ansprechen."

„Ich gehe respektvoll mit dir um, wenn du beweist, dass du es verdienst. Bis dahin behandle ich dich wie den Mann, der seine Frau und seine Familie zurückließ, um seine eigene Haut zu retten."

„Ihnen ging es gut ohne mich. Besser sogar."

„Zeig dich nicht", fuhr ich ihn an.

„Ich bin vieles, aber bestimmt kein Narr. Natürlich warte ich hier."

Ich schaute nach, ob die Luft rein war, ehe ich die Bibliothek verließ. Ich ging über den Korridor in den Salon und warf im Vorübergehen einen Blick hinauf zum Treppenhaus. Keine Spur von Matt. Hoffentlich konnte ich Eddie wegschicken, bevor er erwachte. Matt hatte schon genug zu tun, ohne sich mit der ärgerlichen Anwesenheit von Eddie herumschlagen zu müssen.

Mein ehemaliger Verlobter schaute mich nicht an, als ich

eintrat, sondern über mein Kopf hinweg. Ich blickte hinter mich, weil ich erwartete, dort Matt zu sehen, aber der Gang war leer.

„Danke, Bristow, das ist dann alles."

Der Butler verstand und verließ mit einer Verbeugung den Raum. Ich schloss die Tür.

„Kein Tee?", fragte Eddie. „Kein Kuchen von der Dame des Hauses?"

„Du bleibst nicht lang genug für Tee und Kuchen", sagte ich.

Er setzte dieses ach-so-charmante Lächeln auf, das ich einst für schneidig gehalten hatte, aber inzwischen als falsch erkannte. Es ließ ihn sogar noch besser aussehen, wenn man feine, zarte Züge mochte, die von blondem Lockenhaar gekrönt waren. Zusammen mit seinen blauen Augen rief mir das nur zu gut ins Gedächtnis, weshalb ich einst gedacht hatte, ich wäre in ihn verliebt. Sein gutes Aussehen hatte mich blind für sein hässliches Herz gemacht. Inzwischen konnte ich ihn kaum mehr ansehen, ohne dass es mir den Magen umdrehte.

Ich wünschte, ich hätte nicht bis zur Beerdigung meines Vaters gebraucht, um diese Hässlichkeit zu sehen. Zu meiner Verteidigung war Eddie sehr überzeugend gewesen. Sein Lächeln hatte ehrlich gewirkt, seine Sorge um mich echt. Ich hatte unbedingt glauben wollen, dass er sein Versprechen halten würde, sich um mich zu kümmern. Inzwischen wusste ich, dass ich mich um mich selbst kümmern konnte, aber damals hatte mir das Selbstvertrauen gefehlt, genau wie die Mittel. Wie sich doch die Dinge in nur wenigen Monaten geändert hatten.

Er setzte sich in einen Sessel am Kamin und bedeutete mir, ich solle mich auf das Sofa setzen. Ich blieb stehen.

„Wo ist dein Herr und Meister?", fragte er.

„In der Annahme, dass du dich auf meinen Arbeitgeber beziehst, Mr. Glass ist nicht da."

„Ist er zu Hause? Der Butler wollte es nicht sagen."

„Weshalb fragst du?"

„Weshalb antwortest du nicht?"

„Eddie, ich habe keine Zeit für Spielchen, und ich bezweifle, dass du es dir leisten kannst, das Geschäft längere Zeit geschlossen zu halten. Komm zur Sache."

Seine Finger spannten sich auf den Armlehnen an, aber das

war der einzige Hinweis darauf, dass meine Worte eine Wirkung zeigten. „Woher weißt du, dass ich keinen Gehilfen eingestellt habe?"

„Weil ich bezweifle, dass du dir einen leisten kannst. Die Gewinne waren nicht sonderlich üppig, als mein Vater das Geschäft führte, und er war ein besserer Uhrmacher als du, und auch ein besserer Verkäufer."

„Was für ein Unsinn! Wer verbreitet diese Lügen über mein Geschäft? Ist es die dumme Mason-Göre?" Er schnaubte. „Ein albernes Wesen, klimpert mit den Wimpern vor jedem Mann, der ihr begegnet. Sie ist hoffnungslos kokett, weißt du das?"

„Du verwechselst Freundlichkeit mit Koketterie."

„Natürlich verteidigst du sie."

„Ja, weil sie meine Freundin ist und gut zu mir war, als ich sie gebraucht habe. Aber du erkennst Freundlichkeit in anderen ja nicht, weil du selbst nicht dazu fähig bist. Sag, was du willst, dann geh. Ich weiß mit meiner Zeit Besseres anzufangen, als mit dir zu sprechen."

„Zum Beispiel mit Zeitungsreportern ins Bett zu steigen?" Er legte die Beine übereinander und verschränkte die Hände im Schoß.

Meine Finger zuckten, weil ich ihm dieses selbstgefällige Lächeln aus dem Gesicht wischen wollte. „Der Artikel in der *Gazette* hat nichts mit mir zu tun."

„Halt mich nicht zum Narren, India."

„Weshalb nicht? Das bist du doch. Außerdem bist du Abercrombies Marionette. Hat er dir aufgetragen, hierher zu kommen?"

Sein Lächeln wurde angespannter. „Ich bin viel zu schlau, um jemandes Marionette zu sein."

„Du? Schlau? Wohl kaum." Es war ein schrecklicher Vorwurf, aber es fühlte sich gut an, es ihm zu sagen. Die bittere Miene, die er aufsetzte, war sehr zufriedenstellend. Anscheinend war seine Intelligenz für ihn ein wunder Punkt.

Er stellte die Beine wieder nebeneinander und lehnte sich vor. „Du bist eine unnatürliche Frau, India. Es ist kein Wunder, dass du noch nicht verheiratet bist. Wer würde denn eine so giftige Wespe zur Frau wollen?"

Ich gab ihm eine Ohrfeige.

Sein Kopf flog zur Seite, und ein roter Fleck mit dem Umriss meiner Hand zeichnete sich auf seinem Gesicht ab. „Du Schlampe!" Er wischte sich übers Gesicht und sah dann seine Hand an, als erwartete er, Blut zu sehen. „Dafür sollte ich dich verprügeln."

Ich stolperte zurück, aber er kam mir nicht nach. Dennoch bewegte ich mich näher an die Uhr auf dem Kaminsims. Falls er versuchte, mir etwas anzutun, würde ich sie auf ihn werfen und hoffen, dass sie den Kurs einschlagen würde, ihn zu treffen, so wie die Uhr in der Spielhölle, die von ihrer Flugbahn abgekommen war, um meinen Angreifer zu erwischen.

„Aber das wirst du nicht, weil du weißt, dass Matt und seine Freunde dich dafür zahlen lassen würden." Irgendwie hielt ich meine Stimme ruhig, obwohl mein Herz wild donnerte. Wenn ich vor Eddie jetzt Schwäche zeigte, wäre das erniedrigend gewesen. „Du solltest aufpassen, oder diese Wespe wird dich stechen." Ich trat wieder vor und lächelte. Er lehnte sich langsam zurück. „Die Sache ist die, Eddie, du scheinst den Gedanken nicht begreifen zu können, dass die meisten Frauen lieber gar nicht heiraten würden, wenn Männer wie du die einzige Option wären."

„Es scheint auch, als würdest du etwas nicht begreifen können, India." Er zupfte an seinen Manschetten und richtete sich die Krawatte. „Eine Frau wie du kann sich nicht leisten, ewig ohne Mann zu bleiben. Oh, ich weiß, dass du dir ein wenig Geld durch die Belohnung zur Seite legen konntest, aber es wird dich nicht auf ewig versorgen. Du hast keine Familie und keine Mittel, um dich zu unterstützen. Wir wissen beide, dass du dich nicht darauf verlassen kannst, dass Mr. Glass dich heiratet. Ein solcher Mann kann jede Frau haben, die er sich wünscht – weshalb sollte er die hässliche, pummelige India Steele nehmen? Eine kleine Affäre, ja, aber heiraten?" Er schnaubte. „Also wäre ich vorsichtig mit diesem Stich, India, oder es könnte passieren, dass du früher ausgestoßen wirst, als du glaubst."

„Mach dir keine Sorgen um mich, Eddie", sagte ich süßlich. „Ich behalte mein Stich lediglich denen vor, die ihn verdienen.

Wo wir schon dabei sind, es ist an der Zeit, dass du mir sagst, weshalb du hier bist."

„Ah, ja, Zeit. Darauf läuft es bei dir immer wieder hinaus. Nun, wollen wir mal sehen. Weshalb bin ich hier?" Er warf einen Blick zur Tür. „Ich habe mich heute Vormittag mit Abercrombie getroffen. Es war sogar eine ziemlich lange Besprechung, da er inzwischen die Bürden der Führerschaft mit mir teilt, seit ich mich der Gilde angeschlossen habe."

„Du hast dich heute Vormittag mit Abercrombie getroffen?" Meinte er vor oder nachdem Abercrombie ins Bureau der *Gazette* gekommen war?

„Vor etwa eineinhalb Stunden", sagte er und schaute auf die Uhr.

Vor eineinhalb Stunden war genau jener Zeitpunkt gewesen, zu dem Abercrombie in Oscars Bureau eingetroffen war. Er war mit der Absicht von dort aufgebrochen, Mr. Force mit Informationen für seinen Artikel zu versorgen. Eddie hatte also kein langes Treffen mit dem Gildemeister haben können. Log er, nur um sich wichtiger erscheinen zu lassen? Armselig.

Er warf einen erneuten Blick zur Tür. Er hatte wohl Angst, dass Matt hereinkommen und uns unterbrechen würde. Das war also der Grund, weshalb er hatte wissen wollen, wo Matt war, und ob er Zeit hatte, allein mit mir zu sprechen.

„Ich frage noch einmal", sagte ich. „Was willst du, Eddie?"

Er rutschte auf die Kante des Sessels, nicht tief eingesunken oder mit überkreuzten Beinen wie vorhin. Es war, als würde er sich auf einen weiteren Angriff auf mich vorbereiten – oder auf die Flucht. „Mr. Abercrombie hat von eurer Ermittlung zum Mord an Dr. Millroy erfahren."

„Wie hat er davon erfahren?", fragte ich, obwohl ich mir ziemlich sicher war, dass Mrs. Millroy die Schuldige war.

Er lächelte nur. „Ich bin mir sicher, du erwartest nicht von mir, dass ich das beantworte."

Ich zuckte mit den Schultern. „Unsere Ermittlung ist kein Geheimnis. Die Polizei hat uns gebeten, Dr. Millroys Mord zu untersuchen."

„Weshalb?"

„Um den Mörder zu finden, natürlich. Wir haben uns als recht gute Ermittler erwiesen." Ich lächelte.

Er runzelte die Stirn. „Aber weshalb jetzt? Es war vor siebenundzwanzig Jahren."

„Da musst du schon Commissioner Munro nach seinen Gründen fragen. In die habe ich keinen Einblick."

„Unsinn", zischte er.

Mein Lächeln wurde breiter. Es war außerordentlich befriedigend zu sehen, wie er sich aufregte. „Was kümmert dich unsere Ermittlung, Eddie?"

„Wir sind keine Narren, India. Mr. Abercrombie weiß, dass dein Großvater und Dr. Millroy Experimente durchführten, um ihre Magie zu vereinen, und infolge dieses Experiments einen Menschen getötet haben, als es scheiterte."

„Das erklärt sein Interesse. Mein Großvater ist tot und kann dafür nicht zur Rechenschaft gezogen werden. Es ist keine Angelegenheit der Uhrmachergilde mehr."

Er richtete den Blick an die Decke und holte tief Luft. „Lass es mich dir erklären. Es ist sehr wahrscheinlich, dass der Mord an Dr. Millroy mit dem Mord an dem Mann verbunden ist, an dem sie experimentierten. Das macht es zur Angelegenheit für beide Gilden."

„Beide Männer sind tot! Wie kommst du überhaupt auf den Gedanken, dass die beiden Ereignisse verbunden sind?"

„Selbst du kannst doch wohl sehen, dass dem so ist."

Ich würde mich nicht verleiten lassen, ihm zu verraten, welche Hinweise wir hatten und welche nicht. Ich wollte nichts mehr, als Abercrombie im Dunkeln zu lassen. Außerdem konnte ich immer noch nicht ergründen, weshalb es für ihn eine so große Rolle spielte.

„Es ist kein Mord, wenn das Opfer die Risiken kannte und zugestimmt hat, ihre Testperson zu sein", sagte ich.

„Woher weißt du, dass er zugestimmt hat? Warst du dabei? Hat der Geist deines Großvaters es die erzählt?"

„Versuch dich nicht an Scherzen, Eddie. Darin bist du nicht sonderlich gut. Ich könnte dir dieselbe Frage stellen – woher weißt du, dass Mr. Wilson *nicht* eingewilligt hat? Selbst Mrs.

Millroy behauptet, dass der Mann mitmachen wollte, und sie ist ihm kurz begegnet."

Er blinzelte. „Mr. Wilson?"

„Der Name des Stadtstreichers."

„Ist das so? Wie lautet sein Vorname?"

„Ich weiß es nicht. Bist du jetzt fertig?"

Er sank tiefer in den Sessel, legte den Kopf zurück. Mit den Händen packte er beide Armlehnen, und sein Fuß zuckte heftig genug, um zu nerven.

„Eddie?"

Er erhob sich plötzlich und knöpfte seine Jacke zu. „Du wurdest gewarnt, India."

„Wurde ich das? Sag mir noch einmal, wovor warnst du mich genau? Davor, nicht mehr mit Oscar Barratt zu sprechen, oder davor, unsere Ermittlungen weiterzuführen?"

„Vor beidem."

„Und wenn ich das nicht tue?"

Er marschierte zur Tür und riss sie auf. Bristow stand dort mit Duke und Cyclops, die in der Nähe warteten. Zum Glück war Chronos nirgendwo zu sehen.

„Das hat Mr. Abercrombie zu entscheiden", sagte Eddie.

Ich stieß ein knurrendes Lachen aus. „Du bist ein armseliger Speichellecker und Feigling. Ich bin mir sicher, Mr. Abercrombie ist froh, dass du für ihn die Drecksarbeit erledigst."

Bristows Augen wurden ein wenig größer. Cyclops und Duke gingen vor, als wollten sie Eddie packen, falls er sich auf mich stürzte, aber Eddie war zu sehr damit beschäftigt, empört zu stammeln.

„Ich bin inzwischen ein wichtiges Gildenmitglied." Er tippte sich auf die Brust und senkte den Kopf, sodass sein Gesicht meinem nahe war. Sein Atem roch nach dem Fisch, den er vermutlich zum Mittagessen gehabt hatte. „Du konntest ja nicht einmal ein Mitglied werden, trotz der Verbindungen deiner Familie."

„Wegen der Vorurteile der Gilde gegen Magier und Frauen. Tu nicht so, als wäre es anders, Eddie, wo du doch weißt, dass es die Wahrheit ist. Jetzt geh. Mir gefällt nicht, wenn ich in meinem eigenen Haus bedroht werde."

Sein hohles Lachen hallte zwischen den Wandpaneelen und dem gekachelten Boden wieder. Ich biss mir auf die Zunge und wünschte mir, ich hätte andere Worte benutzt, die ihm keine Munition boten. „*Dein* Haus? Du meine Güte, du nimmst dir aber einiges heraus. Sei vorsichtig, India, das ist eine sehr große Fallhöhe. Und glaube mir, du *wirst* fallen, wenn er eine Lady findet, die es wert ist, geheiratet zu werden."

„Du bist viel zu vorhersehbar, Eddie", sagte ich mit mehr Fassung, als ich verspürte. Mein Körper bebte, und mein Herz hämmerte, aber ich würde ihn nicht sehen lassen, wie betroffen mich seine Worte machten. „Bristow, kümmern Sie sich bitte darum, dass Mr. Hardacre geht. Ich bin sicher, Cyclops und Duke werden helfen, falls es nötig ist."

Matts plötzliches Erscheinen oben an den Stufen zog Eddies Aufmerksamkeit auf sich. Er richtete sich auf, zupfte an seiner Hutkrempe und verschwand nach draußen, ehe Bristow auch nur einen Schritt vortreten konnte.

„India?", rief Matt, während er die Stufen herabtrottete. „War das Hardacre?"

Ich schnaubte hart und wechselte einen Blick mit Cyclops. „Ja", sagte ich.

„Was verdammt noch mal wollte er denn?"

Die Tür zur Bibliothek ging einen Spalt auf. „Ist er weg?", fragte Chronos.

„Er ist weg", sagte ich. „Er wollte, dass wir aufhören, im Mord an Dr. Millroy zu ermitteln, und außerdem aufhören, mit Oscar Barratt zu reden."

„Dem Mord an Millroy?", wiederholte Matt, der mir eine Hand auf den Rücken legte. Irgendwie erriet er, dass ich seine beruhigende Anwesenheit brauchte. „Weshalb?"

„Offenbar hat Abercrombie ihn gebeten, herzukommen. Ich glaube, sie haben Angst, dass wir den Namen der Gilde anschwärzen, wenn wir zu tief in Dr. Millroys und Chronos' Experiment herumwühlen."

„Was nahelegt, dass die Gilde sich etwas zuschulden kommen lassen hat."

„Wie zum Beispiel den Mord an Dr. Millroy."

Matt lächelte. „Gute Arbeit, India. Gut gemacht." Er rieb mir über den Rücken, und sein Lächeln ließ nach. Er berührte mich am Kinn. „Du wirkst blass. Hat er dich bedroht?"

„Gewissermaßen, aber nicht konkret."

„Komm mit und setz dich hin. Bristow, lassen Sie Tee kommen und sehen Sie, ob die Köchin etwas Süßes für sie hat. Sie mag Konfekt."

Das brachte mich zum Lachen. „Das liegt nur an meinen Großeltern mütterlicherseits."

Matts Lächeln war zurück, doch es war nicht überzeugend.

Er führte mich gemeinsam mit den anderen wieder in den Salon und stellte mir ein paar weitere Fragen. Ich wiederholte, was Eddie gesagt hatte, wobei ich die Beleidigungen wegließ, die wir beide von uns gegeben hatten, und die Ohrfeige. Als ich fertig war, kehrte Bristow mit einem Tablett mit Teeutensilien und Bonbons zurück. Matt sorgte dafür, dass ich zwei auf meinen Teller legte.

„Wie konntest du nur zustimmen, diesen Kerl zu heiraten?", fragte Chronos, der ein Bonbon aus allen Richtungen beäugte. „Er klingt wie ein wehleidiger kleiner Pimpf."

Ich seufzte. „Glaub mir, ich frage mich das auch."

„So war er nicht immer", erklärte ihm Matt.

„Sie sind ihm begegnet, als er und India verlobt waren?"

„Nein."

„Woher können Sie das dann wissen?"

„Weil India nicht töricht ist. Er spielte eine Rolle, als er ihr begegnete, wie ein Schauspieler am Theater. Eine Rolle, von der er wusste, dass eine Frau wie India sie zu schätzen wüsste. Sein wahres Wesen hat er bis zu einem späteren Zeitpunkt verborgen."

Chronos biss in das Bonbon. „Wenn er das monatelang durchgehalten hat", sagte er mit vollem Mund, „dann ist er klüger, als ihr alle ihm zugesteht."

* * *

ICH VERBRACHTE den übrigen Nachmittag mit Miss Glass. Obwohl sie nicht auf meine Gesellschaft bestand, machte sie einige Anspielungen, dass sie gerne spazieren gehen und die Läden an der Piccadilly besuchen würde.

Der Himmel war verhangen, aber die Wolken waren nicht zu dicht, und wir riskierten es, das Haus ohne Regenschirme zu verlassen. Wir nahmen den langen Weg zur Piccadilly, über den Hyde-Park. Miss Glass ging langsam, woran ich mich anpasste, und war dafür schnell in der Konversation. Sie eilte rasch von einem Thema zum nächsten. Als ich gerade meine Meinung einwerfen wollte, zog sie zum nächsten weiter. Sobald sie auf ihre Nichten zu sprechen kam, war ich jedoch froh, still zu bleiben.

„Hope wird keine passende Braut für Matthew", erklärte sie. „Meine Schwägerin setzt aufs falsche Pferd, wenn sie glaubt, dass Patiences Hochzeit sie zusammenschweißt. Beatrice glaubt, wenn Matthew in Rycroft House wohnt, wird es leichter sein, ihm Hope vor die Füße zu werfen, aber sie vergisst dabei mich. Ich werde das kleine Dummerchen nicht seine Klauen in ihn schlagen lassen. Sie werden versuchen, ihn hereinzulegen, weißt du. Hope und Beatrice. Sie werden ihn in einem Schlafzimmer ganz nahe an ihrem unterbringen und es irgendwie so hindrehen, dass sie *in flagranti* mit ihm erwischt wird. Bei so vielen Gästen wird die Nachricht rasch die Runde drehen, und Matthew wird gezwungen sein, ihr einen Antrag zu machen." Sie schnalzte mit der Zunge. „Aber ich werde das verhindern, bevor es dazu kommt. Tatsächlich könnte Matthew bis dahin bereits eine Liebste haben. Das ist sehr wahrscheinlich, wenn man bedenkt, wie gut er aussieht und wie charmant er ist."

Ganz zu schweigen von seinem Reichtum und seinem Status. Ich seufzte, während ich zwei Kinder von etwa acht Jahren beobachtete, die auf ihren Ponys ritten, wobei ein Stallknecht auf einem großen Grauen zwischen ihnen saß. Obwohl die Ponys zahm wirkten, behielt ich sie genau im Auge, falls sie etwas aufschreckte. Keines der Kinder wirkte, als hätte es die volle Herrschaft, und der Stallknecht konnte keine drei Pferde bändigen, wenn es darauf ankam. „Vielleicht sollte Matt irgendwo anders wohnen", sagte ich, mit meinen Gedanken nur halb bei der Unterhaltung, nun, da wir den Reitern näherkamen.

„Unsinn! Rycroft ist sein Haus."

„Noch nicht."

„Das wird es. Er hat sehr viel mehr Recht darauf, dort zu sein, als diese Mädchen."

Ich stimmte ihrer Logik nicht zu, aber ihre Sichtweise war unverrückbar. Die Kinder ritten ohne Anlass zur Sorge weiter, und ich entspannte mich ein wenig, bis ich hörte, wie eines dem anderen erzählte, dass es Magie gab. Ihr Papa hätte das so gesagt.

Zwei schnelle Spaziergängerinnen überholten uns, die Köpfe zusammengesteckt, sodass ihre Hutkrempen sich berührten. „Was für eine Sensation das in meinem Haushalt doch war, als mein Sohn den Artikel in der *Gazette* beim Frühstück vorlas", sagte die größere Dame zu der anderen. „Er glaubt, Magie sei echt, aber ich habe ihm gesagt, dass er ein Narr ist." Sie lachte. „Kannst du dir das vorstellen?"

„Schlag das nicht so rasch in den Wind, Frederica", erwiderte die andere Frau. „Mein George glaubt, dass Magie nicht nur möglich ist, sondern dass sie auch erklärt, weshalb unser Set aus kristallenen Bakkarat-Sherry-Gläsern nicht zerbrochen ist, als der Lieferant die Schachtel fallen ließ. Nicht ein einziges ging in die Brüche. Das hat er damals als Wunder bezeichnet, aber jetzt …"

„Letzten Sommer ist eines davon zerbrochen", sagte die größere Frau. „Ich erinnere mich genau daran."

„Stimmt", räumte ihre Begleiterin nachdenklich ein.

Oscar hatte in seinem Artikel nichts von der Tatsache geschrieben, dass die Magie nicht ewig Bestand hatte. Ich fragte mich, ob das eine absichtliche Auslassung war.

Miss Glass hakte sich bei mir unter. „Was für ein herrlicher Tag", sagte sie verträumt. Zweifelsohne hatte sie den Austausch auch gehört, aber in ihrer wirren Klugheit beschlossen, so zu tun, als wäre das nicht der Fall.

Es wurde jedoch immer schwerer zu ignorieren. Fast die Hälfte der Leute, an denen wir vorüberkamen, besprachen mit Freunden den Artikel. Viele hatten ihn selbst nicht gelesen, da sie nicht an eine Ausgabe kommen konnten, aber das hielt sie nicht von Spekulationen ab, teilweise sehr wilden. Ich hörte sogar eine Frau sagen, dass sie annahm, der Reporter, der den

Artikel geschrieben hatte, hätte sein Wissen über Magie aus erster Hand und wäre womöglich selbst ein Magier.

Miss Glass' Finger griffen fester um meinen Arm. „Möchtest du irgendetwas, India?", fragte sie.

Ihre Frage kam recht unerwartet, und ich brauchte einen Augenblick, um mir zu erschließen, was sie meinte. „Ich habe alles, was ich brauche", versicherte ich ihr.

„Aber ich muss dir etwas kaufen."

Wir verließen den Park in der Nähe der Hyde Park Corner und warteten auf eine Lücke im Verkehr. „Bitte, Miss Glass, es ist nicht nötig, mir Geschenke zu kaufen."

„Es ist nicht *nötig*, aber du hast in letzter Zeit so hart gearbeitet und hattest so viel Unglück, dass ich dir etwas kaufen will, das du *möchtest*."

„Haben Sie deshalb darauf bestanden, dass wir zur Piccadilly gehen? Das hatte ich mich schon gefragt."

„Was ist mit einem neuen Hut?"

„Ich habe bereits drei gute Hüte."

„Hüte oder Handschuhe kann man niemals genug haben. Schuhe auch, und Schals."

„Sie haben mir erst ganz kürzlich einen Schal gekauft." Ich lotste sie zwischen Kutschen und Karren über die Straße. Sie schaute nicht in unsere Gehrichtung, sondern nur auf ihre Füße, um nicht in Schlammpfützen zu treten.

Ein Zeitungsjunge stellte sich in eine Ecke und verkündete, dass weitere Exemplare der *Weekly Gazette* erhältlich seien. Fünf Passanten blieben stehen, um eines zu erstehen, und weitere drei kehrten in seine Richtung um.

„Das ist alles Unsinn!", rief der untersetzte Schuhmacher, der im Eingang seines Ladens stand. „Die *Gazette* lässt euch wie Narren dastehen." Einige Kauflustige nickten zustimmend, aber die Aussage verhinderte nicht, dass der Zeitungsjunge belagert wurde.

„Die Leute glauben alles, wenn es in der Zeitung steht", sagte eine Frau, die an uns vorüberkam.

„Die *Weekly Gazette* war schon immer ein Sensationsblatt", sagte ihr Begleiter. „Das wurde von ihrem Herausgeber eingefädelt, um mehr Zeitungen zu verkaufen, lass dir das gesagt sein."

„Leicht beeinflussbare Narren", murmelte ein Metzger, der aus seinem Laden gekommen war, um nachzusehen, was diesen Aufruhr auslöste.

„Ich frage mich, was die Magie eines Metzgermagiers zuwege bringt." Diese Aussage von Miss Glass, ganz leise getroffen, sodass nur ich sie hören konnte, sorgte dafür, dass ich ein Lächeln unterdrücken musste.

„Ich glaube, im Metzgerhandwerk liegt keine Magie."

Sie zog eine Grimasse. „Vermutlich nicht."

Sie wurde schneller und führte mich zu einem Kurzwaren-händler. „Ein neuer Pompadour! Wir kaufen ein paar Perlen, und was immer du noch brauchst, um einen neuen zu nähen. Wir werden das Muster zusammen entwerfen." Sie hielt inne, ehe sie den Laden betrat. „Glaubst du, es wäre unhöflich, wenn wir fragen, ob er ein Kurzwarenmagier ist?", flüsterte sie.

„Ja!", rief ich. „Erwähnen Sie das Wort Magie im Laden nicht. Haben Sie das verstanden, Miss Glass?"

Sie seufzte. „Spielverderberin." Es schien, als hätte sie sich mit der Existenz von Magie in unserer Welt schneller abgefun-den, als ich erwartet hätte. Was für ein Glück. Nun gab es für sie einen Grund weniger, einen Anfall zu bekommen.

* * *

„Es wird überall darüber gesprochen", erzählte ich Matt, als wir mit unseren Einkäufen zu Hause ankamen. Zusammen mit Perlen und einem Band hatte Miss Glass noch einen Hut und eine Hutnadel für sich erstanden und ein neues Ausgehkleid mit Dreiviertel-Ärmeln bestellt, bei dem ich mitgehört hatte, wie sie der Schneiderin sagte, es wäre für mich.

„Das ist mir auch aufgefallen", sagte er.

„Du warst aus?" Wir saßen allein in der Bibliothek. Vielmehr saß ich, und er stand am Buffet, die Hände hinter dem Rücken verschränkt, während er die Karaffe betrachtete. Ich hoffte, ein Gespräch würde ihn von der Anziehungskraft des Kognaks ablenken.

„Ich war auch einkaufen." Er zog eine Papiertüte aus seiner inneren Jackentasche. „Tatsächlich bin ich sogar mit Chronos

196

ausgegangen, aber er wollte nach einer Weile seiner eigenen Wege gehen."

„Du glaubst nicht, dass er diesmal weggelaufen ist?"

„Ich vertraue darauf, dass er zurückkehrt."

„Ihm gefällt es ja hier."

Er reichte mir die Tüte. „Die sind für dich."

Ich schaute hinein und holte eine kandierte Pflaume heraus. „Danke, aber ich werde noch dick, wenn du mir immer wieder Süßigkeiten kaufst."

„Was, wenn ich verspreche, sie dir nur zu seltenen Gelegenheiten zu kaufen?" Er beobachtete, wie ich mir das gezuckte Konfekt in den Mund steckte. „Etwa, wenn ich mich für etwas bei dir entschuldigen muss."

Da ich nicht würdevoll sprechen konnte, zog ich stattdessen nur die Augenbrauen hoch.

Er hob die Hose an den Knien an und setzte sich in den Ohrensessel am Kamin. „Ich bin mir bewusst, wie anmaßend ich heute in Barratts Bureau geklungen habe, als ich ihm befohlen habe, sich von dir fernzuhalten. Dazu hatte ich kein Recht. Du hast natürlich die Freiheit, dich mit jedem zu treffen, den du treffen willst. Ich hätte den Mund halten sollen."

„Mach dir keine Sorgen wegen dieser Bemerkung. Das war in der Hitze des Augenblicks, und ich nehme es dir nicht übel. Ich will Oscar derzeit sowieso nicht wiedersehen."

„Du überlegst es dir vielleicht noch einmal, wenn sich alles beruhigt."

„Wird es sich denn beruhigen?"

Jemand klopfte und öffnete die Tür, ohne auf Matts Befehl zu warten. Dort stand Peter, der panisch wirkte. „Mr. Glass, Sir, hier ist ein Schutzmann. Er will Sie sprechen."

Matt und ich wechselten Blicke. Die Anwesenheit von Schutzmännern in der Park Street Nummer 16 hatte noch nie zu etwas Gutem geführt. „Ist er allein?", fragte Matt, der sich erhob.

„Ja, Sir."

Ich folgte Matt nach draußen und begrüßte ebenfalls den Schutzmann.

„Sie kommen besser mit mir mit, Sir", sagte der Schutzmann ernst.

„Aus welchem Grund nehmen Sie ihn fest?", verlangte ich zu wissen. „Wer hat diesmal eine Anklage gegen ihn vorgebracht?"

Der Schutzmann runzelte die Stirn. „Ich nehme niemanden fest, Ma'am. Ein Patient im London Hospital hat nach ihm gefragt."

„Wer?", fragten Matt und ich zur selben Zeit.

„Ich habe vor Kurzem einen Verletzten in das Krankenhaus gebracht. Er wollte mir seinen Namen nicht sagen, oder den Namen seines Angreifers, aber er sagte, ich solle herkommen und Mr. Glass holen."

„Wie sieht er aus?", fragte Matt. Aber ich kannte die Antwort bereits.

„Alt, weißes Haar und Bart", erwiderte der Schutzmann.
Chronos.

„Er ist in einem schlechten Zustand, Sir. Sie kommen besser schnell, ehe es zu spät ist."

att schien zu glauben, ich müsse getröstet werden. Auf dem Weg zum Krankenhaus fragte er mich etliche Male, ob alles in Ordnung war. „Natürlich ist es das", sagte ich. „Ich hoffe zwar, dass Chronos nicht schwer verletzt ist, aber sein Tod wird mich nicht so mitnehmen wie der meines Vaters oder meiner Mutter. Und außerdem bin ich mir sicher, er stirbt nicht, da er doch jetzt ärztliche Betreuung hat."

Er schaute auf unsere verbundenen Hände hinab und sagte nichts. Einen Augenblick später bemerkte ich, dass ich sehr fest zugriff, und zwang meine Finger, ihn loszulassen. Wir sollten uns ohnehin nicht an den Händen halten. Es war unangemessen; wir hatten uns doch beide geschworen, dass wir miteinander nicht vertraut umgehen würden, wenn auch aus unterschiedlichen Gründen.

„Ich mache mir mehr Sorgen um dich, Matt." Es dämmerte bereits, und es lag einige Stunden zurück, seit er zum letzten Mal von seiner Uhr Gebrauch gemacht hatte. Ich versuchte, in sein Gesicht zu schauen, doch es war verdeckt von den Schatten der Nacht. „Wir schließen die Vorhänge, damit du deine Uhr benutzen kannst, ehe wir im Krankenhaus ankommen", erklärte ich und griff nach dem Vorhang.

„Es geht mir gut, India." Seine Hand legte sich auf meine

und hielt sie abermals fest. „Ich habe sie benutzt, ehe du nach Hause gekommen bist."

„Aha. Gut. Glaubst du, ich sollte den Zauber noch einmal darauf sprechen? Das letzte Mal habe ich dafür gesorgt, dass sie etwas länger funktioniert. Möchtest du, dass ich das erneut mache?"

„Nein."

„Dann später."

„Wenn du möchtest."

Trotz meiner Anstrengungen, mir etwas einfallen zu lassen, was ich sagen könnte, wurden wir still. Da ich an nichts und niemanden denken konnte außer an Chronos, beschloss ich, dass wir auch gleich über ihn sprechen könnten. „Er ist ein alter Narr."

„Ja."

„Er hätte das Haus doch nicht verlassen sollen."

„Nein."

„Geschieht ihm recht."

„So ist es."

„Er hätte im Haus bleiben sollen, wo es sicher ist." Ich schniefte. „Langeweile ist keine Ausrede, um das eigene Leben in Gefahr zu bringen." Ich schniefte noch einmal. „Er ist ein selbstsüchtiger, arroganter alter Mann, dem es nur um eines geht."

„Um was denn?"

„Seine Magie mit der eines Arztes zu vereinen, natürlich."

„Natürlich."

Ich schaute zu ihm auf. Er war ein wenig verschwommen. „Bist du anderer Meinung?"

„Wir sind da." Er öffnete die Tür, noch bevor die Kutsche völlig zum Stillstand kam, und klappte den Tritt herab. „Wartet auf uns", sagte er zu Duke und Cyclops, die beide auf dem Kutschbock saßen.

Er half mir den Tritt hinab und begleitete mich ins London Hospital. Es war das erste Mal, dass wir diese Institution an der Whitechapel Road aufsuchten, um einen Patienten zu besuchen und nicht, um einen Angestellten zu befragen.

Die Schwester am Schreibtisch im Empfangsraum verwehrte

uns zunächst den Eintritt in die Männerstation, da wir außerhalb der Besucherzeiten kamen, doch als Matt die Lage erklärte, ließ sie uns direkt an das Bett von Chronos führen.

Seine Augen waren geschlossen, seine Haut blass, aber nicht bleich. Ein Blutfleck war auf dem Verband um seinen Kopf zu sehen, und auf seinem angeschwollenen Kinn war ein blauer Fleck. An den Fingerknöcheln waren Abschürfungen, weil er sich wohl gewehrt hatte. Er schien nicht unmittelbar an der Schwelle des Todes zu stehen, wie es der Schutzmann berichtet hatte. Trotzdem wurde mir bei dem unerwarteten Anblick dieses zerbrechlichen Mannes anstelle von Chronos die Kehle eng.

„Er schläft", flüsterte die Schwester, die uns hergebracht hatte. „Dem Herrn sei's gedankt. Er ist ein schwieriger Patient."

„Inwiefern?", erwiderte Matt, ebenfalls flüsternd.

„Weil er weglaufen wollte und uns seinen Namen nicht sagte. Er ging hinaus, ehe wir ihn richtig säubern konnten, und wir brauchten zwei Krankenpfleger, um ihn zurückzuholen."

Ich lächelte, war mir aber nicht sicher, weshalb.

„Er kann gehen?", fragte Matt.

Die Schwester nickte. „Sie können ihn mitnehmen, wenn Sie möchten."

„Lassen Sie ihn noch ein wenig schlafen. Hat Dr. Ritter Dienst?"

„Ich glaube, er ist gerade auf Visite auf der Frauenstation. Wenn Sie am Empfang warten, werden Sie ihn bald sehen."

Matt berührte mich am Arm. „Willst du hierbleiben?"

„Ich komme mit dir", flüsterte ich.

Wir folgten der Schwester zurück nach vorne zum Empfang. „Wenn Sie doch bitte der Mitarbeiterin am Schreibtisch für unsere Aufzeichnungen den Namen des Patienten geben könnten", sagte sie.

Sie ging wieder auf die Station, sodass Matt und ich dort zurückblieben. Die Schwester am Tresen schaute auf und lächelte. „Sein Name?", fragte sie.

„Will Wordsworth", erwiderte Matt. „Er ist ein Verwandter aus Amerika, der bei mir zu Besuch ist."

„William Wordsworth?", flüsterte ich und trat mit ihm vom

Tresen zurück. „Hättest du dir nicht jemanden einfallen lassen können, der kein berühmter Dichter ist?"

„Es musste schnell gehen."

Die Tür gegenüber des Empfangsraumes öffnete sich, und Dr. Ritter kam heraus, ein Klemmbrett unter dem Arm. Als er uns sah, blieb er stehen und stöhnte.

„Wir besuchen einen Patienten", versicherte ihm Matt. „Aber wir dachten, wir stellen Ihnen noch ein paar Fragen, wo wir schon einmal hier sind."

„Dafür habe ich keine Zeit." Dr. Ritter drängte sich an ihm vorbei, unterwegs zur Männerstation.

Matt und ich folgten ihm. „Dann reden wir doch, während wir gehen", sagte Matt.

„Ich rufe Pfleger und lasse Sie hinausbegleiten."

„Sie sorgen für eine Szene? Das würde sich nicht gut machen, Dr. Ritter. Kommen Sie schon, es sind nur ein paar Fragen. Kennen Sie eine Frau namens Nell Sweet in Bright Court, Whitechapel?"

„Ich merke mir die Namen von Patienten nicht."

Ich raffte meine Röcke und eilte ihnen nach, zurück auf die Männerstation. An der Reihe der Betten entlang schaute ich auf das von Chronos am Ende. Er schlief noch.

„Dr. Millroy wurde vor ihrem Haus ermordet", flüsterte Matt.

Dr. Ritter blieb stehen, um auf die Akte zu schauen, die an einem Haken am Fußende eines Patientenbettes hing.

„Glauben Sie, sie war seine Geliebte?", fragte Matt.

„Eine Hure aus Whitechapel?"

„Ich habe nicht gesagt, dass sie eine Hure war."

„Meiner Arbeitserfahrung nach sind das alle Frauen in Whitechapel."

„Wir haben uns mit Mrs. Millroy unterhalten, und sie hat uns bestätigt, dass sie diejenige gewesen ist, die Sie über das Experiment ihres Mannes mit einem Uhrmacher in Kenntnis gesetzt hat."

„Und?"

„Also kennen Sie den Namen seines Mit-Magiers?"

Dr. Ritter warf einen Blick auf den nächsten Patienten. Matt hatte geflüstert, weshalb ich bezweifelte, dass es sonst jemand gehört hatte. „Er nannte sich Chronos. Lächerlicher Name." Sein Blick huschte zu mir. Wusste er, oder riet er, dass Chronos mein Großvater war?

„Sie haben die Uhrmachergilde von seiner Beteiligung an dem Experiment unterrichtet und sein Aussehen auf der Basis dessen beschrieben, was Mrs. Millroy Ihnen erzählt hat. Haben die Uhrmacher ihn aufgrund Ihrer Beschreibung erkannt?"

„Das müssen Sie wohl sie fragen."

„Was ist mit dem Mann, an dem sie experimentiert haben? Was können Sie uns über ihn erzählen?"

„Ist das alles wirklich nötig? Ich bin sehr beschäftigt." Er ging zum nächsten Patienten weiter. Nachdem er die Akte überprüft hatte, stellte er dem Patienten einige Fragen über den Grad seiner Schmerzen, während er ihm auf dem Bauch herumdrückte. Den Schreien des Mannes nach zu urteilen, und der Art, wie er sich bei jedem Stochern von Dr. Ritters Fingern krümmte, hätte ich gesagt, dass er erhebliche Schmerzen litt.

Dr. Ritter gab einer Schwester das Zeichen, eine Dosis Morphium zu verabreichen, ehe er zum nächsten Patienten weiterging, weiter Richtung Chronos. Hatte er Chronos bereits gesehen? Gewiss war er ihm vor all den Jahren nicht begegnet, oder würde ihn jetzt nicht wiedererkennen, falls er ihn getroffen hatte.

„Der Stadtstreicher, an dem Dr. Millroy experimentiert hat", drängte Matt, während er Dr. Ritter weiter vor sich hertrieb. „Unsere Ermittlungen legen nahe, dass er doch eine Familie hatte. Wissen Sie etwas darüber?"

Dr. Ritter blinzelte bei Matts Frage nicht einmal. „Da Sie mit Mrs. Millroy gesprochen haben, die meiner Erfahrung nach eine sehr unverblümte, nüchterne Frau ist, würde ich sagen, Sie wissen bereits, dass ich es weiß. Was immer sie mir erzählt hat, hat sie vermutlich auch Ihnen erzählt. Würden Sie mich nun bitte weitermachen lassen? Meine Patienten brauchen mich."

Er ging zu einem weiteren Bett, las die Akte, dann sprach er leise mit einer Schwester. Er war vier Betten von Chronos entfernt. Matt schien sich keine Sorgen zu machen. Ich schon. Selbst wenn Dr. Ritter Chronos vor all den Jahren nie getroffen hatte, würde er es nicht seltsam finden, dass wir einen Patienten aus dem Krankenhaus abholten? Er könnte die Verbindung erraten.

„Hatten Sie in letzter Zeit Kontakt zu Mr. Abercrombie?", fragte Matt, als Dr. Ritter zum nächsten Bett weiterzog.

Der Arzt schrieb etwas auf die Akte und ließ sich Zeit damit, sie zu studieren. „Wir haben uns getroffen, um Ihre Ermittlungen wegen des Mordes an Dr. Millroy zu besprechen, zusammen mit dem derzeitigen Meister der Gilde der Wundärzte. Das ist kein Schuldeingeständnis, Mr. Glass. Wir wollten einfach besprechen, was es für unsere jeweiligen Gilden bedeuten könnte, da Sie um Ihre Gründe, den Fall wieder aufzurollen, ein recht großes Geheimnis gemacht haben."

„Ich habe kein Geheimnis gemacht", erwiderte Matt. „Die Akte wurde von der Polizei wieder geöffnet."

Dr. Ritter knurrte und ging weiter. Er war inzwischen zwei Betten von Chronos entfernt.

Chronos schlug die Augen auf. Er wirkte schläfrig und verwirrt, während er seine Umgebung musterte. Er bemerkte seine aufgeschlagenen Knöchel und berührte dann seinen Kopf im Verband. Eine Schwester näherte sich ihm, die ihn anlächelte und leise zu ihm sprach.

Ich blieb, wo ich stand, nicht sicher, ob ich zu ihm gehen sollte oder nicht. In seinem verwirrten Zustand würde er vielleicht vor Dr. Ritter zu viel sagen.

„Wann sind Sie heute ins Krankenhaus gekommen?", fragte Matt.

Dr. Ritter runzelte die Stirn. „Am späten Vormittag. Weshalb?"

„Waren sie noch einmal draußen?"

„Sie haben kein Recht, mir diese albernen Fragen zu stellen. Sie haben nichts mit dem Mord an Dr. Millroy zu tun."

„Sind Sie je dem Uhrmachermagier begegnet, der als Chronos bekannt ist?"

Ich schnappte nach Luft. Die Frage war viel zu dreist, wenn man bedachte, dass Chronos nur ein paar Meter entfernt lag.

„Nein", sagte Dr. Ritter. „Er starb, ehe ich ihn zu seiner

Verwicklung in den Mord an dem Stadtstreicher befragen konnte."

„Es war kein Mord", warf ich ein. „Der Obdachlose war einverstanden, an dem Experiment teilzunehmen, und er kannte die Risiken."

Dr. Ritter rümpfte die Nase in meine Richtung. „Natürlich sagen Sie das, Miss Steele. Ich glaube, er war Ihr Großvater, oder nicht?"

Also wusste er es. Ach, Teufel aber auch. Ich wagte es nicht, einen Blick in Chronos' Richtung zu werfen.

„Entschuldigen Sie, Dr. Ritter, Sir", sagte die Schwester, die sich über Chronos beugte. „Würden Sie einen Blick auf diesen Patienten werfen, ehe er entlassen wird?"

Mir blieb das Herz in der Brust stehen, als Dr. Ritter Chronos' Akte las. Chronos schaute zuerst zu mir, dann zu Matt, einen fragenden Blick in den Augen. Matt lächelte ihn schwach an.

„Das ist mein angeheirateter Onkel", sagte Matt, der Chronos eine Hand hinhielt.

Chronos nahm sie und gestattete es Matt, sich von ihm aufhelfen zu lassen. Dr. Ritter kam näher und schaute Chronos finster ins Gesicht. Er hatte bereits zugegeben, dass ihm Chronos nie begegnet war, aber sah er eine Familienähnlichkeit mit mir hinter den weißen Barthaaren? Falls ja, und falls er Abercrombie davon in Kenntnis setzte, würde Abercrombie gleich zu unserem Haus kommen, um nach ihm zu suchen.

„Er heißt Will Wordsworth", fügte Matt an.

„Wie der Dichter", sagte Dr. Ritter nickend.

„Er wohnt bei uns, war aber heute unterwegs. Es sieht aus, als wäre er in Schwierigkeiten geraten."

„Matts Onkel ist ein recht tollpatschiger Narr", sagte ich.

Chronos kniff die Augen zusammen.

„Es scheint, als wäre er in eine schlechte Gegend geraten." Matt klang ungezwungen, aber er beobachtete Dr. Ritters Reaktion genau.

Dr. Ritters Blick huschte zu mir, dann zurück zu Chronos. Dieser Zeitpunkt war perfekt, um meine Stiefelspitzen in Augenschein zu nehmen.

„Kann ich ihn jetzt mit nach Hause nehmen?", fragte Matt. Er ging, um Chronos beim Aufstehen zu helfen, aber Dr. Ritter legte Chronos einen Arm auf die Brust und zwang ihn dazu, im Bett zu bleiben.

„Einen Augenblick." Dr. Ritter bat die Schwester, ihm die Akte vom Ende des Bettes noch einmal zu reichen. Er zog einen Bleistift aus der Tasche und hielt ihn über die Akte. „Wie lautet Ihr Name?"

„Will Wordsworth", erwiderte Chronos mit amerikanischem Akzent.

Die Schwester runzelte die Stirn, sagte aber nichts, während Dr. Ritter schrieb.

„Wo wohnen Sie?", fragte Dr. Ritter.

„Kalifornien, aber ich besuche meinen Neffen. Er hat ein großes Haus in Mayfair, dank seiner englischen Verwandten."

„Wie lange sind Sie schon in London?"

Chronos' Blick huschte zu Matt. Dr. Ritters Blick folgte ihm. Matt stand völlig still, und ich sorgte dafür, dass auch ich mir nichts anmerken ließ. „Seit einer Woche", sagte Chronos. „Vielleicht etwas mehr." Er berührte sich am Kopf und zuckte zusammen.

„Auf welchem Schiff sind Sie hergekommen?"

Matt machte ein missbilligendes Geräusch. „Dieses Detail ist nicht nötig, damit es seinem Kopf besser geht."

„Aber es hilft mir, sichergehen, dass er sein Gehirn nicht verletzt hat."

„Meinem Gehirn geht es hervorragend", sagte Chronos, der die Bettdecke von sich stieß. „Reichen Sie mir meine Hose. Ich will gehen. Ich hasse Krankenhäuser."

„Sehen Sie?", erwiderte Matt fröhlich. „Ihm geht's gut. So ist er doch immer, oder nicht, India?"

„Für gewöhnlich schlimmer", sagte ich und drehte mich um, während Chronos sich ankleidete.

Dr. Ritter diktierte Anweisungen, wie Chronos' Kopfverletzung zu versorgen sei, und trug uns auf, einen Arzt zu holen, falls ihm schlecht oder schwindlig wurde. Dann ging er ohne eine Verabschiedung weiter.

Matt bot Chronos eine Hand an, doch Chronos schlug sie weg.

„Ich kann gehen“, knurrte er.

„Erstaunlich“, sagte die Schwester, während sie uns zurück zum Empfangsraum führte. „Vorher haben Sie nicht mit Akzent gesprochen.“

„Der Schlag auf den Kopf hat wohl meine Sprachfähigkeit beeinflusst“, erwiderte Chronos, ohne auch nur zu stutzen.

„Wie merkwürdig. Das sollte ich Dr. Ritter berichten. Er wird sich dafür interessieren, dass ...“

„Nein“, sagten Matt und ich gleichzeitig. „Das wird nur zu Fragen führen, und mein Onkel will nicht gestört werden“, fügte Matt an. Er lächelte sie strahlend an. „Sie leisten hier ganz hervorragende Arbeit, Schwester ...?“

Sie wurde rot. „Lorelei Kenner. Vielen Dank, Sir. Man lobt uns nicht oft.“

Er fiel zurück, um neben ihr herzugehen. „Hatten Sie heute einen langen Tag?“

„Ziemlich lang. Ich habe mittags angefangen und muss noch ein paar Stunden arbeiten, ehe die Nachtschicht übernimmt.“

„War viel los?“ Worauf wollte Matt hinaus?

„Nicht sonderlich. Am Wochenende normalerweise schon, aber mitten in der Woche nicht.“

„Da hatten sie vermutlich Zeit, sich schnell rauszuschleichen und in einem Gasthaus zu essen“, sagte Matt mit einem verschwörerischen Lächeln, bei dem die Schwester noch tiefer errötete.

Ah, jetzt wurde es mir klar. Ich lächelte vor mich hin. Er war gut darin, auf diese Weise an Informationen zu kommen. Viel zu gut.

„Ich doch nicht, Sir“, sagte die Schwester. „Ich war den ganzen Nachmittag hier. Einige andere Schwestern gehen aus, wenn sie können, und die Ärzte kommen und gehen, wie es ihnen gerade passt.“

Matt nickte wissend. „Dr. Ritter sagte, er wäre vor etwa ein oder zwei Stunden ausgegangen.“

Die Schwester zeigte keinerlei Hinweise darauf, dass ihr seine Lüge auffiel. Wenn ich nicht gewusst hätte, dass Dr. Ritter sich geweigert hatte, diese Frage zu beantworten, hätte ich gedacht, Matt spräche die Wahrheit. „Ich glaube, er hat in einem Gasthaus gegessen", erklärte sie.

„Komm, Onkel Will", sagte Matt, der Chronos am Arm nahm. „Erlaube mir, dich zu meiner Kutsche zu geleiten."

Matt unterschrieb am Empfangstresen ein Formular, und wir begaben uns nach draußen.

„Matt!", rief eine bekannte Stimme. „India! Was macht ihr denn hier?" Wir drehten uns um und sahen Willie die Stufen herabkommen, die zu den Bureaus der Ärzte und anderen Personalräumen führten.

„Willie?", erwiderte ich und wiederholte die Frage, die sie gerade uns gestellt hatte.

Sie kam näher, lächelte, dann erhaschte sie einen Blick auf Chronos. „Das ist kein guter Ort, um ihn mitzunehmen, wenn man bedenkt ... ihr wisst schon." Sie warf einen Blick die Stufen empor.

„Dr. Ritter glaubt, er sei mein Onkel aus Amerika", sagte Matt, der uns zur Eingangstür lotste. „Er hat gekämpft und wurde hergebracht."

„Das erklärt den Verband." Willie schüttelte den Kopf. „Was haben Sie denn in Ihrem Alter in einem Kampf verloren?"

„Ich wurde überfallen", sagte Chronos, während wir die Eingangsstufen hinab zu unserer Kutsche gingen, die an einer Straßenlaterne wartete. „Ich habe ihn nicht gesehen."

„Willie?" Duke erhob sich auf dem Kutschbock und blinzelte in die Düsternis. „Was verdammt noch mal machst du denn hier?"

„Das hat sie noch nicht erklärt", teilte ich ihm mit, selbst unheimlich neugierig.

„Das geht dich nichts an, Duke", rief sie nach oben. „Dasselbe gilt für den Rest von euch."

Duke setzte sich mit einem unzufriedenen Grummeln wieder. Cyclops kicherte, was ihm einen Ellbogen in die Rippen einhandelte. „Rein mit euch", knurrte Duke. „Mir ist kalt, und es ist Essenszeit."

„Gehen wir, ehe Ritter Verdacht schöpft", sagte Chronos. Er legte die Handfläche als Stütze flach an die Tür und ließ sich von Matt in die Kutsche helfen, wo er schwer auf den Sitz sank.

„Wenn er Verdacht schöpft", sagte Matt, „wird er uns einen Besuch abstatten. Ich schätze, er wird es zunächst mit Abercrombie besprechen und klären, ob es Grund zu einem Verdacht gibt."

„Abercrombie wird das plötzliche Auftauchen eines Onkels skeptischer sehen", sagte ich und setzte mich neben Chronos. Er hatte die Augen geschlossen und den Kopf zurückgelegt. Ich berührte ihn am Arm. „Geht es dir gut?"

„Ich habe Kopfschmerzen."

„Mrs. Bristow wird etwas dagegen haben."

„Ich brauche Dr. Millroy." Er öffnete ein Auge, als niemand ihm antwortete. „Ich bin mir im Klaren darüber, dass er tot ist. Mit meinem Gedächtnis ist alles in Ordnung. Aber ein magischer Arzt kann Kopfschmerzen häufig heilen, da sie sowieso nur vorübergehende Probleme sind." Er berührte vorsichtig den Verband. „Wenn ich denjenigen erwische, der das getan hat …"

„Irgendwelche Hinweise, wer es war?", fragte Matt.

„Nein", knurrte Chronos. „Er hat mich von hinten angegriffen. Ich versuchte, ihn abzuwehren, aber er hat mich überwältigt. Ich bin gestürzt und habe mir den Kopf auf dem Bürgersteig angeschlagen." Er betastete die Schwellung an seinem Kinn. „Ich glaube, ein Zahn hat sich gelockert."

„Sie hatten Glück" erklärte ihm Willie. „Ich habe Männer sterben sehen, nachdem sie sich den Kopf angeschlagen haben."

Wir bogen etwas rasch um eine Ecke, sodass Chronos gegen die Seite der Kutsche rutschte. Er zuckte zusammen und klopfte an das Dach. „Langsamer!"

„Duke fährt", sagte Willie. „Er ist wütend auf mich, weil ich ihm nicht gesagt habe, warum ich im Krankenhaus war."

„Weshalb warst du denn im Krankenhaus?", fragte Matt.

„Das geht nur mich etwas an."

Das schien ihn zufriedenzustellen, aber mich stellte es keineswegs zufrieden. Weshalb war sie so geheimnistuerisch? War sie krank oder verletzt? Wenn ja, weshalb hatte sie dann gelächelt, gleich als sie mich gesehen hatte? Vielleicht hatte ihr gerade ein Arzt mitgeteilt, dass sie von einer mysteriösen Krankheit geheilt war.

„Was haben Sie und Dr. Ritter besprochen?", fragte Chronos Matt. „Ich konnte es nicht ganz verstehen."

„Ich wollte wissen, ob ihm klar war, dass Mr. Wilson Familie hatte", sagte Matt.

„Ich habe Ihnen doch gesagt, dass er keine hatte. Weshalb sonst sollte er auf der Straße leben?" Chronos schloss wieder die Augen und öffnete sie nicht, bis wir vor Matts Haus anhielten.

Peter half Chronos die Stufen hinauf und gab den Leibdiener, aber ich bestand darauf, ihm ein Tablett mit einem leichten Abendessen zu bringen. Er lag auf dem Bett, setzte sich aber auf, als ich eintrat. Ich schob Mrs. Bristows Kopfschmerz-Tonikum zur Seite und stellte das Tablett auf dem Nachtkästchen ab.

Ich setzte mich auf die Bettkante. „Wie fühlst du dich?"

„Als hätte ich mir den Kopf auf dem Bürgersteig angestoßen." Er musterte, was auf dem Tablett stand, und schnappte sich eine Karotte. Er biss einmal ab und legte sie zurück. „Ich bin nicht hungrig."

„Ich lasse es hier, falls du es dir anders überlegst." Ich ordnete die Kissen neu, damit er sich besser hinsetzen konnte, und erwischte ihn dabei, wie er mich seltsam betrachtete. Ich runzelte die Stirn in seine Richtung. „Was ist los?"

„Es ist lange her, dass ein hübsches Mädchen sich um mich gekümmert hat."

„Ich bin deine Enkelin."

„Du bist trotzdem ein hübsches Mädchen. Es ist nicht falsch, etwas zu sagen, das der Wahrheit entspricht." Er lehnte sich seufzend zurück. „Ich habe vergessen, wie schön es ist, wenn man umsorgt wird."

„Du hast Glück, dass du noch unter uns weilst. In deinem Alter hätte ein solcher Schlag tödlich sein können."

„Ich spüre mein Alter, India." Seine gewöhnlich ruhige Stimme klang pfeifend dünn. „Manchmal frage ich mich, wie ich so alt werden konnte. Die Zeit ist an mir vorbeigeschlüpft, während ich mit anderen Dingen beschäftigt war." Er lächelte schwach. „Was für eine Ironie für einen Uhrmachermagier."

„Du hättest langsamer machen sollen. An den Blumen riechen, wie man so schön sagt."

„An den Blumen zu riechen, war nichts für mich."

„Genauso wenig wie ein Geschäft betreiben oder eine Familie gründen."

Er seufzte. „Wirst du auf ewig wütend auf mich sein, weil ich gegangen bin?"

„Vermutlich." Ich nestelte an einem Faden meiner Ärmelstickerei herum, den ich nicht gut vernäht hatte. „Vielleicht sollte ich das nicht. Deine Abwesenheit hatte keine große Wirkung auf mich. Auf meinen Vater und meine Großmutter schon, da bin ich sicher, aber ich wurde von meinen Eltern sehr geliebt, und es mangelte mir nie an Zuneigung."

„Weshalb hast du sie dann bei Hardacre gesucht?"

Ich zupfte an dem Faden, wodurch er sich löste. „Ich bin siebenundzwanzig und hatte niemals eine Liebelei. Man hat mir gesagt, dass ich widerborstig bin und zu klug für die meisten Männer. Das schien Eddie nicht zu stören. Ich war … dankbar um seine Aufmerksamkeit."

„Matthew Glass ist nicht wie die meisten Männer."

„Nicht." Der Faden musste ganz weg. Er sah schrecklich aus, so locker, wie er jetzt herumhing. Ich zupfte noch schneller.

„Er empfindet deinen einzigartigen Charakter als attraktiv, nicht als Mangel." Er hob eine Hand und berührte mich am Haar in der Nähe meines Ohrs. „Ich habe nach Ähnlichkeiten zwischen dir und mir gesucht, und zwischen dir und deiner Großmutter, aber es ist nicht leicht, sie zu sehen. Du bist ein eigener Mensch, und das ist etwas Gutes, India. Etwas sehr Gutes."

Ich erhob mich und wandte mich ab. Als ich mir sicher war, dass ich nicht in Tränen ausbrechen würde, drehte ich mich wieder zu ihm um. „Du wirst hier sicher sein. Matt wird nicht zulassen, dass Abercrombie oder Ritter hereinkommen."

Er sank tiefer in die Kissen und seufzte schwer. „Was ist mit der Polizei? Er kann sie nicht davon abhalten, mich festzunehmen. Es würde mich nicht wundern, wenn Abercrombie oder Ritter es an die Polizei weiterleiten, falls Sie es herausbekommen."

„Matt hat einigen Einfluss auf den Polizei-Commissioner. Er kann ihn vielleicht überzeugen, dass Mr. Wilsons Tod die Folge einer bereits bestehenden Erkrankung war."

Er senkte langsam den Blick, als wären seine Augen zu schwer, um sie offenzuhalten. „Gute Nacht, India."

„Gute Nacht …" Ich sagte fast ‚Chronos', aber das schien heute Abend irgendwie nicht richtig. Ihn Großvater zu nennen, ebenso wenig. „Schlaf gut."

Ich schloss die Tür und sah Willie, die zu ihrem Zimmer auf der anderen Seite des Ganges unterwegs war. „Willie, warte."

Sie blieb auf halbem Weg stehen. „Ich sage dir nicht, warum ich dort war, India, also frag nicht."

„Wir müssen reden." Ich drängte sie in ihr Zimmer und schloss die Tür, gewissermaßen überrascht, dass sie sich das gefallen ließ. „Ich weiß, dass du nicht darüber sprechen willst, aber das solltest du."

Sie verzog das Gesicht. „Warum?"

„Du bist eine Frau, und ich bin eine Frau, und wir sind Freundinnen. Ich dachte, du brauchst vielleicht eine Freundin, um mit ihr zu reden, das ist alles."

„Hast du Stroh im Kopf?"

Ich stählte mich innerlich. Wie ging man an diese Sache taktvoll heran? Ich war wohl kaum die Frau mit der größten Erfahrung in intimen Angelegenheiten. „Erwartest du ein Kind?"

Sie riss die Augen auf. Dann warf sie den Kopf in den Nacken und lachte. „Hat dir das Duke in den Kopf gesetzt?"

„Stimmt es?"

„Nein!"

Nun. Das war ein Problem, das ich von meiner Liste streichen konnte. Und jetzt zu einer noch schwierigeren Frage. „Hast du dir irgendetwas eingefangen, irgendetwas … Juckendes? Da unten?"

„Nein! Himmel, India, kann man als Frau denn nicht ins Krankenhaus gehen, ohne dass jeder denkt, man wäre wegen eines Mannes dort?"

„Ich dachte nur … naja, du hast einige Zeit in Spielhöllen unter Männern verbracht, da dachte ich, du hättest vielleicht …" Ich zuckte mit den Schultern, nicht ganz sicher, wie ich den Satz beenden sollte, ohne dass ich sie wie eine Hure dastehen ließ.

„Du hast gedacht, ich hätte meinen Körper eingesetzt und

verspielt." Sie verschränkte die Arme vor der Brust, und eine steile Falte trat auf ihre Stirn.

Ich lachte nervös. „Das hast du einmal. Fast."

Sie fluchte tonlos. „Ich habe in letzter Zeit nicht viel gespielt. Ich habe nichts einzusetzen. Kein Geld zumindest."

„Oh? Aber du warst ziemlich oft weg. Wohin gehst du denn?"

Sie griff an mir vorbei nach der Tür.

Ich schnippte mit den Fingern. „Ins Krankenhaus? Ja? Aber warum?"

„Scheint, wir wären wieder da, wo wir angefangen haben, oder nicht?" Sie öffnete die Tür, aber sie stieß an meine Tournüre. Sie schubste mich leicht aus dem Weg.

„Warst du überhaupt aus medizinischen Gründen im Krankenhaus?", drängte ich weiter. „Oder aus irgendwelchen anderen?"

„Gute Nacht, India." Sie scheuchte mich mit einer Geste fort.

„Das wird mich quälen, bis ich es herausfinde. Das weißt du, oder?"

Sie grinste. „Sag Duke alles, was ich dir gerade erzählt habe, damit er mich nicht mit denselben Fragen nervt." Sie schubste mich noch einmal ein wenig an, sodass ich im Gang landete, und schloss die Tür vor meiner Nase.

Ein Kichern von weiter hinten im Gang ließ mich auf dem Absatz zu Matt herumfahren. „Weshalb fragst *du* sie nicht?", sagte ich. „Dir wird sie vermutlich alles erzählen."

Er kam näher, sein Lächeln wankte nicht. „Das bezweifle ich. Außerdem mag ich ein paar Geheimnisse."

„Na, ich nicht." Ich verschränkte die Arme.

„Sie wird es uns sagen, wenn sie bereit ist."

„Ich schätze, du hast recht."

„Wie geht es ihm?"

Ich senkte die Arme und warf einen Blick auf Chronos' Tür. „Er wollte nichts essen, und sein Kopf tut schrecklich weh. Er hat noch nicht ganz wieder zu seiner normalen nervtötenden Art zurückgefunden. Ich schätze, darum sollten wir dankbar sein."

Er legte mir die Hände auf die Schultern und senkte den Kopf, um mein Gesicht richtig zu sehen. Im Gang war es finster, trotz der entzündeten Lampen auf den beiden Beistelltischen, aber er bemerkte vermutlich trotzdem den Glanz in meinen Augen. „Geht es *dir* gut?", fragte er sanft.

Ich ballte an meinen Seiten die Fäuste. „Natürlich."

Er rieb mir mit den Daumen über die Schultern, sodass ein Teil der Anspannung abfiel. „Er hat vieles überlebt."

Ich schluckte. Das war gar nicht leicht mit dem tränenreichen Kloß in meiner Kehle. „Er ist alt."

„Ich bin mir nicht sicher, ob er dir da recht geben würde."

„Und außerdem dachte ich mein ganzes Leben lang, er wäre tot, also werde ich ihn wohl kaum vermissen, wenn er … wenn er weggeht."

Seine Hände bewegten sich, um mich am Kinn zu nehmen, und seine Daumen strichen weiter über meine Haut. „Ich weiß nicht, ob ihn deine Schauspielerei überzeugt, India." Er drückte mir in einem warmen, anhaltenden Kuss auf die Stirn. „Aber mich legst du nicht herein."

Ich vergrub mein Gesicht an seiner Schulter und ließ meine stillen Tränen in sein Hemd fließen. Das rhythmische Schlagen seines Herzens fühlte sich so stark, lebendig und energisch an. Ich schloss die Augen und atmete tief ein, genoss seinen Geruch.

Dann zog ich mich zurück und nahm das Taschentuch, das er mir anbot. Ich wischte mir über die Wangen und tätschelte seine nasse Brust. „Du musst dein Hemd wechseln."

Einer seiner Mundwinkel zuckte zu einem Lächeln empor. „Schließt du dich uns zu einem Drink in der Bibliothek an?"

„Ich glaube, ich ziehe mich zurück." Ich reichte ihm sein Taschentuch wieder, und er nahm es, zusammen mit meiner Hand.

„Ich werde dafür sorgen, dass er nicht wieder verschwindet."

Meinte er aus dem Haus oder aus London? Es spielte nicht wirklich eine Rolle, denn er konnte Chronos nicht davon abhalten, irgendwohin zu gehen.

* * *

AM FOLGENDEN VORMITTAG SAßEN MATT, Cyclops, Duke, Willie und ich in der Bibliothek und dachten darüber nach, wie wir die

Ermittlung fortführen wollten, als eine Nachricht von Hope Glass für Matt eintraf. Er las sie schweigend, sein Gesicht ausdruckslos, dann reichte er sie mir.

„Was hältst du davon?", fragte er.

Ich las sie und reichte sie an Willie weiter. „Ich frage mich, was sie dir mitteilen muss." Laut der kurzen Nachricht wollte Hope Matt am südöstlichen Ende des Serpentine-Sees im Hyde-park treffen, um ihm etwas Wichtiges mitzuteilen. Sie hatte ihm als genauen Zeitpunkt elf Uhr genannt.

„Sie wird dir sagen wollen, was Payne vorhat", schlug Cyclops vor, der die Nachricht las, während Duke ihm über die Schulter blickte. „Ich schätze, sie hat ihn die ganze Zeit hereingelegt, nur um seinen Plan zu erfahren, sodass sie ihn dir anvertrauen kann."

„Und sich dadurch deine Dankbarkeit verdient", schloss Duke.

Cyclops reichte die Nachricht zurück an Matt. „Und deine Freundschaft. Oder mehr."

„Dann muss ich gehen", erklärte Matt.

„Es ist nicht die Frage, ob du gehst oder nicht." Ich schaute auf die Uhr auf dem Kaminsims. „Du hast siebenundvierzig Minuten."

„Ich bin mir nicht sicher, ob das eine gute Idee ist", sagte Willie.

„Wirst du uns jetzt etwa vorsichtig, Willie?" Duke betrachtete sie gleichmütig. „Das sieht dir gar nicht ähnlich. Hat dir der Arzt im Krankenhaus irgendeine Medizin verabreicht, die deinen Charakter beeinflusst?"

Willie verdrehte die Augen. „Ich sage nur, dass Matt vorsichtig sein muss. Ich vertraue Hope nicht. Sie könnte versuchen, ihn in eine Liaison zu locken, aus der er nicht mehr herauskommt."

„Wir werden uns an einem öffentlichen Ort aufhalten." Matt klang erheitert. Erheitert! Ganz offensichtlich nahm er Hope und ihre Verzweiflung nicht ernst.

„Darum geht es doch gerade", sagte Willie, ehe ich es tun konnte. „Für jemanden, der so viele Bücher liest, kannst du manchmal ganz schön schwer von Begriff sein, Matt. Muss ich es buchstabieren, oder weißt du, wie solche Mädchen vorgehen?"

Matt erhob sich und zupfte an seinen Ärmeln. „Ich weiß, dass Hope nicht so nett ist, wie sie es aussehen lässt, aber sie ist klug. Ihr muss inzwischen klar sein, was für ein hoffnungsloser Fall ich bin, und dass Tricksereien nicht funktionieren werden."

„Diese Art törichten Geredes bringt reiche Gentlemen ständig in Schwierigkeiten."

„Ich werde nicht mit ihr in eine kompromittierende Situation geraten. India wird mitkommen, um das sicherzustellen."

„Ich?" Ich schüttelte den Kopf. „Sie hat ausdrücklich darum gebeten, dass du allein kommst, oder sie wird kein Wort sagen."

„Das schließt dich nicht mit ein. Du bist meine Assistentin."

„Ich glaube, sie hat sich ganz besonders auf mich bezogen."

Er presste die Lippen aufeinander. „Also gut. Versteck dich hinter einem Baum und sieh zu."

Ich lachte.

„Setz einen großen Hut auf", sagte er und ging hinaus, „und ein einfaches Kleid. Etwas, das nicht auffällt."

Er war weg, ehe ich widersprechen konnte. „Er ist verrückt", sagte ich zu den anderen.

„Er braucht eine Zeugin an seiner Seite", stellte Willie klar. „Nur für den Fall, dass diese kleine Schlange ihre Klauen in ihn schlägt."

„Schlangen haben keine Klauen", erklärte ihr Duke.

„Diese schon."

* * *

DER WILDE WIND zeichnete verworrene Muster in die Oberfläche des Serpentine und ließ frisch ausgetriebene Blätter zusammenstoßen. Nur wenige Menschen waren unterwegs, und diejenigen, die in den Park gekommen waren, gingen lieber auf den Wegen spazieren. Niemand mietete ein Boot oder paddelte im Wasser.

Matt lehnte an einem breiten Eichenstamm, wirkte auf lockere Art attraktiv, während er auf Hope wartete. Ich setzte mich auf eine Bank, ein Buch in der Hand, die Hutkrempe heruntergezogen. Wir nahmen einander nicht zur Kenntnis.

Um genau elf Uhr verlagerte er sein Gewicht, als sie sich näherte, in einen schwarzen Mantel gehüllt. Was ihm nicht auffiel, während er sie begrüßte, waren zwei weitere Gestalten, die aus der gegenüberliegenden Richtung kamen. Die Damen gingen Arm am Arm, mit langsamen Schritten, die Köpfe beim Sprechen zusammengesteckt. Ich erkannte keine von ihnen, aber ich konnte den Gedanken nicht unterdrücken, dass sie nicht hierher gehörten.

Matt begrüßte Hope mit einer Verbeugung. Ohne ein Wort nahm sie ihn am Arm und führte ihn zu einer Trauerweide in der Nähe. Ihre langen, eleganten Äste berührten den Boden, sodass sie ein gutes Versteck für ein Stelldichein unter Liebenden abgaben. Ich war nicht überrascht, als Hope Matt durch den Schleier in den natürlich gebildeten Raum dahinter führte.

Wie auf Absprache wurden die Frauen schneller und machten sich auf zu demselben Baum. Entschlossene Schritte und ein triumphierender Glanz in den Augen verrieten mir, was sie erwarteten, oder vielleicht hofften, dort zu entdecken – eine junge Frau, die sie kannten, in einer kompromittierenden Situation mit einem Gentleman. Es war wunderbar orchestriert und zeitlich abgestimmt.

Ich klemmte mir das Buch unter den Arm, hielt meinen Hut gut fest und lief.

Ich war zu spät. Die Frauen waren vor mir, ihre Schritte lang und entschlossen. Sie ließen alle Vorspiegelung fallen, dass sie nur zufällige Spaziergängerinnen waren, und schlugen die Äste der Trauerweide zur Seite, um durchzupflügen.

Und Matt, in seinem vorsätzlichen Zweifel an ihrer Verschlagenheit, war in Hope Glass' Netz gefangen.

KAPITEL 13

Ich erreichte den Baum wenige Augenblicke nach den Frauen. Die Blätter und Zweige peitschten mir ins Gesicht und streiften meinen Hut und Rock. Es war mir gleich, ich schob mich einfach weiter durch.

Ich prallte in den Rücken einer der Frauen, die am Rand der Lichtung standen. Sie stolperte mit einem leisen Schrei nach vorne, kam aber ins Gleichgewicht, ohne zu stürzen. Die andere Lady kam ihrer Freundin zu Hilfe.

Die Lichtung war leer.

„Entschuldigen Sie", murmelte ich. „Mir war nicht klar, dass hier drin jemand ist. Das sah doch wie ein interessanter Baum aus …" Ich klang albern, aber ich musste etwas sagen. Beide Frauen schauten mich finster an, die Lippen zusammengekniffen. Sie wussten, weshalb ich wirklich hier war.

„Komm schon, Sara", ließ eine der Frauen hören. „Wir können auch gleich gehen."

Sie entfernten sich durch die Äste des Baumes auf der anderen Seite der Lichtung. Ich folgte ihnen und erspähte Matt und Hope, die nebeneinander auf einem Weg spazierten. Sie waren für alle sichtbar, und etliche andere Spaziergänger gingen an ihnen vorbei. Niemand konnte ihnen vorwerfen, etwas Unangemessenes zu tun.

Hope warf einen Blick über die Schulter auf die anderen

beiden Frauen. Sie sah mich, und ihre Lippen öffneten sich, als sie nach Luft schnappte.

Matt sagte etwas, das ihre Aufmerksamkeit auf sich zog. Ich lächelte die beiden Damen an und zupfte an meiner Hutkrempe. Sollten sie doch mein plötzliches Auftauchen Lady Rycroft berichten. Es kümmerte mich nicht. Ich war nur zu froh, dass Matt nicht von Hope hereingelegt worden war.

Sie hakte sich mit beiden Händen bei Matt unter und ging sehr dicht neben ihm. So dicht, dass er sie, als sie in einer leichten Senke mit dem Knöchel umknickte, mühelos auffing, ehe sie stolperte. Sie blinzelte zu ihm auf, ein dankbares Lächeln auf den Lippen.

Und in der Zwischenzeit knöpften ihre Finger seine Jackenknöpfe auf. Ihre Dreistigkeit war schockierend. Hier würde man sie sehen! In der Abgeschiedenheit der Trauerweide und mit ihren Freundinnen als Zeuginnen konnte sie eine Verführung Matt anlasten. Aber hier draußen benahm Matt sich wie der perfekte Gentleman, und so würde man *sie* beschuldigen.

Eine Lady erholte sich nicht leicht von einem solchen Skandal. Was hatte sie vor? Ihre Aussichten mindern, damit Matt Mitleid mit ihr bekam und sie aus einem Gefühl der Verantwortlichkeit heraus heiratete? Ich wusste nicht, ob das ein dummer Plan war, oder teuflisch klug.

Mit einem anderen Mann hätte das funktionieren können, aber nicht mit Matt. Obwohl ihre Finger rasch und geschickt waren, erwischte er ihre Hand, als sie in seine Jacke vordrang.

Wut versteinerte seine Züge. Er ließ sie los, und sie wurde ganz bleich, als er lautlos fluchte.

Ich raffte meine Röcke und marschierte zu ihnen hinüber. Die Scharade war zu einem vernichtenden Ende gekommen, und es hatte keinen Sinn mehr, noch eine Rolle zu spielen.

„Weshalb, Hope?", hörte ich Matt knurren.

„Ich weiß nicht, was du meinst." Ihre Stimme bebte, und sie wich vor ihm zurück. Er hatte noch nie seinen Zorn auf sie gerichtet. Ihrer Reaktion ließ sich entnehmen, dass sie vermutlich niemals damit gerechnet hatte.

„Du hast versucht, meine Uhr zu stehlen."

Meine Schritte kamen ins Stocken. Natürlich. *Natürlich* war es das. Seine Jacke aufknöpfen, hineingreifen ... Matt war hier nicht der Narr; der war ich.

„Ich wollte nur einmal fühlen ...“

„Nein. Keine Lügen mehr.“ Er drehte den Kopf leicht in meine Richtung und nahm mich mit einem Nicken zur Kenntnis. „Gerade rechtzeitig, India. Hope will mir gerade in allen Einzelheiten von ihren Unterhaltungen mit Sheriff Payne erzählen.“

Hope hatte noch nie so sehr wie ihre älteste Schwester gewirkt wie in diesem Augenblick. Wo Patience vor allem und jedem Angst hatte, war Hope stets keck. Aber jetzt war sie die Ängstliche, während sie vor Matt zurückwich.

„Ich ... ich weiß nicht, von wem du sprichst“, flüsterte sie.

Matt schlug in seinem Rücken die Hände aneinander. Das Klatschen von Handschuh auf Handschuh ließ sie zusammenzucken. „Keine Lügen mehr, Hope. Verstehst du? Ich weiß sehr viel mehr, als du glaubst. Zum Beispiel weiß ich, dass deine Mutter das hier eingefädelt hat.“ Er wies mit dem Kopf auf die Trauerweide. „Aber ich weiß auch, dass dein Vater es nicht gutheißen würde. Er wäre wütend, wenn er von deinem Benehmen erfahren würde.“

Falls das geraten war, war es gut geraten. Hope schluckte schwer. Ihre Lippen zitterten. „Sag es ihm nicht. Er wird mich wegschicken.“

„Vielleicht ist *weg* der beste Ort für dich.“

„Sheriff Payne ist zu mir gekommen“, stieß sie hervor. „Ich habe ihn nicht aufgesucht.“

„Das weiß ich auch.“

„*Woher* weißt du es?“

„Was haben Payne und du besprochen?“

Sie zog die Säume ihres Mantels um die Kehle fest zu. „Deine Uhr. Sie ist magisch, oder?“

Matt antwortete nicht, und ich hoffte, mein Gesicht würde nichts preisgeben. Ich versuchte, meine Züge so ausdruckslos wie irgend möglich zu halten. Sie schaute sowieso nicht in meine Richtung. Sie hatte nur Augen für Matt.

„Der Sheriff sagte mir, deine Uhr wäre für dich etwas Besonderes, und er bat mich, sie zu holen, damit er sehen konnte, weshalb. Natürlich habe ich mich geweigert. Anfangs“, fügte sie an, als Matt eine Augenbraue hob. „Aber nachdem ich diesen Artikel in der *Weekly Gazette* gelesen hatte, habe ich mich allmählich gefragt, ob sie vielleicht magiebetrieben ist. Ich sah deine Uhr einmal glühen, und er hat sie ebenfalls glühen sehen. Und Miss Steele hat …“ Sie warf einen Seitenblick auf mich.

„Miss Steele hat was?“, bohrte Matt weiter.

„Sie ist dir wichtig, und doch kennst du sie noch nicht lang. Du hast sie eingeladen, bei dir zu wohnen, nachdem ihr nur so kurz bekannt seid. Ich dachte, dafür müsse es einen Grund geben.“

„Es gibt einen Grund“, erwiderte er.

„Sie ist eine Uhrenmagierin, oder nicht?“

„Nein.“

Sie machte ein missbilligendes Geräusch. „Ich bin nicht dumm, Matt. Deine Uhr erhält durch Miss Steele magische Qualitäten. Weshalb sonst sollte sie bei dir wohnen?“

„Du hast ein Gehirn und Augen. Benutze sie, um es rauszufinden.“

Sie plusterte sich auf. „Sheriff Payne glaubt, dass die Magie der Uhr dich irgendwie stark und gesund macht. Basierend auf meinen eigenen Beobachtungen muss ich zustimmen, doch ich gebe zu, dass ich es nicht verstehe. Vor dem Artikel in der Zeitung habe ich die Theorie des Sheriffs abgetan. Aber danach … schien es mir allmählich einzuleuchten. Besonders die Anwesenheit von Miss Steele.“

„Ich habe dir bereits gesagt, sie ist in meinem Haus, weil ich sie dort haben möchte.“

Matt griff nach ihrem Köder. Er musste vorsichtig sein, ehe er in der Hitze des Augenblicks noch etwas sagte, das er bereuen würde.

„Also hat Ihnen der Sheriff aufgetragen, Matts Uhr zu stehlen, und Sie haben entschieden, diesen ausgeklügelten Plan auszuarbeiten, um das zu bewerkstelligen“, sagte ich, „oder haben Sie das erst beschlossen, *nachdem* Matt Ihren Versuch vereitelt hat, ihn in eine Ehe zu zwingen?“

Das nahm ihr den Wind aus den Segeln. „Das Stelldichein im Baum, die Zeuginnen … das war alles die Idee meiner Mutter.“

„Bei der du beschlossen hast, dass du mitspielen würdest", sagte Matt, der seine Fassung wiederfand.

Hopes Gesicht verzog sich, und ihre Lippen zuckten, als sie versuchte, nicht zu weinen. „Es tut mir leid. Es tut mir so leid. Der Sheriff hat mich gezwungen, Matt. Ich hatte keine Wahl."

Er holte einmal Luft, dann noch einmal. Ich konnte nicht erkennen, ob er ihr glaubte oder nicht.

„Sheriff Payne hat mir vor meinem Haus aufgelauert, als ich eines Tages allein von einem Spaziergang nach Hause kam", sagte sie.

Na, das war eine Lüge. Sie war nicht allein gewesen, ihre Schwestern waren bei ihr gewesen.

„Er erzählte mir von seinen Annahmen über die Fähigkeiten deiner Uhr, und er befahl mir, sie dir zu stehlen. Als ich mich geweigert habe, sagte er, er würde der Polizei alles erzählen, was er über dich wusste." Sie blinzelte mit nassen Wimpern zu ihm auf. Irgendwie wirkte sie klein und kindlich. Wie schaffte sie das nur? „Hast du die Dinge wirklich getan, die er dir vorwirft?"

„Sehr wahrscheinlich", sagte Matt, „aber ohne seine Liste zu hören, ist es unmöglich, sie mit meiner zu vergleichen. Mach dir keine Sorgen. Die Behörden auf beiden Kontinenten kennen die Wahrheit. Sheriff Payne kann versuchen, mich als Bösewicht darzustellen, so viel er will. Niemand wird ihm glauben." Er reichte ihr sein Taschentuch. „Also weshalb wolltest du mich schützen?"

Glaubte er das wirklich? Sicher war er nicht so leichtgläubig, nur weil er große, traurige Augen und einen Trotzmund vor sich hatte.

„Es ist nicht nur das", sagte sie und tupfte sich die Augen. „Er hat Informationen über Patience, die sie ruinieren können, wenn sie herauskommen. Lord Cox wird nichts mit ihr zu tun haben wollen, falls er davon erfährt."

Das wollte ich hören. „Falls er was erfährt?"

„Sie hatte letztes Jahr einen Fehltritt mit einem Gentleman."

Ich stieß ein bellendes, harsches Lachen aus.

„Es stimmt, Miss Steele", sagte sie mit leiser Stimme. „Patience wurde von einem Mitgiftjäger verführt. Mein Vater entdeckte den Plan, ehe es zu spät war, und hat den Gentleman bezahlt, um sich von ihr fernzuhalten und Schweigen zu wahren. Falls Lord Cox davon erfährt, wird er die Hochzeit abblasen. Er ist ein äußerst anständiger Mann und schätzt seinen Ruf mehr als alles andere. Mehr als seine Zuneigung zu Patience. Tatsächlich bin ich mir sicher, dass er überhaupt nur Zuneigung zu ihr verspürt, *weil* er glaubt, dass sie einen genauso guten Ruf hat. Irgendwie hat Sheriff Payne von ihrem Fehltritt erfahren. Ich würde ihm durchaus zutrauen, dass er die Drohung wahrmacht und einen anonymen Brief an Lord Cox sendet. Das würde meine Schwester nicht nur ruinieren, es würde sie zerstören. Sie würde sich niemals erholen, falls er sie verstößt."

Matts Stirn legte sich in Falten, während er seine Cousine anstarrte. Sie blinzelte mit großen Augen zu ihm zurück. Nun, wenn er sie nicht zur Rede stellen wollte, würde ich es tun.

„Sie haben eine sehr lebendige Vorstellungskraft, Miss Glass", sagte ich. „Was für eine hervorragende Geschichte."

„Sie glauben mir nicht?", fragte sie.

„Weshalb sollten wir? Sie haben sich ja wohl kaum als vertrauenswürdig erwiesen."

Sie zuckte zurück. „In dieser Sache lüge ich nicht. Patience hatte wirklich einen Fehltritt, und Sheriff Payne weiß davon. Ich weiß nicht wie, aber er tut es. Er scheint eine ganze Menge über unsere Familie zu wissen."

„Wenn er sich etwas in den Kopf setzt, bekommt er es auch", sagte Matt leise. „Das macht ihn so gefährlich."

Hope reichte Matt das Taschentuch zurück. Als er es nehmen wollte, fasste sie seine Hand mit ihren beiden. „Bitte, Matt. Du musst mir glauben. Ich lüge nicht."

Er öffnete den Mund und schloss ihn wieder. Er nickte leicht.

Ich stand kurz davor, wegzustürmen, aber ich wagte es nicht, ihn in ihren Fängen zu lassen. Wie konnte er nur glauben, dass die scheue, ängstliche Patience eine Liaison gehabt hatte? Es war unvorstellbar.

„Was erwarten Sie von Matt?", fragte ich Hope. „Dass er Ihnen seine Taschenuhr überlässt, damit Sie sie dem Sheriff geben und den Ruf Ihrer Schwester retten können?"

„Nein, Miss Steele. Ich möchte nur, dass Matt versteht, weshalb ich getan habe, was ich heute getan habe. Ich will nichts von ihm. Nicht jetzt." Sie ließ ihn los und legte sich eine Hand auf den Magen. „Beten Sie für meine Schwester, Miss Steele. Sie wird alle Gebete brauchen, die sie bekommen kann."

Ich sah ihr nach, als sie wegging, die Hände in die Hüften gestemmt. „Die hat Nerven! Es ist eines, zu versuchen, dir deine Uhr zu stehlen, Matt, aber es ist etwas ganz anderes, dass sie so schreckliche Dinge über ihre eigene Schwester sagt."

„Schreib lieber an Patience, sobald wir nach Hause kommen, und warne sie", erwiderte er.

„Du glaubst ihr? Matt! Ich hätte nie erwartet, dass du so leichtgläubig bist."

„Ich muss sicher sein." Er bedeutete mir, dass ich neben ihm hergehen sollte.

„Aber … weshalb? Was machst du, wenn es stimmt? Nicht, dass ich das glaube, natürlich."

„Ich weiß es nicht. Ich bin mir nicht sicher, ob es etwas gibt, das man tun kann. Falls Payne eines meiner Familienmitglieder in den Ruin treiben will, kann ich ihn nicht aufhalten. Ich weiß nicht einmal, wo ich ihn finden soll."

Ich drückte mir mein Buch an die Brust und senkte den Kopf im Wind. „Ich glaube keine Sekunde lang, dass Patience etwas Falsches getan hat, aber ich kann erkennen, dass du auf Hopes Geschichte hereingefallen bist."

„Ich bin auf gar nichts hereingefallen. Ich bin viel zu zynisch."

Ich seufzte.

„Aber du vergisst eines", sagte er, nahm meine Hand und legte sie auf seinen Arm. „Du kannst Hopes Geschichte mühelos überprüfen."

„Also gut. Ich werde, sobald wir nach Hause kommen, an Patience schreiben, um dich zu beruhigen."

„Das hoffe ich."

Wir folgten dem Weg zur Park Lane. Matt schien mit düsteren Gedanken beschäftigt, und ich konnte es ihm nicht übelnehmen. Allein der Gedanke, dass Sheriff Payne versucht hatte, ein Mitglied aus Matts eigener Familie zu verpflichten, ihn zu verraten. Der Gedanke, dass Hope versucht hatte, ihm seine

Uhr zu stehlen! Und dann war da noch der Versuch, ihm in der Trauerweide eine Falle zu stellen.

„Hast du gewusst, dass diese beiden Damen Hopes Zeuginnen waren?", fragte ich ihn. „Hast du deshalb die Lichtung verlassen?"

„Ich habe es vermutet, aber das war nicht der Grund. Ich wollte nicht unter dem Baum allein mit Hope sein." Er drückte sich in gespielter Empörung eine Hand auf die Brust. „Ich hatte das Gefühl, sie würde meine Naivität ausnutzen."

„Da bist du nicht der Einzige. Ich dachte, sie hätte dich hereingelegt. Als ich diese beiden Hühner direkt auf den Baum zulaufen sah, habe ich erwartet, dass sie Hope in deinen Armen vorfinden."

„Selbst wenn sie sich auf mich geworfen hätte, ich hätte sie nicht gefangen."

Trotz allem lachte ich.

* * *

WIR HATTEN es auf dem Weg nach Hause nicht eilig, sondern ließen uns Zeit, marschierten durch den Park und lauschten den Unterhaltungen. Manche beschäftigten sich mit Oscars Artikel in der *Gazette*, aber nicht viele. Es schien, als hätte die anfängliche Aufregung nachgelassen. Keiner von uns sprach es allerdings dem anderen gegenüber an. Es war ein gewissermaßen wunder Punkt, und ich wollte nicht mit Matt streiten.

Als wir nach Hause kamen, schrieb ich sofort einen eiligen Brief an Patience und ließ ihn von Peter wegschicken. Ich wollte gerade auf die Suche nach Miss Glass gehen, als Catherine Mason eintraf, ganz aus dem Häuschen. Anfangs dachte ich, ihr gerötetes Gesicht und ihre nervöse Art hätten etwas damit zu tun, dass Cyclops aus der Bibliothek kam, sobald er ihre Stimme in der Eingangshalle hörte, aber mir wurde schnell klar, dass sie etwas Wichtiges zu sagen hatte. Ich führte sie in die Bibliothek, ein Zimmer, in das Miss Glass nur selten ging. Sie mochte ja über Magie Bescheid wissen, aber ich glaubte nicht, dass ihr Verstand stark genug war, um eine weitere offene Diskussion darüber auszuhalten.

Matt schloss die Tür und lud Catherine ein, sich hinzusetzen. Willie war wieder ausgegangen, und Duke war im Kutschhaus, um dem neuen Kutscher alles zu zeigen. Cyclops setzte sich nicht zu weit von Catherine entfernt hin.

„Geht es dir gut?", fragte er sie mit gerunzelter Stirn. „Du siehst aufgebracht aus."

Sie berührte mit dem Handrücken ihre Wange. „Mir ist etwas warm. Der Omnibus hat mich an der Hyde Park Corner abgesetzt, und ich bin von dort schnell hergekommen."

„Kann ich dir Tee bringen?"

„Nein, danke, Nate, das ist sehr nett, aber es geht mir gut. Ich wollte dich sehen. Euch alle", fügte sie rasch an und wurde rot. „Ich habe den Artikel in der *Gazette* gelesen."

Matt lehnte sich zurück und legte die Hände aneinander. „Ich glaube, der Großteil von London hat diesen Artikel gelesen."

„Deine Eltern auch?", fragte ich.

Sie nickte und zuckte zusammen. „Wir hatten eine ziemlich wüste Diskussion darüber. Und über dich, India."

Ich hatte erwartet, dass Catherine meine Magie vor ihren Eltern erwähnen würde, aber ich hoffte, dass die Unterhaltung zivilisiert abgelaufen war. „War es sehr schlimm?", fragte ich.

„Ein wenig. Sie wussten es natürlich beide bereits, darum hatte ich nicht das Gefühl, ich würde dein Vertrauen verraten, als ich anmerkte, dass ich es auch wusste."

„Waren sie wütend, dass du Bescheid weißt?"

Sie zuckte verlegen mit einer Schulter.

„Wütend auf mich", sagte ich bedrückt. „Sie glauben, ich hätte dich in eine düstere, gefährliche Welt gezogen, indem ich dich auf dem Laufenden hielt."

„Mach dir keine Sorgen ihretwegen, India. Sie sind nur meinetwegen besorgt. Aber es folgte ein Gespräch über die Zukunft unseres Geschäfts. Sie machen sich keine Sorgen um sich selbst, weißt du, sondern um meine Brüder. Sie werden eines Tages den Laden übernehmen, aber wenn sie Kundschaft einbüßen … Naja, er versorgt im Augenblick kaum eine Familie, geschweige denn zwei."

Ich erwähnte nicht, dass die Möglichkeit bestand, ihr Geschäft auszubauen, oder eine Fabrik einzurichten, um Uhren im großen Stil zu einem kleineren Preis herzustellen. Catherine hatte keinen guten Geschäftssinn, und ich wusste, dass Mr. Mason das Geschäft gern überschaubar hielt und seinen Kunden persönliche Dienstleistungen anbot. Es war auch das, was seinen Kunden gefiel. Aber selbst ohne Magie verlor ein kleines Geschäft früher oder später Kunden an Fabriken und massenproduzierte Uhren. So lief es nun einmal auf der Welt.

„Bitte versichere ihnen, dass es in der Stadt keine bekannten Uhrmachermagier gibt, außer meinem Großvater und mich", sagte ich. „Keiner von uns hat vor, noch einmal einen Laden zu eröffnen. Wir bedrohen niemandes Geschäft. Aber wenn ich es mir ganz genau überlege ... erwähne Chronos nicht. Es hätte keinen Zweck, sie damit zu belasten, und je weniger Menschen von ihm wissen, desto besser."

„Bisher habe ich das noch nicht getan, aber ... du willst, dass ich meine Eltern weiterhin belüge?"

„Nur, dass du etwas weglässt." Wenn ich jetzt nur noch mein Gewissen von der Sichtweise überzeugen könnte, dass das keine richtige Lüge war. Der enttäuschte Blick, den Cyclops mir zuwarf, war beinahe ausreichend, um mich vom Gegenteil zu überzeugen. „Das Entscheidende ist, dass wir kein Interesse haben, ein Geschäft zu eröffnen oder Uhren herzustellen."

„Das habe ich ihnen doch erzählt – über dich, meine ich." Catherine öffnete und schloss die Hände in ihrem Schoss. „Mein Vater hat es aber anders formuliert. Er sagte, du willst jetzt kein Geschäft, aber eines Tages. Er glaubt, Magier werden von ihrem magischen Handwerk gerufen. Du wirst dich gezwungen fühlen, mit Uhren zu arbeiten. India, ist ... ist das wahr?"

„Man kann mit Uhren arbeiten, ohne sie zu verkaufen", sagte Matt.

„Ich bastle als eine Art Hobby an ihnen herum", fügte ich an. „Eher wie Malen oder Sticken."

Sie biss sich mit den Zähnen auf die Unterlippe. „Ich schätze, so ist es. Und wenn du sagst, dass du die einzige Uhrenmagierin bist, dann machen wir uns vielleicht wegen nichts Sorgen."

„Ich bin froh, dass du das so siehst. Ich will nicht, dass wir miteinander Streit haben, Catherine."

„Werden wir nicht. Du bist meine beste Freundin." Sie senkte das Gesicht, konnte aber ihr Erröten nicht verbergen. „Tatsächlich hatte ich gehofft, wir könnten ein paar Minuten lang unter vier Augen sprechen."

Matt und Cyclops erhoben sich beide und wünschten ihr einen guten Tag, ehe sie hinausgingen. Catherine tat so, als würde sie ihnen nicht nachsehen, aber sie stellte sich furchtbar dabei an. Sie konnte den Blick nicht von Cyclops wenden. Er warf ein gewinnendes Lächeln in ihre Richtung, ehe er die Tür schloss.

„Ich glaube, ich weiß, worum es hier geht", sagte ich.

Sie stand auf und marschierte zum Fenster. Sie starrte einen Augenblick auf die Straße hinaus, ehe sie zurückkam. Ihre Wangen waren immer noch gerötet, aber eher vor Aufregung denn aus Verlegenheit. „Ich habe ihm geschrieben und ihn gebeten, sich mit mir zu treffen."

„Cyclops? Und er hat abgelehnt?"

Sie nickte. „Weshalb, India? Was stimmt nicht mit mir?"

„Nichts." Ich nahm sie an der Hand und bat sie, sich neben mich zu setzen. „Du brauchst etwas Geduld mit Cyclops – und etwas Hartnäckigkeit. Du weißt, weshalb er zurückhaltend ist, und das hat nichts mit dir zu tun. Er mag dich. Ich sehe es an der Art, wie er dich anschaut."

Sie seufzte und sank tiefer in das Sofa. „Da sind wir, zwei alte, hoffnungslos romantische Jungfern."

Ich lachte. „Zum einen bist du nicht alt genug, um als alte Jungfer durchzugehen, und zum zweiten ist keine von uns hoffnungslos. Wir sind zwei wunderbare Frauen, die eigenständig denken."

„Eigenständige Gedanken lohnen sich nur, wenn man auch Taten folgen lassen kann. Für dich ist das alles schön und gut, India. Du hast jetzt Geld und eine bezahlte Anstellung. Ich bin der Gnade meines Vaters ausgeliefert, bis ich heirate, und dann der meines Ehemanns."

„Das ist ein Grund mehr, eine weise Wahl zu treffen. Gott sei es gedankt, dass ich niemals Eddie geheiratet habe. Was für eine Katastrophe das doch gewesen wäre."

„Von epischen Ausmaßen."

„Ich frage mich, ob er die Ehe eingegangen wäre, wenn mein

Vater nicht gestorben wäre, oder Eddie das Geschäft nicht vermacht hätte … wären wir dann jetzt verheiratet?" Ich verzog das Gesicht bei diesem widerlichen Gedanken. Zum hundertsten Mal fragte ich mich, wie ich seinem wahren Wesen gegenüber so blind hatte sein können.

„Er hätte auf jeden Fall eine kluge Frau wie dich gebrauchen können, eine mit Wissen darüber, wie man allgemein einen Laden führt, und wie man insbesondere mit Uhren umgeht. Mein Vater sagt, dass er Schwierigkeiten hat, sich über Wasser zu halten. Es ist, als würde ihm der Wille fehlen, es wirklich anzupacken."

„Ihm fehlt der Wille? Aber er hat sich so sehr ins Zeug gelegt, um den Laden zu bekommen. Weshalb glaubt dein Vater, dass er jetzt kein Interesse mehr daran hat?"

„Er ist zum einen spät dran mit Bestellungen, und seine Reparaturen dauern viel zu lang. Er ist oft nicht da, und da er keine Angestellten hat, muss der Laden schließen, sobald er ausgeht. Es passiert nicht jeden Tag, aber oft genug, dass Kunden anderswo hingehen. Bei Mr. Abercrombie ist es in Ordnung, wenn er ausgeht, denn er hat so viele Gehhilfen, dass seine Abwesenheit nicht auffällt. Aber bei Eddie ist es etwas anderes."

„Ja", murmelte ich. „Das stimmt. Er wird dieses Geschäft in den Ruin treiben, und die Anstrengungen meiner Großmutter und meines Vaters werden umsonst gewesen sein." Der Name meiner Familie stand zwar nicht mehr über der Eingangstür, aber unsere Geschichte hatte in diesen Mauern Bestand, wenn man das so sagen konnte. Wenn dieses Geschäft keinem Uhrmacher mehr gehörte, wäre ein weiteres Kapitel der Familie Steele zu Ende.

„Es war auch das Geschäft deines Großvaters", sagte Catherine. „Allem Vernehmen nach war er ein exzellenter Handwerker."

„Ich glaube, meine Großmutter hatte mehr mit seinem Erfolg zu tun." Als sie die Augenbrauen hob, fügte ich an: „Ich habe Grund zu der Annahme, dass mein Großvater gewissermaßen wie Eddie war – nicht so sehr daran interessiert, ein Geschäft zu führen, wie man es als Inhaber sein sollte."

Catherine warf einen Blick auf die Uhr auf dem Kaminsims und nahm ihren Pompadour. „Das ist eine Geschichte für einen anderen Tag. Ich muss nach Hause, oder sie werden Verdacht schöpfen.“

Ich brachte sie hinaus. Sie schien enttäuscht, dass Cyclops nicht in der Nähe war, um sie zu verabschieden. Ich fand ihn mit Matt und Duke in Matts Bureau, nachdem sie gegangen war. Es war kein günstiger Zeitpunkt, ihn wegen seiner Ablehnung gegenüber Catherine zu tadeln, doch es sagte einiges, dass er mir nicht in die Augen schauen wollte.

„Hast du ihnen erzählt, was Hope gesagt hat?“, fragte ich Matt, während ich mich auf den Stuhl setzte, den Duke für mich geräumt hatte.

Er nahm den Brief auf, der vor ihm lag. „In allen Einzelheiten.“

„Ich wusste, dass sie nichts Gutes im Schilde führt“, sagte Duke mit einem Kopfschütteln.

„Sie war verzweifelt“, erklärte Cyclops. „Verzweifelt, ihre Zukunft zu sichern. Manchmal treffen Menschen schlechte Entscheidungen, wenn ihre Zukunft nicht allzu schön aussieht.“

„Du verteidigst sie?“, knurrte Duke. „Willie wäre auf meiner Seite. Wo ist sie eigentlich?“

Niemand hatte eine Antwort, und ich war nicht sicher, ob Duke meine Vermutungen hören wollte. Ich wollte schon das Thema wechseln, als Matt es vor mir tat.

Er reichte mir den Brief. „Der ist von meinem Anwalt. Er hat Miss Chilton aufgespürt. Sie ist verheiratet und lebt noch in Islington, aber in einer anderen Straße. Wollen wir sie heute besuchen?“

„Eine hervorragende Idee.“

Ich schaute bei Chronos vorbei, ehe ich aufbrach. Er hatte immer noch tiefblaue Flecken und setzte sich behutsam im Bett auf, aber sein Verstand war klar, und er hatte gute Laune. Bis Miss Glass eintraf zumindest. Er stöhnte, als sie ihm in einer Hand ein Kartenspiel und in der anderen ein Buch hinhielt.

„Ich kann Ihnen entweder vorlesen, oder Schwarzer Peter mit Ihnen spielen“, sagte sie, während sie sich auf den Stuhl neben dem Bett setzte. „Was soll es sein?“

„Keins von beiden", murmelte er.

„Stellen Sie sich nicht an. Sie müssen etwas tun."

„Kennen Sie irgendwelche anderen Kartenspiele?"

„Willemina hat mir Poker beigebracht."

Er rieb sich die Hände. „Au ja. Was setzen wir ein?"

* * *

MRS. RANDLEY, geborene Chilton, wohnte mit ihrem Mann in einem bescheidenen Häuschen an einer bescheidenen Straße in Islington. Mr. Randley arbeitete in der Stadt bei einer Bank, und ihre beiden Kinder waren erwachsen und verheiratet. Sie war allein zu Hause, als wir sie am späten Nachmittag besuchten.

Nachdem wir ihr mitgeteilt hatten, dass wir für die Polizei arbeiteten und Dr. Millroys Tod untersuchten, war sie gern bereit, mit uns zu sprechen, sobald sie sich von ihrem Schock erholt hatte, den sie in der Form eines leisen Schreis ausgedrückt hatte.

„Ich entschuldige mich für meinen Ausbruch", sagte sie, als wir uns im Salon hinsetzten, der mit einer Tapete, Polstermöbeln und Vorhängen mit Blumenmuster verziert war. Sogar auf dem Mieder ihres Kleides waren Blumen aufgestickt. „Aber ich bin so überrascht, dass Sie nach all der Zeit noch ermitteln. Jedoch bin ich auch erfreut. Sehr erfreut."

„Sie wollen, dass der Gerechtigkeit Genüge getan wird", sagte Matt mit einem freundlichen Nicken. „Wir verstehen. Dr. Millroys Tod wurde nicht ausführlich genug untersucht, und diesen Fehler wollen wir nun ausbügeln."

„Das führt womöglich nicht zu einem guten Ergebnis", warnte ich sie, ehe sie sich Hoffnungen machte. „Der oder die Schuldige sind vielleicht ebenfalls verstorben, und die Gerechtigkeit könnte doch auf der Strecke bleiben."

„Es ist schon schrecklich lange her." Sie schaute uns über ihre Brille hinweg aus grauen Augen an, die sowohl freundlich als auch flink waren. „Die Polizei hatte sich sehr schnell entschieden", fuhr sie fort. „Wollen Sie mir sagen, dass es vielleicht doch kein Verbrecher aus dem Elendsviertel war?"

„Wir wollen in alle Richtungen ermitteln", erwiderte Matt.

„Es scheint immer noch wahrscheinlich, dass es jemand aus dem Umfeld war, in dem Dr. Millroy unterwegs war. Finden Sie es merkwürdig, dass man ihn in Whitechapel gefunden hat?"

„Gott, ja. Weshalb sollte er dorthin wollen? Das war völlig unverständlich."

„Hatte er sich vielleicht einfach verirrt?"

„Ein geborener Londoner? Unwahrscheinlich."

„Was ist mit seiner Geliebten?", fragte Matt unverblümt.

Mrs. Randley presste die Lippen zusammen und spielte mit ihrem Ärmel.

„Mrs. Millroy hat uns von ihr erzählt", sagte ich.

„Wirklich?" Sie schob sich die Brille auf der Nase nach oben. „Dann nehme ich an, dass es in Ordnung ist, wenn ich Ihnen sage, was ich weiß, falls das hilft."

Ich lächelte sie ermutigend an. „Mrs. Millroy kannte ihren Namen nicht, schätzte aber, dass Sie ihn vielleicht wüssten, da Sie alle seine Patienten getroffen und seine Aufzeichnungen geführt haben. War die Geliebte eine seiner Patientinnen?"

Sie nickte. „Sie wissen, dass sie Dr. Millroy ein Kind geboren hat?"

„Tun wir. Was für eine Art Frau war sie? Die Art, die aus Whitechapel kommt?"

„Gott, nein. Sie war eine anständige Lady."

„Ihr Name?", drängte Matt. „Erinnern Sie sich daran?"

Sie biss sich auf die Lippen.

„Bitte, Mrs. Randley, das ist sehr wichtig. Sie steht wahrscheinlich mit dem Tod von Dr. Millroy in Verbindung."

Sie fügte sich mit einem Nicken. „Also gut. Ich verbreite nicht gern Gerüchte, wissen Sie, aber Sie haben recht, und es ist nötig. Ihr Name war Lady Buckland. Sie war eine junge Witwe, die ihn aufgrund von Halsschmerzen aufsuchte. Danach vereinbarte sie regelmäßig wöchentlich Termine. Es wurde ... offensichtlich, was da vorging."

Matt schaute mich an, aber ich schüttelte den Kopf. Ich kannte den Adel und Lady Buckland genauso wenig wie er.

„Was ist mit ihrem Sohn?", fragte ich. „Wie lautet sein Name?"

„Den habe ich nie erfahren", sagte sie ein wenig verträumt. „Er wäre jetzt siebenundzwanzig. Stellen Sie sich das vor."

„Mein Alter", sagte ich ohne besonderen Grund.

„Wo hat sie zu diesem Zeitpunkt gewohnt?", fragte Matt.

„Ich erinnere mich nicht, Mr. Glass. Es tut mir leid."

„Haben Sie die Patientenakten noch?"

Sie lachte. „Natürlich nicht. Sie wurden kurz nach Dr. Millroys Tod vernichtet."

„Schon gut." Matts Worte klangen recht freundlich, aber ich bemerkte die Müdigkeit dahinter. Er hatte auf eine Adresse gehofft, damit wir gleich zu einem Besuch aufbrechen konnten. Nun musste er seinen Anwalt bitten, eine weitere Adresse zu ermitteln, und das bedeutete Wartezeit.

„Wir werden die beiden finden", versicherte ich ihm.

„Nicht *beide*", verbesserte Mrs. Randley. „Selbst wenn Sie Lady Buckland noch am Leben und bei guter Gesundheit antreffen, werden Sie ihren Sohn bei ihr nicht finden. Sie hat ihn weggegeben."

Ich blinzelte sie an, während mir das Herz schwer wurde. „Vor oder nach dem Tod von Dr. Millroy?"

„Davor. Sie wissen, wie es für eine Frau ist, Miss Steele. Ich schätze, für eine Lady ihres Standes ist es sogar noch schwieriger, ein Kind zu behalten, das unehelich gezeugt wurde. Sie hat das Kind insgeheim zur Welt gebracht, unter dem Vorwand einer Krankheit, und den Jungen dann weggegeben. Dr. Millroy und ich waren die Einzigen, die es wussten."

„Ja, natürlich." Ich nickte, ein wenig betäubt. Also selbst wenn wir Lady Buckland aufspürten, würde sie nicht wissen, wo man ihren Sohn finden konnte. „Sie wird wissen, welches Waisenhaus ihn aufnahm", sagte ich hoffnungsvoll, wieder einmal um Matts Willen. „Dort wird es Aufzeichnungen geben."

„Weshalb sollten Sie ihn finden wollen?" Mrs. Randley schaute mich mit hochgezogenen Augenbrauen an. „Er kann Ihnen nicht helfen, die Identität von Dr. Millroys Mörder festzustellen."

„Ich … ich … das heißt …" Mir wollte nicht schnell genug eine Ausrede einfallen, und letztlich zuckte ich nur mit der Schulter.

„Es gibt einen weiteren Ermittlungspfad, den wir nachverfolgen wollen", ließ Matt sich vernehmen, ehe sie Verdacht schöpfte. Falls er enttäuscht war, dass der Sohn schwerer zu finden sein würde, zeigte er es nicht. „Was wissen Sie über das Experiment, das Dr. Millroy kurz vor seinem Tod durchführte?"

Mrs. Randley konzentrierte sich stark auf ihn, als wüsste sie, dass wir ein anderes Motiv hatten, sie zu befragen, konnte aber die Einzelteile noch nicht ganz zusammensetzen. „Was für ein Experiment?"

„Kommen Sie schon, Mrs. Randley. Wir wissen, dass Sie davon wissen. Sie waren Dr. Millroy eine hervorragende Assistentin. Seine rechte Hand, glaube ich."

„Ich war sehr gut in meinem Beruf."

„Dann werden Sie wissen, was in jener Nacht geschehen ist, als der Obdachlose da war", sagte ich.

„Ich war nicht dabei."

„Trotzdem, Dr. Millroy hat vermutlich darüber gesprochen."

Die Art, wie ihr Blick uns auswich, verriet mir, dass Matt recht hatte. Unter dem Druck, den nur eine beklemmende Stille lieferte, seufzte sie, und ihr Rückgrat knickte ein wenig ein. „Ich schätze, es ist vielleicht wichtig. Die Sache ist die, Mr. Glass, Dr. Millroy hat das Experiment nicht allein durchgeführt. Hat Mrs. Millroy Ihnen das erzählt?"

„Hat sie", sagte Matt.

„Ein Mann namens Chronos half ihm."

„Das ist ein seltsamer Name."

„Ich schätze, es ist ein falscher Name. Aber ich schätze auch, dass er Dr. Millroy dazu gezwungen hat, diese neue Behandlung auszuprobieren, ehe sie bereit war."

„Das wissen Sie doch nicht", warf ich angespannt ein. „Sie sagten selbst, dass Sie nicht dabei waren."

„Er führte doch bestimmt nichts Gutes im Schilde, wenn er sich gezwungen sah, einen falschen Namen zu nutzen." Sie schob sich die Brille wieder auf der Nase nach oben, dann richtete sich ihr Blick auf mich. „Er machte sich auch gleich davon, nachdem der Stadtstreicher gestorben war. Feigling. Dr. Millroy musste sich allein der Gilde der Wundärzte stellen."

„Sie glauben, Chronos war auch ein Arzt?", fragte ich vorsichtig.

„Was sollte er denn sonst sein?"

„Schon richtig."

„Erzählen Sie uns von dem Experiment", drängte Matt. „Wie ging es Dr. Millroy damit?"

„Er bedauerte seine Tat, das hat er mir am nächsten Tag erzählt. Er war ganz furchtbar aufgeregt, machte sich Sorgen, weil seine Frau von seiner Geliebten erfahren hatte und der Gilde alle möglichen Dinge erzählen könnte." Die Erinnerungen verstörten sie aufs Neue. Ihre Finger zerrten abwechselnd an ihrem Ärmel oder lagen flach auf ihrem Magen, als würde sie eine Welle der Übelkeit abwehren. „Wie es sich erwies, waren seine Ängste berechtigt. Wäre Mrs. Millroy nicht gewesen, wäre der Tod dieses Stadtstreichers nicht bekannt geworden, und die Gilde hätte ihn in Frieden gelassen. Aber sie hat es ihnen verraten, und sie nahmen ihn deswegen in die Mangel. Ich konnte sie durch seine Bureautür hören. Sie drohten, ihn für Mord hängen zu lassen! Es war schrecklich."

„Was ist mit dem Opfer, Mr. Wilson?", fragte Matt. „Mrs. Millroy dachte, er hätte Familie, schätzt aber, dass sie gestorben war und er daraufhin völlig richtungslos wurde. Passt das zu dem, wie Dr. Millroy ihn Ihnen beschrieben hat?"

„Der Doktor hat darauf angespielt, ja", sagte sie vorsichtig. „Aber dieser Name ... der stimmt nicht ganz, und es liegt mir auf der Zunge."

„Er hieß nicht Wilson?"

Sie runzelte die Stirn. „Es ist so lange her. Ich kann mich jetzt nicht daran erinnern, aber es klingt seltsam für mich. Ergibt das einen Sinn?"

„Ja", sagte Matt, ehe ich Nein sagen konnte.

„Ich glaube, er war auch kein Obdachloser, nicht im direkten Wortsinn", sagte sie.

„Er hatte eine Bleibe?"

Sie runzelte die Stirn noch mehr. „Ich kann mich schon wieder nicht mehr an das erinnern, was Dr. Millroy mir genau erzählt hat, aber der Mann plapperte offensichtlich davon, ein Heim zu haben, in das er nicht zurückkehren könne. Wir dachten, dass es daran lag, dass seine Familie dort gestorben war, und er nicht willens war, sich dem nach ihrem Tod zu stellen. Ich schätze, das macht ihn doch irgendwie obdachlos, oder? Es bereitete Dr. Millroy am nächsten Tag Sorgen. So sehr, dass er es bedauerte, es so eilig gehabt zu haben, das Experiment durchzuführen, ohne vorher mehr herauszufinden. Ich werfe das diesem Chronos vor, da er ihn gedrängt hat."

„Laut Mrs. Millroy", sagte ich, „*wollte* Mr. Wilson, dass sie das Experiment an ihm durchführen. Er war begierig darauf, geheilt zu werden."

„Das ist ja alles schön und gut, doch er wurde nicht geheilt."

Dagegen ließ sich unmöglich etwas einwenden.

„Offensichtlich hat der Kerl ein paar Mal in einem Nachtasyl geschlafen", fuhr Mrs. Randley fort. „Hat Mrs. Millroy Ihnen das erzählt? Dr. Millroy sagte, der Mann habe erwähnt, er wolle seine Sachen aus einem Nachtasyl in Bethnal Green holen."

Bethnal Green! Ich wollte unbedingt zu Matt schauen, hielt meinen Blick aber geradeaus gerichtet.

Mrs. Randley seufzte schwer. „Die ganze Sache ist verstörend. Ich wünschte, Dr. Millroy wäre Chronos nie begegnet. Und jetzt daran zu denken, dass sein Mord vielleicht mit dem Experiment zusammenhängt!"

„Das wissen wir nicht sicher", sagte Matt rasch. „Es ist einfach nur eine weitere Spur, der wir nachgehen."

„Wir sind weit mehr an Lady Buckland interessiert", erklärte ich.

Matt warf mir einen Seitenblick zu, und ich bekam das Gefühl, ich hätte zu viel gesagt.

„Und natürlich auch an Mrs. Millroy", fügte ich an. „Sie hat ein ziemlich starkes Motiv, ihren Mann umzubringen."

„Das hat sie auf jeden Fall, und sie hat auch die Kaltblütigkeit, die ein Mörder braucht", sagte Mrs. Randley. „Aber ich glaube nicht, dass sie es war. Zum einen hat ihr Mann gut für sie gesorgt, und ihn zu töten, hätte zu finanziellen Schwierigkeiten geführt. Zum anderen glaube ich nicht, dass er ihr wichtig genug war, um ihn zu töten. Ich glaube, sie war froh, dass er eine Geliebte gefunden hatte. Sie gefiel sich sehr als die arme Frau, die von ihrem untreuen Mann nicht beachtet wurde. Sie machte nie einen Hehl daraus. Wenn Sie mich fragen", fuhr Mrs. Randley fort, „hat Chronos Dr. Millroy umgebracht."

„Weshalb sagen Sie das?", fuhr ich sie an.

„Weil er Dr. Millroy zum Schweigen bringen wollte, damit er nicht auch Schwierigkeiten mit der Gilde bekam."

„Das ist …"

„Eine letzte Frage", ging Matt dazwischen. „Wissen Sie etwas über ein Tagebuch, das Dr. Millroy geführt hat?"

Sie lächelte. „Sein magisches Büchlein, wie er es nannte."

Ich schnappte mit geschlossenen Zähnen nach Luft. Sie wusste von Magie?

„Wie bitte?", sagte Matt.

„Es ist nur ein dummer Name für ein Notizbuch. Er schrieb sich darin oft Dinge auf oder schlug etwas nach, aber ich habe den Inhalt nie zu Gesicht bekommen. Es enthielt Informationen über seine medizinischen Experimente, glaube ich."

„Wissen Sie, was nach seinem Tod damit geschah?"

„Ich schätze, er trug es bei sich, wie immer. Wenn es also nicht der Mörder genommen hat, sollte die Polizei es Mrs. Millroy übergeben haben. Weshalb?"

Matt lächelte. „Danke, Mrs. Randley. Sie waren eine große Hilfe."

Draußen half mir Matt in die Kutsche, die am Bürgersteig wartete, mit unserem neuen Kutscher auf dem Bock.

„Die hat Nerven", sagte ich und ließ mich auf den Sitz fallen. „Dass sie Chronos vorwirft, Dr. Millroy gezwungen zu haben, wenn es dafür überhaupt keinen Beweis gibt."

„Es ist ein logischer Schluss", erwiderte er. Als ich ihn anstarrte, räusperte er sich. „Natürlich wissen wir, dass Chronos Millroy nicht getötet hat."

Bis wir in Mayfair ankamen, hatte ich mich beruhigt und konnte sogar Mrs. Randleys Sichtweise nachvollziehen. „Es ist etwas schwer, sich den eigenen Großvater als kaltblütigen Mörder vorzustellen", sagte ich leise. Es war ziemlich überwältigend, dass zusammen mit der Magie das Blut eines Mörders durch meine Adern floss. Er mochte ja nicht am Tod von Dr. Millroy schuldig sein, aber er war für den von Mr. Wilson verantwortlich, zumindest teilweise.

Matt beugte sich vor und nahm meine Hand. „India", sagte er leichthin. „Chronos glaubte, er würde das Richtige tun. Er ist nicht kaltblütig und kein Mörder. Er wollte, dass der Stadtstreicher lebte, nicht starb. Man könnte sagen, er wollte es so sehr, dass er Dinge übersah, die eine Rolle hätten spielen sollen, wie etwa die Tatsache, dass Mr. Wilson vielleicht nicht obdachlos oder ohne Familie war."

Ich schloss meine Finger um seine. „Danke, Matt, aber verteidige Chronos nicht zu sehr. Ich bin nicht überzeugt, dass er das verdient hat." Ich wollte, dass Matt wusste, wie es mir ging. Es war mir wichtig, ihm klarzumachen, dass ich meinem Großvater nicht blind vertraute, nur weil er mit mir verwandt war. „Diesmal werde ich mich nicht um den Finger wickeln lassen. Ich bin in letzter Zeit öfter auf Männer hereingefallen, die versucht haben, mir Sand in die Augen zu streuen, und ich will dem nicht mehr zum Opfer fallen. Im Fall von Chronos werde ich die Beweise abwägen und eine Entscheidung danach treffen, was mein Kopf mir sagt, nicht mein Herz."

Er starrte lange Zeit auf unsere Hände hinab, ehe er losließ und sich zurücklehnte. „Du lässt das so einfach klingen."

Wir wussten beide, dass es das nicht war.

Matt lehnte sich plötzlich wieder vor; etwas vor dem Fenster hatte seine Aufmerksamkeit auf sich gezogen. „Verdammt. Was macht der denn hier?"

„Wer?" Ich schob ihn zur Seite und sah Mr. Abercrombie neben seiner Kutsche, die in der Nähe der Stufen zur Hausnummer 16 stand.

Aber nicht allein. Ein weiterer Mann stieg aus der Kutsche. Er schob sich die Hutkrempe nach oben und folgte Abercrombies Blick zur Eingangstür. Dann drehte er sich beim Geräusch unserer Ankunft um.

Ich keuchte auf. „Eddie! Was in drei Teufels Namen will er denn jetzt?"

KAPITEL 14

„Was wollen Sie?", fragte Matt Abercrombie auf den Stufen zu seinem Haus. Die Eingangstür stand offen, und Peter wartete, um uns einzulassen. Aber Matt war nicht in der Stimmung, unsere Gäste hineinzubitten.

Abercrombies Schnurrbart zuckte, als er die Lippen schürzte. „Guten Tag, Mr. Glass, Miss Steele. Ich hatte gehofft, wir könnten uns zivilisiert unter vier Augen unterhalten." Er warf einen Blick auf das Fenster des Nachbarhauses. Der Vorhang flatterte, und der ältere Mann, der uns beobachtet hatte, zog sich zurück.

„Sagen Sie hier draußen, was Sie zu sagen haben", fuhr Matt ihn an. „Dann gehen Sie."

„Hören Sie mal!" Eddie warf sich in die Brust und reckte das Kinn vor. Er erinnerte mich an einen Hahn, der auf seinem Hof herumstolzierte. „Wir wollen nur reden. Diese unzivilisierte Art ist vielleicht, wie Amerikaner miteinander Umgang pflegen, aber Sie sind jetzt in England."

„Bringen wir es einfach hinter uns, Eddie", schlug ich vor, ehe Matts Laune völlig in den Keller ging.

„Aber es wird dunkel", sagte Eddie, als wäre ich töricht, dass mir das nicht auffiel. „Der Lampenanzünder wird bald vorbeikommen."

„Dann reden Sie besser schnell, wenn Sie unter vier Augen

sprechen wollen." Matt ging einen Schritt auf ihn zu, und Eddie zog sich zurück. Er behielt Matt argwöhnisch im Auge. „Geht es um Barratts Artikel? Denn wir hatten nichts damit zu tun, und ich werde ihn nicht mit Ihnen besprechen. Ist das klar?"

„Darum geht es nicht." Abercrombie wippte auf den Fersen zurück, sehr zufrieden mit sich. „Unsere Gegendarstellung wird schon bald erscheinen."

„Dann kommen Sie zur Sache."

„Wir haben Grund zu der Annahme, dass Sie einen Verbrecher beherbergen."

Mein Herz kam zum Stillstand. Neben mir war Matt völlig erstarrt. „Wie bitte?", fragte er frostig.

„Wir haben Grund zu der Annahme, dass ein Mann, den man Chronos nennt, hier lebt."

Woher zur Hölle wusste er das? Von Dr. Ritter? Wenn nicht von ihm, von wem dann? War es derselbe, der Chronos überfallen hatte? „Das ist ein seltsamer Name", sagte ich, während ich mich sehr bemühte, unbesorgt zu wirken.

Abercrombie warf einen Blick auf Peter, der sich nicht von der Tür wegbewegt hatte. „Sein wahrer Name ist Gideon Steele."

Ich keuchte so laut auf, dass sogar Peter reagierte. Vielleicht übertrieb ich es ein wenig. „Ihre Informationen sind nicht richtig, Sir. Mein Großvater ist tot."

„Ist er das?", fragte er träge. „Man hat allen gesagt, dass er gestorben ist, ja, aber es gibt keinen Beweis, keine Aufzeichnungen über seinen Tod."

Es schien, als hätte er Ermittlungen angestellt und wüsste mehr, als wir vermuteten. „Ich versichere Ihnen, er ist tot. Vielleicht gingen die Aufzeichnungen verloren. Glauben Sie nicht, ich würde es wissen, wenn er am Leben wäre? Glauben Sie nicht, er wäre zur Beerdigung meines Vaters gekommen oder hätte versucht, mit mir Kontakt aufzunehmen? Ich kann Ihnen versichern, er hat mich nicht aufgesucht." Das zumindest war keine Lüge.

„Er war kein sonderlich großer Familienmensch, wenn ich mich recht erinnere."

„Komm schon, India", versuchte mich Eddie zu beruhigen. „Gib zu, dass er hier ist. Wir wissen, dass er es ist."

Ich stemmte die Hände in die Hüften. „Ich werde nichts dergleichen zugeben, da es nicht stimmt!"

„Weshalb machen Sie solch lächerliche Anschuldigungen?", fragte Matt. „Weshalb glauben Sie, dass er lebt und nach all der Zeit hier ist?"

„Man hat ihn gesehen", erwiderte Abercrombie.

„Wer hat ihn gesehen, und wo?"

„Ich habe nicht die Freiheit, diese Information weiterzugeben."

Ich legte eine Hand auf Matts Arm. Seine Muskeln waren völlig angespannt. „Ihre Quelle irrt sich", erklärte ich Abercrombie. „Falls mein Großvater noch lebt, was ich sehr bezweifle, ist er nicht hier."

„Natürlich sagst du das", erwiderte Eddie mit einem Lächeln, das so hässlich war wie sein Herz. „Du bist seine verdammte Enkelin."

„Gehen Sie", knurrte Matt, der mich zu den Stufen lotste.

„Du weißt, dass er in einen Mord verwickelt war, bevor er angeblich gestorben ist", sagte Eddie sanft, als ob er wüsste, dass seine Worte allein schon genug Sprengkraft besaßen.

„Du hast ja Nerven, meinen Großvater einer solchen Sache zu beschuldigen", sagte ich so ausdruckslos wie möglich.

„Hör auf, uns etwas vorzuspielen, India. Ich bin kein Narr. Ihr habt im Tod von Dr. Millroy ermittelt, und das führt auf natürlichem Wege zu seiner Bekanntschaft mit Gideon Steele. Wie weit seid ihr eigentlich mit eurer Ermittlung? Wenn wir Informationen austauschen, kommen wir womöglich beide zum Ziel. Ihr findet heraus, wer Dr. Millroy getötet hat, und wir bekommen deinen Großvater in die Hände."

„Du bist wahnsinnig", sagte ich. Er hatte Nerven, dass er dachte, wir würden ihm etwas verraten!

Eddie öffnete den Mund, um etwas zu sagen, aber Abercrombie hob die Hand. Eddie klappte den Mund zu, aber er wirkte nicht glücklich, dass man ihn zum Schweigen gebracht hatte.

„Wer beschuldigt Indias Großvater des Mordes?", fragte Matt.

„Das geht Sie nichts an", sagte Abercrombie.

„Geht es schon, wenn jemand sich Vorwürfe ausdenkt. Geht es schon, wenn Sie herkommen und India so verstören."

Abercrombie warf mir ein schmieriges Lächeln zu. „Sie wirkt nicht sonderlich verstört."

Matt packte Abercrombie an den Jackenaufschlägen und vergrub die Faust darin. Etwas in der Tasche knackte.

„Mein Zwicker!", rief Abercrombie. „Sie haben ihn zerbrochen."

„Das ist nicht alles, was ich breche, wenn Sie nicht sofort von hier verschwinden." Matt schob Abercrombie von sich.

Er stolperte, doch das Geländer verhinderte, dass er in den Treppenaufgang stürzte, der hinab zum Personalbereich führte. Er richtete sich die Krawatte und zupfte an seiner Jacke, während er die ganze Zeit über Matt anstarrte.

Matt nahm meine Hand und legte sie auf seinen Ellbogen. Er führte mich die Stufen hinauf ins Haus. Ich hörte Abercrombies Kutsche abfahren, ehe Peter die Eingangstür schloss.

„Tee für Miss Steele, bitte", befahl Matt Bristow, während Peter unsere Hüte und Mäntel nahm.

„Keinen Tee", sagte ich. „Ich brauche etwas Stärkeres. Es war ein ereignisreicher Tag."

„Ich werde Sherry bringen", sagte Bristow.

Matt führte mich in die Bibliothek und wies mich an, mich hinzusetzen.

„Mir geht es gut", sagte ich, ehe er die Frage stellen konnte. „Wir müssen Chronos und die anderen warnen."

Er stellte sich neben den kalten Kamin und starrte in das Gitter. „Die Frage ist, wie haben sie herausgefunden, dass Chronos dein Großvater ist, und dass er hier wohnt? Haben *sie* ihn überfallen?"

„Wenn nicht sie, dann stehen sie vermutlich mit demjenigen in Verbindung, der diesen Angriff in die Wege geleitet hat", sagte ich. „Die Wahrscheinlichkeit, dass Chronos von zwei unterschiedlichen Leuten gesehen wurde, die ihn damals kannten und jetzt wiedererkennen, ist klein."

„Dr. Ritter?", fragte er mit einem Schulterzucken.

„Sollen wir ihn deshalb zur Rede stellen?"

„Er wird es leugnen."

„Ihn verfolgen?", schlug ich vor. „Wenn er herkommt und dieses Haus beobachtet, in der Hoffnung, Chronos kommen und gehen zu sehen, werden wir es sicher wissen."

„Ich werde Cyclops und Duke schicken."

„Nicht Willie?"

„Ich weiß nicht einmal, wo sie ist."

Bristow kam mit einem Tablett herein, das mit zwei Gläsern bestückt war. Matt schnappte es sich und reichte mir eines der Gläser. „Ist Willie da?", fragte er den Butler.

„Ja, Sir."

„Bitten Sie sie, Duke und Cyclops, sich zu uns zu gesellen."

Matt setzte sich in den Sessel, wirkte nach seinem wilden Auftritt draußen entspannt. Er brachte sogar ein leichtes Lächeln für mich zustande, aber die Erschöpfung in seinen Augen machte die Wirkung ein wenig zunichte. „Bist du sicher, dass es dir gut geht?", fragte er.

„Natürlich. Inzwischen störe ich mich an keinem der beiden Männer mehr, besonders wenn du da bist. In den letzten Wochen scheint ihnen ohnehin der Wind aus den Segeln genommen zu sein. Nun, da ich mir bewusst bin, was Abercrombie über mich weiß, und er sich bewusst ist, dass ich es weiß, ist es, als hätte er keine Handhabe mehr über mich."

„Seine Macht lag in dem Wissen um dein Geheimnis, selbst noch bevor du es selbst kanntest, und in der Möglichkeit, dieses Geheimnis zu nutzen, um dir zu schaden. Seitdem du es aufgegeben hast, eine Mitgliedschaft in der Gilde anzustreben, ist seine Macht geschmälert."

Ich wagte es nicht, die Idee einzubringen, dass das Geheimnis inzwischen auch weniger Wirkung hatte, da die ganze Welt dank Oscar Barratts Artikel über Magie und Magier diskutierte. Es milderte die unausgesprochene Drohung, mein Geheimnis offenzulegen, die Abercrombie mir gegenüber angedeutet hatte. Aber Matt würde das nicht hören wollen.

„Ich will nur wissen", sagte Matt, „weshalb war Hardacre bei ihm?"

Das war eine gute Frage, und keine, über die ich nachgedacht hatte. Abercrombie hatte Eddie wie einen Störfaktor behandelt, den er ertragen musste, weniger wie einen Gleichgestellten. Er hatte sich gelegentlich nützlich gemacht, besonders, als es darum ging, Abercrombie von meiner Magie zu berichten, etwas, dass Eddie von einem Vater erfahren hatte. Ich konnte mir nur einen Grund vorstellen, aus dem Abercrombie Eddie gestatten würde, mitzukommen, wenn er mich zur Rede stellte. „Vielleicht kam die Information über Chronos von ihm, und seine Bedingung, als er sie weiterreichte, war, dass Eddie forderte, dabei zu sein, wenn Abercrombie mich damit konfrontiert."

„Ganz genau. Aber weshalb ist das für Hardacre wichtig?"

„Um zu sehen, wie ich verletzt werde? Um die Wirkung seiner Anschuldigung auf mich zu sehen, sodass er es mir unter die Nase reiben kann?" Noch während ich das sagte, wusste ich, dass es nicht ganz richtig klang. Ich war Eddie nicht wichtig genug, um mir absichtlich wehzutun. Das war niemals sein Ziel gewesen. „Denn wenn mein Großvater lebt", sagte ich, während ich mich für meine Theorie erwärmte, „dann gehört mein Geschäft – *sein* Geschäft – eigentlich noch meinem Großvater. Mein Vater durfte es in seinem Testament gar nicht weggeben. Und da Chronos noch lebt, geht das Geschäft bei seinem Tod auf mich über."

Matt hob sein Glas zum Salut. „Das glaube ich auch."

Willie stürmte herein, dicht gefolgt von Duke und Cyclops. „Schon wieder Alkohol vor dem Abendessen? Das wird noch zur Gewohnheit. Was wird Miss Glass nur sagen?"

„Ich sehe, dein ständiges Ausgehen hat dir nicht die Zunge gelähmt, Willie", sagte Matt mit einem Grinsen.

„Umso bedauerlicher", murmelte Duke. „Sie war schon wieder im Krankenhaus."

„Ich habe sogar etwas herausgefunden", sagte sie und warf sich so energetisch in einen Sessel, dass er ein Stück nach hinten rutschte. „Dr. Ritter hatte Besuch von Abercrombie."

„Hat Ritter ihn gerufen, oder ist Abercrombie aus eigenem Antrieb hingegangen?", fragte Duke.

Sie warf die Hände in die Luft. „Nun, das weiß ich doch nicht."

„Dann ist es gar nicht mal so nützlich, oder?"

„Trotzdem vielen Dank", sagte Matt, der sich nachdenklich das Kinn rieb. „Das sind faszinierende Neuigkeiten."

Sie strahlte Duke an. Sein Gesicht verdüsterte sich weiter. Es wirkte, als würde Duke unglücklicher, je glücklicher Willie wurde.

„Wer hat es dir erzählt?", fragte Cyclops mit einem fiesen Grinsen. „Dein neuer ärztlicher Freund?"

Sie streckte die Beine aus und schlug sie an den Knöcheln übereinander. „Geht dich nichts an, wer mir das gesagt hat." Jetzt wirkte auch sie unglücklich, aber Dukes Laune besserte sich nicht. Es war eine gefährliches Vorantasten, sich zwischen den beiden zurechtzufinden, und ich schüttelte ganz leicht den Kopf, um Cyclops zum Schweigen zu bringen.

Er seufzte. „Hier kann man einfach keinen Spaß mehr haben."

Bristow kam mit drei Gläsern und der Post herein, die er Matt reichte.

Matt öffnete den ersten Brief. „Es ist eine Einladung zu Patiences Hochzeit."

„Sind wir eingeladen?", fragte Willie, die versuchte, einen Blick auf die Einladung zu erhaschen, ohne sich aus dem Sessel zu erheben.

„Nur ich und Tante Letitia."

„Weshalb interessiert dich das?", fragte Duke sie. „Du verabscheuest doch Hochzeiten, weil du dort ein Kleid tragen müsstest."

„Das ist nicht der einzige Grund, weshalb ich Hochzeiten verabscheue", schoss Willie zurück. „Aber ich will Rycroft sehen, Matts Anwesen."

„Nicht meines", sagte Matt.

„Noch nicht."

„Irgendetwas Interessantes bei den anderen Briefen?", fragte Cyclops. „Etwas von zuhause?"

„Oder von Patience?", fragte ich.

„Nur einer von Commissioner Munro." Er öffnete ihn. Sein Gesicht blieb ausdruckslos, während er las. „Er bittet mich morgen Vormittag in sein Bureau."

„Sollten wir uns Sorgen machen?", fragte ich.

„Sehr wahrscheinlich will er nur auf den neuesten Stand gebracht werden. Ich werde heute Abend einen kurzen Bericht schreiben, und wir nehmen ihn mit nach Scotland Yard, ehe wir Lady Buckland besuchen."

„Aber wir wissen nicht, wo sie wohnt."

„Wer ist sie?", fragte Willie.

„Millroys Geliebte. India wird euch auf dem Laufenden halten", sagte Matt, der sich erhob. „Ich werde meine Tante fragen, ob sie etwas über diese mysteriöse lustige Witwe weiß."

Zehn Minuten später kehrte Matt zurück und wirkte verjüngt. Er hatte wohl während seiner Abwesenheit seine Taschenuhr gebraucht.

„Du lächelst", sagte ich und erwiderte es. „Also kennt Miss Glass sie?"

„In der Tat. Sie heißt immer noch Lady Buckland, weil sie nie wieder geheiratet hat. Offensichtlich ist sie reich und wohnt nicht weit entfernt von hier, weil ihr die Stadt lieber ist als ihr Anwesen auf dem Land. Laut meiner Tante hat Lady Buckland einen ziemlichen Ruf und schafft es immer wieder mal, eine Liebelei mit einem jüngeren Mann anzufangen."

„Aber sie ist doch inzwischen bestimmt alt", sagte Willie.

„Alt ist nicht tot", erwiderte Duke.

„Sie stand vor siebenundzwanzig Jahren ziemlich im Mittelpunkt der Gespräche", fuhr Matt fort, „wird inzwischen aber einfach als exzentrisch betrachtet und zum größten Teil ignoriert."

Ich lehnte mich zurück und betrachtete meinen Sherry. „Ich finde das ein wenig traurig. Wenn schlecht über einen geredet wird, ist das nicht sonderlich freundlich, aber komplett ignoriert zu werden, ist womöglich noch verstörender."

„Für manche", stimmte Cyclops zu. „Für andere wäre es ein Segen, nicht aufzufallen."

Matt nahm sich sein Glas und hielt es sich an die lächelnden Lippen. „Ich freue mich darauf, sie zu treffen."

Ich grinste. „Das liegt daran, dass du ein gutaussehender junger Mann bist. Ich werde die Fragen an Lady Buckland auf jeden Fall dir überlassen."

* * *

Commissioner Munro war nicht allein in seinem Bureau, als sein Gehilfe uns zu ihm vorließ. Kriminalinspektor Brockwell stand am Fenster, seine übergroße Jacke geöffnet, sodass seine verschmutzte Weste zum Vorschein kam. Die beiden Männer hätten nicht unterschiedlicher sein können. Der ältere, weltmännische Munro war ganz die vornehme Autorität in seiner gepflegten Uniform, während Brockwell aussah, als habe er in seinem Anzug geschlafen und vergessen, sich die Haare zu kämmen. Ihre beiden unfreundlichen Mienen stimmten jedoch überein.

„Wir haben Beschwerden über Sie erhalten", setzte Munro an.

„Gut", sagte Matt, der sich nicht die Mühe machte, Platz zu nehmen. „Empörte Menschen zeigen nur, dass wir der Sache näherkommen. Wer hat sich beschwert?"

Munro verschränkte die Hände vor sich auf dem Schreibtisch. „Das kann ich Ihnen leider nicht mitteilen."

„Erzählen Sie mir, wie Ihre Ermittlung läuft", sagte Brockwell, der die Konsonanten geradezu herausprügelte.

„Sie läuft gut", sagte Matt.

„Ich hätte gern mehr Einzelheiten."

Matt reichte Munro seinen Bericht. „Es ist alles da drin."

Ich wusste, dass nicht *alles* da drin war. Er hatte die Teile weggelassen, die sich auf Magie bezogen, und auf Chronos' Verwicklung in das Experiment vor siebenundzwanzig Jahren.

Munro gab Brockwell das Zeichen, mit ihm zu lesen. „Bleiben Sie hier", sagte Munro zu uns.

„Können wir nicht", entgegnete Matt. „Wir haben einen Termin."

„Wenn er nicht bei der Königin oder beim Premierminister ist, ist es mir gleich. Setzen Sie sich."

Matt zog mir einen Stuhl heraus. Ich setzte mich, aber er nicht. Fünf Minuten fühlten sich an wie eine Stunde. Nach drei hielt ich es nicht mehr aus und zog meine Taschenuhr hervor. Das glatte Silbergehäuse erwärmte sich unter meiner Berührung, nur ein kleines bisschen, aber es reichte, um meine Nerven zu beruhigen.

Schließlich richtete Brockwell sich auf und Munro legte den

Bericht auf seinem Schreibtisch ab. Er nahm seine Brille ab und betrachtete Matt. „Sie scheinen einer ganzen Reihe von Hinweisen nachzugehen."

„Ja", sagte Matt. „Ich werde nicht spekulieren, welcher am wahrscheinlichsten weiterführen wird, falls Sie das fragen möchten."

„Überhaupt nicht. Ich mag es nicht, wenn meine Ermittler eine Meinung haben, ehe sie alle Fakten kennen."

„In diesem Fall müssen India und ich jetzt gehen." Er hielt mir eine Hand hin, und ich nahm sie.

„Nur einen Augenblick." Munro tippte mit der Brille auf den Bericht. „Der Mann namens Chronos wird darin nicht erwähnt."

Matts Finger spannten sich an. Ich wagte es nicht, ihn anzusehen, weil ich fürchtete, etwas zu verraten. „Chronos?", fragte Matt.

„Halten Sie den Commissioner nicht zum Narren", sagte Brockwell. „Wir wissen, dass Sie über ihn Bescheid wissen."

„Es scheint, Sie haben sich mit Abercrombie unterhalten. Da Sie von den Schwierigkeiten wissen, die wir in der Vergangenheit mit ihm hatten, werden Sie nicht überrascht sein, zu erfahren, dass er versucht, India aus der Fassung zu bringen. Lassen Sie mich versichern, Gentlemen, wir sind diesem Kerl namens Chronos nicht begegnet. Er ist mit dieser Ermittlung durch das Experiment verbunden, das er vor Jahren zusammen mit Millroy durchgeführt hat. Ich kenne seinen echten Namen nicht, darum kann ich auch nicht versuchen, ihn aufzuspüren."

„Was ist mit der Annahme, dass er Miss Steeles Großvater ist?"

Wenn Sie das wussten, dann hatten sie ganz gewiss mit Abercrombie oder jemandem aus der Gilde gesprochen. Mrs. Millroy wusste nicht, dass Chronos mein Großvater war, und ich bezweifelte, dass es Dr. Ritter klar war. Er hatte der Gilde der Uhrmacher erzählt, dass Chronos Dr. Millroys Mit-Magier beim Experiment gewesen war, und hatte ihnen Mrs. Millroys Beschreibung von ihm geliefert, aber wir wussten noch nicht sicher, ob die Gilde ihm erzählt hatte, dass diese Beschreibung auf Gideon Steele passte.

„Reine Spekulation", sagte Matt. „Wie ich sagte, versucht

Abercrombie, für Aufruhr zu sorgen. Soweit Miss Steele sich bewusst ist, ist ihr Großvater verstorben."

Ich stand auf und ließ Matts Hand los. „Ich werde Ihnen sagen, was ich Mr. Abercrombie und Mr. Hardacre gesagt habe", erklärte ich beiden Männern. „Wenn mein Großvater am Leben wäre, wäre er zur Beerdigung meines Vaters gekommen. Er hätte versucht, Kontakt mit mir aufzunehmen, aber vor allem anderen hätte er nicht gestattet, dass ein Narr wie Eddie Hardacre der Familie Steele das Geschäft abnimmt. Falls er am Leben wäre, hätte er sich gezeigt, damit das Geschäft wieder ihm gehört."

„Außer er ist schuldig an einem Mord vor siebenundzwanzig Jahren und will nicht, dass wir ihn finden", entgegnete Brockwell.

„Wenn das der Fall ist", sagte Matt, „dann wird er doch kaum bei India einziehen, oder? Da könnte er auch gleich seine Feinde direkt zu ihm führen."

„Wir sind nicht der Feind", sagte Munro.

„Außer, er ist schuldig", fügte Brockwell an.

„Guten Tag, Gentlemen." Ich wirbelte herum und marschierte aus dem Bureau. „Ich mag Inspektor Brockwell nicht mehr", sagte ich zu Matt, während wir das Gebäude verließen.

„Er erledigt seine Aufgabe. Zu unserem Unglück erledigt er sie ein bisschen zu gut." Er hielt mir die Tür der Kutsche auf. „Glaubst du, Abercrombie hat sich über uns beschwert?"

„Natürlich war er es, mit Eddie direkt auf den Fersen wie ein Hund."

„Verunglimpfe bitte keine Hunde, India." Er stieg hinter mir ein, in seinen Augen funkelte Erheiterung. Wie konnte er nach diesem Treffen so gute Laune haben? „Ich mag sie nämlich sehr. Wenn ich nicht in der Stadt wohnen würde, hätte ich mehrere, alle sehr groß und sehr freundlich."

Ich schnalzte mit der Zunge. „Du bist unmöglich, Matt. Ich weiß nicht, wie du dieses Treffen einfach so in den Wind schlagen kannst."

„Es wird schon alles gut. Wenn sie nicht das Haus durchsuchen, werden sie Chronos nicht finden. Der Angriff hat ihn verängstigt, sodass er sich versteckt. Und jetzt sind wir einen

Schritt näher daran, den Arztmagier zu finden, den wir brauchen, um das hier zu reparieren." Er tippte sich auf die Brust, wo seine magische Uhr unter seiner Weste versteckt war. „Wir sind auch nicht weit davon entfernt, Millroys Mörder zu finden. Alles in allem sehen die Dinge gut aus."

Ich beschwor ein Lächeln aus den Tiefen meiner Niedergeschlagenheit herauf. „Ich freue mich auf das Treffen mit der fröhlichen Witwe."

Wir brauchten länger als nötig, um Lady Bucklands Stadthaus zu erreichen. Sie wohnte nicht weit entfernt von Matt, aber er ließ den Kutscher einen großen Bogen fahren, und das sehr schnell, um sicherzustellen, dass uns niemand folgte. Während Matt behauptete, dass er niemanden sehen konnte, argwöhnte ich, dass er davon ausging, dass Payne seine Bewegungen beobachtete.

Lady Buckland war in der Tat fröhlich, aber das kam vom Sherry, und nicht von natürlich guter Laune. Ich roch ihn in ihrem Atem, als sie uns in ihrem dunkelrosa Morgenrock in einem Salon willkommen hieß, der eine Tapete in demselben Rosaton aufwies. Sie saß mit einem kleinen Hund auf dem Schoß auf dem Sofa, und ein hochgewachsener, blonder Bediensteter stand neben ihr bereit. Sie war nicht ganz die würdevolle Lady, die ich aufgrund von Mrs. Randleys Antworten auf unsere Fragen erwartet hatte, aber ich nahm an, Menschen änderten sich mit der Zeit.

„Ich entschuldige mich für meinen Auftritt", sagte sie, ihre Worte ein wenig undeutlich. „Ich bin für gewöhnlich so früh am Morgen nicht für Besucher zu sprechen, aber mein Butler sagte, Sie wären beharrlich."

Laut der Uhr aus Marmor und Gold auf dem Kaminsims war es elf Uhr. Wir hatten absichtlich gewartet, um nicht ihre Morgenrituale zu stören.

„Es tut uns sehr leid", sagte Matt, „aber Ihr Butler hatte recht, darauf zu bestehen. Das hier ist sehr wichtig. Sie sind die Schlüsselfigur in unseren Ermittlungen." Er lehnte sich ein wenig vor und sprach sie unmittelbar an, ohne den Blick zu senken. Seine ungeteilte Aufmerksamkeit, zusammen mit seinem Beharren, dass *sie* wichtig war, erzeugte auf jeden Fall das gewünschte Ergebnis. Sie hing an jedem seiner Worte.

„Das bin ich? Wie aufregend. Nun erzählen Sie mir, was ermitteln Sie denn?"

Das war der Teil, der mir die größten Sorgen bereitete. Eine Frau, die eine skandalöse Liaison mit einem verheirateten Mann gehabt hatte, würde nicht wollen, dass Gerede über diese Affäre wieder an die Oberfläche kam, selbst nach all den Jahren. Wenn wir das nicht geschickt anstellten, würde sie sich vielleicht ganz verschließen und sich weigern, auch nur eine unserer anderen Fragen zu beantworten.

„Mein Name ist Parsons", sagte Matt. „Matthew Parsons."

Parsons! Ich schaffte es, meine Überraschung auf einen scharfen Blick in seine Richtung zu beschränken. Meine rasche Bewegung erschreckte jedoch Lady Buckland. Sie packte ihren Hund so fest, dass er jaulte und ihr aus den Armen sprang. Der Bedienstete jagte ihm nach, aber er zog sich unter ein weiteres Sofa zurück, außerhalb seiner Reichweite.

Lady Buckland berührte den Pelzkragen ihres Morgenrocks an der Kehle. „Fahren Sie fort, Mr. Parsons. Was wollen Sie von mir?"

Matt schenkte ihr ein sanftes Lächeln. „Nur die Antworten auf ein paar Fragen über meinen Cousin."

„Cousin?"

„Den Cousin meines Vaters, um genau zu sein. Dr. James Millroy und mein Vater waren Cousins ersten Grades, aber mein Vater zog nach Amerika, und sie verloren einander aus den Augen. Ich wollte bei meinem Besuch hier mit ihm Verbindung aufnehmen, fand aber leider heraus, dass er gestorben ist."

Lady Buckland wirkte ein wenig verloren ohne ihren Hund, an dem sie sich festhalten konnte. Ihr Daumen rieb über ihren Handrücken, schob die lockere Haut über ihren Handknöcheln hin und her. „Und was hat das mit mir zu tun?"

Matt beäugte den Diener, der inzwischen auf Händen und Knien versuchte, den Hund zu erreichen. Der Hund wollte nichts davon wissen, kauerte sich in der hintersten Ecke zusammen, die dunklen Augen auf den Diener gerichtet. „Cousin

James hat meinem Vater alles über Sie beide erzählt", flüsterte Matt.

Ihre Fingerbewegungen fanden ein jähes Ende. „Milo, komm her."

Ich dachte, sie würde den Hund rufen, aber es war der Diener, der antwortete. „Ja, meine Lady?"

„Bitte lass uns allein. Schließ die Tür."

Er verbeugte sich und ging pflichtbewusst, aber nicht, ohne dem Hund einen warnenden Blick zuzuwerfen.

„Dr. Millroy war vor Jahren mein Arzt", erklärte uns Lady Buckland. „Weshalb sollten Sie *hierher* kommen, um mehr über ihn zu erfahren? Sie sollten mit seiner Frau sprechen, falls die vertrocknete alte Schrapnelle noch lebt."

„Das tut sie, und das habe ich", erwiderte Matt locker. „Aber Sie sind diejenige, mit der ich wirklich sprechen wollte, Ma'am. Sie sind diejenige, die ihn am besten kannte. Sie sind diejenige, die er geliebt hat."

Mir blieb beinahe die Luft weg, aber Lady Buckland schien Matts Schmeichelei zu gefallen. Ihr Gesicht erhellte sich wie eine Blume, die unter der Sonne ihre Blütenblätter öffnete.

„Sie wissen es", sagte sie einfach.

„Ich weiß es", erwiderte Matt. „Cousin James hat Sie oft in seinen Briefen an meinen Vater erwähnt. Er schrieb in glühenden Worten über Sie. Unglaublich wunderbare Dinge."

„Erzählen Sie mir etwas."

Der Hund kam unter dem Sofa hervor, näherte sich aber nicht. Matt beugte sich hinab und schnippte mit den Fingern. „Hierher."

Der Hund trottete fröhlich zu ihm. Es war wohl eine Hündin.

„Er schrieb über Ihr wundervolles Haar und Ihre erlesenen Augen." Erlesene Augen? Ich verbiss mir ein Lächeln. Mr. Darcy hätte es nicht eleganter ausdrücken können.

Röte legte sich auf Lady Bucklands Wangen, und ihr Blick schweifte in die Ferne. „Mein liebster James. Wie ich ihn vermisse."

Matt hob den Hund auf und reichte ihn ihr. „Erzählen Sie mir, was Sie noch wissen. Ich würde gern alles über meinen Cousin erfahren."

Sie streichelte das Fell des Hundes, der sich in ihrem Schoß niederließ, ihre Aufmerksamkeit bei der Aufgabe, während ich ihre Finger durch das Fell gleiten sah. Der Hund schloss die Augen und ließ das Kinn völlig zufrieden auf Lady Bucklands anderer Hand ruhen.

„James war schlau und amüsant. Wir hatten großartige Unterhaltungen und blieben bis tief in die Nacht auf und redeten. Er war auch großzügig, und ich beziehe mich da nicht nur auf die Geschenke, die er mir gekauft hat. Großzügig im Geiste, das war mein lieber James. Er machte mir immer Komplimente zu diesem oder jenem." Sie berührte die graue Locke an ihrem Nackenansatz. Der Rest ihrer Haare steckte unter einer Spitzenhaube. „Er hatte auch immer Zeit für mich, und er bat nie um etwas im Gegenzug." Sie seufzte. „Bis … nun, bis zum Ende."

„Sie meinen kurz vor seinem Tod?", fragte Matt. Sie nickte. „War er anders zu Ihnen?"

Tränen sammelten sich in ihren Augen. „Ich will nicht darüber sprechen."

Matt wartete, bis die Stille unbehaglich wurde, dann sagte er: „Seine Frau hat mir erzählt, er wurde ermordet, und sein Mörder wäre niemals gefasst worden. Was für eine schreckliche Zeit das für Sie gewesen sein muss."

„Es war furchtbar, besonders, wenn man bedenkt, wie die Dinge in den Tagen, die zu seinem Tod führten, zwischen uns standen. Wenn ich in der Zeit zurückreisen und die Dinge zwischen uns richtigstellen könnte, würde ich das tun. Nicht, dass ich eine andere Entscheidung getroffen hätte, aber ich hätte versucht, die Dinge ins Reine zu bringen, anstatt zu streiten."

Bezog sie sich darauf, ihr Kind aufzugeben? Hatte es Dr. Millroy nicht gewusst, ehe es zu spät gewesen war? Ich wartete darauf, dass Matt sie fragte, aber das tat er nicht. Es war äußerst frustrierend, aber ich wusste inzwischen, dass er oft über einen Umweg zur Sache kam, um andere dazu zu bringen, ihm zu vertrauen.

„Glauben Sie, dass ein Gelegenheitsdieb ihn angegriffen und getötet hat, wie die Polizei es annimmt?", fragte er.

„Das scheint die naheliegendste Antwort zu sein, aber …" Sie vergrub das Gesicht im Fell des Hundes. „Sagen wir einfach, dass es eine andere Person gibt, die Grund gehabt hätte, ihn zu töten."

„Wer?", stieß ich hervor. Es war das erste Mal, dass ich etwas sagte, und Lady Buckland wirkte überrascht, mich überhaupt sprechen zu hören. Ich war als Matts Verlobte vorgestellt worden, diejenige, die ihn gedrängt hatte, Informationen über den Cousin seines Vaters zu suchen, aber bisher hatte sie mich mehr oder weniger ignoriert.

„Mrs. Millroy natürlich." Sie rümpfte die Nase und streichelte energisch den Hund. „Diese kalte, sterile Frau, und das meine ich nicht in dem Sinn, dass sie keine Kinder bekommen konnte. Ihr Herz war öde und steril, so war Mrs. Millroy. Ich würde ihr zutrauen, ihn getötet zu haben, nicht aus Eifersucht, sondern einfach, weil ich ihn glücklich machte."

„Haben Sie einen Beweis, dass sie es getan hat?", fragte Matt.

„Sie sind ihr begegnet. Was glauben Sie?"

„Ihr Charakter ist kein Beweis."

„Sollte er aber", murmelte sie.

„Sie hat mir erzählt, die Gilde der Wundärzte hätte einen hitzigen Streit mit ihm wegen eines Experiments gehabt, das er an einem Obdachlosen durchgeführt hat. Glauben Sie, dieses Ereignis hätte zu Dr. Millroys Mord führen können?"

Sie kniff die Augen zusammen. „Weshalb wollen Sie das wissen?"

„Mir gefällt der Gedanke nicht, dass sein Tod umsonst gewesen sein soll, oder dass sein Mörder ohne Strafe davonkommt. Cousin James' Frau sagt, dass die Polizei es aufgegeben hat, nach seinem Mörder zu suchen. Ich dachte, vielleicht könnte ich einige Antworten finden. Es scheint irgendwie richtig."

„Sie sind ein guter Mann. Ein sehr guter Mann. Er wäre stolz gewesen, Sie seine Familie zu nennen."

Matt lächelte sie sanft an. „Vielen Dank. Also wissen Sie von dem Experiment, auf das ich mich beziehe?"

„Ein wenig", wand sie sich. „Er hat mir erzählt, dass die Gilde der Wundärzte ihn aus irgendeinem Grund beharkte. Aber um ehrlich zu sein, hatten wir beide zu diesem Zeitpunkt keinen guten Umgang miteinander, wegen einer … wegen einer gewissen Sache, daher weiß ich recht wenig darüber."

„Es tut mir leid, das zu hören. Ich weiß, wie sehr er Sie verehrt hat, und ich bin mir sicher, er hätte versucht, es mit Ihnen wiedergutzumachen, wenn er überlebt hätte. Nichts wäre jemals zwischen Sie getreten."

„Vielleicht", sagte sie mit einem tiefen Seufzen. „Jetzt werden wir es nie erfahren."

Wieder wartete ich darauf, dass Matt sie wegen des Kindes bedrängte, aber das tat er nicht. „Vielleicht ließ ihn der Meister der Gilde der Wundärzte umbringen", sagte er.

„Guter Gott, glauben Sie das?" Sie klopfte sich auf die Brust, als würde sie ihren rasenden Herzschlag beruhigen wollen. „Das ist eine ziemlich extreme Strafe. Weshalb ihn nicht einfach aus der Gilde ausschließen, wenn sie mit seinen Experimenten unglücklich waren?"

„Weshalb nicht, ganz recht. Oder vielleicht hatte der Mann, an dem er experimentiert hat, eine Familie, die Rache geübt hat."

„Das ist auch durchaus möglich. Ich erinnere mich, dass James herausfinden wollte, ob der Mann ganz sicher wirklich allein auf der Welt war. Vielleicht konnte er einen Verwandten auftreiben, und der hat …" Sie schluckte. „Wenn man seine Pläne für den Abend seines Todes bedenkt, ist die Wahrscheinlichkeit groß, dass er jemanden gefunden hat."

„Fahren Sie fort."

„Er schickte mir einen Brief, in dem er mich bat, ihn am nächsten Tag zu empfangen. Aber er starb in jener Nacht." Sie senkte den Kopf und schniefte. „In dem Brief erwähnte er kurz, dass er auf der Suche nach weiteren Informationen über den Mann war."

Matt reichte ihr sein Taschentuch. „Erinnern Sie sich, was genau er geschrieben hat?"

„Nicht an die genauen Worte. Er sagte, er wollte mich treffen, um über … unsere Meinungsverschiedenheit zu sprechen, aber er könnte es nicht tun, bis er ein reines Gewissen hätte. Das Experiment wog schwer in seinen Gedanken und lenkte ihn sogar von dem ab, was ich getan hatte."

„Was hat er getan, um sein Gewissen zu bereinigen?", fragte Matt.

„Er schrieb, dass er ein Nachtasyl aufsuchen müsse. Das war alles."

„Der Mann hatte in einem Nachtasyl gewohnt?", fragte Matt.

„So scheint es wohl. Ich schätze, James wollte bei den Mitarbeitern mehr über ihn herausfinden."

„Was hoffte er zu erreichen, indem er die Verwandten des Mannes aufspürte?", fragte ich. „Sie für ihren Verlust kompensieren?"

Sie hob eine Schulter, dann ließ sie sie zusammen mit der anderen herabsinken. Man sah ihr ihr Alter nun sehr an, sämtliche Hinweise auf jugendliche Schönheit waren unter der Bürde der Zeit und der Sorgen dahin. „Ich glaube, er wollte einfach nur sicher wissen, ob der Mann nun Familie hatte oder nicht. Wenn es keine gab, hätte dieses Wissen sein Gewissen ziemlich erleichtert. Er hatte zunächst angenommen, dass es keine gab, aber dann begann er Zweifel zu hegen. Wenn Sie mich fragen, hat Mrs. Millroy diese Zweifel gesät. So grausam war sie nämlich, sagte immer Kleinigkeiten, um ihn aus der Fassung zu bringen."

„Glauben Sie, das war der Grund, weshalb Dr. Millroy in der Nacht seines Todes in Whitechapel war? Weil er zu einem Nachtasyl ging, um mehr über Wilson zu erfahren?"

„Nein. Wenn er in Bethnal Green gestorben wäre, hätte ich eine andere Antwort, aber weshalb er in Whitechapel war, ist mir ein Rätsel. Er hat in seiner Nachricht nämlich nur erwähnt, dass er ein Nachtasyl in Bethnal Green aufsuchen wollte."

„Bethnal Green?", wiederholte ich.

„Ja. Weshalb fragen Sie?"

„Ich frage mich, was er im Nachtasyl über Mr. Wilson erfahren hat, das ihn nach Whitechapel gehen ließ", sagte Matt rasch.

„Mr. Wilson?" Sie schüttelte den Kopf. „Das war nicht sein Name."

Die Neuigkeit überraschte Matt, sodass er ein paar Sekunden lang schwieg. „Kennen Sie seinen Namen?", fragte er schließlich.

„Er liegt mir auf der Zunge, aber ... Wilson stimmt nicht ganz."

„Vielleicht fällt er Ihnen ja noch ein." Er lächelte.

Sie erwiderte das Lächeln. „Vielleicht, ja. Ich bin so froh, dass

Sie gekommen sind. Sie haben meinen Tag bereichert. Ich gehe nicht mehr so viel aus wie früher, und meine Freunde besuchen mich nicht mehr regelmäßig." Sie hob den kleinen Hund an die Brust und wiegte ihn. Der Hund schien ganz zufrieden damit, aufgeweckt und bewundert zu werden. „Ohne Bliss hier wäre mein Tag eine endlose Langeweile. Milo ist schön, aber er ist nicht ganz der Gesellschafter, den ich mir von ihm erhofft hatte."

Milo war ein Gesellschafter, kein Diener? In der Tat eine fröhliche Witwe.

„Sagt Ihnen der Name Chronos etwas?", fragte Matt, der eindeutig noch nicht bereit war, zu gehen.

Sie runzelte die Stirn. „Ein Bekannter von James hatte so einen seltsamen Namen", sagte sie, während sie Bliss wieder auf ihren Schoß setzte. „Ich glaube, das war der Name des Mannes, der ihm bei dem Experiment assistiert hat."

„Kennen Sie seinen echten Namen oder seinen Beruf? Irgendetwas über ihn?"

„Wir sind uns nie begegnet, und James hat ihn nur nebensächlich erwähnt. Ich habe angenommen, dass sie zusammen an einem neuen medizinischen Gerät oder einer Technik arbeiteten."

„Was ist mit einer Frau namens Nell Sweet?"

Ihr Rückgrat versteifte sich. „Traf sich James mit einer anderen Frau?"

„Nein. Sie waren die einzige Liebe, die er in den Briefen an meinen Vater erwähnte."

Sie entspannte sich ein wenig, aber ihre Züge blieben verkniffen, und die Streicheleinheiten für den Hund blieben zu Bliss' großem Vergnügen energisch. „Ich habe mich gefragt, ob ich James vertrieben hatte, ob meine Tat dazu geführt hat, dass er mich nicht mehr liebte und er in die Arme einer anderen Frau floh. Er war so *wütend* auf mich, verstehen Sie. So unglaublich wütend."

Matt warf mir einen Blick zu, das erste Anzeichen, dass er sich nicht mehr sicher war. Ich nickte ihm schwach ermutigend zu. So heikel das Thema auch war, er *musste* es ansprechen.

„Ma'am, vergeben Sie mir", sagte Matt sanft, „aber Sie haben den Streit zwischen Ihnen und meinem Cousin inzwischen des

Öfteren erwähnt. Ich glaube, ich weiß, worauf Sie sich beziehen." Er hielt inne. Die Stille fühlte sich drückend an, belastend. „Ich will nicht impertinent wirken, aber ging es bei diesem Streit um Ihren Sohn?"

Sie wirkte nicht überrascht, dass er es ansprach. Tatsächlich fragte ich mich, ob ihr ständiges Erwähnen des Streits ihre Art war, das Gespräch darauf zu lenken. Ich schätzte, dass Lady Buckland nach all der Zeit darüber sprechen wollte.

„Er wurde in diesem Haus geboren." Sie schaute zu dem Kerzenleuchter auf, der an der Deckenrose hing. „Erst erzählte ich James, dass ich ihn behalten und aufziehen würde, indem ich den Leuten sagte, ich hätte ein Mündel aufgenommen, das ein Zuhause brauchte. Ob jemand das glaubte, wusste ich nicht. Ich bin sicher, die Plaudertaschen hatten an mir ihre Freude. Aber deshalb habe ich nicht aufgegeben. Mir war es gleich, was alle über mich denken. Das ist es noch immer."

„Gut gemacht", fühlte ich mich gezwungen zu sagen. „Weshalb haben Sie ihn aufgegeben?"

Sie lächelte schwach. „Ich habe schnell bemerkt, dass die Mutterschaft schwierig ist und nicht für jede Frau natürlich eintritt. Mutterinstinkte sind nicht zwingend, Miss Steele. Zumindest in meinem Fall waren sie das nicht."

„Also haben Sie ihn zur Adoption weggegeben", legte Matt nahe.

Sie nickte. „Ich wusste, James würde es nicht gestatten, darum habe ich es insgeheim eingerichtet. Als er es herausfand, verriet ich ihm nicht, wohin ich Phineas geschickt hatte, ganz gleich, wie unnachgiebig er mich befragte."

„Er war sicher wütend", sagte Matt leise.

„Oh ja. Und ich verstehe, weshalb. Das tue ich. James wollte unbedingt ein Kind, aber eine Saat kann in unfruchtbarer Erde nicht wurzeln. Und Mrs. Millroy war eine Wüste. Schließlich hat er einen Sohn von mir bekommen, dann habe ich ihn weggeschickt. Ich bedaure es nicht. Phineas konnte nicht als James' eigenes Kind aufgezogen werden, oder auch nur als meines. Er hätte die Privilegien oder James' Namen nicht erhalten. Indem ich ihn weggegeben habe, hatte er zumindest eine Chance auf ein gutes Leben." Ihr ganzer

Körper sackte in das Sofa, wodurch der Hund kurz gestört wurde, ehe sie sich neu ausrichtete. „Phineas erfährt in seinem neuen Zuhause sehr viel Liebe. Dessen bin ich mir sicher. Sehr, sehr viel Liebe in einer normalen Familie, mit vielen Geschwistern."

„Sie wissen, wer ihn adoptiert hat?", fragte Matt recht ungläubig. Oder vielleicht war es hoffnungsvoll.

„Nur in meinem Herzen."

Matt warf ihr ein verständnisvolles Lächeln zu, aber ich wusste, dass es nicht ehrlich war.

„Ich versuchte, James zu sagen, dass Phineas geliebt werden würde, aber er wollte nichts davon hören. Er machte mir Vorwürfe, verlangte zu wissen, in welches Waisenhaus ich Phineas geschickt hatte. Aber ich habe es ihm nicht verraten. Ich konnte nicht zulassen, dass er all meine harte Arbeit zunichtemachte, all die Hoffnungen, die ich für unser Kind gehegt hatte. Er würde alles ruinieren, indem er Phineas hierher zurückholte. Was dachte er denn, würde passieren? Wir konnten nicht als eine Familie leben, und ich konnte einen Jungen nicht allein aufziehen. Was wusste ich schon über Kinder oder Mutterschaft? Ich habe das Richtige getan", schloss sie mit völliger Sicherheit.

„Aber Cousin James gab den Versuch nicht auf, herauszufinden, wohin Sie ihn gebracht hatten", fuhr Matt fort. „Daher der Brief, den er Ihnen am Tag seines Todes geschickt hatte, um sich mit Ihnen zu treffen."

Sie nickte. „In seinem Brief klang er vernünftiger, nicht so wütend. Ich vermutete, dass er mir die Antwort entlocken wollte, anstatt mich dazu zu zwingen. Er sprach davon, wie besonders Phineas war, und dass ich die Schwere meiner Tat nicht verstand, weil ich nicht wusste, was aus seinem Kind werden könnte. *Sein* Kind, nicht meines." Sie verdrehte die Augen. „Als hätte ich nichts mit der Empfängnis zu tun gehabt."

Besonders. Dr. Millroy hatte vielleicht erwartet oder gehofft, dass sein Sohn ein Magier sein würde. Ein seltener Arztmagier noch dazu.

„Wissen Sie, weshalb er dachte, sein Kind würde etwas Besonderes sein?", drängte Matt.

Sie wedelte mit der Hand. Bliss öffnete die Augen, als die

Berührung ihres Frauchens ausblieb. „Hält nicht jeder Vater seinen Sohn für etwas Besonderes?"

Ich konnte keine Lüge entdecken, kein Wissen über Magie, und wie sie von einer Generation auf die nächste überging. Falls sie überhaupt von Magie wusste, hatte sie darauf während der Befragung nicht den kleinsten Hinweis gegeben.

„Ma'am, ich danke Ihnen für Ihre Aufrichtigkeit", sagte Matt. „Ich wusste aus den Briefen von Cousin James an meinen Vater, dass er einen Sohn hatte, und ich bin froh, dass Sie es bestätigen konnten. Sie haben mir etwas gegeben, auf das ich hoffen kann."

„Hoffen worauf?"

Matt schaute sie arglos an. „Ihr Sohn ist mein einziger überlebender Blutsverwandter. Ich will ihn treffen."

Sie wurde bleich.

„Verraten Sie mir, in welches Waisenhaus Sie ihn geschickt haben, damit ich ihn aufspüren kann? Sie haben bestimmt Aufzeichnungen …"

„Nein! Auf keinen Fall!" Sie stieß den Hund von ihrem Schoß. Bliss landete winselnd auf dem Boden, dann huschte sie unter das Sofa, als sich ihr Frauchen erhob. „Guten Tag, Sir. Ich möchte, dass Sie jetzt gehen."

Matt stand auf, daher tat ich es ihm nach. „Bitte, Ma'am. Wenn ich meinen Cousin treffen könnte, würde mir das sehr viel bedeuten. Uns." Er legte einen Arm um mich. Er war hart wie Stein, im völligen Widerspruch zu seiner sanften Bitte. „Ich werde Phineas nichts über Sie verraten, wenn Sie das möchten."

Sie zog energisch an der Glocke. „Nein. Ich kann nicht riskieren, dass er herausfindet, wer ich bin. Ich kann nicht riskieren, dass er hierherkommt und von mir erwartet, dass ich ihn anerkenne."

Milo trat ein und verbeugte sich, sagte aber nichts.

Lady Buckland stieß ein bellendes Lachen aus. „Können Sie sich das vorstellen? Er wäre älter als Milo. Ist das nicht lächerlich?" Sie ging zu Milo, die Arme ausgestreckt. Er nahm ihre beiden Hände in seine und küsste sie auf die gerötete Wange. „Was würde er von mir halten?", fragte sie und warf einen verträumten Blick auf ihren Bediensteten.

„Lady Buckland", drängte Matt. „Bitte, das ist wichtig."

Sie wirbelte heftig herum. „Hören Sie auf", zischte sie, ihre Augen blitzten. „Hören Sie auf! Sie sind genau wie James, fordern Antworten, die ich nicht geben kann. Hinaus aus meinem Haus! Gehen Sie!"

Matt trat einen Schritt vor in ihre Richtung, doch Milo versperrte ihm den Weg.

Der Diener ließ die Knöchel knacken und lächelte. Sein Mund war voller krummer Zähne. „Sie haben Ihre Ladyschaft gehört", sagte er mit einem breiten Cockney-Akzent. „Hinaus."

Matt starrte auf den Boden, als würden die Rosen, die in den Teppich gewebt waren, ihm helfen. Das Zimmer wirkte plötzlich zu eng, zu bedrückend mit seinem Überschuss an Rosatönen. Ich musste Matt hinaus bringen, ehe er sich so ärgerte, dass er seine Tarnung fallenließ und etwas tat, das er bedauern würde. Milo sah ebenso stark wie blendend aus.

Ich nahm Matt an der Hand und drängte ihn zur Tür, in Gedanken suchte ich nach etwas, das ich sagen konnte, um die Anspannung zu lösen. Ich erspähte eine Zeitung auf einem Tisch und nahm sie, um belanglose Nachrichten anzusprechen.

Nur dass es die neueste Ausgabe der *Weekly Gazette* war, die aufgeschlagen mit Oscar Barratts Artikel dalag. Ich machte trotzdem weiter. „Was für eine Sensation dieser Artikel doch verursacht hat."

„Ach ja?", sagte Lady Buckland ohne großes Interesse.

Matt beäugte Milo, als würde er ihn gern verprügeln, und Milo lächelte Matt weiterhin an. Diesen Gesichtsausdruck hatte ich schon früher gesehen. Es war das Lächeln eines Schuldigen, der wusste, dass die Polizei ihn nicht erwischen konnte. Er konnte in diesem Haus alles mit uns anstellen, und Lady Buckland würde ihn mit ihrem Geld und ihrem Status in Schutz nehmen.

Ich zerrte fest an Matts Hand und zog ihn nach draußen, ehe er uns ein Loch schaufelte, aus dem wir nicht wieder herausklettern konnten.

KAPITEL 15

M att wies unseren Kutscher an, uns zur Unterkunft in Bethnal Green zu fahren, und half mir in die Kutsche.

„Geht es dir gut?", fragte ich und versuchte, sein Gesicht zu sehen, ohne es zu offensichtlich wirken zu lassen. Er starrte jedoch aus dem Fenster. Dachte er über die Geschehnisse in Lady Bucklands Haus nach? Wünschte er sich, er könnte Milo verprügeln? Oder suchte er nach Payne?

„Mir geht es gut", erwiderte er, während er sich zu mir umwandte und mir ein Lächeln schenkte, das seine Augen nicht ganz erreichte. „Sie hat uns die Information gegeben, die wir brauchen, um weiterzumachen. Wir wissen jetzt, dass Dr. Millroy in jener Nacht das Nachtasyl in Bethnal Green aufsuchte. Ich schätze, er erfuhr dort, dass Wilson eine Familie am Bright Court hatte. Wir müssen nur seine Einträge aufspüren, und wir finden heraus, welcher der Bewohner von Bright Court mit Wilson verwandt ist, genauso, wie es Millroy vor siebenundzwanzig Jahren gemacht hat."

„Aber wir haben bereits nachgesehen, und es gab keine Aufzeichnungen über Mr. Wilson in der Unterkunft in Bethnal Green. Vielleicht gab es zu jener Zeit ein weiteres Obdachlosenheim dort."

Er kratzte sich am Kinn. „Wir kehren in dieses zurück und

sehen noch einmal nach. Vielleicht wurde seine Akte falsch abgelegt. Falls wir kein Glück haben, fragen wir bei den Ortsansässigen, ob es in dieser Gegend ein weiteres Obdachlosenheim gegeben hat."

„Was, wenn seine Akte nicht falsch abgelegt wurde?", fragte ich, während eine Idee in mir heranreifte. „Was, wenn sie unter einem anderen Namen abgelegt wurde? Nicht alle sind überzeugt, dass Wilson der echte Name des Stadtstreichers ist. ‚Nicht ganz richtig', so scheint das doch jeder zu formulieren."

Er nickte langsam. Ich wartete darauf, dass er etwas sagte, dass er das ganz offensichtliche Problem ansprach, das wir nun vor uns hatten, aber er tat es nicht. Es schien, als müsse ich es zur Sprache bringen.

„Lady Buckland hat uns nicht verraten, wie wir Phineas finden."

„Nein", erwiderte er ausdruckslos.

„Vielleicht fragen wir sie in einem oder zwei Tagen noch einmal. Vielleicht hat sie ein Einsehen, wenn wir beharrlich bleiben."

„Oder wir könnten einfach einbrechen und ihr Haus durchsuchen."

„Matt!"

„Sie bewahrt die Information über ihren Sohn bestimmt irgendwo auf. Irgendwelche Papiere vom Waisenhaus, einen Brief. Eine Mutter würde doch etwas Derartiges nicht wegwerfen."

„Matthew Glass! Es ist eines, in einen Laden einzubrechen, wenn niemand dort ist, aber das ist das Heim einer älteren Dame, die nie aus dem Haus geht. Ganz zu schweigen davon, dass sie Bedienstete hat, die ihre Herrin schützen werden."

„Mach dir keine Sorgen wegen Milo."

„Ich mache mir sehr wohl Sorgen, und das solltest du auch. Er wirkt nicht wie jemand, dem man in die Quere kommen sollte, besonders nicht in ihrem Haus. Ich würde sagen, er hat sie um den Finger gewickelt, und sie bezahlt ihm seine … Dienste mit Sicherheit ordentlich."

„Du wirst rot, India."

„Werde ich nicht!"

Er lächelte mich verschlagen an. „Mach dir keine Sorgen, India. Ich werde dich nicht bitten, dich mir bei dieser Suche anzuschließen."

„Das ist kein Witz!"

Sein Lächeln wich einem finsteren Gesicht. „Niemand wird verletzt, weder sie noch ich. Bei Milo kann ich nichts versprechen, aber ich werde vorsichtig sein. Ich habe das schon früher gemacht."

„Ja", erwiderte ich hitzig. „Damals in Amerika, als du dann auch von deinem eigenen Großvater erschossen wurdest!" Ich verschränkte die Arme vor der Brust. „Hat dich das nicht gelehrt, dass du nicht übereilt handeln solltest?"

„Ich kann davor nicht zurückschrecken, India. Du kennst den Grund."

„Wir können sie kleinkriegen", sagte ich lahm. „Tag um Tag, Frage um Frage. Sie wird nachgeben, Matt."

„Darauf kann ich nicht warten."

„Ich freunde mich mit ihr an, oder ... oder du bezirzt sie. Sie mochte dich. Sie wird dir jeden Gefallen tun, wenn du deine Karten richtig ausspielst. Und du bist ein hervorragender Kartenspieler."

Sein trauriges, schiefes Lächeln zerrte an meinem Herzen. Er beugte sich vor und berührte mich an den Händen. „Ich habe die Zeit dafür nicht. Meine Uhr wird langsamer."

„Aber ich habe die Magie verlängert."

Er senkte den Kopf, und seine Haare fielen ihm in die Augen. „Ein wenig."

„Aber nicht genug", sagte ich bedrückt.

Ich legte meine Hände an sein Gesicht und wandte es nach oben. Urplötzlich hatte ihn die Erschöpfung überfallen. Es war, als hätte er mit dem Betreten der Kutsche verinnerlicht, dass er nun die Maske des Wohlbefindens abnehmen konnte, die er der Welt zeigte. Ich hätte mich freuen sollen, dass er mir gestattete, ihn zu sehen, wie er war, aber es machte mich nur zutiefst traurig.

Ich strich mit den Daumen über seine Wangen. Sein Blick wurde trüb, dann schloss er die Augen, und seine Atmung wurde unregelmäßig. Ich brauchte all meine Willenskraft, um ihn nicht zu küssen.

„India", schnurrte er mit tiefer, volltönender Stimme.

Ich zog meine Hände zurück und konzentrierte mich darauf, die Vorhänge zuzuziehen, ohne ihn anzuschauen. Nicht, bis ich ihn seufzen, und das Uhrgehäuse aufschnappen hörte. Seine glühenden Adern tauchten die Kabine in ein übernatürliches Licht, das heller wurde, während sich die Magie in seinem ganzen Körper ausbreitete. Als sie seinen Haaransatz erreichte, schloss er das Gehäuse und steckte die Uhr wieder in die Tasche.

„Besser", verkündete er.

Wir wussten beide, dass er auch ruhen musste, aber das würde warten müssen. Es war nicht mehr weit bis zur Unterkunft in Bethnal Green.

„Glaubst du, sie bedauert es, ihren Sohn weggegeben zu haben?", fragte ich, während ich die Vorhänge wieder öffnete und die letzte verbleibende Wirkung des Leuchtens verbannte.

„Manchmal vielleicht, wenn sie sich gestattet, darüber nachzudenken. Sie wünscht sich bestimmt, das Ganze hätte nicht ihre Beziehung zu Millroy ruiniert. Es überrascht aber kaum, dass es so kam. Nicht nur hatte er endlich ein Kind, sondern es bestand auch eine hohe Wahrscheinlichkeit, dass es seine Magie geerbt hatte."

„Ich frage mich, was Phineas nun macht, da er erwachsen ist."

„Wenn er die Kräfte seines Vaters geerbt hat, ist es wahrscheinlich, dass er eine medizinische Tätigkeit der einen oder anderen Art ausübt. Die heilenden Berufe werden ihn anziehen."

„Er ist sich seiner Magie vermutlich nicht bewusst", sagte ich. „Ohne dass sein Vater ihn davon in Kenntnis setzt, woher sollte er es wissen?"

„Das wird ein ganz schöner Schock, wenn wir es ihm sagen."

Er klang so überzeugt, dass wir ihn finden würden, dass ich lächelte und zustimmen musste. Ich konnte es nicht ertragen, ihn ganz die Hoffnung verlieren zu sehen. Zumindest hatten wir etwas, an dem wir uns entlanghangeln konnten, einen nächsten Schritt, den es durchzuführen galt. Obwohl mir der Gedanke nicht gefiel, in Lady Bucklands Haus einzubrechen, schien es der einzige Kurs zu sein, der uns offenstand. Es war besser, als untätig herumzusitzen. Und während wir auf den Anbruch der Dunkelheit warteten, hatten wir zumindest etwas, mit dem wir uns vorerst beschäftigen konnten – Dr. Millroys Mörder zu finden. Wir brauchten immer noch das Tagebuch.

In der Unterkunft in Bethnal Green war es so still, dass wir zunächst glaubten, sie hätte geschlossen. Auf unser Klopfen reagierte die Freiwillige mit Brille, die wir bei unserem ersten Besuch angetroffen hatten. Sie erinnerte sich an uns – oder vielmehr an Matt, ihrem schüchternen Lächeln und Erröten nach zu urteilen. Zum Glück war sie nicht da gewesen, als wir uns an jenem Abend mit Lügen einen Weg in den Keller gebahnt hatten.

„Mr. Woolley ist in seinem Bureau", sagte sie und trat zur Seite.

„Wir möchten nicht Mr. Woolley sprechen", sagte Matt. „Wir müssen Ihre Aufzeichnungen einsehen. Es ist außerordentlich wichtig, Miss …?"

„Garnet."

„Es ist entscheidend, dass wir sie überprüfen, Miss Garnet."

„Garnet ist eigentlich mein Vorname."

„Das tut mir leid", sagte Matt.

„Es ist ein naheliegender Fehler."

Mein Herz setzte einen Schlag aus. Guter Gott, es war so simpel, dass ich nicht glauben konnte, dass wir denselben Fehler gemacht hatten! Der Name des Stadtstreichers lautete nicht *Mr. Wilson*. Sein *Vorname* war Wilson. Wir hatten angenommen, es wäre sein Nachname.

„Wir müssen diese Aufzeichnungen sehen, Garnet", fuhr Matt fort. Die Dringlichkeit verlieh seiner Stimme einen harten Unterton, und seine Augen wirkten noch härter.

Ich berührte ihn am Arm, um ihn ein wenig zu beruhigen. „Garnet", schaltete mich freundlich ein, „Mr. Woolley hat uns bereits zuvor den Zugang verwehrt, und wir wollen es nicht noch einmal auf diesem Weg probieren. Es ist zu frustrierend, und ich weiß, dass er nicht nachgeben wird. Es ist ihm einerlei, sehen Sie." Ich ließ meine Stimme dünn klingen und tupfte mir mit dem kleinen Finger die Augenwinkel. „Er versteht nicht, dass das meine einzige Möglichkeit ist, mehr über meinen Großvater zu erfahren. Er starb eines tragischen Todes, aber wir wissen, dass er hier übernachtet hat. Er war eine so verlorene, unglückliche Seele, aber er war nicht ohne eine Familie, die ihn liebte. Diese Familie wollte ich schon seit Jahren aufspüren. Mein Zweig hatte ein komfortables Leben, aber ich weiß, dass ich Cousins und Cousinen habe, denen es nicht so gut geht, und ich würde sie gern finden und ihnen helfen, sofern ich das kann. Bitte, Garnet. Bitte lassen Sie mich das für meinen armen verstorbenen Großvater tun." Ich glaubte, ich hatte es ganz gut hinbekommen. Mir gelang es sogar, ein paar echte Tränen heraufbeschwören. Gewissermaßen war es nicht weit weg von der Wahrheit – Wilson *war* tragisch gestorben und wir *suchten* nach seiner Familie.

Garnet kaute auf der Unterlippe und warf einen Blick auf die Tür hinter ihr, die zum Männertrakt führte. Ein Rechteck aus dem Licht der Nachmittagssonne fiel auf die makellosen Bodenkacheln, die vermutlich Garnet höchstselbst geschrubbt hatte. Freiwillige wie sie waren ein Wunder, wahre Engel auf Erden, die den Hilf- und Hoffnungslosen beistanden. Ich fühlte mich ein bisschen schuldig, dass ich ihr Lügen auftischte.

Ich war mir nicht sicher, ob sie sich für oder gegen meine Bitte entscheiden würde, aber ich erhielt nicht die Gelegenheit, es herauszufinden. Matt fischte einige Münzen aus seiner Tasche und öffnete die Handfläche. Es waren alles Sovereigns oder halbe Sovereigns.

Garnet blinzelte ihn mit großen Augen an.

„Eine Spende", sagte er.

„Eine so großzügige Summe." Garnet zögerte kurz, dann hielt sie beide Hände auf.

Matt ließ die Münzen hineinfallen. „Es gibt keinen Grund, Mr. Woolley zu behelligen."

„Ich sollte mit Ihnen kommen, um sicherzugehen, dass …"

„Natürlich. Wollen wir?"

Sie ließ die Münzen in die Tasche ihres Kittels fallen und ging voraus. Der Männertrakt war sauber, die Betten standen bereit für die Obdachlosen, die bei Anbruch der Dunkelheit eine Unterkunft suchen würden. Die Tür zu Mr. Woolleys Bureau war geschlossen, und es waren keine anderen Freiwilligen in Sicht,

obwohl eine Frauenstimme aus dem angeschlossenen Frauen-
trakt drang. Wir gingen durch eine Tür an der Rückseite des
großen Raumes, und ich fand mich in dem schlecht beleuchteten
Korridor wieder, der zur Küche und dem Keller führte.

Garnet öffnete die Kellertür und nahm eine Streichholz-
schachtel von einem Sims in der Nähe und zündete eine Lampe
an, die an einem Haken hing. Bei näherer Betrachtung entpuppte
sie sich als die Lampe, die wir bei unserem eiligen Abgang
letztes Mal zurückgelassen hatten.

„Sein *Vorname* lautet Wilson", flüsterte ich Matt zu, während
wir Garnet die Stufen hinab folgten.

Er hielt kurz inne, ehe er seinen Schritt erneut beschleunigte.
Er nickte einmal und begab sich direkt zu der Reihe mit Akten-
schränken. Er las betont die Etiketten.

„63", verkündete er um Garnets Willen.

Es waren viel zu viele, um jede einzelne nach einem Mann zu
durchsuchen, dessen Vorname Wilson lautete. Das würde
mindestens eine Stunde dauern. Nach fünf Minuten würde
Garnet Verdacht schöpfen. Eine Enkeltochter sollte doch den
Namen ihres Großvaters kennen. Ich musste mir etwas einfallen
lassen.

„Garnet?" Die Stimme von Mr. Woolley dröhnte die Treppe
herab. „Was machen Sie da? Ich habe gesehen, wie Sie mit zwei
Leuten hereingekommen sind. Wer sind sie? Garnet?"

Ich erstarrte. Matt arbeitete jedoch schneller, blätterte die
Karten durch.

„Das Spiel ist aus, fürchte ich", sagte Garnet. „Wir müssen es
ihm doch sagen. Ich bin mir sicher, es wird ihm nichts ausma-
chen, wenn er Ihre Spende sieht." Sie ließ die Münzen in der
Tasche klimpern.

„Nur ein paar Minuten", sagte Matt, dessen Finger über die
Akten flogen.

Aber ein paar Minuten würden nicht reichen. Ich berührte
ihn am Arm. „Wir werden versuchen, ihn zu überzeugen", sagte
ich sanft.

„Hier unten, Mr. Woolley", rief Garnet. „Ich helfe einer
jungen Dame, Informationen über ihren Großvater zu finden."

„Sie machen *was*?" Er trottete die Stufen herab und trat in unseren Lichtkreis. Er warf einen Blick auf mich, dann auf Matt, der immer noch durch die Karten blätterte. „Sie schon wieder!"

„Ich weiß, dass es nicht unseren Regeln entspricht, hier unten Mitgliedern der Öffentlichkeit Zutritt zu erlauben, Mr. Woolley." Garnet holte ein paar Münzen aus ihrer Tasche. „Aber sie haben eine generöse Spende getätigt."

„Weshalb sind Sie nicht erst zu mir gekommen, ehe Sie sie hereingelassen haben?" Er packte Matt an der Schulter. „Hören Sie sofort auf damit! Die können Sie nicht durchsuchen. Das sind private Angaben."

„Sie will doch nur etwas über ihren Großvater herausfinden", sagte Garnet, die inzwischen unsicher klang.

„Wer's glaubt, wird selig." Mr. Woolley packte Matt abermals an der Schulter und versuchte, ihn von dem Aktenschrank wegzuzerren. Matt gab nicht nach. „Hinaus mit Ihnen, ehe ich einen Schutzmann hole!"

Garnet keuchte auf. Sie tat mir leid. Wir hatten sie in eine missliche Lage gebracht. Aber wir waren so weit gekommen, und wie Matt wollte ich nicht ohne Antworten wieder gehen. Wir standen einfach zu dicht vor dem Erfolg. Wilson hatte gewiss ein paar Nächte hier verbracht, als es noch ein Nachtasyl gewesen war. Es war zu unwahrscheinlich, dass es in Bethnal Green ein zweites solches Haus gegeben haben sollte.

In verzweifelten Augenblicken waren eben Verzweiflungstaten nötig. Ich beugte mich zu Matt. „Mach dich bereit, sie dir zu schnappen und zu rennen", flüsterte ich.

Sein Blick huschte zu mir. Er neigte den Kopf und raffte einen Stapel Karten zusammen, während er mit seinem Körper Woolley die Sicht versperrte.

Ich legte mir eine Hand auf die Stirn. „Oje, mir wird ganz mulmig. Diese ganze Aufregung …" Ich taumelte in Mr. Woolleys Richtung.

Eine zierliche Frau hätte er mühelos aufgefangen, aber meine voluminösere Figur kam mir dieses eine Mal gelegen, und er schaffte es nicht, die ganze Wucht meines Gewichtes zu halten. Er stolperte rückwärts und verlor das Gleichgewicht. Ich wäre mit ihm gestürzt, wenn nicht Matts Arm gewesen wäre, der sich um meine Taille legte. Er stützte mich, und wir liefen zusammen weg, vorbei an der eingeschüchterten Garnet oben an der Treppe.

„Halt!", rief Mr. Woolley. „Sie haben die Akten!"

„Was spielt es für eine Rolle?", jammerte Garnet. „Sie sind doch alt."

Wir hörten nicht, ob Mr. Woolley antwortete. Ich bezweifelte, dass er ihr den wahren Grund nannte, weshalb er die alten Aufzeichnungen so sehr schützte – sie könnten beweisen, dass die Unterkunft und ihre Geldgeber die Regierung um Zahlungen prellten, indem sie die Anzahl der Obdachlosen schönten, die hier ein und aus gingen.

Wir liefen durch den Männertrakt nach draußen. Nach der Düsternis des Kellers wirkte der Tag richtig hell.

„Nach Hause", brüllte Matt dem Kutscher zu. „Fahren Sie schnell und auf einer Strecke mit Umweg. Sehen Sie nach, ob uns jemand folgt." Er stieg nach mir in die Kutsche und klopfte an die Decke, ehe ich die Tür zu bekam. Der Kutscher fuhr ab, als Mr. Woolley gerade aus der Unterkunft eilte und drohend die erhobene Faust schüttelte.

Matt legte den Arm voller Akten auf dem Sitz neben sich ab und versuchte, sie ordentlich gestapelt zu halten, während wir um Ecken bogen und er aus dem Rückfenster schaute.

„Folgt er uns?", fragte ich.

„Nein, und genauso wenig Payne, soweit ich sehen kann."

Ihn hatte ich vergessen. Zum Glück hatte Matt das nicht getan.

Ein paar Häuserreihen weiter wandte Matt sich an mich. „Wir sind sicher." Er grinste, was die Sorge und Erschöpfung verbannte und ihn einfach umwerfend aussehen ließ. „Das war dein Plan, India? Dich auf Woolley zu werfen?"

„Um ihn aus dem Gleichgewicht zu bringen. Es ging doch gut, oder nicht?"

„Die Chancen, dass etwas schiefgeht, waren umfangreich."

„Ich bin auch umfangreich. Die Chancen standen gut für mich."

„Du bist nicht einmal auch nur ansatzweise umfangreich. Du bist genau an den richtigen Stellen großzügig." Sein Blick senkte sich auf eine jener Stellen, kehrte aber rasch zu meinem Gesicht zurück – meinem *heißen* Gesicht. Er wurde überhaupt nicht rot, grinste nur noch breiter. Dieser Teufel.

„Hast du sie alle erwischt?", fragte ich und nickte zu den Akten hin. Unter seiner Hand befanden sich wohl hunderte handtellergroße Karten, die mit den Jahren vergilbt waren.

„Ich habe eine ganze Menge überprüft, ehe wir so rüde unterbrochen wurden. Das sind die übrigen. Zumindest haben wir dann heute Nachmittag etwas zu tun, während wir auf den Einbruch der Dunkelheit warten."

„Ich bin immer noch nicht davon überzeugt, dass du in Lady Bucklands Haus einbrechen solltest."

„Ich mache es, während du schläfst. Du wirst nicht einmal merken, dass ich weg bin."

„Ich werde heute Nacht nicht leicht einschlafen, das kann ich dir versichern. Wenn du einen Hauch Sorge um meine Nerven hättest, würdest du deinen Plan aufgeben."

„Deine Nerven sind stärker, als du dir eingestehst. Wenn sie das nicht wären, hätte ich dich nicht in meine Pläne eingeweiht. Soll ich beim nächsten Mal davon absehen, die Einzelheiten mit dir zu teilen?"

Da hatte er mich. Ich wusste lieber von seinen Aktivitäten und machte mir Sorgen, als im Dunkeln gelassen zu werden. „Nimm Duke und Cyclops mit. Wenn Willie mitgeht, sag ihr, sie soll ihre Waffe zu Hause lassen."

„Es besteht die große Wahrscheinlichkeit, dass sie sowieso nicht zu Hause ist. Sie scheint in letzter Zeit einen Großteil ihrer Zeit anderswo zu verbringen. Glaubst du, sie hat eine Liebelei?"

„Was für eine andere Erklärung gibt es denn?"

„Aber es sieht ihr so gar nicht ähnlich, sich ..." Er zuckte mit den Schultern und machte nicht weiter.

„Zu verlieben?", ergänzte ich. „Zarte Gefühle zu hegen? Es wirkt unwahrscheinlich, aber ich glaube, unter diesen Borsten schlägt ein weiches Herz. Ich bin mir nur nicht sicher, ob es sich für Duke erweicht. Er wird niedergeschlagen sein, wenn sie ihn zugunsten ihres geheimen Liebhabers beiseiteschiebt."

„Ich bin mir nicht sicher, ob Duke jemals große Chancen bei ihr hatte."

„Oh? Weshalb denn nicht?"

Er zuckte abermals mit den Schultern. „Nur so ein Gefühl."

* * *

ICH RECHNETE DAMIT, dass ein Brief von Patience auf mich wartete, wenn wir zu Hause ankamen, aber es gab keine Nachricht. Ich war nicht sicher, ob das etwas Gutes oder Schlechtes verhieß. War Patience wütend auf mich, weil ich ihre Vergangenheit erwähnt hatte? War es schon zu spät, und Payne hatte Lord Cox über ihren Fehltritt in Kenntnis gesetzt? Oder bedeutete die Stille, dass alles in Ordnung war und Schritte eingeleitet wurden, um ihren Ruf zu wahren? Ich war äußerst neugierig, konnte aber nur abwarten.

Matt und ich stapelten die Akten auf dem großen Tisch in der Bibliothek, dann schickte ich ihn auf sein Zimmer, um sich auszuruhen. Stattdessen gesellte sich Chronos zu mir, der einen Teller mit Sandwiches dabei hatte, die wir uns teilen konnten.

„Solltest du dich nicht erholen?", fragte ich, während ich die erste Karte vom Stapel nahm. Ein Name, das Geburtsdatum, die letzte bekannte Adresse und eine Liste aus Datumsangaben standen dicht gedrängt darauf geschrieben. Die Informationen aus dem nächtlichen Register waren auf diese Karten übertragen worden, um die Anzahl der Nächte im Auge zu behalten, die die Einwohner in der Zuflucht verbrachten, so hatte es uns Mr. Woolley erklärt. Er und seine Vorgänger wollten nicht, dass die „Nichtbedürftigen" die Einrichtung ausnutzten.

„Ich fühle mich gut genug, um im Haus herumzugehen." Chronos sog scharf Luft ein, während er sich auf einem Sessel niederließ. „Außerdem kommt Miss Glass nicht so oft hier herein."

„Ich dachte, du genießt ihre Gesellschaft."

Er tippte sich an die Schläfe. „Sie ist nicht ganz bei sich."

„Nur manchmal. Ansonsten verhält sie sich völlig normal, wenn auch ein wenig versnobbt. Ich dachte, du spielst gerne Poker mit ihr."

„Sie ist zu verdammt gut."

Ich lachte. „Sie hat dich ausgenommen?"

„Das ist nicht lustig."

„Von meiner Warte aus schon." Ich reichte ihm eine Karte. „Mach dich nützlich und hilf mir, die durchzugehen, während wir essen. Du suchst nach einem Mann, dessen Vorname Wilson lautet, nicht der Nachname."

Er zog eine Augenbraue hoch. „Daran hatte ich nie gedacht."

„Wir bis heute auch nicht."

Mit einem Ei-Gurke-Sandwich in einer Hand griff Chronos mit der anderen nach den Karten und las jede einzelne, ehe er sie zur Seite legte. Ich tat es ihm nach, und wir schafften den Großteil des Stapels und alle Sandwiches in zwanzig Minuten. Es fühlte sich jedoch länger an, da wir nicht redeten.

„Du hast an den Uhren hier im Haus sehr gute Arbeit geleistet", sagte er schließlich. „Sie gehen alle perfekt."

„Danke. Das war nichts."

„Natürlich erwarte ich, dass sie gut gehen, nachdem eine mächtige Magierin daran herumgebastelt hat."

Ich schaute ihn aus zusammengekniffenen Augen an. „Soll das irgendwohin führen?"

Er grinste. „Nicht nur mächtig, sondern auch klug. Wie schade, dass du kein Mann bist."

„Das ist eine Beleidigung."

Er hob die Hände. „Es ist nur eine Beobachtung. Ein kluger und mächtiger Mann kann es in der Welt weit bringen. Er wird bewundert und ist sowohl in seinem beruflichen als auch im privaten Umfeld äußerst gesucht. Eine kluge und mächtige Frau wird von Männern und anderen Frauen als unnatürlich betrachtet."

„Danke, dass du mir das darlegst. Bisher war ich mir noch nicht bewusst, dass ich eine Monstrosität bin."

„Dieser Sarkasmus ist unnötig. Ich habe nicht gesagt, dass *ich* dich als unnatürlich betrachte."

„Es ist mir einerlei, wenn du das tust – oder irgendwer sonst. Ich sehe mich auf jeden Fall nicht so, und meine Freunde auch nicht."

Er nickte langsam und betont. „Dafür bewundere ich dich, India. Das hast du von mir. Ich habe mich auch nie darum gekümmert, was andere dachten."

„Der Unterschied liegt allerdings darin, dass du dich überhaupt nicht um andere gekümmert hast. Die Ansichten anderer sind mir gleich, aber ich vernachlässige niemanden."

„Sind wir jetzt wieder bei diesem Streit, oder was?"

Ich senkte die Karte, die ich gelesen hatte. „Weshalb auch nicht? Es ist wichtig."

„Das ist das Problem mit den jungen Leuten heutzutage. Sie werfen ihre Probleme ständig ihren Eltern vor. In diesem Fall den Großeltern."

„Ich werfe dir nicht vor, wie sich mein Leben gestaltet hat. Ich werfe dir vor, wie schlecht du meine Großmutter, deine Frau, behandelt hast. Du hast sie verlassen. Es ist nicht leicht für eine Frau, allein zu sein."

„Sie war nicht allein, sie hatte deine Eltern. Und ich habe dir bereits gesagt, es ging ihr besser ohne mich. Wenn sie jetzt hier wäre, würde sie genau das gleiche sagen. Sie würde mich hinausscheuchen, mitsamt meinen Verletzungen, ohne sich darum zu kümmern, wer draußen auf mich wartet."

Ich überprüfte die Karte und legte sie zur Seite. Ich griff nach der nächsten, genau zum selben Zeitpunkt wie Chronos, und unsere Finger berührten sich. Ich zog meine Hand rasch zurück, und er nahm sich mit einem Seufzen die nächste Karte.

„Wo wir schon bei Leuten sind, die auf dich warten", sagte ich, „du musst vorsichtig sein. Verlass das Haus bloß nicht. Steck nicht einmal den Kopf aus der Tür. Matt hat dem Personal aufgetragen, dich vor niemandem zu erwähnen, und hat ihnen gesagt, sie sollen sofort zu ihm kommen, falls jemand Fragen über den Patienten stellt, den wir hier beherbergen."

„Dieser verdammte Abercrombie", knurrte er. „Und dieser Dummkopf, den du beinahe geheiratet hättest."

„Es sind nicht nur sie. Die Polizei hat uns auch gefragt, ob du noch lebst, und ob ich zu dir Kontakt gehabt hätte. Abercrombie hat ihnen wohl etwas gesteckt."

Er senkte die Karte. „Du wirst es ihnen nicht verraten, oder?"

„Natürlich nicht."

„Wenn ich ins Gefängnis gehe, werde ich dort sterben."

„Eigentlich ist es wahrscheinlicher, dass du als Mörder auf dem Schafott stirbst." Ich bedauerte meine schnippische Bemerkung sofort, als er blass wurde. „Übergib dich nicht auf die Karten."

Er legte die Karte ab und ließ seine Hand auf meine sinken. Ich sah zu ihm auf, bereute es aber, dass ich ihm in die Augen geschaut hatte. Er wirkte zu ernst, zu rührselig. Mir war das lockere Geplänkel lieber. „Ich möchte, dass du weißt, dass ich mein Testament verfasst hatte, und es den Butler als Zeugen unterschreiben ließ. Du bist dort als meine Erbin aufgeführt."

Mir stand der Mund offen. „Ich … Ich …"

„Ist schon gut." Er lächelte und tätschelte mir die Hand. „Du kannst mich schon weiterhin tadeln. Das wird nichts ändern."

„Ich verstehe."

„Wirklich?" Er lehnte sich zurück, zuckte vor Schmerz zusammen und betrachtete mich. „Die Sache ist die, ich bin nicht tot, was bedeutet, dass mir das Geschäft noch gehört."

„Jeder hält dich für tot, darum ist dieser Punkt irrelevant."

„Etliche Leute wissen, dass ich lebe."

„Du hast mir gerade erzählt, dass du nicht vorhast, dich erwischen zu lassen und ins Gefängnis zu gehen, was bedeutet, dass du tot bleiben musst, in jeder Hinsicht."

„Oder es könnte bekannt sein, dass ich lebe, doch den Behörden entkomme und das Land verlasse."

„Unmöglich", sagte ich mit schnippischem Unterton. „Das ist zu riskant. Du wirst weiterhin tot sein, soweit es die Behörden betrifft. Das mit dem Laden spielt keine Rolle. Ich kann ohne Mitgliedschaft in der Gilde sowieso keine Uhren verkaufen, und die Gilde wird mich wohl jetzt kaum noch aufnehmen. Außerdem habe ich hier eine bezahlte Anstellung."

„Bis Glass nach Amerika zurückgekehrt."

„Ich werde die Gesellschafterin seiner Tante bleiben."

„Sie ist alt, India. Sie wird nicht ewig bleiben. Du könntest Glass heiraten, wie du weißt."

Ich schnappte mir zwei Karten von dem kleiner werdenden Stapel und konzentrierte mich sehr stark auf die Worte und Zahlen.

Er seufzte. „Also gut, gib dich nur prüde in dieser Angelegenheit. Tatsächlich ist es doch so, dass du vielleicht das Einkommen brauchst, das ein Geschäft dir verschaffen würde."

Er hob einen Finger, um meinem Widerspruch zuvorzukommen. „Die Gilde stellt sich vielleicht nicht ewig quer. Behalte das im Kopf. Selbst wenn sie es tut, brauchst du keine Gildenmitgliedschaft, um das Geschäft an einen Ladenbesitzer zu verpachten. Es muss nicht einmal jemand aus dem Uhrengeschäft sein. Die Räume könnten einer ganzen Reihe von Händlern dienen, und mir gehört das Gebäude."

„Ich bin nicht sicher, ob dein Testament vor Gericht Bestand hätte, wenn man bedenkt, dass du eigentlich als tot giltst. Eddie wird es anfechten, und ich weiß nicht, ob ich geneigt bin, darum zu kämpfen, oder ob ich das Geld für einen Anwalt habe."

Er warf die Karte weg, die er in der Hand hielt. „Also wirst du es nicht mal versuchen? Da hätte ich Besseres von dir erwartet, India. Ich dachte, du hättest einen Sinn für Gerechtigkeit und das Rückgrat für einen Kampf. Ich sehe, dass ich mich irre."

„Vor allem habe ich gesunden Menschenverstand. Ich weiß, wann es an der Zeit ist, etwas den Rücken zu kehren, das jahrelange Gerichtsverhandlungen nach sich ziehen könnte. Hast du nicht *Bleakhaus* gelesen?"

„Das wurde vor Jahren verfasst, und Dickens hat übertrieben, um eine gute Geschichte zu schreiben." Er nahm eine weitere Karte vom Stapel. „Mein Testament ist aufgesetzt, und ich werde es von Glass bei seinem Anwalt hinterlegen lassen. Wenn die Zeit kommt, kannst du mit dieser Information machen, was du willst. Mir wird es dann gleich sein, nicht wahr?", stieß er hervor.

Duke, Cyclops und Willie kamen herein, und ich begrüßte sie lahm. Vielleicht hätte ich nicht so hart mit Chronos sein sollen. Er versuchte, die Dinge mit mir wiedergutzumachen, auf seine Art. Er hätte ja kein Testament zu meinen Gunsten aufsetzen müssen.

„Was habt ihr da?", fragte Cyclops, der zu den Karten hinnickte, die inzwischen auf dem Tisch verteilt waren.

„Wir suchen nach einem Mann, dessen Vorname Wilson lautet." Ich beäugte den schmalen Stapel verbliebener Karten. Es waren nur etwa ein Dutzend. „Das ist unsere letzte Gelegenheit, den Mann aufzuspüren, an dem Chronos und Millroy experimentiert haben. Wenn das kein Ergebnis liefert, müssen wir es vielleicht aufgeben, mehr über ihn und jegliche Familie, die er hinterlassen haben könnte, herauszufinden."

„Es gibt noch andere Wege", sagte Duke mit einem fragenden Blick in meine Richtung. „Noch andere Dinge, die wir versuchen können, um den Mörder zu finden. Richtig?"

„Wir werden uns etwas einfallen lassen." Ich klang nicht überzeugend, und er wirkte nicht überzeugt.

Cyclops und Willie inspizierten den Kartenstapel. Dann stürzten sie sich beide gleichzeitig auf die oberste Karte.

„Hier!", rief Willie, die ein Tauziehen mit Cyclops veranstaltete. „Das ist er! Wilson! Gib sie mir, Cyclops."

Er ließ los und spähte ihr über die Schulter.

„Gottverdammt", murmelte Willie. Sie starrte mich an, der Mund aufgerissen, die Augen groß.

„Was ist?", sagte ich, sprang auf und schnappte sie mir von ihr. „Was steht darauf?"

„Dort steht ‚Mr. Wilson Sweet'", sagte sie zur selben Zeit, als ich die Worte las. „Letzte bekannte Adresse: Bright Court. Whitechapel."

KAPITEL 16

„Für wie wahrscheinlich hältst du es, dass er der Bruder von Nell Sweet war?", fragte ich Matt, während er sich die Karte durchlas. Willie hatte trotz meiner Widerworte darauf bestanden, ihn zu wecken. Er hatte nur eine halbe Stunde geschlafen – hoffentlich reichte das. Er wirkte erfrischt, doch das Leuchten seiner Augen konnte auch an unserem Durchbruch liegen.

„Sehr wahrscheinlich." Er schlug sich mit der Karte auf die Handfläche. „Wirklich sehr wahrscheinlich."

Die anderen stimmten zu. Chronos ließ sogar siegessicher die Faust auf den Tisch knallen. Aber ich bekam allmählich Zweifel. Nell Sweet war mir nicht wie eine Mörderin vorgekommen. Andererseits waren siebenundzwanzig Jahre eine lange Zeit. Vielleicht hatte sie sich verändert, genauso, wie sich Lady Buckland verändert hatte.

„Sie hat Dr. Millroy aus Rache umgebracht und seine Besitztümer gestohlen, wollte es aussehen lassen, als hätte man ihn wegen seiner Wertsachen ermordet", sagte Matt.

„Außer dem Bleistift", ergänzte Willie.

Matt marschierte zur Tür. „Komm schon, India, statten wir ihr einen weiteren Besuch ab."

Ich eilte ihm nach und holte in der Eingangshalle auf ihn auf. „Nell hat uns erzählt, ihr Bruder wäre weg, nicht tot."

Matt schickte Peter los, um dem Kutscher mitzuteilen, dass wir die Kutsche erneut brauchten. „Sie hat gelogen", sagte er zu mir.

„Das sehe ich auch so." Willie schnappte sich ihren Hut vom Hutständer und klatschte ihn sich auf den Kopf. „Sie muss doch lügen. Fühl dich nicht schlecht, weil du falschliegst, India. Du weißt doch, dass es mit deiner Menschenkenntnis nicht weit her ist."

Ich stemmte eine Hand in die Hüfte, aber Duke kam mir zu Hilfe, ehe ich mir eine Antwort einfallen lassen konnte.

„Sie erkennt deutlich, dass *du* unhöflich bist, Willemina Johnson."

Cyclops hob vor ihnen beiden je eine Hand, um sie auseinanderzuhalten. „Fällen wir kein Urteil, ehe wir mit ihr gesprochen haben."

Matt nahm seinen Mantel von Bristow entgegen. „Einverstanden. Ich nehme an, ihr kommt alle mit."

„Jawohl", ließen sich drei Stimmen vernehmen.

Chronos seufzte nur. „Ich glaube, ich gehe zurück in die Bibliothek und lese."

„Bristow, bitten Sie Miss Glass, Chronos in der Bibliothek Gesellschaft zu leisten", sagte ich. „Sagen Sie ihr, er würde gern Poker spielen."

Chronos warf mir einen vernichtenden Blick über die Schulter zu, während er sich zurückzog.

* * *

MARY, das nahezu taube Dienstmädchen, reagierte schließlich auf Matts wildes Klopfen, nachdem Nell dreimal gerufen hatte: „Geh zur Tür!" Sie warf einen Blick auf uns fünf und wollte uns die Tür vor der Nase zuknallen. Matt stieß einen Arm vor und bahnte sich einen Weg ins Innere der Wohnung.

„Halt, Sir!", schrie Mary. „Ich habe den Auftrag, Sie nicht hereinzulassen!"

Matt achtete nicht auf sie und ging voraus zu Nells Schlafzimmer. Die anderen folgten ihm, doch ich fühlte mich verpflichtet, das arme Dienstmädchen zu trösten. „Wir wollen nur mit deiner Herrin sprechen. Niemandem wird etwas zuleide getan."

Matts wütendes Brüllen machte mein Versprechen nicht gerade überzeugender. Ich ließ Mary stehen und folgte dem Lärm.

„Bleib ruhig", versuchte ich, Matt zu einem weniger lauten Tonfall bringen. „Du machst Mary Angst und erschreckst vermutlich die Nachbarn."

„Ich glaube, dass die Nachbarn in dieser Gegend an Schreie gewöhnt sind", sagte Willie. „Und an Morde."

Nell wimmerte in ihrem Bett und zog sich die Decke bis ans Kinn. „Ich habe nichts getan, Mrs. Wright."

„Mein Name lautet eigentlich India Steele", sagte ich. „Wir haben letztes Mal falsche Namen benutzt. Das ist Mr. Glass, mein Arbeitgeber."

„Es ist mir gleich, wer Sie sind. Halten Sie sich einfach von mir fern. Halten Sie ihn fern!" Sie kniff die Augen fest zusammen.

„Niemandem wird etwas zuleide getan", wiederholte ich. „Aber Sie müssen einige Fragen beantworten, die wir über … über den Mord an Ihrem Bruder haben", sagte ich im letzten Moment. Vielleicht würde sie uns vertrauen, wenn wir das Gespräch von Dr. Millroy wegführten, falls sie wirklich schuldig war.

Matt ballte die Fäuste an seinen Seiten und senkte den Kopf. Er war frustriert, wollte Antworten, und zwar sofort, jetzt, da wir so kurz davor standen, das Tagebuch zu finden. Er würde warten müssen. Er konnte keine Antworten aus einer alten Dame herausprügeln, selbst wenn sie eine Mörderin war. Es war schade, dass sein Charme ihn offensichtlich im Stich ließ. Ich würde es an seiner Stelle versuchen müssen.

Nell öffnete ein Auge, sah, dass Matt nicht mehr über ihr stand, und setzte sich auf. „Mein Bruder hat mich verlassen. Sie sagen mir, dass er tot ist?"

„Das wissen Sie doch", rief Duke.

Ich schüttelte den Kopf in Dukes Richtung, und er klappte den Mund zu. „Wir wissen, dass Wilson die Testperson bei einem medizinischen Experiment war, das schiefging", sagte ich.

Nell wirkte nicht überrascht und versuchte auch nicht, meine Behauptung von sich zu weisen. „Er ist in Dr. Millroys Praxis verstorben", drängte ich weiter. „Ein paar Tage später wollte Dr. Millroy herausfinden, ob der Mann, den er für obdachlos und alleinstehend gehalten hatte, tatsächlich doch eine Familie hatte. Das hat ihn hierhergeführt, zu Ihnen." Ich setzte mich auf das Fußende des Bettes, doch Matt zog mich grob zurück, außerhalb ihrer Reichweite. Glaubte er, sie würde mich angreifen? Sie war bettlägerig, um Himmels Willen.

„Sie konnten nicht ganz glauben, was Dr. Millroy Ihnen erzählt hat, oder?", fuhr ich fort. „Sie bekamen endlich Nachricht von ihrem verlorenen Bruder, nachdem er von hier weggegangen war, nur um von seinem Tod zu erfahren, zu dem es durch den Mann gekommen war, der die Nachricht überbrachte. Hat Dr. Millroy Ihnen seine aufrichtige Entschuldigung angeboten, und vielleicht Geld, um Sie für den Verlust zu kompensieren? War es so, Mrs. Sweet?"

„Ich bin Miss Sweet." Sie schniefte und wischte sich die Nase an der Schulter ab. „Der Doktor kam her, so viel ist wahr. Ganz niedergeschlagen wegen seiner Tat, wie Sie sagen. Er gab mir alles Geld, das er bei sich hatte. Es war nicht viel, nicht für mich, wo doch mein Kind hungerte und ich keine guten Kunden mehr finden konnte, so wie Wilson. Er hatte ein Talent dafür, sie aufzuspüren, ja, wirklich. Ich konnte das nicht, nicht, wo ich doch hierbleiben und mich um meinen Jack kümmern musste."

„Also haben Sie den Doktor getötet, als er wegging", sagte Willie. „Aus Rache, weil er Ihren Bruder getötet hatte."

Nell schob sich nach vorne und wedelte mit einem zitternden Finger in Willies Richtung. „Ein *Mann* hat ihn getötet! Fragen Sie doch herum. Es gab einen Zeugen, einen Jungen. Er würde es Ihnen sagen. Ein Mann wurde gesehen, wie er Bright Court verließ, keine Frau. Los. Los, gehen Sie und fragen ihn."

„Er ist tot", sagte Matt.

„Seine Schwester nicht. Fragen Sie sie. Die beiden steckten ständig zusammen, die kleinen Bettler. Er hätte ihr alles erzählt, was er in dieser Nacht gesehen hat. Sie wohnt noch immer hier. Gehen Sie, fragen Sie!"

Maisie hatte uns bereits dasselbe erzählt. Ihr Bruder hatte

gesehen, wie ein Mann sich vom Tatort entfernt hatte. Wenn es also nicht Nell gewesen war, dann hatte wohl die Polizei die ganze Zeit über recht gehabt, und es war einfach nur ein Diebstahl gewesen, der zu einem Mord ausgeartet war. Keine Besitztümer waren an Millroys Leiche gefunden worden, also war der Diebstahl gewiss. Es war entmutigend. Wir waren einige kleine Schritte vorangekommen, nur um wieder auf die Startlinie zurückgeschoben zu werden. Matt jedoch hatte ein neugieriges Funkeln in den Augen.

„Frauen können sich anziehen wie ein Mann", sagte Willie, die auf ihre eigene Kleidung deutete.

Nell rümpfte die Nase. „Ich dachte, Sie wären ein hübscher Junge."

„Jungs haben keinen Colt." Willie öffnete ihren Mantel, um die Pistole zu zeigen, die sie sich um die Hüfte geschnallt hatte.

Ich stöhnte. Wir hatten vergessen, sie bei unserem eiligen Aufbruch nach Waffen abzusuchen.

Nell sank in das Kissen, zog die Decke ganz nach oben. „Er war hochgewachsen", sagte sie rasch. „Fragen Sie doch Maisie, sie wird Ihnen sagen, was ihr Bruder gesehen hat. Der Mann, der hier wegging, war hochgewachsen. Ich bin nicht groß. Wenn einer von Ihnen mir aufhilft, kann ich Ihnen das zeigen."

Matt nahm mich bei der Hand. „India, komm mit mir. Ihr drei bleibt hier. Willie, erschieße niemanden."

„Verdammt", murmelte Willie.

Matt und ich prallten beinahe in Mary hinein, die im Gang stand, die Hände in ihrem Kittel vergraben. Sie zuckte vor uns zurück und hob ihre Schürze an den Mund, um ihr Keuchen zu verbergen.

„Es ist schon gut, Mary", sagte ich und tätschelte ihr die Schulter. „Niemandem wird etwas zustoßen." Ich hoffte, dass ich überzeugend klang. Ich war inzwischen mir nicht mehr so ganz sicher, dass alle davonkommen würden, nachdem ich Willies Schießeisen gesehen hatte.

Draußen nickte Matt zu dem Waschkessel hin, der ungenutzt auf dem Feuer stand. Beim letzten Mal, als wir am Bright Court gewesen waren, hatte dort eine Frau gestanden und gewaschen. Sie hatte uns gesagt, dass man Maisie nicht glauben konnte.

Ich nahm Matts Arme, wandte sein Gesicht zu mir. „Ich weiß, was du mir sagen willst", setzte ich an, konnte meine Aufregung nicht aus meiner Stimme verbannen. „Maisie ist eine Lügnerin."

Jenes schiefe Lächeln stellte sich wieder ein, wie ich erfreut feststellte. Ich hätte geglaubt, seine Hoffnung wäre völlig verschwunden. „Finden wir es heraus, oder?"

Wir hatten Maisies Kinder gesehen, als wir Bright Court betreten hatten, und die streitenden Geschwister waren inzwischen durch die dünne Wand ihres Wohnhauses zu hören. Matt klopfte, aber es dauerte einige Zeit, ehe Maisie zur Tür kam. Ihre erschöpften Augen blitzten kurz auf, als sie uns wahrnahmen, wurden aber schnell wieder stumpf.

Sie verschränkte die Arme vor der Brust. „Was wollen Sie?"

„Diesmal will ich die Wahrheit", sagte Matt. „Was hat Ihr Bruder wirklich in der Nacht gesehen, in der Dr. Millroy starb?"

„Ich habe nicht mehr zu sagen, als ich Ihnen bereits erzählt habe." Sie wollte die Tür schon schließen, aber Matt schob einen Fuß in den Spalt.

Er zog Münzen aus seiner Tasche. „Die Wahrheit, Maisie."

Sie beäugte die Münzen und leckte sich die Lippen, als könne sie die Lebensmittel schmecken, die man davon kaufen konnte. Dann warf sie einen Blick an ihm vorbei auf Nells Tür und schüttelte den Kopf. Niemand, der in einem elenden Mietshaus in Whitechapel wohnte und hungrige Mäuler zu stopfen hatte, lehnte Geld ab, außer, es gab etwas zu fürchten.

„Nell hat Ihren Bruder bezahlt, um die Polizei anzulügen, oder nicht?", drängte Matt. „Er hat gesehen, wie sie Dr. Millroy tötete, also hat sie ihn bezahlt, um sich die Geschichte auszudenken, dass ein hochgewachsener Mann sich entfernte. Sie hat ihn auch bedroht, oder?"

Sie drückte gegen die Tür, aber Matt hielt sie trotzdem auf.

„Es gibt keinen Grund, sich noch vor Nell zu fürchten", erklärte ich ihr. „Sie ist eine alte Frau. Sie kann Ihnen nichts antun."

„Es ist nicht Nell, die mir Sorgen macht", erwiderte sie, der Wind war ihr ein wenig aus den Segeln genommen. „Es ist ihr Sohn."

„Hat er Sie in letzter Zeit bedroht?", fragte Matt.

Sie zögerte, dann nickte sie.

„Wissen Sie, wo er arbeitet oder wohnt?"

Sie schüttelte den Kopf. „Er kommt manchmal her, um sie zu besuchen. Er bringt Geld und Süßigkeiten. Er ist gut zu ihr, aber er verabscheut die Besuche. Er glaubt, dass er über uns steht, weil er hier weggegangen ist und ganz respektabel wurde. Aber er ist nicht besser als wir. Er ist der schlechteste von allen." Ihr Mund versuchte sich an einem Grinsen, aber sie war wohl aus der Übung, denn es war verzerrt, angestrengt. „Er mag ja aussehen wie ein Engel, aber er ist eine Missgeburt."

„Missgeburt?", wiederholte ich.

Sie kniff die Lippen zusammen. „Ich habe zu viel gesagt. Lassen Sie mich in Ruhe." Sie streckte die Hand vor, und Matt bezahlte sie, obwohl er keine direkten Antworten auf seine Fragen erhalten hatte.

Er trat zurück, und sie schlug ihm die Tür vor der Nase zu. „Das reicht bereits als Antwort", sagte er. „Der Junge hat gelogen. Nell hat gelogen."

Wir trotteten zurück über den Hof zu Nells Haus und gingen hinein. Mary stand nach wie vor im Gang vor Nells Zimmer und wirkte immer noch zutiefst verängstigt. Ich konnte ihr keinen Vorwurf machen. Zorn verdüsterte Matts Gesicht. Hätte ich ihn nicht gekannt, hätte ich mich auch gefürchtet.

Er marschierte ins Schlafzimmer. „Ich weiß, dass Sie Dr. Millroy getötet haben", sagte er, seine Stimme ganz tief. Neben mir beugte sich Mary vor und versuchte, etwas zu verstehen. „Es ist mir gleich, dass Sie ihn getötet haben, Nell. Ich will nur sein Tagebuch."

Ich konnte Nells Reaktion von meinem Standort aus nicht sehen, und was ich hörte, war lediglich Stille.

„Wo ist es?", knurrte Matt.

„Ich habe es nicht", schoss Nell zurück.

„Haben Sie es weggeworfen? Verbrannt?"

„Ich habe es nicht", erwiderte Nell lauter. „Ich kann mich nicht erinnern, was ich damit getan habe."

„Duke, Cyclops, helft mir, diese Wohnung auf den Kopf zu stellen. Willie, lass Nell nicht aus diesem Bett."

Mary blinzelte mich aus verweinten Augen an. „Was ist los? Was machen Sie?"

Ich hakte mich bei ihr unter. „Komm mit mir in die Küche, und wir machen Tee."

„He!", rief Nell. „Was machen Sie da? Fassen Sie meine Sachen nicht an, Sie verdammter Pirat!"

Wir ließen den Lärm der Suchenden hinter uns und betraten die Küche. Sie schien einen doppelten Zweck als Marys Schlafzimmer zu erfüllen. Ein kleines Bett, das nicht groß genug für sie aussah, schmiegte sich in eine Ecke. Eine Reisetasche an seinem Fußende enthielt vermutlich die spärlichen Besitztümer des Dienstmädchens. Das Bett war ordentlich gemacht, und jede Oberfläche in der Küche war sauber geschrubbt. Auf dem Tisch waren die Zutaten für eine Mahlzeit zusammengetragen.

Sie stellte den Kessel mit zitternden Händen auf den Herd und holte Tassen aus gutem Porzellan heraus, besser, als ich sie in einer Küche in Whitechapel zu sehen erwartet hätte. Aber jede davon hatte eine abgeschlagene Stelle oder einen Sprung, und es gab nur drei. Es spielte keine Rolle. Die anderen würden keinen Tee trinken.

„Erzähl mir von Nell", sagte ich. Anfangs hörte sie mich nicht, darum legte ich ihr eine Hand auf den Arm und wiederholte es, während sie mich anschaute. Sie war jung, wahrscheinlich noch keine zwanzig, und ihre Hörschwierigkeiten waren bestimmt der Suche nach einer besseren Anstellung im Wege.

„Sie ist nicht mal so schlimm, nun, da sie nicht mehr so oft aus dem Bett kommt", sagte Mary mit einem Blick zur Tür. „Ich kümmere mich um sie, ich wasche, helfe ihr ins Bett hinein und heraus, koche und putze. Sie isst nicht viel, darum gibt es nicht viel zu tun. Ich bin einfach nur bei ihr."

„Bekommt sie viele Besucher?"

„Nur Mr. Sweet, ihren Sohn. Sie hat keine Freunde, und die Nachbarn kommen nicht vorbei."

„Erzähl mir von Mr. Sweet."

„Er ist schon in Ordnung. Er nimmt sich keine Freiheiten mir gegenüber heraus wie mein letzter Arbeitgeber, und er schlägt mich nicht. Er ist auch hübsch anzusehen." Sie lächelte. „Miss Sweet sagt, dass er nach seinem Vater kommt, aber ich habe gehört, dass sie früher auch hübsch war, mit ganz blonden Haaren und guter Figur."

„Wo ist es?" Matts Ruf hallte durch den Gang zu uns.

Mary zuckte zurück, und ganz gleich, wie sehr ich sie tröstete, taute sie nicht wieder auf. Nicht, als die Geräusche der Suche sich uns näherten. Als Cyclops bei uns ankam, wimmerte Mary bei seinem Anblick.

„Bringen wir den Tee in das Zimmer von Miss Sweet", sagte ich fröhlich. Ich half ihr, die Tee-Utensilien auf ein Tablett zu stellen, und trug es dann ins Schlafzimmer.

Sie blieb mir dicht auf den Fersen und zuckte zusammen, als eine Schublade zugeknallt wurde.

„Das ist nicht in Ordnung", protestierte Nell, als wir eintraten. „Das ist eine grausame Art, mit einer alten Frau umzuspringen. Bringen Sie Ihren Mann sofort dazu, damit aufzuhören, Miss, oder ich schreie den ganzen Hof zusammen, bis die Schutzmänner herkommen."

„Ich bin sicher, die Polizei wird nur zu gern erfahren, dass Sie vor siebenundzwanzig Jahren Dr. Millroy getötet haben", sagte ich.

Mary rang nach Atem. Zum Glück hatte sie nicht das Tablett getragen, oder sie hätte es vermutlich fallengelassen. „Ermordet?"

„Still, du dummes Mädchen", giftete Nell. „Schenk Tee ein. Wo ist mein Fläschchen? Um Himmels Willen, Mary, mein Fläschchen!"

Mary wollte schon wieder gehen, doch Matt hinderte sie am Verlassen des Zimmers. „Niemand verlässt diesen Raum, bis wir unsere Suche beendet haben." Er warf einen Blick auf Willie. Sie nickte ihm zu, dann ging er.

„Setz dich aufs Bett, Mary", sagte ich und klopfte auf die Matratze in der Nähe von Nells Beinen. „Es kommt schon in Ordnung. Es ist beinahe vorbei."

Sie hatten das Schlafzimmer fertig durchsucht, sodass nur wir vier Frauen blieben. Sie hatten das Zimmer so ordentlich und aufgeräumt hinterlassen, wie wir es bei unserem Eintreffen vorgefunden hatten, auch wenn die zerknitterten Bettdecken von ihrer Gründlichkeit zeugten.

„Haben Sie hier jemals ein Tagebuch gesehen?", fragte ich Mary.

Sie schüttelte den Kopf. Nell hatte sie nicht bedroht oder ihr eine Antwort vorgegeben. Wenn das Dienstmädchen es nicht gesehen hatte, dann war es entweder sehr gut versteckt oder nicht mehr da.

Mich verließ der Mut. Die Wahrscheinlichkeit, dass es vernichtet worden war, war hoch.

„All diese Schwierigkeiten", murmelte Nell in ihre Tasse. „Mein verdammter, nichtsnutziger Bruder ist tot, und er macht mir immer noch Kummer."

Nichtsnutzig. Dieses Wort hatte sie auch gebraucht, um den Vater ihres Sohnes zu beschreiben. Vielleicht war es ein Zufall, und es hatte damals zwei nichtsnutzige Männer in ihrem Leben gegeben, aber ich war kein Mensch, der sonderlich viel auf Zufälle gab. Aber wenn es kein Zufall war, dann waren ihr Bruder und der Vater ihres Sohnes ein und dieselbe Person.

Sie hatten Inzest begangen, und dabei war ein Kind herausgekommen, Jack.

Ich drückte mir eine Hand auf den Magen, weil mir bei dem Gedanken leicht übel wurde. Ich schob die Übelkeit beiseite und versuchte nachzudenken. Maisie hatte Jack als Missgeburt bezeichnet. Weil sie wusste oder vermutete, dass er das Ergebnis des Inzests war?

Nell hatte Mary erzählt, dass ihr Sohn blond und hübsch war wie sein Vater, und doch war sie selbst einst blond und hübsch gewesen. Vielleicht sahen sich Bruder und Schwester ähnlich, sodass ihr Kind auf natürlichem Wege diese Eigenschaften geerbt hatte.

Konnte das der Grund sein, weshalb Wilson Sweet gegangen war? Hatte er womöglich Schuldgefühle oder Ekel vor seinen Taten gespürt? Die Geburt ihres Kindes hätte alle möglichen Gefühle mit sich bringen können, ihn dazu treiben können, den Verstand zu verlieren und wegzugehen. Darum herrschte eine solche Verwirrung darüber, ob er noch Familie hatte oder nicht. Die hatte er, aber er hatte beschlossen, sich von ihr zu distanzieren.

„Miss?", fragte Mary, die mich ganz genau anschaute. „Geht es Ihnen gut? Sie sind totenbleich."

„Wir brauchen dieses Tagebuch", sagte ich matt zu Nell. „Wenn wir es nicht bekommen, wird jemand sterben, der mir sehr nahesteht. Die Geheimformel für ein Medikament steht dort drin, eines, dass Dr. Millroy perfektioniert und aufgeschrieben hat. Wenn wir diese Arznei nicht herstellen können …" Ich hatte einen dicken Kloß aus Tränen in der Kehle. „Bitte. Haben Sie das Tagebuch vernichtet?"

Etwas in meiner Stimme oder meinen Worten musste die harte Schale durchdrungen haben, die Nell um sich selbst errichtet hatte. Ihr Gesicht wurde weicher, ihr Blick senkte sich. Ihre Hände zitterten so sehr, dass die Tasse und die Untertasse Gefahr liefen, weitere Blessuren zu bekommen.

„Es ist nicht vernichtet, aber es ist nicht hier", sagte sie.

Ich weinte beinahe vor Erleichterung. „Wo ist es?"

Sie schüttelte den Kopf und versuchte, einen Schluck zu trinken, vergoss aber Tee über beide Ränder der Tasse.

Willie zog ihre Pistole. Mary schrie auf, und ich schlang rasch die Arme um ihre Schultern und ich beruhigte sie, bis sie wieder still wurde.

Matt kam angelaufen. „Willie! Nimm deine Waffe runter!"

„Sie sagt, es ist nicht hier", erklärte Willie, die ihre Waffe nicht wegsteckte und auch den Blick nicht von Nell löste. „Also wo ist es? Wo ist das Tagebuch?"

„Das sage ich nicht." Nell stieß ihr Kinn vor. „Dann erschießen Sie mich doch. Los."

Willie spannte den Hahn ihrer Pistole. „Weshalb ist Ihnen dieses gottverdammte Tagebuch so wichtig?"

„Ist es nicht", sagte ich. „Das Tagebuch ist nicht das, was sie schützt."

„Das ist ihr Sohn", sagte Matt, der das Zimmer betrat.

Nell war nicht sonderlich gut darin, ihre Reaktion zu verbergen, und sie lieferte die Antwort, indem sie die Schultern heftig krümmte und scharf Luft holte. Sie schützte Jack. „Ist er nicht", rief sie, ohne mich zu überzeugen.

„Wo ist er?", drängte Matt. „Wo können wir ihn finden?"

Nell machte viel Gewese darum, ihre Tasse auf die Untertasse zu stellen. „Wie ich schon sagte, ich verrate Ihnen nichts."

Matt hämmerte an die Wand und schlug ein Loch in den Putz. „Wo zum Teufel ist er?"

Nell lächelte nur.

Ich legte einen Arm um das weinende Dienstmädchen. „Mary, du musst uns sagen, wo wir Jack Sweet finden. Man wird dich schützen. Mr. Glass wird dir eine gut bezahlte Anstellung in seinem Haus in Mayfair geben, wenn du uns hilfst."

„Ich weiß nicht, wo er ist, Miss", heulte sie, und Tränen strömten über ihre feisten Wangen hinab. „Er lebt in seinem Geschäft, aber das könnte überall in der Stadt sein."

„Mary", fuhr Nell sie an. „Sag ihnen nichts."

Wenn Nell Mary warnen musste, damit sie aufhörte, was wusste das Dienstmädchen dann noch? Ich warf einen Blick auf Matt, doch er war nicht in einem Zustand, in dem er klar denken konnte. Er war eine Bastion der Wut, seine Augen kalt, seine Gesichtszüge hart wie Stein. Ich musste das Denken für ihn übernehmen.

„Was für eine Art Geschäft hat Mr. Sweet?", fragte ich das Dienstmädchen.

Sie schaute zu ihrer Herrin, aber ich nahm sie am Gesicht und zwang sie, nur mich anzuschauen. Ihr ganzer Körper bebte, und die Tränen flossen weiter. Sie war panisch. Wegen Nell? Jack? Oder uns?

„Hör mir zu, Mary. Wenn wir hier aufbrechen, kommst du mit uns und bringst deine Sachen mit. Mr. Glass wird dich anstellen, und du wirst diese Leute niemals wiedersehen müssen. Hast du das verstanden? Dein Lohn wird besser sein, die Umstände besser, und du wirst dir ein Zimmer mit unserem anderen Dienstmädchen teilen. Da kannst du Freunde finden. Verstehst du? Du wirst sicher sein und die Chance auf ein besseres Leben als hier haben. Nun, sag mir, was du noch über den Aufenthaltsort von Mr. Sweet weißt. Wir *müssen* ihn und dieses Tagebuch finden, oder einer meiner Freunde wird sterben."

Nell warf die Tasse und die Untertasse auf mich. Tee spritzte über mein Kleid, und die Untertasse erwischte mich an der Schulter. Die Tasse fiel mir in den Schoß. Ich nahm sie ruhig auf und reichte sie Matt, der an meine Seite gelaufen kam. Er wirkte völlig in Aufruhr. Falls ein Mann etwas auf mich geworfen hätte, hätte er ihm einen Fausthieb verpasst. Aber Nell konnte er nichts antun.

Jedoch war ich mir nicht sicher, ob Willies Moral ebenso stark war. Sie richtete die Waffe auf Nell. „Machen Sie keine weitere Bewegung."

„Hör nicht auf diese Schlampe", fuhr Nell Mary an. „Du bleibst hier. Ich habe dich gerettet, Mädchen. Vergiss das nicht. Ich habe dich gerettet und habe dir hier eine Arbeit gegeben, als es sonst niemand mehr tat."

„Sie bezahlen mich nicht", flüsterte Mary.

„Was?" Nell schüttelte verwirrt den Kopf.

„Sie bezahlen mich nicht", sagte Mary lauter. „Das hat Mr. Sweet getan, anfangs, aber dann hörte er auf. Er sagte mir, ich hätte ein Dach über dem Kopf und etwas zu essen, und ich solle froh sein, dass ich so viel habe."

Nell starrte sie an, ihr stand der Mund offen. „Ich habe Geld. Nimm es! Nimm es! Sag ihnen nichts."

Mary nahm ein Taschentuch von Matt entgegen und trocknete sich die Wangen. „Ich weiß über Mr. Sweets Aufenthaltsort nur, dass er ein paar Zimmer über seinem Geschäft hat."

„Das wissen wir schon", stieß Willie hervor.

Ich starrte sie an und kniff die Lippen zusammen. „Noch etwas?", fragte ich Mary sanft. „Wissen Sie, ob er in einen Omnibus steigen muss, um vom Laden hierher zu kommen, oder kann er zu Fuß gehen?"

Sie schüttelte den Kopf.

Willie schnaubte. Matt rieb sich das Kinn mit der geschlossenen Faust.

„Miss Sweet sagt, ihr Sohn repariert gerne Dinge", fuhr ich fort. „Macht er das in seinem Geschäft? Dinge reparieren?"

Sie nickte. „Und er verkauft sie auch."

„Was für Dinge?"

„Uhren."

Meine Arme lösten sich von ihr. Ich taumelte zurück und blinzelte fest.

Und dann trat ein höchst merkwürdiges Gefühl in meine

Magengrube. Es war teils Entsetzen, teils Unglauben, aber genauso ein seltsames Gefühl von Triumph. Je mehr ich über die Tatsachen nachdachte, die wir über Nells Sohn wussten, desto besser passten die Einzelteile zusammen.

„Du weißt, wer es ist, India." Matt war an meiner Seite, seine Hand lag in meinem Nacken. Da fiel mir erst auf, wie rasch ich atmete, wie heiß meine Haut geworden war.

„Wann hat Mr. Sweet angefangen, seiner Mutter Geld, Süßigkeiten und Krimskrams zu kaufen?", fragte ich Mary.

„Vor etwa zwei Monaten, als der Frühling begann. Als er nicht mehr der Lehrling war, sondern den Laden übernahm."

Zu raten war eine Sache, aber meine Vermutungen bestätigt zu sehen eine ganz andere. Meine Brust zog sich zusammen. Ich bekam keine Luft mehr. Ich tastete nach einer Stütze und fand Matt, solide und tröstlich, mit einem Ausdruck reinen Entsetzens auf dem Gesicht.

Ihm war es auch klar geworden.

„Nun?", drängte Willie. „Wer ist es? *Wo* ist er?"

„Sie wissen es nicht." Nell schnaubte. „Sie wissen verdammt noch mal gar nichts." Aber die Art, wie ihre Schultern herabsanken, sagte etwas anderes. Sie wusste, dass wir es erraten hatten, doch sie konnte wohl kaum wissen, woher wir ihren Sohn kannten. Ich hatte meinen echten Namen benutzt, und auch der hatte ihr nichts bedeutet. Eddie hatte seiner Mutter nicht erzählt, dass er mit einer India Steele verlobt gewesen war und sein Geschäft von meinem Vater geerbt hatte. Er hatte seiner Mutter nicht erzählt, dass er seinen Namen geändert hatte, gelogen, betrogen und uns hereingelegt hatte.

Und mir wurde erst jetzt klar, weshalb er all jene Dinge getan hatte.

Ich zitterte.

Die Eingangstür öffnete sich, und eine Stimme, die ich nur zu gut kannte, rief: „Ma?"

„Lauf, Jack!", rief Nell. „Lauf sofort weg!"

Matt raste aus dem Schlafzimmer, aber die Eingangstür war bereits zugeschlagen. Das Schloss drehte sich.

„Verdammt!", brüllte Matt, der an die Tür hämmerte. „Verdammt in drei Teufels Namen."

KAPITEL 17

Bis Mary einen weiteren Schlüssel brachte und die Eingangstür öffnete, war Jack Sweet – auch bekannt als Eddie Hardacre – weg. Trotzdem rannten Matt, Willie, Cyclops und Duke hinter ihm her aus Bright Court hinaus.

Mary und ich trugen ihre Reisetasche zur Kutsche, und der Kutscher hatte sie gerade hinten festgemacht, als die anderen zurückkehrten.

„St. Martins Lane in der Nähe von Covent Garden", brüllte Matt den Kutscher an. „Und zwar schnell. Alle einsteigen, und haltet euch fest. Nicht Sie, Mary." Matt legte ihr etwas Geld in die Hand. „Nehmen Sie eine Kutsche zu Haus Nummer 16, Park Street, Mayfair. Sagen Sie Mrs. Bristow, der Haushälterin, dass ich Sie schicke. Wir werden Ihre Tasche mitbringen, wenn wir zurückkehren."

Mir blieb nur kurz Zeit, um ihr die Hand zu drücken, ehe Matt mich in die Kutsche hob, ohne sich die Mühe zu machen, den Tritt auszuklappen.

„Ich kann es verdammt nochmal nicht glauben", erklärte Willie mit einem Kopfschütteln. Sie kam zu uns ins Innere, zusammen mit Duke, während Cyclops mit dem Kutscher vorne fuhr. „Dieser niederträchtige Haufen Schweinemist."

„Ich begreife nicht, wie ihr es herausgefunden habt", sagte Duke zu uns.

„Es gab kleine Hinweise", sagte Matt, „aber es ergab erst einen Sinn, als Mary die Uhren erwähnte."

„Also sehen wir mal, ob ich das richtig hinbekomme", sagte Duke langsam. „Eddie Hardacre – Jack – wusste, dass Chronos dein Großvater war, India, und dass er am Tod seines Vaters vor all den Jahren beteiligt gewesen war?"

„Seines Vaters *und* seines Onkels", ergänzte Willie ungläubig.

„Hä?" Duke brauchte einen Augenblick, um zu verdauen, was sie meinte. Als er zum richtigen Schluss kam, verzog sich sein Gesicht zu einer Grimasse. „Gottverdammt. Diese Sweets lassen euch Johnsons ja ganz normal aussehen."

Ich drehte mich, um aus dem Fenster zu schauen, und sah Willies Reaktion nicht.

„Also hat Jack seine Rache an Chronos geplant, indem er sich den Laden unter den Nagel riss", fuhr Duke fort. „Aber wenn er Chronos für tot hielt, warum sich die Mühe machen? War ja nicht so, dass er es ihm unter die Nase reiben konnte."

„Vielleicht wusste er, dass er nicht tot war", sagte Matt. „Oder vielleicht war es ihm gleich, ob er ein Publikum hatte, und es reichte ihm, dass er das Gefühl hatte, er hätte sich gerächt."

„Er muss hinter dem kürzlichen Überfall auf Chronos stecken. Aber woher wusste er, dass Chronos am Leben und wieder in London ist, oder dass er bei dir wohnt, India? Wie hätte er überhaupt wissen sollen, wie Chronos aussieht, wenn er ihm doch nie begegnet ist?"

„Das sind alles Fragen, die wir ihm stellen können, wenn wir ihn erwischen.", sagte Matt düster. „Wenn ich ihn nicht vorher umbringe."

Meine Augen brannten vor unvergossenen Tränen. Es wirkte kaum plausibel, sogar fantastisch, dass Eddie seine Rache so lange geplant hatte, besonders, da mein Großvater womöglich niemals davon erfahren würde. Er war jahrelang der Lehrling meines Vaters gewesen. Er hatte sich Zeit genommen, das Vertrauen meines Vaters zu gewinnen, um mich zu werben und sich bei Abercrombie einzuschmeicheln. Weshalb wollte er meinen Vater nicht einfach töten und es dabei belassen? Chronos hatte den Tod seines Vaters herbeigeführt,

weshalb also nicht im Gegenzug jemanden aus Chronos'
Familie töten?

„Ich habe ihn heftig unterschätzt", murmelte ich. „Ich hätte
darauf kommen sollen. Selbst Chronos sagte, Eddie muss schlau
gewesen sein, um Vater hereinzulegen und mich zu überzeugen,
ihn zu heiraten."

„Du wolltest glauben, dass er dich liebte und du ihm wichtig
warst." Willies mitfühlender Tonfall warf mich beinahe aus der
Bahn.

Aber es waren Matts Arm um meine Schultern und seine
warmen Lippen an meiner Schläfe, die Tränen über meine
Wangen laufen ließen. Ich wischte sie mit dem Handrücken
meines Handschuhs ab. Ich hatte schon vor Monaten aufgehört,
wegen Eddie zu weinen. Ich weigerte mich, jetzt wieder damit
anzufangen.

„Hoffen wir, dass wir den Laden vor ihm erreichen", sagte
ich. „Wir müssen das Tagebuch finden, ehe er es zerstört."

„Er weiß nicht, dass wir es wollen." Matt klang jedoch nicht
völlig überzeugt. Er wurde still. Vielleicht dachte er noch einmal
über die jüngste Begegnung mit Eddie und seiner Mutter nach.

„Wir haben es bis heute nicht vor Nell erwähnt", sagte ich.
„Er weiß, dass wir den Mörder von Dr. Millroy finden wollen,
aber er kann den Grund nicht kennen."

„Vielleicht hat er ihn erraten", schlug Duke vor.

Das war durchaus möglich, wenn Jack Sweet so klug war,
wie ich ihn inzwischen einschätzte.

Der vertraute Anblick und die Geräuschkulisse der St.
Martins Lane halfen nicht, meine Nerven zu beruhigen. Mr.
Finlay, der Tuchhändler, stand vor seinem Laden und pries einen
vergünstigten Ballen Baumwolle an, während Mr. Macklefield,
der Schneider, sich mit einem Gentleman unterhielt. Er sah mich,
und ihm klappte der Mund auf. Er winkte nicht zurück, als ich
die Hand zum Gruß hob.

Jimmy, der Laufbursche, erschien hinter der Werbetafel des
Gasthauses, wo er sich vermutlich in der Sonne herumgedrückt
hatte. Auf mein Zeichen hin trottete er zu mir herüber.

„Miss Steele", sagte er und zupfte an seiner Hutkrempe. „Ist
eine Zeit her, dass wir Sie hier gesehen haben."

„Ich bin froh, dass es dir gut zu gehen scheint, Jimmy. Kannst du mir sagen, ob du in den letzten paar Minuten Mr. Hardacre gesehen hast? Ist er drinnen? Der Laden wirkt geschlossen."

„Ja, ist er. Hab ihn seit einer Stunde nicht mehr gesehen, schätze ich. Er ist in letzter Zeit nicht oft hier. Das Schild zeigt öfter geschlossen als offen. Mr. Finlay schätzt, dass er bald zusperrt. Wirklich schade wäre das, Miss Steele. Wirklich schade."

Ich gab ihm eine Münze aus meinem Pompadour. „Danke, Jimmy."

Ich ging zurück zu Matt und den anderen und erzählte ihnen, dass Eddie nicht da war. „Wir können über den Hintereingang hinein", sagte ich.

„Du hast einen Schlüssel?", fragte Duke.

Willie und Cyclops schauten ihn an, als wäre er ein Narr.

„Ach so", sagte Duke. „Wir brechen ein."

„Das sehen doch alle." Willie beäugte Mr. Finlay und Mr. Macklefield. „Sie werden uns die Polizei auf den Hals hetzen."

Matt warf einen Blick auf die Kutsche, die Straße, dann wieder zurück zur Kutsche. „Nicht, wenn sie denken, dass wir abgefahren sind." Er sprach mit dem Kutscher, dann kam er zu uns zurück. „India, du fährst vorne mit. Wir vier gehen hinein."

„Weshalb?", wand ich mich.

„Weil es glaubwürdiger wirkt, wenn einer von uns mit der Kutsche wegfährt, und mir ist es lieber, wenn du nicht daran beteiligt bist, ein Verbrechen zu begehen."

„Du vergisst zwei Dinge." Ich hob einen Finger. „Es wird seltsam aussehen, wenn ich auf den Kutschbock verbannt werde." Ich hob einen zweiten Finger. „Und ich kenne die besten Wege in das Haus, bei denen man keine Fenster oder Türen aufbrechen muss."

Matt wandte sich an Willie.

„Warum ich?" Sie warf die Hände in die Luft. „Duke, du gehst."

„Nein!", fuhr er sie an.

„Duke, geh", befahl Matt.

„Aber warum?", jammerte er.

„Wenn ich Willie zwinge, muss ich mir das ewig anhören, darum."

Duke seufzte und stieg nach oben neben den Kutscher. Matt gab ihm letzte Anweisungen, dann stieg er mit Cyclops, Willie und mir in die Kutsche. Er schloss die Vorhänge, und wir fuhren zehn Schritte weiter, nur um am Eingang der Seitengasse stehenzubleiben. Die Kutsche senkte sich auf eine Seite, als der Fahrer vom Kutschbock stieg.

„Wir fahren gleich weiter, Sir", rief er laut genug, dass Mr. Finlay und Mr. Macklefield auf der anderen Straßenseite es hören konnten. „Eines der Pferde scheint zu lahmen."

Matt öffnete die Tür einen Spalt weit, spähte nach draußen, dann öffnet er sie ganz. Er sprang hinab und half mir hinaus, seine Hände an meiner Taille. Es blieb keine Zeit, um das Gefühl zu genießen, von ihm gehalten zu werden, da wir gleich in die Gasse liefen, durch die Kutsche vor allen Blicken verborgen. Willie und Cyclops folgten unmittelbar hinter uns.

Wir sahen niemanden, während wir das Tor öffneten, das in den kleinen Hof hinter den Laden führte. Matt, der letzte, der durch das Tor ging, gab Duke, der immer noch auf dem Kutschbock saß, ein Zeichen. Einen Augenblick später schloss sich das Tor, und ich hörte die Kutsche abfahren.

Wenig hatte sich im Hof verändert. Es gab nur eine leere Lieferkiste anstelle von dreien, und ein Stapel durchnässter Zeitungen verrottete in einer Ecke. In seinen letzten Jahren, als das Augenlicht meines Vaters nachgelassen hatte, hatte ich die Feinarbeit der Reparaturen übernommen, während er jeden Vormittag den Hof gefegt hatte. Es sah nicht so aus, als wäre er seit Eddies Einzug auch nur ein einziges Mal gefegt worden.

„Der Riegel an diesem Fenster ist locker", sagte ich und deutete darauf. Wenn Eddie das Fegen vernachlässigt hatte, hatte er vielleicht auch Reparaturen vernachlässigt. „Wenn ihr ihn erreichen könnt, muss man nur ein wenig rütteln, um ihn zu öffnen."

„Ich probiere es", verkündete Willie voller Vorfreude. „Ist lange her, seit ich durch ein Fenster eingestiegen bin. Ich brauche Übung."

Cyclops hob sie hoch, und sie hatte das Fenster in wenigen

Sekunden geöffnet. Sie schlängelte sich hinein und schloss kurz darauf die Tür auf. Dort stand sie und strahlte.

„Das war keine große Herausforderung, India", sagte sie.

Ich klopfte ihr auf die Schulter, während ich an ihr vorbeischlüpfte. „Beim nächsten Mal kannst du durch ein Fenster im zweiten Stock klettern."

Ich ging voraus durch die Werkstatt und sog den Geruch nach Metall und poliertem Holz tief in die Lunge. Der Geruch brachte mich kurz vor einen Zusammenbruch. Es roch nach meiner Kindheit. Es roch wie damals, als mein Vater mich in die Arme genommen hatte. Es roch nach Sicherheit und Heimat.

Aber es war nicht mehr meine Heimat. Nicht diese unordentliche Werkstatt, in der die Werkzeuge offen dalagen und das Innenleben von Uhren auf der Bank ausgebreitet war. Ich schnappte mir die verstreuten Teile und wollte schon eine Zange in die Werkzeugkiste zurücklegen, da bemerkte ich allerdings Willies Blick aus zusammengekniffenen Augen und legte sie wieder ab.

„Du bist nicht zum Aufräumen hier", zischte sie. „Du und Matt schauen oben nach. Ich und Cyclops suchen hier unten."

„Geht nicht in den Laden, außer es ist unbedingt nötig", befahl Matt. „Man könnte euch von der Straße aus sehen."

Ich ging voraus die Stufen hinauf in die Wohnung, in der ich mein ganzes Leben verbracht hatte. Nach Matts Haus wirkte sie zu klein, mit ihrem einen Schlafzimmer, dem Wohnzimmer, das wir als zweites Schlafzimmer genutzt hatten, und der Küche. Wir hatten nie das Gefühl gehabt, mehr Platz zu brauchen, da mein Vater und ich den Großteil unserer Tage unten verbrachten.

Eddie hatte das Wohnzimmer wieder seiner früheren Nutzungsform zugeführt, es aber nur mit einem ausgeblichenen grünen Ledersessel und einem kleinen Tisch eingerichtet. Er hatte meine gerahmten Stickmuster an der Wand gelassen, und die beiden Vasen meiner Mutter standen ohne Blumen an jedem Ende des Kaminsimses. Ich erkannte auch den Läufer wieder, aber er war ein wenig verschmutzt, da darauf überall Krümel verstreut waren. Ein dreckiger Teller und eine Tasse standen auf dem Tisch, aber es gab keine weiteren Hinweise darauf, dass Eddie sich hier ein Zuhause eingerichtet hatte. Sogar die Uhr auf dem Kaminsims war diejenige, die wir früher unten im Fenster ausgestellt hatten. Es war eine wunderschöne Doppelschneckenuhr ohne Gehäuse, eines der teuersten Stücke im Laden, und er hatte sie hier herauf geholt, wo niemand außer ihm sie bewundern konnte.

„Geht es dir gut?", fragte Matt, der mich am Ellbogen berührte.

Ich nickte. „Wir müssen uns beeilen."

Wir durchsuchten rasch die Küche, dann ging Matt weiter zum Schlafzimmer, während ich mir das Wohnzimmer vornahm. Ich strich mit den Händen über die Buchrücken in dem kleinen Regal und versuchte, mich nicht von Gefühlen überwältigen zu lassen.

„Wohin gehst du?", fragte ich Matt, der aus dem Schlafzimmer kam.

„In die Küche, um ein Messer zu holen, mit dem ich die Matratze aufschlitzen kann."

Ich suchte weiter in den Buchregalen, las mit schiefgelegtem Kopf die Buchrücken. Ich erkannte alle Bücher – bis auf eines.

Es stand auf dem untersten Regal, völlig unpassend zwischen einem Gedichtband und einem gewichtigen Buch über die Geschichte der Uhren. Ich zog es mit rasendem Herzen heraus und streifte die goldenen Initialen, die in den weichen Ledereinband geprägt waren.

J. M. – James Millroy. Eddie hatte das Buch gut sichtbar versteckt.

„Matt! Matt! Ich habe es gefunden."

Er erschien plötzlich an meiner Seite. Ich schwenkte das Tagebuch vor ihm und konnte mein Lächeln nicht unterdrücken.

Er blätterte durch die Seiten, sein Gesicht entspannte sich vor Erleichterung. Dann klappte er es zu und drückte sich das Buch an die Brust. „Gehen wir nach Hause."

Wir kehrten in die Werkstatt zurück und sammelten die anderen auf dem Weg nach draußen ein. Niemand sah, wie wir den Hof verließen oder in der entgegengesetzten Richtung, aus der wir gekommen waren, durch die Gasse liefen. Duke und der Kutscher warteten am anderen Ende.

„Nach Hause", befahl Matt, der die Tür für mich öffnete. Er zeigte Duke das Tagebuch.

Duke wirkte, als würde er in Tränen ausbrechen, ehe er tief Luft holte und den Blick nach vorn richtete.

Sobald wir im Inneren waren und abfuhren, öffnete Matt das Tagebuch in seinem Schoß. Wir alle beugten uns dichter heran. „Es sind zum Großteil medizinische Notizen", sagte er und blätterte die vergilbten Seiten um.

„Seine Gedanken zu neuen Behandlungen und medizinischen Durchbrüchen", fügte ich an, während ich auf einen detaillierten Querschnitt durch einen Arm zeigte.

„Ein Teil davon ist nicht auf Englisch", sagte Cyclops. „Könnten das die Zauber sein?"

Matt schüttelte den Kopf. „Das sind lateinische Begriffe, wie man sie in der Medizin verwendet."

„Geh zu den letzten Seiten", forderte Willie. „Er starb bald nach dem Experiment, also sollte der Zauber dort sein."

Matt blätterte zu den letzten Seiten. Die letzten paar Blätter des Tagebuches waren leer, aber die davor waren dicht beschrieben, um den verbleibenden Platz gut zu nutzen.

„Hier." Matts Hand strich den Buchrücken aus. „Er erwähnt Wilson Sweet."

Ich beugte mich wieder näher, meine Schulter an seiner, und las den Text.

„Was steht dort?", fragte Cyclops, der sich drehte, um besser lesen zu können.

„Dass Wilson Sweet krank war und keine Hoffnung auf eine medizinische Heilung bestand", las Matt. „Und dass er Dr. Millroy erzählte, er hätte einen Sohn von seiner Schwester. Er war so beschämt über seine Taten, dass er loszog, um dafür zu büßen."

„Zu büßen?", wiederholte Willie.

„Er meint wohl die Teilnahme an dem Experiment", sagte ich.

„Wilson Sweet glaubte, er würde eine gute Tat tun", sagte Matt. „Etwas, das ihn von seiner Sünde freisprechen würde." Matt deutete auf die Stelle, an der Dr. Millroy genau diese Worte geschrieben hatte.

„Er sagte Dr. Millroy, dass er wieder Kontakt zu seiner Familie aufnehmen würde, falls er überlebte", erklärte ich, während ich über Matts Schulter hinweg las.

„War es das?", fragte Willie nach einer Pause. „Steht dort, dass Millroy vorhatte, Nell nach Wilson Sweets Tod aufzusuchen?"

„Nein." Matt blätterte zur vorherigen Seite, um sich rückwärts durch das Tagebuch zu arbeiten. Er deutete auf Chronos' Namen. Es war das erste Mal, dass die beiden Männer sich getroffen hatten, und Millroy schrieb in aufgeregten Worten über die Möglichkeit einer Zusammenarbeit. Das Wort Magie wurde nirgendwo erwähnt, auch nicht, dass sie hofften, durch ihr Experiment ein Leben zu verlängern. Alles war vage gehalten, sodass es ihm nicht zur Last gelegt werden konnte, falls ein Gildenmitglied das Tagebuch las.

Matt blätterte wieder eine Seite zurück, sein Finger bohrte sich in eine Stelle auf etwa halber Höhe. „Das ..." Er strich über die Zeilen. „Das ist nicht in einer Sprache verfasst, die ich erkenne."

Cyclops und Willie standen beide von ihrem Platz auf und drehten sich, um die Worte zu lesen. Willie stieß einen Jubelruf aus. „Das muss es sein! Das ist der Zauber, Matt!" Sie griff mit einer Hand nach Cyclops' Schulter. Cyclops umarmte sie.

Die Kutsche bog um eine Ecke, und beide ließen sich schwer auf die Sitze zurückfallen, immer noch lachend.

„Nun brauchen wir nur noch einen Arztmagier, der ihn spricht, während du deinen Zauber aufsagst, India." In Matts Stimme lag kein Hochgefühl. Er würde nicht jubeln oder jemanden umarmen oder sich gestatten, Aufregung zu verspüren. Genauso wenig ich. Nicht, wenn die Aufgabe erst halb erledigt war. Außerdem ging es nicht nur darum, den Zauber zu sprechen, sondern ihn richtig zu sprechen. Dr. Parsons hatte die Betonung hinbekommen, aber Dr. Millroy nicht. Der Unterschied zwischen Leben und Tod belief sich auf nur wenige Silben.

„Was unternehmen wir wegen Nell?", fragte Cyclops. „Munro und Brockwell erzählen, dass sie Millroy ermordet hat?"

„Ich neige dazu, mich dagegen auszusprechen", sagte Matt. „Sie ist inzwischen keine Bedrohung mehr für die Allgemeinheit, und die Erklärung des Motivs würde nur zu Fragen führen, die wir nicht beantworten wollen."

„Es würde auch Chronos mit hineinziehen", sagte ich. „Im Augenblick haben Sie keinen Beweis, dass Chronos noch lebt oder dass er tatsächlich mein Großvater ist, nur die Anschuldigungen von Abercrombie. Aber Nell und Eddie zur Rede zu stellen, würde die Wahrheit ans Licht bringen."

„Wo wir schon von Hardacre sprechen", sagte Willie mit einem bedrückten Blick auf mich.

Ich seufzte. „Mach schon. Raus damit. Ich weiß, dass du mir sagen willst, wie töricht ich war, wie naiv. Du kannst es dir auch gleich von der Seele reden."

„Das habe ich gar nicht gedacht. Ich will nur wissen, wenn Eddie nicht zum Laden gelaufen ist, wo ist er dann?"

„Geflohen?", fragte Cyclops mit einem Schulterzucken.

Matt fluchte plötzlich, dann stieß er den Fensterrahmen auf. „Schneller!", rief er dem Kutscher zu.

Mein Herz setzte einen Schlag lang aus. Ich wusste, wohin Eddie gegangen war.

„Du glaubst, er ist zu unserem Haus unterwegs, um Chronos zu erwischen", sagte Cyclops, halb als Aussage, halb als Frage.

Matt nickte. „Er ist sehr wahrscheinlich derjenige, der hinter dem Überfall auf Chronos steckte, und er weiß, dass er bei uns wohnt."

„Und er war schon lange auf Rache aus", fügte ich matt hinzu. „Nun, da wir wissen, was er dafür auf sich genommen hat, gibt es für ihn keinen Grund, sich zurückzuhalten. Er wird Chronos aufsuchen und … und ihn diesmal töten."

Und dank unserem Halt am Laden würden wir viel später kommen als er.

Es war jedoch nicht nur Chronos zu Hause. Es gab auch noch Miss Glass und die Angestellten.

Matt nahm meine Hand zwischen seine beiden. „Er wird niemandem etwas zuleide tun. Das wird er nicht wagen."

Das sah ich anders. Eddie kümmerte sich längst nicht mehr darum, was mit ihm geschah. Er wusste, dass das Spiel aus war. Teuflisch schlaue Männer wie Eddie neigten dazu, auf verzweifelte Maßnahmen zurückzugreifen, wenn man sie in die Ecke trieb. Ich hatte das schon zu oft mitangesehen, um etwas anderes zu glauben.

Die Dämmerung verringerte die Sichtweite, aber ich erkannte den Wellington Arch durch das neblige Abendlicht mühelos. Ich klopfte an das Dach, und die Kutsche wurde sofort langsamer.

„Was machst du da?", schrie Willie. „Wir müssen nach Hause!"

„Sag dem Fahrer, er soll anhalten", erklärte ich Matt. „Wir können nicht unvorbereitet zurückkehren."

Er öffnete das Fenster und rief dem Fahrer zu, er solle eine Stelle suchen, um an die Seite zu fahren. „Willie, ist deine Pistole geladen?", fragte er.

„Natürlich", sagte sie. „Sonst ist sie nicht sonderlich nützlich."

„Gut. Es ist die einzige Schusswaffe, die wir haben."

„Ich habe hier Messer." Cyclops tätschelte seinen Unterarm. „Und hier." Er hob sein Hosenbein an, um uns die Klinge zu zeigen, die dort befestigt war.

Meine Augen wurden groß. „Du läufst mit denen herum?"

„Ich wäre ein Narr, wenn ich das nicht täte."

Ich schaute zu Matt. Er zog seinen Jackenärmel nach oben und zeigte mir ein kleines Messer. „Es war in letzter Zeit zu oft gefährlich. Ich bin lieber bewaffnet und auf jede Eventualität vorbereitet."

„Deswegen mein Colt." Willie tätschelte die Waffe, die sie sich um die Hüfte geschnallt hatte.

Falls ich je Zweifel gehabt hatte, dass ich mich mit Banditen aus dem Wilden Westen herumtrieb, waren diese Zweifel nun gebannt.

Die Kutsche hielt an, und Duke öffnete die Tür. „Was ist denn jetzt los?"

„Wir glauben, Hardacre könnte zu uns nach Hause gegangen sein, um Chronos zu suchen", erklärte ihm Matt. „Wir müssen uns ihm sorgfältig nähern, und mit einem Angriffsplan."

„Himmel", murmelte er. „Was, wenn Chronos bereits tot ist? Was dann?"

Ich biss mir auf die Innenseite der Wange, bis ich Blut schmeckte. Niemand sagte etwas, aber ich schätzte, Matt hatte

Duke wohl angefunkelt, denn er zuckte zusammen und entschuldigte sich.

„Es liegt im Bereich des Möglichen", sagte ich. „Und deshalb brauchen wir einen Plan für mehrere Eventualitäten. Ich schlage vor, dass nur Matt und ich offen ins Haus zurückkehren. Ihr Übrigen geht verdeckt hinein."

Zehn Minuten später hatten wir mehr als einen Plan vereinbart. Welchen wir umsetzen würden, hing von dem Szenario ab, das sich uns bei unserer Ankunft bieten würde.

Matt und ich fuhren ab, die anderen drei ließen wir zu Fuß gehen. Wir hatten in den meisten Punkten des Plans übereingestimmt, aber die eine Sache, in der wir uns nicht einigen konnten, war, wer Willies Schusswaffe tragen sollte. Ich glaubte, Matt sollte sie haben, doch niemand unterstützte diese Ansicht. Willies Widerworte fielen am gröbsten aus.

Die Kutsche hielt an der üblichen Stelle an den Eingangstreppen zum Stadthaus an. Ich fasste nach meiner Uhr, und Matt steckte sich das Tagebuch in die Jackentasche. Wir zogen es beide vor, unsere hochgeschätzten Besitztümer unmittelbar bei uns zu tragen.

„Es ist nicht zu spät, es dir noch einmal zu überlegen", sagte Matt. „Du weißt, dass es mir lieber wäre, wenn du das machst."

„Ich habe meine Uhr zur Hand", sagte ich. „Ich komme schon zurecht. Du bist derjenige, der nicht bewaffnet ist, außer diesem kleinen Messerchen."

Er grinste. „Du meinst, mein charmanter Charakter ist nicht genug?"

„Nicht bei Eddie."

Er stieg als erster aus und klappte den Tritt für mich aus, dann half er mir nach unten. Die Eingangstür zum Stadthaus blieb geschlossen, ein verräterisches Zeichen. Normalerweise begrüßten uns Bristow oder Peter.

„Ich schätze, er ist hier", murmelte Matt. Er signalisierte dem Kutscher, er solle weiterfahren, dann bot er mir seinen Arm.

Wir gingen die Stufen zusammen hinauf. Meine Uhr läutete einmal zur Warnung. Mein Herz raste, aber ich blieb nicht stehen. Matt schob die Tür auf und richtete seinen Körper so aus, dass er mich abschirmte, ehe ich mich an ihm vorbeischieben konnte. Ich hatte vorgehabt, als Erste einzutreten, da die Uhr eine gute Waffe war. Ganz offensichtlich hatte er beschlossen, diesen Plan zu ignorieren. Ich sah davon ab, ihm meinen Ellbogen in die Rippen zu bohren, um ihn daran zu erinnern. Wir konnten uns die Ablenkung nicht leisten.

„Bristow?", rief Matt. „Peter?"

„Hier drin, Sir", kam Bristows angespannte Stimme aus dem Salon. „Kommen Sie nicht näher! Er hat eine …" Seine Warnung endete mit einem Stöhnen.

Eine Frau schrie auf.

Matt schob mich hinter sich und marschierte zur Salontür. Meine Uhr läutete erneut, lauter. Ich packte sie fester und schaute an Matt vorbei. Miss Glass saß auf dem Sofa, die Hände im Schoß, die Füße dicht beisammen, ihre Haltung so geschniegelt und gestriegelt wie immer. Nur dass diesmal eine Waffe auf ihre Schläfe gerichtet war.

Eddie spannte den Hahn. „Kommen Sie nicht näher, Glass, oder Ihre liebe Tante wird dafür bezahlen."

Miss Glass gab kein Geräusch von sich, nicht einmal ein Wimmern. Sie starrte unmittelbar geradeaus, ihre Augen richteten sich auf nichts, in die Ferne. Im Angesicht der Gefahr war ihr Verstand zusammengebrochen. Es war gewissermaßen eine Erleichterung, dass sie sich der Situation nicht ganz bewusst war.

Bristow berührte seine Wange, auf der ein blauer Fleck prangte. Er stand in der Nähe von Eddie, dicht genug, um mit dem Griff der Pistole geschlagen zu werden. Eddie befahl ihm und dem Rest der Angestellten nun, sich zurückzuziehen, außer Reichweite.

„Zurück mit Ihnen allen, zurück, zurück! Niemand kommt in meine Nähe, oder in die von Miss Glass."

Die Bediensteten gehorchten. Sie waren alle da, Peter, der Diener, Mr. und Mrs. Bristow, ihre Tochter, Mrs. Potter, die Köchin, Polly Picket und sogar Mary, die wohl nur Augenblicke vor Eddie eingetroffen war. Mrs. Bristow zog die jungen Dienstmädchen mit sich, und Mrs. Potter nahm Eddie mit ihrer üppigen Figur die Sicht auf sie. Ich wollte Mrs. Bristow schweigend dazu zwingen, sich einen schweren Gegenstand zu schnappen, als es ihr möglich war, ohne gesehen zu werden, aber das tat sie nicht. Vielleicht war das am besten so. Falls sie versuchte, etwas auf Eddie zu werfen, ihn aber nicht traf, würde sie zum Ziel werden. Im Augenblick hatte er noch niemanden getötet, aber ich war nicht überzeugt, dass er davon absehen würde, wenn er sich bedroht fühlte. In dieser Szene fehlte allein Chronos. Vielleicht versteckte er sich.

Die Anwesenheit des übrigen Haushalts ließ unsere Pläne scheitern. Matt konnte Eddie bei so vielen Anwesenden nicht überwältigen. Falls die Waffe unbeabsichtigt losging, war die Wahrscheinlichkeit hoch, dass jemand getroffen wurde. Willie konnte Eddie aus dem gleichen Grund nicht durch ein offenes Fenster erschießen. Und meine Uhr vor den Augen so vieler Talentfreier einzusetzen, würde die Stärke meiner Magie offenbaren. Trotzdem war es ein Risiko, das ich, wenn nötig, eingehen würde.

„Sie sind ein Feigling, Hardacre", knurrte Matt. „Lassen Sie die Frauen gehen, und wir besprechen das von Mann zu Mann."

„Wo sind Ihre Freunde?", fragte Eddie.

„Sie setzen die Polizei darüber in Kenntnis, dass Ihre Mutter Dr. Millroy getötet hat."

„Was!", brach es aus Eddie hervor. „Sie ist eine alte Frau! Lassen Sie sie in Frieden."

„Meine Tante ist auch eine alte Frau." Matt nickte zu Miss Glass hin. „Lassen Sie sie gehen – lassen Sie alle gehen –, und ich werde sehen, was ich tun kann, um die Polizei von Ihrer Mutter fernzuhalten."

Eddie packte seine Waffe fester. Er schüttelte den Kopf. „Ich kann niemanden freilassen. Nicht, bis ich Chronos habe."

„Sie ist deine Mutter!", rief ich. „Du hast die Gelegenheit, sie zu retten …"

„Sei still, India. Für meine Mutter ist es zu spät. Das hast du gesehen."

Ein weiterer Teil unseres Plans fiel in sich zusammen und verging. Wir konnten Nells Sicherheit nicht als Hebel benutzen. Ihn kümmerte nichts und niemand, nur seine Rache.

„Ich werde niemanden freilassen, bis ich Chronos habe." Eddie wies mit dem Kinn auf Matt. „Wo ist er?"

„Ich habe es Ihnen doch gesagt", meldete Bristow sich zu Wort. „Er ist weg."

„Glass?", geiferte Eddie.

„Wenn Bristow sagt, dass er weg ist, dann ist der weg", erklärte Matt. „Er wird Sie nicht anlügen, wenn Leben auf dem Spiel stehen."

Eddie schaute mich an. Ich starrte zurück, nahm ihn gar nicht richtig wahr, während ich versuchte, nachzudenken. Würde Bristow lügen, in der Hoffnung, dass Eddie einfach aufgeben und gehen würde? Oder war Chronos wirklich weg? Wenn ja, wohin war er gegangen?

„Wo ist er, India?", stieß Eddie zwischen zusammengebissenen Zähnen hervor.

„Ich weiß es nicht", sagte ich. „Ich war den ganzen Tag außer Haus."

„Du bist seine Enkeltochter. Er hätte dir doch von seinen Plänen erzählt."

„Hat er nicht. Er ist nur auf dem Papier mein Großvater. Es ist ein Fehler, davon auszugehen, dass ein Mann, der mich verlassen hat, als ich ein Baby war, sich genug um mich sorgt, um zu bleiben, jetzt, da seine Feinde sich nähern."

„Feinde." Er schnaubte. „Du lässt es klingen, als wäre er das Opfer. *Ich* bin das Opfer. Meine Mutter, mein Vater … beide Opfer. Nicht Chronos. Er war genauso der Mörder meines Vaters wie Millroy."

„Dein Vater hat sich freiwillig gemeldet, um an ihrem Experiment teilzunehmen. Er kannte die Risiken."

Er schwenkte die Waffe zu mir herum. „Er kannte die Risiken *nicht!*"

Meine Uhr läutete laut, sprang mir aber nicht aus der Hand, um ihn zu würgen oder zu schocken. Matt schob mich hinter sich, und ich konnte Eddie nicht mehr sehen.

„Ihre Familie hat Rache an dem Verbrechen genommen, das an Ihrem Vater begangen wurde", sagte Matt. „Ihre Mutter hat Millroy getötet, und Sie haben Chronos' Enkeltochter erniedrigt. Sie haben India ihr Geschäft weggenommen, ihre Lebensgrundlage, und Sie haben ihr Vertrauen zerstört. Was wollen Sie noch?"

„Ich will, dass Chronos tot ist, jetzt, da ich weiß, dass er noch lebt."

„Wenn Bristow sagt, dass er weg ist, dann ist er weg. Sie müssen sich mit der Rache zufrieden geben, die Sie bereits an India geübt haben."

„Das reicht nicht!", kreischte Eddie. „Ich dachte, es wäre genug, ich dachte, ich wollte das Geschäft, aber als ich erfuhr, dass Chronos noch lebt ... Ich muss ihn direkt bestrafen. Ich kann nicht denken, kann nicht schlafen oder arbeiten, in dem Wissen, dass er da draußen ist, in Freiheit."

„Lassen Sie ihn von der Polizei fangen", sagte Matt. „Ich weiß aus sicherer Quelle, dass sie nach ihm sucht."

Eddie schniefte, ein feuchtes, schleimiges Geräusch. „Die Polizei wird sich die Mühe nicht machen. Die haben Sie in der Tasche."

„Dann lassen Sie Chronos gehen, und Ihre Mutter wird nicht festgenommen. Das ist nur gerecht."

„Es ist *nicht* gerecht! Der Tod meines Vaters trieb sie in den Wahnsinn, dann, nach Millroy ... wurde sie noch wahnsinniger. Sie war niemals wieder dieselbe. Sie fand keine Arbeit, und da sie niemand mehr schützte ... nutzten Männer das zu ihrem Vorteil. Ich war den Großteil meiner Kindheit über hungrig und verängstigt, habe mich vor ihrem letzten sogenannten Beschützer versteckt. Sie glaubte, sie würden sie retten, aber letztlich haben sie sie immer nur halb totgeschlagen. Erzählen Sie mir, warum es gerecht ist, dass Chronos' Enkeltochter ein bequemes Leben hatte, während der Sohn seines Opfers in Armut lebte. Nun? Erzählen Sie es mir!"

„Woher wissen Sie, dass der Tod Ihres Vaters sie in den Wahnsinn trieb?", fragte Matt. „Sie waren zu jung, als es geschah. Vielleicht war sie bereits wahnsinnig." Er hob eine Schulter. „Wenn man bedenkt, dass sie es nicht bereut hat, Inzest mit ihrem Bruder zu begehen, war sie vermutlich bereits vorher etwas wirr."

Einer der Bediensteten keuchte auf.

„Matt", flüsterte ich. „Provoziere ihn nicht."

„Hören Sie auf India." Ich hörte das Lächeln in Eddies Stimme, obwohl ich ihn an Matt vorbei nicht sehen konnte. „Sie kennt mich gut genug, um zu wissen, dass ich fähig bin, Rache zu nehmen, wenn jemand meine Familie beleidigt."

Ich wollte mich nach vorne schieben, weiter hinein in das Zimmer, aber Matt ließ es nicht zu. Er stand mir immer noch im Weg. „Ich kenne dich überhaupt nicht gut, Eddie", sagte ich. „Das habe ich nie. Aber eines weiß ich. Dir ist deine Mutter wichtig genug, dass du ihr Geld und Süßigkeiten schickst. Du besuchst sie noch immer. Du willst nicht, dass sie für den Mord an Dr. Millroy festgenommen wird. Also beende das alles jetzt, oder die Polizei *wird* informiert."

„Nett gesagt, India, aber ich gehe hier nicht weg, bis Chronos sich mir ausliefert. Hören Sie das?", rief er. „Kommen Sie raus, Chronos! Ich kann die ganze Nacht warten!"

„Bitte, Sir", bettelte Mrs. Bristow. „Lassen Sie die Mädchen gehen. Sie haben Angst."

„Lassen Sie sie alle gehen", sagte Matt. „Ich bleibe, solange Sie wollen."

„Niemand geht irgendwohin", knurrte Eddie. Ich drängte mich neben Matt, der immer noch im Eingang stand. Eddie war auf die Dienstmädchen konzentriert, die in einer Ecke hinter Mrs. Potter standen. Miss Glass hatte sich nicht bewegt und blinzelte nicht einmal. Bristow und Peter konnten nichts ausrichten, da sie im Augenblick auf Abstand gehalten wurden.

„Es scheint, als hätten wir ein Patt", sagte Matt. „Sollen wir uns für den Abend niederlassen?" Er hob die Hände hoch und ging langsam in das Zimmer.

Eddie ließ ihn ein paar Schritte weit gehen, dann befahl er ihm, stehenzubleiben. „Halten Sie Ihre Hände so, dass ich sie sehen kann."

„Glauben Sie wirklich, dass Sie länger durchhalten als wir alle? Glauben Sie, die Polizei wird nicht das Haus stürmen?"

„Ich kann etliche von Ihnen töten, bevor sie mich erwischen oder bevor ich müde werde. India als erste natürlich." Er richtete die Waffe auf mich, und mein Herz machte einen Satz. „Wenn ich Chronos nicht haben kann, dann töte ich eben sein letztes überlebendes Familienmitglied."

Ich stieß ein bellendes Lachen aus. „Du glaubst, ich bin ihm wichtig? Einem Mann, der mein ganzes Leben lang abwesend war? Einem Mann, der mich glauben ließ, er wäre tot? Wohl kaum."

Er runzelte die Stirn. „Du dachtest doch nicht, dass er tot war?"

„Doch. Du auch?"

„Ich habe kürzlich Gerüchte bei einigen anderen Uhrmachern gehört, die einen Blick auf ihn erhascht haben wollten. Ein alter Kerl schwor Bein und Stein, dass er Gideon Steele gesehen hat. Also begann ich eine kleine Ermittlung, und du kannst dir vermutlich vorstellen, was ich herausgefunden habe. Oder vielmehr, was ich nicht herausgefunden habe. Es gibt keine Aufzeichnung über den Tod von Gideon Steele. Ich habe mich gefragt, wie viel du weißt, und ob er Kontakt zu dir aufgenommen hat, darum habe ich dieses Haus beobachtet. Eines Tages sah ich einen alten Mann, auf den Chronos' Beschreibung passt, hier weggehen. Ich rief seinen Namen, und er drehte sich nicht um, doch er wurde schneller. Das hat mir ausreichend bestätigt, dass er tatsächlich dein Großvater ist."

Chronos hatte nicht erwähnt, dass ihn an diesem Tag jemand erkannt hatte. Was hatte er uns sonst noch verschwiegen?

„Haben *Sie* ihn beim zweiten Mal, als er ausging, überfallen?", fragte Matt.

Eddie lächelte nur, seine Lippen feucht, seine Augen glänzend.

„Du hast nach ihm gesucht, an jenem Tag, an dem du mich hier sehen wolltest", sagte ich. „Was hättest du getan, wenn du ihn gefunden hättest? Ihn gejagt und gleich hier im Haus getötet?"

Eddies Lächeln wurde hart. „Du wirfst mir vor, ich hätte dein Haus unter falschen Absichten betreten, doch das ist genau das, was ihr meiner Mutter angetan habt!"

„Ihr ist nichts geschehen", fuhr ich ihn an. „Niemand hatte die Absicht, ihr Schaden zuzufügen."

„Ihr habt sie in Panik versetzt. Ihr habt euch durch ihre Besitztümer gewühlt und sie völlig erschreckt."

„Sie hat dir von einem amerikanischen Besucher erzählt, oder nicht?", sagte ich. „Nach unserem ersten Besuch bei ihr hat sie uns dir beschrieben, und dir wurde klar, dass Matt und ich den

Tod von Dr. Millroy untersuchen. *So* hast du erfahren, was wir vorhatten. Deshalb bist du hergekommen, um uns aufzufordern, die Ermittlungen zu beenden. Kein Wunder, dass du einen merkwürdigen Ausdruck auf dem Gesicht hattest, als ich erwähnte, dass der Name des Stadtstreichers *Mr.* Wilson war. Du hast gehofft, dass wir nie erfahren würden, dass Wilson sein Vorname war und dass er mit Nell und dir in Verbindung stand."

„Glückwunsch, dass du es endlich durchschaust. Kaum überraschend, dass das so lange gedauert hat – du bist eben einfach eine trübe Tasse."

Ich erwischte Matt am Arm, aber er hatte sich keinen Schritt nach vorne bewegt, wie ich es von ihm erwartet hätte. Er stand steif da, die Muskeln in seinem Kinn arbeiteten. Ich hoffte, er würde einen Plan ausarbeiten, denn ich wusste nicht, wie wir hier herauskommen sollten, wenn wir nicht einfach warteten, bis Eddie einschlief. Natürlich bestand da die große Gefahr, dass Eddie es satthaben würde, auf Chronos zu warten, und mich trotzdem erschießen würde.

Ich schluckte die Galle, die in meiner Kehle aufstieg.

„Dürfen wir ein Fenster zum Lüften öffnen?", fragte Matt. „Hier drinnen ist es warm."

„Damit einer Ihrer Schützen auf mich schießen kann? Ha! Ich habe den Narren nur *gespielt*, Glass. Keine Fenster werden geöffnet, sondern die Vorhänge geschlossen. Die Haushälterin darf erst nur eine Lampe anzünden, und den Rest, nachdem sie die Vorhänge geschlossen hat."

Verdammt. Was würden Willie, Duke und Cyclops jetzt tun? Was konnten sie tun, außer zu warten, genau wie wir? Der Salon hatte keinen geheimen Zugang durch den Personalbereich, also konnten sie, selbst wenn sie durch den Personaleingang ins Haus gelangten, nicht hier hereinkommen und Eddie überraschen.

Warten war unsere einzige Option.

Ich warf einen Blick auf Miss Glass und dankte Gott, dass sie immer noch nicht über ihre schlimme Lage Bescheid wusste. „Darf ich mich zu ihr setzen?", fragte ich Eddie.

„Nein. Du darfst dich hinsetzen, wo du stehst, auf den Boden."

„India wird sich nicht auf den Boden setzen", knurrte Matt.

„Ich bleibe vorerst lieber stehen", sagte ich.

Eddie schnaubte. „Du warst schon immer stur."

Ich biss mir auf die Zunge. Sticheleien würden unsere Lage nicht verbessern. Ich beobachtete, wie Mrs. Bristow die Vorhänge schloss und zwei weitere Lampen anzündete. Dann kehrte sie zu den Mädchen zurück, zog sie mütterlich schützend an sich. Ich war froh zu sehen, dass sie Mary bereits im Haushalt willkommen geheißen hatte. Es war ein kleines Licht in der ansonsten düsteren Lage.

„Was hast du da in der Hand?" Eddies Stimme drang grob durch meine Gedanken.

Ich öffnete die Finger, um es ihm zu zeigen. „Nur meine Uhr. Sie spendet mir Trost, wenn ich sie halte."

„Eine Uhr? Als Trost? Mein Gott, India, ich wusste ja, dass du rührselig bist, aber das ist lächerlich. Es sind nur Metallteile, selbst wenn du sie mit deiner Magie angereichert hast."

Einer der Angestellten schnappte nach Luft. Ich spürte, wie etliche Blicke auf mich fielen.

„Wo wir schon von Uhren sprechen." Ein träges Lächeln breitete sich auf Eddies Lippen aus. „Glass, Ihre Uhr bitte."

Matt zog seine gewöhnliche Taschenuhr heraus, nicht die magische. Er warf sie Eddie zu. Eddie ließ sie auf den Teppich fallen und zermalmte sie unter seinem Stiefelabsatz.

„Die hat mich ein ziemliches Vermögen gekostet", sagte Matt.

„Ich weiß, wie viel sie wert ist. Ich verkaufe Uhren, genau wie diese in *meinem* Laden." Eddie warf mir ein schmieriges Lächeln zu.

Dass ich mir auf die Zunge biss, reichte kaum, um mich davon abzuhalten, ihm in Erinnerung zu rufen, dass der Laden meinem Großvater gehörte. Ich schluckte einen Tropfen des Blutes, das meinen Mund füllte, und schaffte es, Ruhe zu bewahren.

Eddie wedelte mit der Hand in Matts Richtung. „Ihre andere Uhr, bitte, Mr. Glass. Ihre magische." Er lachte. „Ihr solltet mal eure beiden Gesichter sehen. Ja, ich weiß von der zweiten Uhr. Reichen Sie sie mir."

„Es gibt keine andere Uhr", erwiderte ich rasch. Vielleicht zu rasch, zu nachdrücklich.

„Versuchen Sie nicht, sich da herauszureden. Ich weiß, dass Sie eine zweite Uhr haben, und dass sie etwas Besonderes für Sie ist. Ihr Freund, ein bestimmter Sheriff, hat mich eines Tages aufgesucht und mir Fragen über euch beide gestellt. Er hat mir alles darüber erzählt."

„Also wissen Sie, dass sie mir Glück bringt?", fragte Matt. „Beim Kartenspielen, beim Pferderennen …"

„Lügen Sie mich nicht an. Ich weiß, dass sie Sie am Leben hält, Glass. Ich weiß auch, dass sie offenbar langsamer wird. Weshalb sonst sollten Sie nach dem Mörder von Dr. Millroy suchen? Ich gebe zu, dass wir beide etwas Zeit und eine lange Unterhaltung benötigten, aber wir haben das Rätsel gelöst. Ich sehe, Sie haben das Tagebuch des Doktors gefunden." Er nickte zu dem Buch hin, das aus Matts Jackentasche ragte. „Dieser ganze Aufwand, den Sie betrieben haben, doch wird es Ihnen nicht helfen. Dieser Zauber wirkt nicht, wissen Sie noch? Er hat meinen Vater getötet. Mit was für einem Zauber Millroy oder ein anderer Arzt-Magier Ihre Uhr auch angereichert hat, er ist weg. Ja, ich habe die entsprechenden Abschnitte im Tagebuch gelesen, und weiß, was er und Chronos vorhatten. Er beschreibt es zwar nicht direkt in den Worten, aber es war nicht allzu schwer, es zu erraten, sobald man die Einzelteile zusammensetzt, die mir bekannt waren, in Verbindung mit jenen Teilen, die Payne mit eigenen Augen bezeugen konnte. Was bringt Sie auf den Gedanken, dass Sie mit *jenem* Zauber Erfolg haben könnten, wo doch Millroy daran gescheitert ist? Und überhaupt, Sie kennen keinen Arzt-Magier. Es könnte Jahre dauern, einen zu finden."

Also wusste er nichts von Millroys Sohn, oder dass der Zauber im Tagebuch der Richtige war; man musste ihn nur mit dem richtigen Akzent und der richtigen Betonung sprechen, damit er wirkte. Gott sei Dank, oder er hätte das Tagebuch wohl vernichtet, oder es besser versteckt.

„Reichen Sie mir die Uhr", sagte Eddie. „Ich will sie sehen."

Matt streckte die Arme weit aus. „Kommen Sie und holen Sie sie sich."

„Netter Versuch, Glass. Werfen Sie mir die Uhr zu, oder ich erschieße India."

„Sie werden sie ohnehin erschießen, da Chronos nicht hier ist. Wenn er hier wäre, hätte er sich inzwischen gezeigt. Erschießen Sie India, und ich töte Sie."

„Nicht, ehe ich die Waffe auf Sie richte. Sie sind nicht schnell genug."

„Oh, ich bin schnell genug." Dieser ruhige, erboste Unterton, der Matts Stimme in letzter Zeit niemals allzu fern war, war wieder da, düsterer denn je. „Die Frage ist, sind Sie es?"

Eddies Lächeln verblasste. „Werfen Sie mir die verdammte Uhr zu."

Matt öffnete langsam die Jacke, dann seine Weste und knöpfte die Geheimtasche auf, in der er seine magische Taschenuhr aufbewahrte. Ganz sicher würde er sie Eddie in die Hände geben. Er würde sie ebenfalls zertreten!

„Nicht, Matt", sagte ich.

Er reagierte, indem er die Uhr warf. Sie flog in einem Bogen durch die Luft, und Eddie wandte den Blick lange genug von uns ab, um sie zu fangen. Diese kurze Ablenkung war nicht ausreichend, dass Matt oder sonst jemand ihn packen konnte. Er war einfach zu weit entfernt.

„Vielen Dank." Eddie ließ die Uhr mit einem triumphierenden Grinsen auf den Teppich fallen. „Verabschieden Sie sich von ihren Liebsten, Glass. Dann sehen wir doch nach, wie lange es dauert, bis Sie sterben."

Er hob den Fuß über die Uhr und trat zu.

KAPITEL 18

„Halt!" Der Befehl war mir kaum über die Lippen gekommen, da stürzte ich mich schon auf Eddie.

Matt war jedoch schneller. Er warf sich nach vorn und erreichte Eddie vor mir.

Die Pistole ging los, das ohrenbetäubende Dröhnen füllte das Zimmer, ein alptraumhaftes Geräusch, das ewig nachzuhallen schien. Es füllte meinen Kopf und vibrierte durch meinen Körper. Ich blendete das rasche Läuten meiner Uhr völlig aus, aber nicht die Schreie.

So viele Schreie und Rufe.

Von Matt kam keiner. Sein Körper erschlaffte, begrub Eddie unter sich. Einer der Schreie kam von Eddie.

Ich verschwendete keinen Augenblick. Matts Wucht hatte Eddie nach hinten gerissen, sodass sein Fuß nicht mehr bedrohlich über der Uhr schwebte. Sie lag auf dem Teppich, heil und unberührt. Ich ließ meine eigene Uhr los und schnappte mir seine, hatte viel zu viel Angst, wertvolle Zeit zu verschwenden, um dankbar dafür zu sein, dass sie nicht zerbrochen war. Ich nahm Matts Handschuh von der rechten Hand ab, öffnete das Uhrgehäuse und schob sie ihm in die Hand.

Und da bemerkte ich das Blut. Es sickerte durch seine Kleidung, lief auf Eddie unter ihm. Eddie wollte Matt wegschieben, schubste mich bei dem Versuch von sich, und warf Matts Uhr aus unseren verbundenen Händen.

„Wenn du dich noch einmal bewegst, töte ich dich", knurrte ich Eddie an. Ich holte mir die Uhr und drückte sie abermals Matt in die Hand. *Bitte, stirb nicht.*

Nach dem Kutschunfall, bei dem ihn seine Uhr wieder zurück zu völliger Unversehrtheit gebracht hatte, hatte er mir erzählt, dass sie ihn nicht retten könne, wenn es zu einem kompletten Atemstillstand kam oder er zu viel Blut verlor. Die Gefahr, dass das jetzt passierte, war groß. Es war so viel …

Die Magie begann ihr Werk. Die Adern an seinen Händen glühten, und ich sah zu, wie das Glühen unter seinem Ärmel verschwand.

„Gottverdammt, was zum Teufel nochmal ist das?" Eddies hoher Schrei hatte einen starken Cockney-Akzent, den ich bisher noch nie bei ihm gehört hatte. Er hatte schließlich die letzte Schicht seiner Masken fallen lassen, aber es hatte eines Schocks gewaltiger Ausmaße bedurft, damit es dazu kam. „Himmel, runter mit ihm! Runter!" Er wollte sich unter Matt hervorwinden, und ich hatte Mühe, die magische Taschenuhr an Ort und Stelle zu halten. Wenn er nicht stillhielt, würde ich den Halt verlieren.

Ich ballte meine freie Hand zur Faust und versetzte Eddie einen Kinnhaken. Sein Kopf flog nach hinten. Er verdrehte die Augen, und sie schlossen sich. Im Raum wurde es gesegnet still, sodass ich lauschen konnte.

Ich beugte mich näher an Matt, mein Ohr an seinen Lippen. Er atmete. Gott sei es gedankt, er atmete noch, wenn auch schwach. Aber sein Blut war überall, sammelte sich auf dem Teppich, auf Eddie …

Es schien eine unbestimmbar lange Zeit zu dauern, bis die Magie Matts Gesicht erreichte. Zeit, in der ich mir genauestens bewusst wurde, dass die anderen uns beobachteten.

„Ist er …" Es war Willie, die sich neben mich kniete. Sie, Duke und Cyclops waren wohl hergelaufen, als sie den Schuss gehört hatten.

Hinter ihr beobachtete uns Miss Glass, ihre Hand fasste sich an die Kehle, ihre Augen waren weit aufgerissen. Sie sagte nichts, aber sie war sich jetzt ihrer Umgebung bewusst, dessen war ich mir sicher. Ich wurde mir sogar noch sicherer, als sie die Angestellten hinausschickte.

Sie verließen das Zimmer, als gerade Matts Finger zuckten. Er öffnete die Augen, und sein Blick richtete sich auf mich. Ich versuchte, nicht zu weinen. Ich versuchte es wirklich sehr. Aber es war hoffnungslos. Die Tränen liefen ungezügelt meine Wangen hinab.

Willie war die erste, die mich umarmte, gefolgt von Duke und Cyclops, der Matt zum Sitzen aufhalf.

Willie richtete ihre Pistole auf Eddie, der auch wieder zu Bewusstsein kam. „Soll ich ihn erschießen?", fragte sie. „Er hat auf dich geschossen, darum ist es völlig rechtens."

„Ja", sagte Miss Glass. „Ich zumindest wäre erfreut, wenn du ihn erschießt. Ich würde der Polizei sogar sagen, dass ich es zur Selbstverteidigung getan habe. Mich würden sie nicht festnehmen."

Ich legte Willie eine Hand auf den Arm, nur für den Fall, dass sie dachte, Miss Glass' Freifahrtschein würde ihr freie Hand lassen, zu tun, was auch immer sie wollte. Sie schnappte sich Eddies Schusswaffe und trat zurück. Ihre Waffe steckte sie nicht weg.

„W…was ist passiert?" Eddie setzte sich ohne Hilfe auf, rieb sich übers Kinn.

„India hat Sie geschlagen", sagte Miss Glass, die die Arme verschränkte. „Und Sie haben es sich redlich verdient."

Matt lächelte schwach. „Gut gemacht, India."

Willie tätschelte mir die Schulter. „Fühlst du dich besser?"

„Ein wenig", sagte ich.

„Weißt du, womit du dich sehr viel besser fühlen wirst?"

„Tee? Sherry?"

„Wenn du ihn erschießt." Sie drehte die Waffe um und hielt sie mir mit dem Griff voran hin. „Los. Miss Glass wird dafür geradestehen."

Eddie hob die Hände hoch. Sie waren völlig mit Matts Blut benetzt. „Verflucht, India, das tust du doch nicht, oder? Du und ich, wir haben so viel zusammen erlebt."

„Wir haben nicht viel zusammen erlebt", sagte ich. „Du bist

ein anderer Mensch als derjenige, den ich zu kennen glaubte."
Ich wandte ihm den Rücken zu. Es gab nichts mehr zu sagen,
keine Worte, die ausdrücken konnten, wie sehr ich ihn verab-
scheute.

Matt schenkte mir ein schwaches Lächeln und berührte mit
seinen Fingern meine. Er saß immer noch auf dem Boden, sein
Gesicht leichenblass, bis auf die dunklen Ringe unter seinen
Augen und die schweren Lider. Er musste sich ausruhen.

Er packte die Hand, die Cyclops ihm bot, und stand auf. Blut
verschmierte die Vorderseite seiner Kleidung, sodass das Loch,
das die Kugel hinterlassen hatte, nicht zu sehen war. Ich wollte
unbedingt die Verletzung begutachten, nur damit ich mit
eigenen Augen sah, dass die Uhr tatsächlich ihre Magie gewirkt
hatte, aber es waren zu viele Leute im Raum.

„Allmächtiger Gott", murmelte Eddie bebend. „Sie sind …
Sie sind unsterblich."

„Bringt ihn zu Scotland Yard", sagte Matt, der seine magische Uhr in die Westentasche steckte. „Erzählt Inspektor Brockwell, wie Jack Sweet, auch bekannt als Eddie Hardacre, India
und ihren Vater hereinlegte und dann versuchte, India zurückzugewinnen. Da sie davon nichts wissen wollte, wies India
ihn ab."

Eddie schnaubte. „*Das* werden sie nicht glauben."

„Ganz empört über die Ablehnung nahm Eddie den Haushalt in Geiselhaft, in der Hoffnung, sie zwingen zu können, es
sich noch einmal zu überlegen."

Cyclops packte Eddie an einem Arm, und Duke nahm den
anderen. Sie führten ihn aus dem Zimmer, seine Füße berührten
kaum dem Boden.

„Setzt mich ab, ihr Scheißhaufen!", knurrte er.

„Ich gehe mit und halte ihn in Schach", sagte Willie erfreut.
„Ich werde nicht zulassen, dass er so mit meinen Freunden
redet."

„Schlag ihn unbedingt, wenn er zu grob wird", riet Miss
Glass.

Willie tätschelte im Vorübergehen die Schulter der älteren
Frau. „Du wirst mir immer sympathischer, Letty."

„Für dich immer noch Miss Glass."

Sobald sie weg waren, nahm Matt seine Tante an der Hand. „Alles in Ordnung mit dir?", fragte er.

Sie holte tief Luft und stieß sie langsam aus. Wenn man bedachte, was sie durchgemacht hatte, war sie erstaunlich ruhig. „Jetzt schon. Ich, ich scheine mich nicht an sonderlich viel erinnern zu können, bevor du …" Sie wollte ihn an der Brust berühren, zog sich aber zurück.

„Es gibt nicht viel zu erzählen", sagte Matt. „Er wollte Chronos und war bereit, uns alle als Geiseln zu halten, bis er sich ihm stellte. Übrigens, ist er wirklich weg?"

Sie nickte. „Er hat eine Nachricht für India hinterlassen."

Ich blinzelte sie ungläubig an und versuchte, es zu verarbeiten. Chronos war weg? Aber ich hatte ihn doch gerade erst kennengelernt.

„India?" Matt runzelte die Stirn in meine Richtung.

„Mit mir ist alles in Ordnung." Es war die Wahrheit, und ich lächelte zu seiner Beruhigung. Es war ein wenig wacklig, was seltsam war, denn die Nachricht betraf mich doch überhaupt nicht. Ich hatte niemals einen Großvater gehabt, deshalb spielte es keine Rolle, dass er wegging.

„Ich sehe nach den Angestellten", sagte Matt. „Wenn ich zurückkomme, reden wir."

„Auf gar keinen Fall." Miss Glass tätschelte ihm die Wangen. „Ich rede mit dem Personal, während du badest und dich umziehst. Setz dich nirgendwohin, bis du gesäubert bist. Ist das klar?"

Matt deutete eine knappe Verbeugung an. „Ja, Ma'am."

„Mach dich nicht über mich lustig." Er küsste sie leicht auf die Stirn, und sie lächelte zu ihm auf. „Mit dir ist alles in Ordnung, oder, Matthew?"

Er nickte. „Ich bin völlig unbeschadet."

„Dann geh und mach dich vor dem Abendessen sauber."

Ich wollte ihr nach draußen folgen, doch Matt erwischte mich am Arm. „Lauf noch nicht weg."

„Ich laufe nicht weg." Es war genau das, was ich vorgehabt hatte. Zu einem so emotionalen Zeitpunkt mit Matt allein zu sein, würde meine Nerven völlig ruinieren. Wir waren erst ganze drei Sekunden allein, und schon machte mein Herz wilde

Sprünge in der Brust.

„Du gehst mir aus dem Weg", murmelte er mir ins Ohr. „Und ich weiß, weshalb."

Er konnte doch meine Gedanken bestimmt nicht so gut lesen. Andererseits wusste er häufig, was ich dachte. Ich schluckte, gerade nicht bereit zu dieser Unterhaltung.

„Du willst nicht, dass ich dich tadle", sagte er.

Oh. Äh … „Mich tadeln? Wofür?"

„Du wolltest doch auf eigene Faust Hardacre umwerfen, als er meine Uhr zerstören wollte. Was hattest du vor? Er hatte eine Pistole, um Himmels Willen."

„Ich … ich weiß es nicht. Ich habe nicht nachgedacht, nur reagiert."

„Er hätte dich erschossen, ehe du ihn erreichen konntest."

„Meine Uhr hätte mich gerettet."

„Vor einer Kugel?" Er holte bebend Luft und schüttelte den Kopf. „Mach so etwas Törichtes nicht noch einmal."

„Du hast etwas genauso Törichtes getan. Du hast ja vielleicht darauf gezählt, dass deine Uhr dir das Leben rettet, aber woher konntest du wissen, dass du nicht verbluten würdest, bevor die Magie funktionierte?"

„Es gab keine andere Möglichkeit."

Er hatte natürlich recht. Meine am Boden liegenden Nerven mussten das nur einfach loswerden.

„Du weinst gleich, oder?", fragte er sanft.

„Nein."

Aber sein schiefes Grinsen und sein warmer Blick straften mich Lügen. Mir kamen neue Tränen. Glückstränen. Er lebte noch. Wir alle. Alles andere war unwichtig.

Er wollte mir die Tränen mit dem Daumen abwischen, aber dann fiel ihm das Blut auf seinen Fingern auf. „Ich würde dir ja mein Taschentuch anbieten, aber das ist nicht in einem angemessenen Zustand für eine Dame."

„*Du* bist nicht in einem angemessenen Zustand für irgendwen", sagte ich und versuchte mich an Leichtfertigkeit.

Er öffnete seine Jacke und Weste, dann knöpfte er sein Hemd auf. Ich sollte wegschauen, aber wenn es ihm nichts ausmachte, sich vor mir zu entblößen, dann war es für mich bestimmt völlig in Ordnung, hinzuschauen. Immerhin hatte ich seine entblößte Brust schon einmal gesehen, daher würde mich der Anblick wohl kaum überwältigen.

Ich wurde nicht überwältigt, aber gebannt war ich schon. Ich konnte meinen Blick nicht von der glatten Haut abwenden, die sich über den strammen Muskeln spannte, der Hauch von Behaarung betonte seinen männlichen Körperbau nur noch mehr. Mein Blick senkte sich hinab auf das trocknende Blut und die Wunde, die der Bauchschuss verursacht hatte. Sie hatte sich bereits geschlossen, sodass nur noch eine kleine Narbe blieb.

„Sie wird mit der Zeit ganz verschwinden", sagte er.

„Ja." Meine Stimme klang belegt vor Erstaunen und Gefühlen, die ich nicht ausdrücken konnte, weil ich fürchtete, dass ich damit alle Schleusentore öffnete. „Die Kugel?", fragte ich, um mich auf praktische Angelegenheiten zu konzentrieren.

„Die wird in meinem Körper bleiben, schätze ich. Dr. Parsons hat die letzte entfernt, aber das war unnötig."

Ich nickte und verschränkte die Arme, damit ich nicht nach vorne griff und die Narbe berührte. „Du machst besser, was deine Tante vorgeschlagen hat, und nimmst ein Bad." Ich drehte mich zum Gehen um, aber noch einmal hielt er mich auf.

„India", schnurrte er.

Ich blinzelte ihn an, als er nicht weitersprach. Sollte ich ihn ermutigen, zu sagen, was er sagen wollte? Oder würde das auch alle Schleusentore öffnen?

„Ich will, dass dir klar ist, dass Eddie sich irrt", sagte er. „Hör nicht auf ihn."

„Mache ich nicht."

„Du bist klug, freundlich und mehr als nur reizend."

„Vielen Dank, Matt", brachte ich trotz meiner hochkochenden Gefühle heraus.

„Ich sage das nicht nur, damit du dich besser fühlst. Frag einen beliebigen Mann. Himmel, frag Barratt, wenn du möchtest." Er schüttelte den Kopf. „Eddie erkennt in dir nicht, was dich wirklich ausmacht, weil mit ihm etwas nicht stimmt. Anfangs hielt ich ihn für einen Frauenhasser, aber ich glaube nicht, dass das Erklärung genug ist. Er hat als Mensch einen grundsätzlichen Mangel, etwas, das verhindert, dass er für andere Mitgefühl empfindet. Du kannst nichts auf etwas geben, was so jemand sagt."

Mir brannten die Augen, und wieder einmal war ich den Tränen nahe. Ich brachte gerade eben ein Nicken zustande, um ihm zu zeigen, dass ich allem zustimmte, was er gesagt hatte. Eddies Worte hatten keine Wirkung auf mich. Wie konnte ich glauben, dass ich etwas von den Dingen war, die er mich genannt hatte, wenn Matt das Gegenteil glaubte?

„Geh und lies deinen Brief von Chronos allein, und wir reden bald." Er küsste mich auf die Wange, ein wenig schüchtern. „Und danke, dass du mir das Leben gerettet hast. Erneut. Ich glaube allmählich, dass ich ohne dich nicht leben kann."

Ich sah ihm nach, als er den Salon verließ, seine Schultern vor Erschöpfung ein wenig herabgesunken, aber den Kopf hoch erhoben. Er schaute nicht zurück, und daher sah er auch nicht meine Tränen, die ungehemmt und still flossen.

* * *

„Er hat London ganz verlassen", sagte ich, als wir uns am nächsten Morgen am Esstisch niederließen. Es waren alle anwesend, außer Miss Glass, die sich entschied, ihr Frühstück in ihren Räumlichkeiten einzunehmen. Da die Tür geschlossen war und Bristow den Angestellten aufgetragen hatte, sich fernzuhalten, konnten wir sprechen, ohne dass uns jemand zuhörte.

„Aber nicht das Land?", fragte Matt.

„Nur London. Er hat nicht erwähnt, wohin er geht oder was er macht. Vielleicht sucht er nach Dr. Millroys unehelichem Sohn, oder vielleicht hat er es aufgegeben."

„Was stand noch in den Brief?", fragte Willie vom Buffet aus, wo sie sich gerade mehr Speck holte.

„Das brauchst du nicht zu beantworten, India", sagte Duke, der Willie anfunkelte.

„Muss sie schon, wenn es was zur Sache tut", schoss Willie zurück.

„Es ist ihr privater Brief!"

„Hier gibt's nichts Privates."

„Ist das so?" Duke zeigte mit dem Buttermesser auf sie.

„Warum bist du dann so geheimniskrämerisch? Warum bist du in letzter Zeit immer im Krankenhaus, wenn du nicht krank bist?"

„Über mich reden wir hier nicht." Sie setzte sich direkt ihm gegenüber an den Tisch. Ich hielt das nicht für einen sicheren Ort zum Sitzen, wenn man bedachte, dass sie in Trittreichweite voneinander saßen. „Wir reden über Chronos."

„Er hat mir erklärt, dass er mir alles über meine Magie beigebracht hat, was er weiß", sagte ich, ehe sie weiterstritten. „Er vermutet, dass der Zauber in Dr. Millroys Tagebuch, wenn man ihn mit demjenigen kombiniert, den er mir beigebracht hat, Matts Uhr reparieren wird, wenn sie von einem Arzt- und einem Uhrenmagier im gleichen Augenblick gesprochen werden." Chronos hatte das Problem der Aussprache des medizinischen Zaubers erwähnt – dass Dr. Millroy es falsch gemacht hatte, aber Dr. Parsons richtig. Ich rief es ihnen nicht in Erinnerung, dass ein nicht ausgebildeter medizinischer Magier die richtige Sprechweise nicht kennen würde, wenn er ihn ablas.

„Wir sind auf halbem Weg zum Ziel", sagte Cyclops, der mit der Gabel ein Würstchen aufspießte. „Und wir wissen, wo wir anfangen müssen, nach Millroys Sohn zu suchen."

„Noch nicht", sagte Matt. „Nach heute Abend hoffentlich."

Nach den gestrigen Ereignissen hatte er beschlossen, den Einbruch in Lady Bucklands Haus zu verschieben, wenn auch nur um eine Nacht.

Chronos hatte in seinem Abschiedsbrief an mich noch mehr geschrieben. Abgesehen davon, dass er von seiner Angst sprach, von der Polizei oder der Gilde erwischt zu werden, hatte er sich auch entschuldigt, meine Familie verlassen zu haben, als ich ein Baby gewesen war. Es war unmöglich, zu sagen, ob das ehrlich gemeint war, aber ich wusste es trotzdem zu schätzen. Er hatte angefügt, dass er bedauerte, mich jetzt erneut zu verlassen, und wünschte, er hätte mehr Zeit gehabt, mich kennenzulernen, obschon er aus der kurzen Zeit, die wir zusammen verbracht hatten, bereits ableitete, dass ich „klug, talentiert und kämpferisch" war. Das war wirklich glühendes Lob, das er anschließend zunichtemachte, indem er mir mitteilte, dass meine Moral zu ausgeprägt war und meinem

Glück in den Weg geraten würde. Falls irgendein Zweifel daran bestand, worauf er sich bezog, riet er mir noch, nicht zu lange damit zu warten, mir Matt in einer Ehe „oder auf jegliche andere Art" zu sichern. Denn falls ich wartete, bestünde durchaus die Gefahr, dass er aufgeben, und eine andere Frau seine Aufmerksamkeit auf sich ziehen würde, und meine Aussichten auf ein sorgenfreies Leben würden sich schmälern. Meine Prinzipien würden mich nicht warmhalten und ernähren, schrieb Chronos.

Ich erhielt nach dem Frühstück einen weiteren Brief, diesmal von Patience Glass. Es war mehr als nur eine Antwort auf die Frage, die ich zu ihrem Fehltritt gestellt hatte. Sie gab ihn nicht nur zu, sondern flehte mich auch an, Sheriff Payne zu finden und ihn zum Schweigen zu bringen. Ich musste ihn etliche Male lesen und brauchte ganze fünf Minuten, um über den Schock hinwegzukommen. Patience war nicht die Unschuld, für die ich sie gehalten hatte. Von den drei Glass-Schwestern war sie nicht diejenige, von der ich erwartet hätte, dass sie eine geheime Liebschaft hatte.

„Das ist der genaue Wortlaut, den sie benutzt hat", sagte ich zu Matt, als ich ihm den Brief in seinem Bureau zeigte. „Ihn zum Schweigen bringen."

„Ihre Definition von ,zum Schweigen bringen' ist vermutlich nicht dieselbe wie meine", sagte er, während er las. „Sie hat wohl mit Hope gesprochen."

„Und es scheint, als hätte Hope ihr alles erzählt, oder zumindest den Teil, dass Payne sie erpresst. Arme Patience."

„Arme Patience, in der Tat. Ich würde Payne nur zu gern zum Schweigen bringen, wenn ich nur wüsste, wo man ihn findet."

Ich ließ mich schwer auf dem Sessel nieder und rieb mir über die schmerzende Stirn. „Ich werde ihr schreiben und sie dazu ermutigen, mit Lord Cox zu reden. Es wäre besser, wenn er es von ihr erfährt, als von einem Fremden oder Klatschbasen."

„Du kennst die Engländer besser als ich", sagte er. „Glaubst du, Cox würde deswegen ihre Verlobung auflösen?"

„Schon möglich, insbesondere, wenn er sie heiratet, weil ihr Ruf makellos ist."

„Und ich dachte, es käme bei der Ehe auf Liebe mehr an als auf alles andere", murmelte er.

„Beim Adel gehört Liebe nicht zur Gleichung."

„Dann haben es sich die Paare nur selbst vorzuwerfen, wenn sie einander am Ende verabscheuen." Ganz offensichtlich zählte er sich selbst nicht zum Adel.

Er kam um den Schreibtisch und setzte sich neben mir auf die Kante. „India", setzte er an. „Ein Brief von meinem Anwalt kam heute an, in dem er wegen der Vermittlung des Häuschens in Willesden fragt. Ein frisch verheiratetes Paar hat Interesse bekundet, es zu mieten."

„Oh." Ich hatte das Häuschen und die Papiere, die auf meine Unterschrift warteten, beinahe vergessen. Ich war mir nicht mehr sicher, ob ein Umzug dorthin und ein Pendeln nach Mayfair eine gute Idee waren. Man stelle sich vor, ich wäre nicht da gewesen, um Matt die Uhr in die Hand zu legen. Und dann war da noch die zusätzliche Zeit, die ich für die Fahrt hin und zurück brauchen würde. An einigen Tagen konnten wir es uns nicht leisten, wertvolle Minuten zu verschwenden.

„Was möchtest du tun?", fragte er mit ausdrucksloser Stimme, die seine Gedanken nicht preisgab. „Hierbleiben und es vermieten, oder dorthin ziehen?" Er packte den Schreibtisch zu beiden Seiten, tippte mit einem unruhigen Finger an die Unterseite der Tischfläche.

„Ich will nicht umziehen, bis ich weiß, dass deine Uhr repariert ist. Wenn der Sohn von Dr. Millroy gefunden ist, und wenn wir deine Uhr mit unserer Magie angereichert haben, dann ziehe ich aus."

Sein Finger hörte auf zu tippen. Er kniff die Augen zusammen. „Dann wird kein Bedarf mehr an einem Umzug bestehen. Ich habe vor, dir jeden Grund zum Bleiben zu geben ... als meine Frau."

Mir blieb das Herz in meiner Brust stehen. *Nein, nicht jetzt.* Ich war nicht bereit für diese Unterhaltung oder den Streit, der darauf folgen würde, wenn ich ihm erklärte, dass er und seine Tante mir viel zu wichtig waren, um ihn auf mein Niveau herabzuziehen. Ich schaute zur Seite, weil die Verwirrung in seinen Augen sich in mein Herz grub.

„India?"

Ich schüttelte den Kopf und erhob mich. Er erwischte mich am Handgelenk, und als ich ihn immer noch nicht anschauen wollte, wiederholte er meinen Namen, nur rauer.

„Irgendetwas liegt dir auf dem Herzen, und ich will wissen, was es ist", sagte er. „Liegt es daran, dass du nicht glaubst, dass es mir besser gehen wird?" Als ich nicht antwortete, fuhr er fort. „Machst du dir Sorgen, dass ich nach Amerika zurückkehren wollen würde? Denn mir ist es gleich, wo ich wohne."

„Lass mich los, Matt."

„Ist es die Johnson-Seite meiner Familie? Ich weiß, dass sie ein wenig einschüchternd sind, aber sie werden sich nicht die Mühe machen, hierher zu kommen." Er hielt inne. „India, schau mich an. Sprich mit mir."

Bristow räusperte sich am Eingang. Ich hatte die Tür offengelassen, als ich hereingekommen war, um zu verhindern, dass Matt persönliche Themen ansprach. Ich hätte wissen sollen, dass das Risiko, belauscht zu werden, ihm keine Sorgen bereitete.

„Ja, Bristow?", sagte ich, ehe Matt ihn wegschicken konnte.

„Kriminalinspektor Brockwell ist hier, um sie beide zu sehen", sagte der Butler. „Er wartet im Salon."

„Danke." Ich entzog mich Matts Griff und ging rasch los, um mich zu Bristow zu gesellen.

„Ich habe mir die Freiheit genommen, Peter zu bitten, Tee aufzutragen", sagte der Butler.

„Vielen Dank. Geht es ihm nach der Aufregung gestern gut?"

„Ich glaube, es hat ihm sogar gefallen, Miss."

Ich versuchte mich an einem Lächeln. „Und den anderen Angestellten?"

„Mr. Glass hat eine Lohnerhöhung versprochen, um uns für den Aufruhr zu kompensieren." Er warf einen Blick hinter uns, aber Matt war uns nicht gefolgt. „Mrs. Bristow ist ängstlich, um unserer Tochter willen."

„Das kann ich mir vorstellen. Wenn jemand gehen möchte, wird Mr. Glass das verstehen."

„Vielen Dank, Miss."

Ich kam sehr viel eher im Salon an als Matt und sprach mit dem Inspektor über das Wetter, bis er eintraf. Er ließ durch nichts erkennen, dass unser Gespräch in seinem Verstand noch arbeitete. Er empfing Brockwell mit einem breiten Lächeln.

Peter brachte den Tee und zog sich dann schweigend zurück. Hinter sich schloss er die Tür.

„Was können wir für Sie tun, Inspektor?", fragte Matt, während ich einschenkte.

Brockwell nahm die Tasse entgegen und nippte, dann nippte er ein weiteres Mal. Diese Verzögerungstaktik beherrschte er sehr gut, und sie regte mich über alle Maßen auf. Aber Matt blieb ruhig, hatte sich ein gutmütiges Lächeln aufgesetzt. Er ließ zu, dass die Stille sich dehnte.

„Zwei Dinge", sagte Brockwell schließlich. „Ich will wissen, was gestern Abend hier vorgefallen ist, das zur Festnahme von Eddie Hardacre führte, auch bekannt als Jack Sweet."

„Ich glaube, meine Cousine und meine Freunde haben Sie bereits in Kenntnis gesetzt", sagte Matt. „Ich habe dem nichts mehr hinzuzufügen."

„Die Sache ist die, Mr. Hardacre sagt, es ist alles gelogen, und er hätte tatsächlich nach einem Mann gesucht, der seinen Vater getötet hat, Wilson Sweet."

„Seinen Vater oder seinen Onkel?", fragte ich recht tückisch.

Brockwell hob die Augenbrauen. „Vater, glaube ich. Was hat denn sein Onkel mit allem zu tun?"

Ich nippte an meinem Tee, ehe ich antwortete. „Das sollten Sie ihn fragen. Oder seine Mutter."

„Also leugnen Sie, dass Gideon Steele, auch bekannt als Chronos und vielleicht als William Wordsworth, hier wohnt?"

„Das tat er", sagte Matt, „aber wir wussten nicht von seiner Verbindung zu einem Mord, bis Mr. Hardacre ihn letzte Nacht dessen beschuldigte. Ich würde ihm nicht glauben, wenn ich Sie wäre, Sir. Er ist ein Lügner."

„Es ist nicht nur er. Mr. Abercrombie wirft Miss Steeles Großvater auch Mord vor. Behaupten Sie etwa, diese Säule unserer Gesellschaft wäre auch ein Lügner?"

„Das Einzige, von dem Abercrombie eine Säule ist, ist seine eigene aufgeblasene Selbstüberschätzung. Ob Mr. Steele eines Verbrechens schuldig ist, steht zur Debatte, aber es ist einfach so, dass er nicht hier ist, und wir nicht wissen, wo er ist."

Brockwell schaute mich an. „Hat er Ihnen eine Nachricht zum Abschied hinterlassen?"

„Ja."

„Darf ich sie sehen?"

„Nein, dürfen Sie nicht."

Er nippte. Natürlich dauerte es länger als ein normales Nippen. Natürlich brodelte mein Blut, während ich seinem Schlürfen lauschte.

„Matt hat recht", sagte ich mit angespannter Stimme. „Wir wissen nicht, wohin mein Großvater ging, und ich sage auf Nimmerwiedersehen. Er hat uns nichts als Ärger eingebracht. Wir hatten genug Aufregung. Wir wünschen uns nun einfach nur, ruhig zu leben."

Brockwell dachte mit schief gelegtem Kopf darüber nach. „Weshalb haben Sie im Krankenhaus gelogen und gesagt, der Mann, den sie abgeholt haben, würde William Wordsworth heißen?"

„Weil Abercrombie und Hardacre Mr. Steele nachgespürt hätten, falls sie erfahren hätten, dass er hier war", sagte Matt. „Es war leichter, zu lügen, als sich ihnen zu stellen. Die Sache ist doch die, Inspektor, diese beiden Männer wollen Rache an India und ihrer Familie nehmen. Man kann ihnen nicht trauen. Sie werden Mr. Steele alles vorwerfen, wenn das bedeutet, dass sie ihr Ärger machen können."

Brockwell stellte seine Teetasse und die Untertasse auf dem Tisch ab. „Vielen Dank für den Tee."

Er brach bereits auf? Er glaubte uns? Ich warf einen Blick auf Matt, aber er schaute nicht in meine Richtung.

Brockwell stand auf und sah sich um. „Wo ist Ihr Teppich?"

„Wie bitte?", stammelte ich.

„Beim letzten Mal, als ich da war, lag auf dem Boden ein Teppich. Er ist weg."

„Ich habe Tee darauf verschüttet", sagte Matt. „Die Haushälterin hat ihn mitgenommen, um ihn zu reinigen."

„Und die Kugel?"

Oh verdammt. Er *wusste* es. Eddie hatte ihm wohl erzählt, dass er seine Waffe abgefeuert hatte. Aber hatte er Brockwell auch erzählt, dass die Kugel Matt getroffen hatte? Ich starrte in meine Teetasse, wagte es nicht, Brockwell anzuschauen, weil ich Angst hatte, ich würde mich verraten.

„Was für eine Kugel?", fragte Matt.

„Hardacre behauptet, er hätte Sie angeschossen."

Matt stand auf und streckte die Arme aus. „Wie Sie sehen können, hat niemand auf mich geschossen. Hardacre ist noch wahnsinniger, als wir dachten, wenn er das behauptet."

„Er sagt, die Kugel hätte Sie verletzt, aber Sie hätten sich durch Ihre magische Uhr erholt."

Matt kicherte. „Er hat diesen Artikel gelesen. Es scheint, als wäre jeder in London in letzter Zeit besessen von der Vorstellung von Magie. Ich kann Ihnen versichern, Inspektor, hier wurde letzte Nacht keine Magie ausgeübt. Glauben Sie nicht, dass die Welt inzwischen davon erfahren hätte, wenn Magie Schussverletzungen heilen könnte?"

„Das möchte man vermuten." Brockwell lächelte nicht einmal ansatzweise. Er fand den Gedanken wohl nicht erheiternd oder lächerlich.

„Glauben Sie an Magie, Inspektor?", fragte ich ehrlich interessiert.

„Nein, Miss Steele, das tue ich nicht."

„Das hätte ich auch nicht gedacht. Ich bin ja vielleicht nicht sonderlich gut darin, das Wesen eines Menschen einzuschätzen, aber ich hätte Sie als Mann mit einem praktisch orientierten Verstand gesehen, dem man solide Beweise vorlegen muss, ehe er an etwas Fantastisches glaubt."

Von allen Dingen war es genau das, was ihm ein Lächeln entlockte. „Vielen Dank, Miss Steele. Das ist eines der nettesten Dinge, die jemals jemand zu mir gesagt hat. Nun, wenn Sie mich entschuldigen wollen, mache ich mich auf den Weg."

„Aber gewiss", sagte Matt, der Brockwell mit einer Geste nahelegte, ihm voranzugehen. „Was passiert jetzt mit Hardacre?"

„Er kommt vor Gericht, aber sein Vergehen ist kein Kapitalverbrechen. Er wird eine Haftstrafe verbüßen. Sehr wahrscheinlich werden Sie als Zeugen gerufen."

„Natürlich."

Brockwell nahm an der Tür seinen Hut von Peter entgegen.

„Denken Sie daran, seien Sie jetzt vorsichtig, Sir, Miss. Sie beide scheinen mir eine unverschämte Menge gefährlicher Aktivitäten anzuziehen." Er nickte zum Abschied und begab sich durch die Tür hinaus in den Regen.

Ich drehte mich rasch zum Gehen um, fest entschlossen, Matt auszuweichen, ohne Erfolg.

„India!", rief er.

„Ich muss nach Miss Glass sehen", sagte ich von der Treppe aus. „Sie hat darum gebeten, dass ich mit ihr spazieren gehe."

„Es regnet."

„Dann werden wir Karten spielen."

Ich stellte plötzlich fest, dass er neben mir auf der Treppe stand. „Du kannst mir nicht ewig ausweichen", sagte er leise. Als ich nicht antwortete, fügte er an: „Ich *werde* herausfinden, weshalb du mich nicht annimmst. Ich lese in dir wie in einem Buch. Es ist nur eine Frage der Zeit, bis ich die letzte Seite erreiche und alles enthüllt werden wird."

Ich raffte meine Röcke und rannte die Stufen empor. Ich wagte einen Blick zurück, als ich auf dem Absatz ankam, nur um zu sehen, dass er immer noch dort stand, wo ich ihn stehen gelassen hatte, eine Hand auf der Balustrade, sein Blick fest auf mich gerichtet. Er öffnete den Mund, um etwas zu sagen, schloss ihn aber wieder. Ohne ein weiteres Wort drehte er sich um und trottete die Stufen zurück nach unten.

ENDE

Um Matts und Indias Geschichte weiterzulesen, suchen Sie nach:
DAS GEHEIMNIS DER ORDENSSCHWESTERN
Buch 5 der Reihe Glass & Steele von C.J. Archer

Abonnieren Sie den Newsletter von C.J., um über neue ins Deutsche übersetzte Bücher informiert zu werden.

Ich hoffe, Ihnen hat DAS TAGEBUCH DES MAGIERS genauso viel Spaß gemacht wie mir beim Schreiben. Als Indie-Autorin ist es für den Erfolg des Buches entscheidend, es bekannt zu machen. Wenn Ihnen dieses Buch gefallen hat, sagen Sie es doch bitte weiter und schreiben Sie eine Rezension in dem Shop, in dem Sie es gekauft haben.

ÜBER DIE AUTORIN

C.J. Archer begeistert sich für Geschichte und Bücher, seit sie denken kann, und wähnt sich glücklich, dass sie beides vereinen konnte. Sie verbrachte ihre frühe Kindheit in der dramatischen Schönheit des Outbacks von Queensland, Australien, lebt inzwischen aber mit ihrem Mann, zwei Kindern und einer frechen schwarzweißen Katze namens Coco in Melbourne.

Abonnieren Sie C.J.s Newsletter auf ihrer Webseite, um informiert zu werden, wenn sie ein neues Buch herausbringt: http://cjarcher.com/deutsch/

facebook.com/CJArcherAuthorPage
twitter.com/cj_archer
instagram.com/authorcjarcher